我的新座標・西域

徐興梅

目次

第三輯 從皇族到民間

第四輯 天山的事業

第五輯　一條路的符號

第一輯

生命密碼

混血之域

靜夜，無風無雨，有清晰的星月。

仰望星空，我問自己，你從哪裡來？為什麼要到這裡來？你來的目的是什麼？你的骨子裡有著怎樣的氣血？你的氣質是由哪些密碼構成？

人的性格中有許多複雜的東西，理不清的時候，人們會把這種情緒的源頭歸為骨子裡的東西，與生俱來的，來自生命本體的，更深層次的東西。但它應該是可循的、有解的，於是，尋找那個終極密碼就成了人們的企望。

在與北方許多民族交往中，我們可以感受到一種生命的魅力，混血的魅力，散落在中國北方的各族支脈讓我們開始懷疑，其實我們中間的許多人都不是什麼純粹的漢人，因為我們的性格中總是散發出一股咄咄逼人的氣息，我們從來就喜歡沙場和戰場，喜歡馬背上的民族，喜歡在征戰和銅角的悲鳴中存在著的那種精神，像烈馬奔放無羈的自由精神。

青海詩人昌耀在《混血之歷史》中說過這樣的話，你會覺得「自己背後必定拖曳著一條與之維持了某種關聯的根，只是這片根系纏綿糾葛，鋪展得太寬太遠了，誰也無從解析徒懷渴望而已。人類正是如此絕望地思量著，在一種逼近的隆隆聲裡完成每天一次的落日殘照，彷彿一種混血。」

純正，還是混血。沉澱在我們體內的生命密碼，何來破解。

一、鮮卑一族

鮮卑不是一個西部民族，他在我所沉迷的事物之外，雖然他曾經在中原大地唱盡了風流，可他畢竟源於千里之遙的東北。東北於我是陌生的，我不知道他的風乾爽還是濕潤，陽光熱烈還是曖昧，河水奔放還是羞澀，山體裸露還是披紗掛甲，他的樹枝間是否散發著松子的油脂味，草葉中是否漂浮著薰衣草的藥香，但是，我知道，東北就是那個只有回頭才能看到西北的雄雞之首，西部是亞洲的中心，西部人每一次的自豪都離不開亞心的概念，東北很厲害，他只是稍微回首一瞥，就讓新疆人明白了自己的位置，清楚了現實的處境，很難說清楚它的回首瞬間是如何左右我的西部本位觀念的，或許從那時起，我對東北有了某種心理上的隔閡，直到三年前我來到伊犁谷地，穿梭在萬疇糧田和水渠樹影間，沐浴著邊塞溫潤的氣息，看落日餘暉染紅整個河谷的時候，我才開始懷疑，東北那輕微的轉身，看似隨意的一瞥中似乎暗含了某種隱秘，某種難以言表的隱痛，某種關切和撫摩。

十八世紀伊犁歡騰的河水唱響過兩支恢弘的史詩，這條母親河幾乎在同一時期接納了兩支遷徙的隊伍，一支是蒙古土爾扈特人，一支是鮮卑後裔錫伯人，一支從東往西，一支自西而東，一支橫跨西西伯利亞無邊的荒原，一支遠涉外蒙古廣袤的大草原，他們的區別是，一支在回歸，而另一支正在離去；對於離去的，人們一直都揣摩不清歷史的真實想法，即便是在今天，甚至再過幾百年他們或許都無法釐清思緒，那種只能遊走在自己身體內而無法言說的酸楚。當然，伊犁河水是明瞭的，他見證過太多的歷史事件，熟悉其中的權宜之計和難為之為，但是，他不說話，和這群有著傲骨的人一同保持著高度的一致，緘默著內心的秘密，又為這次遠行找出了充足的理由，他們說，鮮卑人從來都不怕遷徙，他們一直都在遷徙流離，他們的祖先是胸懷遠方的人，從走出大興安嶺那頂山洞後就沒停駐過自己的步伐，先是向南，一批一批地走進中原，他們的腳步丈量過東部的山東、西部的新疆、南部的淮河長江，他們不是等閒之輩，在五胡十六國時期他們在所到達地區建立了八個自己的政權。

這群叫鮮卑的人最早遊牧於東北的洮兒河畔，天蒼野芒，風吹草低和習武涉獵的場景還沒在我面前全部展開，歷史的新發現就對它進行了重新改寫。上世紀八十年代初，一個關於山洞的傳說驚暴於世，雖然《魏書》中早就說過，鮮卑人來自一個山洞，北魏拓拔濤時期，有人對皇帝講述了那個山洞的過去，大約是在大興安嶺北部，有個巨大的石室，那是北魏祖先們開鑿的祖宗廟堂，坐在龍椅上的拓拔濤於是派人沿著祖先南遷的路線返回大東北，找尋那個石室，找到後，他們在洞窟裡留下了一篇一百多字的祝文。後來，這群人再也沒有回去過，遮天避日的樺樹林覆蓋了那頂山洞，山洞在幽暗和潮濕的草木間漸漸地變成了一個傳說。

這個民族的尷尬是從那頂石洞開始的吧，比起水邊的文明，石洞簡陋單調，從第一眼看到洞外灼熱的光線和碧綠的草地時他們就看到了自己的逼仄和愚陋，出去後，他們沒再想著回到過去，他們不可能回到從前。洞是這個民族的底線，走出洞，就是走出了原始的蠻荒和局限，在洞口處他們為自己選擇了一種全新的生存形態，超越，後來這個形態自始至終貫穿著這個民族的行程。

蹣跚走出石洞，走過荊棘叢生的灌木，走到一條河流和一塊草場旁邊，在那裡，他們拍打幾下潮濕的羽翼，又拍打了幾下，藉著東北凜冽的寒風，起飛，然後騰空，飛翔起來，先是到了大同，在那裡他們偶然惦念起了那個石洞，就在大同的石山上開鑿石窟，塑起了石佛。但是，無論是東北的石洞還是大同的石窟，都還太遙遠太避塞，於是，他們以大同為平臺，又一次飛躍而起，飛到了中原，在那裡他們建立了北魏政權，這是北方遊牧民族第一個在中原建立的政權。

從石洞到大同，再到洛陽，在一連串的起飛和跳躍中那個叫孝文帝的皇帝微笑著勝出了，他帶著他的二十萬大軍浩浩蕩蕩開赴洛陽，讓他的民族從此面臨著一個比東北更加廣闊的大市場。

洛陽在中原，中華民族的發源之地，他們走到了中心地帶，已經不能再走了。一次又一次的飛翔，這個民族還能飛的更高嗎，繼續的飛翔對他將意味著什麼。既然已經走出石洞走出大同，既然已經飛翔起來，就讓一雙翅膀更舒展更開放吧，未及整裝，這個年輕的皇帝就開始了他新一輪的起飛：一次精神文化的騰飛，先是禁止鮮卑人穿胡服，這一招成了歷史故事中的經典，又從自己做起，改變姓氏，把皇室的拓跋改成漢姓元，自己也由拓跋宏改叫元宏，還把丘穆陵改為穆、曾六茹改為楊、步六狐改為陸，在這次改姓中，有一百四十四個鮮卑姓氏被改成漢姓，這是中華歷史上規模最大的一次少數民族的改姓之舉。

之後，他又禁止使用鮮卑語，這是一個尷尬的政令，在這個的政令下，鮮卑人接受了漢語，又接受了漢字，把漢字作為自己的官方文字。其實，沒有本民族的文字是鮮卑人最致命的弱點，北朝時期似乎有人嘗試著造過鮮卑文字，但沒成功，文字的滲透力量遠比人們的想像強大的多，一代又一代的鮮卑人，正是從文字開始，接受了漢人的語言、瞭解了漢人的習俗、記載了漢人的歷史，在漢文化的海洋中他們跌宕起伏，終而迷失了自己。

因為沒有可以記錄的文字，他們就少有可以瞭解的歷史，他們的身世就成為永久的未知，最終，他們成為了漢人的一部分、滿人的一部分、蒙古人的一部分，或許他們的血管裡依然流淌著鮮卑的血液，或許他們早已混含了各族無數的因子，無論有，或是沒有，無論純正，或者混血，對所有鮮卑的後來者來說都是一團永世的迷霧。

比起服飾、姓氏、語言、文字，最具徹底性的措施是血液的融合，改名叫元宏的孝文皇帝率先垂範，納漢人女兒為妃子，又下詔為自己的六個弟弟和兒子娶漢族女子為妻，他沒意識到，在人們的道德觀念還沒有足夠寬容的時刻，他對自己民族血緣缺乏尊重的態度和粗暴方式嚴重傷害了鮮卑人的自尊，也傷害了親情，他的只有十五歲的兒子因為拒絕娶漢族女子而身亡，但是，悲情沒有能夠阻止一個帝王的信念，在他三十三歲離開人世的時候，他的漢化改革措施再也沒有逆轉過，勢如破竹地向著既定的方向邁進。

這個自行消亡的民族曾經遍佈整個北方，這究竟是生命的脆弱還是部落的軟弱，這個曾經建立北魏政權的拓拔大姓輕而易舉地斷流在歷史的長河中，不敢輕信，但卻是事實，是歷史。歷史從來都相信適者生存。

前些年的秋天我回到我的北方老家，問家裡的老人，我父親的三叔，我們是純粹的漢人嗎？有沒有其他血緣混入。我不相信那些鮮卑人會脆弱到徹底消失的地步，他們一定會在路經的地方竭盡全力保全根脈，儘管滲透和融入是無可爭議的現實，可他們畢竟在路過的地方留下了眾多物化的遺跡，在離我的老家不遠的大同，他們留下了一個確鑿的符號，雲崗石窟，巨大的微露笑意的佛祖不僅說明了他們的滲透和融入，還強調了他們曾經對這一地區的主宰，一種絕對的自信的統治。

沒有走出大興安嶺的，留守在那個石洞旁的鮮卑人依舊如昨，守侯著最初的洪荒，他們騎馬涉獵，剽悍的身姿出沒在東北古老的山林裡，直到時間推移至大清帝國。康熙是讀懂了歷史的人，乾隆更是讀透了歷史的人，讀懂讀透歷史的滿族人太知道從東北第一個闖進中原建立政權的人是誰了，雖然他們有了一個新的名字，錫伯，雖然他們自北魏以後再也沒走出過大東北；警覺的滿人像隻追捕前夕的獵鷹，不敢有絲毫的輕視小覷，他們的祖先們很早以前就看到過鮮卑強健的馬隊，呼嘯著從自己家門口閃過，那是何等的迅急和威猛，他們一直固執地相信，鮮卑沒死，正在療傷。就因為這個原因，曾經被喚作鮮卑，後來改稱錫伯的人在大清帝國時期出現了三次調遣戍邊行動，前兩次是被派往東北的邊疆，第三次，也是最後一次，乾隆皇帝輕輕一揮手，一道諭旨下達到他們手中，盛京錫伯兵一千名，酌派官員，攜眷遣往。遣往的目的地是新疆的伊犁河谷。

錫伯人的西遷遠不及土爾扈特人來的聲勢逼人氣勢浩大，與土爾扈特人相比，他們的西行有皇帝賜予的重金，有一路敞開的綠燈，他們的行程緩慢悠閒，一千名攜帶家眷的官兵，在一年多的長途遷徙中為這支隊伍生下了三百五十個嬰兒，到達目的地時，這群鮮卑人已經壯大到了五千零五十人，而土爾扈特十七萬東歸的隊伍在追兵、饑餓、風寒的遭遇中能夠走完全程的人不足一半，那些有著強壯體格的蒙古血肉紛紛倒在了奔赴故土的旅程中。

土爾扈特人是悲壯的，也是自豪的，他們的心情晾曬在太陽底下，痛苦早已化作甘甜，他們無法想像錫伯人的隱痛，更難以明瞭他們的酸澀，「酌派官員，攜眷遣往」，八個字，這群離開大東北的錫伯人在滿族人的帶領下，偕同他們的妻子兒女在被指定的線路上行進，無論是在滿族人的帶領下，還是走那條被指定的線路，都像一支燒的通紅的烙鐵，時不時地觸碰著他們的神經，這種觸碰是一種告訴，告訴你滿人與鮮卑人之間正存在著的一種關係。

許多年裡這個民族始終都處在兩難的境地，為了擺脫尷尬，他們做了一次又一次的超越，但是，尷尬彷彿註定，他們總也無法徹底擺脫。遠行的錫伯人在離開章武門的告別宴中舉酒豪飲，陣陣陳詞，感謝皇恩的重用和信賴，他們將萬死不辭，說完這些話他們覺得自己的嘴裡正在咀嚼著苦澀，味若黃連。雖然這個民族一直在尷尬中穿行，但是，那每一次的尷尬都是他們的自覺自願，所謂漢化，是他們自行的選擇，那是一個人的戰爭，是自己對自己的說服和戰勝，而西遷伊犁使敢於接受新生事物的鮮卑人忽然意識到，原來尷尬有兩種，一種來自自身，另一種則是外人強加，他們再一次地有了難言之隱，外人的強加使他們無論如何都說服不了自己。他們醉倒在章武門的酒香裡，嘴裡說著心甘情願，眼裡漲滿著悽楚的淚花。

根據一九九零年第三次全國人口普查，全國錫伯人有十七萬，三萬在新疆，十三萬在東北，而真正保留了錫伯文化的只有居住在新疆的錫伯人。對於鮮卑文化的傳承來說，這次遷徙的結果是幸運的，畢竟最初的一千官兵為這個民族的血脈做了原始的保存。從這個角度講，民族歷史的盛大殿堂中因為乾隆的一紙諭旨而因禍得福。

「曾經滄海難為水，除卻巫山不是雲」，我總是在想，在唐朝詩人元稹吟出不朽詩句的時候，那些有著鮮卑血液的人們是否追憶起了自己的鮮卑血脈，他們是否感懷於歷史、感懷於身世、感懷於祖先，感懷於曾經強大而最終消亡的鮮卑一族。

二、在潦倒中沉寂

手繪一張草圖是一件困難的事情，並不是草圖難繪，而是因為那些不確定的人群在你筆端尚未落下就已經遷徙離去。我曾經學著兒童的塗鴉遊戲，在一張潔白的紙上隨意畫出一些點、線和面，這些遊走在紙張上的點線面就是一個民族的遷徙史，黃色是駐紮的營盤，紅色是遷徙的線路，也是血液流動的方向，當一汩汩鮮紅的血液隨著馬隊和浩浩蕩蕩的遷徙一路踏過時，土地被浸染了，碰撞和排斥後出現了交融，人與人的交融，血液的交融。這就是西域，神在自己的調色盤中混雜了多種血液，又隨意地調和，然後潑灑在這塊無邊的大地上。

我一直覺得西漢王朝企圖與之合作，共擊匈奴的月氏是神秘的，張騫出西域的任務之一是尋找合作夥伴，起初朝廷為他鎖定的是月氏，那時，漢人知道在自己西部祁連山腳下有一支人馬叫月氏，他們勇敢善戰，但是聽說他們已流走他方，去了更西北的地方，張騫的使命是尋找這支壯大的人馬，與之結盟，但是，未能如願。所幸的是張騫找到了烏孫，與烏孫結成聯盟，西漢西聯強手的目的才算得以實現。

曾經，月氏人生活在祁連山腳下的敦煌。去敦煌是在夏天，鋪天蓋地的佛教事業在這裡發揮到了極致：街道的雕塑是飛天，賓館的壁畫是反彈琵琶，店鋪裡的商品是佛塑和有關壁畫的書籍，濃郁的佛教氣氛淹沒了敦煌的其他，找不出過去任何的蛛絲馬跡，誰能想到這裡曾經居住過一群叫月氏的人。當然還有一群叫做烏孫的人，與月氏人同時生活在這裡，不過他們之間沒有共融，兩相相遇，激烈地撕打起來，最終月氏人打敗烏孫人，烏孫人被擠出敦煌，向著西北方向遷徙，找到了水草肥美的伊犁河谷，在那裡落了戶，這群人後來與匈奴人一起變成了控制北疆的兩股強大勢力，當時，敢與匈奴抗衡的除了漢人，就是這群來自於敦煌和祁連山腳下的烏孫人了。

趕走烏孫的月氏是強大的，就連四處出擊不懂什麼規則的匈奴人也對他禮讓三分，典型的案例是匈奴單於頭曼竟然把自己的兒子冒頓送到月氏做質子，可惜的是，月氏獨霸一方的日子沒多長久，就像他趕走烏孫一樣，被匈奴人趕走了。

月氏的離去不在冒頓時期，而在冒頓的即位者老上單於時期，老上單於即位後，打了一場對月氏的戰爭，對月氏來說，那是一場滅頂之災，自己的國王被殺，頭顱被敵人做成精緻的酒杯。月氏人不能繼續待在祁連山腳下了，匈奴人要趕走他們，他們不得不離開家鄉的黃土，或許，從他們內心來說，走是種解脫，祁連山已使他們沒有了尊嚴，世代的家園變成了一種恥辱的警示，他們永遠都無法釋懷戰敗的那一幕，更無法消解那樽頭骨酒杯。

一族人走到伊犁河谷，那裡是烏孫人的領地，這不是一個明智的選擇，想想當年你在祁連山腳下趕走了烏孫，現在的去向多少有點投靠的嫌疑。與鮮卑相比，月氏的行進要悲哀的多，如果時光是個打磨器的話，鮮卑人是一點點被打磨掉的，如果時間能夠治癒病痛，鮮卑的每一次挫敗都有一個療傷的過程，它是那種，慢慢地、逐步地消沉下去的落日，他的痛是隱隱的長久的作痛。而月氏的悲哀是在他們生存了世世代代之後，忽地沒了自己的立錐之地，一夜之間他們的世界傾倒了、坍塌了、崩潰了，在投奔伊犁河谷的長途遷徙中，他們一定感到了疲憊，與烏孫的往事在他們心中早已淡泊，他們有了一個漂泊者的善良和寬容，他們輕聲地、抱歉地敲響了烏孫人家的大門，此刻，埋藏已久的仇恨種子早已蓬勃，烏孫人的一口怨恨之氣終於呼之而出，他們板起面孔，義正言辭地拒絕了，碰了壁的月氏人癡癡地仰望著伊犁河谷藏藍色的星空，掉頭南行，他們悲哀地行走，未知的南方對他們來說意味著什麼，他們全然不知。

但是，除了悲哀，月氏還是悲壯的，他們是一個能夠忍辱負重、臥薪藏膽的部族，南行的月氏人一路風塵，竟然走出了中國版圖，走到了中亞地區的阿姆河流域，在那裡，他們重整旗鼓，擊敗了當時居住在那一地區的大夏國人，在地圖上那一地區現在是阿富汗的北方，那是地球上另一片水草豐茂的地方，他們在那裡建立了自己的政權，一個強大的貴霜王朝。

月氏王的頭骨被做成酒杯時，漢武帝聽到了消息，這是一個絕佳的爭取西聯的機會，漢武帝立刻招募使者，應徵者中張騫脫穎而出，漢武帝給了他一百多人，帶著使命的張騫西出咸陽，踏上了十年的艱辛路，張騫當然沒在敦煌找到月氏，他們早已離去，而自己也深陷匈奴。

十年一等，張騫終於逃出了匈奴領地，向西遠去，輾轉萬千後到達月氏，一個欣欣向榮的由月氏人統治的王國展現在他眼前，於張騫，十年前的使命近在咫尺、猶如昨日，於月氏，他們已在阿姆河畔定居，已從遊牧轉向農耕，他們在漸漸擁有農耕人溫性善良的時刻，也漸漸失去了遊牧人拼殺到死的意志，汩汩灌溉的水渠、繁榮的商業、南來北往於絲綢之路的升平歌舞淹沒了先輩的頭骨酒杯，往事如煙，曾經漂泊凝練出的已不再是積聚的憤怒和復仇，悲憫和寬容正在成為一個部族的文化因子滋養著他們的心田，他們對張騫揮手說不，花費了一年時間和口舌的張騫，滿腔熱誠化作西去的流水，終未達成使命。張騫轉身離去的時候，會是潸然淚下吧，十年一夢未成真，壯士一去何回頭。

大月氏已經安頓，有了自己的王國，從一個部族發展到一個國家，對一族血脈來說是很圓滿的結局，淡出中國歷史書籍的它本該劃上一個句號。但是，時光劃過歷史的長河，到了東漢時期，月氏再度出現在中國史籍中。這使我的閱讀眼前一亮，離去的再度回首，便是熬煮過的酒，味道中必定有一些難言的苦澀。

悲壯的月氏突然崩塌，喪失了最後的力氣，彷彿垮掉的精神，一片潦倒，建立貴霜王朝的月氏內部以很快的速度出現紛爭，政權倒塌，落難民眾作鳥獸散。絲綢之路來往的商賈們販賣著珠寶、茶葉、香料，這時，他們又幹起了另一樁生意，販賣女奴，月氏的女人們成了中原人搶手的胡妓。

貴霜王朝的前身大夏是一個希臘王朝，我總是覺得月氏人真正的悲哀是從建立這個王朝開始的，他們統治了大夏，卻從那一刻起放棄了自己，他們汲取大夏的語言，用一種希臘字母演化的文字來書寫新的語言，他們在自己的錢幣上將希臘神的圖案鑄印上去，在貴霜王朝的氣息裡我們再也感受不出祁連山的青草味和馬糞味了，月氏人背離自己的血液，躺在希臘文明的溫床上，睡熟了。

記得許多年前在陝西咸陽博物館看到過出土的三千彩繪兵馬俑群，俑裡有六個方陣的騎兵，七個方陣的步兵，佈陣中站在衝鋒前沿的和旁邊的都是高大壯實的西域胡人，當時的封建割據勢力都喜歡胡兵，胡兵們身材魁梧，作戰勇猛，因為地位低賤被排在衝鋒的前沿和方陣的旁邊，他們隨時準備為雇傭者獻身。那時，看著眼前的兵馬俑我總也想不明白，面無表情瘦弱無力，甚至有點佝僂的漢人怎麼會征服高大偉岸的胡兵，現在想來，一次又一次喪失領地又失去國家的無所依附的月氏人，怎麼可能與高度集權的漢王朝抗衡呢。精神無所支撐的男人看著自己的姊妹強顏歡笑，摟在別人的懷抱裡，以羞辱賣身維持生存的女人看著自己的兄弟拼死戰場，血灑黃土，那該是一種怎樣的辛酸。

三、呼嘯鐵騎

亡我祁連山，使我六畜不蕃息；失我焉支山，使我嫁婦無顏色。戰敗的匈奴人每每面對焉支山，都會引吭高歌，慨歎一氣，這群敗在大漢驃騎將軍霍去病馬下的草原壯士，是揮灑著熱淚退出祁連山的。這同樣是一群會悲憫、會灑熱淚的人群。

讀匈奴總是讓人振奮不已，即便是敗走麥城，都有著兵家的規矩和招勢，它不像月氏，月氏是一頭脖項被捅，流出悽楚的血和眼淚的黃牛，你看著它的鮮血和熱淚一汩汩地流淌，浸染著黃土地，你看著它微閉上眼睛，喘著短促的氣息，可憐巴巴地乞求你，好像他什麼都願意去做，只要活命，不死，而你卻什麼都無法替他做。你覺得它把你的心都濕透了。

匈奴人不這樣，他們遊戲人生的處事原則在嚴肅的歷史面前顯得有些玩世不恭，有些不和邏輯又無視規則。匈奴是一群並不純粹的遊牧人，他們說著一種阿勒泰語，血液裡混雜著各種成分，但是，他們卻很早地凝結了起來，成為一個強大的草原王國。這個草原王國從衝進歷史舞臺到消退在西域的暮色蒼茫中經歷了短短的七百年。他最終沒能成為勝家是因為他面對的是秦漢帝國，那些在中華乃至世界都獨樹一幟的朝代。他敗給了西漢輸給了東漢，但是，誰都知道，他同樣使漢人經歷了人生的七年之癢。匈奴那支揮不去打不走的鐵騎，總是使漢人在某個月明星稀的夜晚難以入睡，從那時起，中原人真正開始感受到一個新的名詞：外患。

這個部族曾經擁有整個內蒙古的河套和大青山一帶，後來逐步移居到漠北。他最輝煌的戰績是踐踏了洛陽以北的整個漢人家園，還將洛陽城付之一炬，當然，那時已經不是漢室了，劉姓漢室已經讓位，那是西晉滅亡的時刻。曾經有一位粟特商人給遠在撒馬爾罕的定貨人寫過一封幾近絕望的信。信的內容大致是「如果我把中國發生的情況詳細地告訴你，那將是一段痛苦而多難的故事，而最後那個皇帝，由於挨餓而從洛陽逃走了，他的牢固的京都，他的牢固的城市被付之一炬，所以，洛陽已不再存在了，那些匈奴人昨天還是皇帝的手下人，現在卻把這個國家摧毀了。最近三年以來，就沒有一個粟特人從這個國家的內地逃出來。印度人和粟特人一樣，都在洛陽餓死了」。

在我心目中大漢朝是黃金的，承載著金燦燦的夢想，讓人嫉妒，秦朝像翡翠，透明卻經不起碰撞，破碎的那麼清脆，像寂靜夜空中忽然撞擊的玻璃，頓時一片殘跡。而匈奴是鐵質的，鏗鏘作響，它是金屬，有著金屬中最質樸的簡單、冰冷、強硬和頑固。這個特點在冒頓身上體現的最為鮮明，冒頓是單於頭曼的兒子，是既定的太子，但是，頭曼又與另一個妃子生了另一個兒子，頭曼動了換太子的心思，思來想去想出了一個計策，送兒子冒頓去月氏當質子。本來，送去了就完事了，但頭曼還有另一策，派兵出擊月氏，想以攻打的方式惹怒月氏，藉月氏之手殺掉冒頓。你送了質子又打我，違背常理的做法不但使月氏困惑，也使冒頓疑慮，頭曼的計策很不高明，他低估了他的兒子冒頓的能力，身體裡流淌著匈奴人血液的冒頓才不是坐以待斃的懦夫，他偷了一匹馬，連夜逃命，也是這一年，冒頓射殺了自己的父親頭曼，自立為王，成為匈奴歷史中最傑出的單於。

冒頓對運籌戰事有著極高的天賦，他身上體現了七百年匈奴人作戰的最高水準，他有巍然壯闊的馬隊，靈活多變的戰術，他的戰馬在草原荒漠中馳騁出沒，晝夜兼程，當他以四十萬鐵騎將漢高祖劉邦圍困在平陽城時，他的馬是按照顏色編分的，西方是白馬、東方是青龍馬、北方是烏驪馬、南方是赤黑馬，據說，若按照人兼數馬計算，當時圍困平陽城的馬匹大約有一百萬多匹，那應該是真正意義上的萬馬奔騰了。

歷史是看中英雄、推崇英雄的，英雄常常是一面旗幟、一個象徵，是這個時代或這個民族的價值取向，同時，英雄也是需要成全的，每次看到匈奴兩個字，我都會把它與英雄聯繫在一起，與匈奴相伴七百年的那些千古名流，哪個不是匈奴成全的。匈奴與秦、與兩漢的英雄多次交手，勝者為王敗者寇的名言是相對的，當歷史煙雲掠過，當我們追溯往昔那場戰爭或戰役時，勝敗已成兵家常事，英雄是對等出現的，勝者在敗者中樹立起形象，敗者越是頑強，勝者才越顯偉大。

但是，有時候英雄也應該有所避開，我總是抑制不住地想著一個假設。假如漢武帝與冒頓相遇，這種假設有點殘酷，但是，如果成立，漢武帝將不再是那個俱往矣，數風流人物，還看今朝中的秦皇漢武，他會因無法抵禦冒頓的呼嘯鐵蹄而消聲歷史，如果成立，冒頓也僅僅是匈奴眾多單於中的普通一員，會被武帝的兩員大將衛青、霍去病趕出漢人視野。如果成立，誰將是贏家，漢武帝與冒頓，我手裡掂量著，難以左右。

後來，我將砝碼置於冒頓的秤盤上，心情竟然是長歎一氣，冒頓肯定會打贏漢武帝，不是才學膽識治國等等問題，在幾乎所有的個人素質方面冒頓都輸於漢武大帝，但是，有一樣他是贏的，那種草原人獨有的沒有浸染過文明的勃勃野性，那種類似於猛獸的機敏和殘酷，從冒頓逃離月氏和殺父之事就可以看出，他是一個機敏的善於撲捉機會和迅速擺脫危機的人，一個殘酷無度任野性蓬勃肆意的人。他曾經給他的軍隊制定了一個規則：自己的箭射到哪裡，部下的箭也要跟隨到哪裡，否則，斬。為了貫徹這一命令，他做了多次實驗，射向獵物、射向自己心愛的馬、射向自己的妻子、射向父親的馬，這是對士兵人性的考驗，也是對士兵執行力的考驗，當他將那些猶豫的、沒將利箭射出的人處以斬首時，一個信念在士兵的頭腦中建立起來，士兵的天職是服從命令，而不是命令本身的正確與否、人道與否、正義與否、人性與否。冒頓的父親最後成了他訓練士兵絕對服從的一個靶子，他死在兒子和他的士兵的亂箭之下。冒頓沒有血性，但是，或許對某些政權來說，本身就不是靠血性去獲得和維持的。漢武帝是一個禮儀之邦的皇帝，以有序對無序，以規則對無規則並不是一件簡單的事情。

我總是覺得，七百年來匈奴與漢人多少有點棋逢對手的感覺，兩軍征戰，無論戰死疆場多少，彼此之間並不厭惡和憎恨，雙方互贈女兒的事也常常傳為佳話，王昭君出塞被喻為民族團結的楷模，漢人娶匈奴為妻的也不在少數，那個出走西域的第一人張騫被困匈奴時娶了匈奴的女子，牧羊的蘇武娶了匈奴的女子，傳奇的李陵也娶了匈奴女子，敢於步卒五千人橫行匈奴，面對十倍於自己的敵人，追奔逐北，滅跡掃塵，斬其梟帥，使三軍之士，視死如歸，這等的人物，無論是在過去還是現在，無論在漢人心中還是匈奴人心目中都該是真正意義上的英雄豪傑。

四、寬容的悖論

中國的少數民族是堅強和不屈的，特別是北方的遊牧民族，他們天性桀驁、奔放，他們嗜酒如命，熱衷征戰，北方的遼闊為戰爭提供了最好的條件；草原和荒漠就是天然的戰場，適合戰馬奔騰，長戈揮舞，他們鄙視長城，揚言要衝破長城，他們如願了，提著守軍的人頭，在馬背上高叫著、瘋狂地揮動戰刀，說要征服世界，果然，他們用馬蹄丈量了中亞西亞和歐洲的土地。他們是開放的、進取的，他們的目標是無止境的，他們的理想永遠都存在，永遠都是下一個。

在很長一段時間裡我都沒分清楚匈奴與蒙古之間的關係，以為匈奴人是蒙古人的前身，是他們的祖先，他們之間有著許多相似之處和繼承關係，他們都有世界上一流的戰術，都將馬背視為生活中最快樂的場所，都喜歡以小股兵馬出擊將敵人引進埋伏圈，都善於騷擾，巧於逃串。作為繼承，蒙古人在匈奴人的基礎上僅僅改進了工程，保障了後勤，就使自己如虎添翼。

但是，僅僅具備遠大的戰略和高超的戰術並不足以成就一個蒙古大帝國，成吉思汗何以長驅中亞、西亞、歐洲，又踏平東亞，建立起一個龐大的帝國，他是以什麼力量來創造神話的。《海市蜃樓中的帝國》一書裡，談到蒙古人時作者用了寬容一詞，這是一個長期被殘暴和血腥掩蓋的詞彙，人們不會相信一個以割掉耳朵計算取下人頭的民族、以標榜殺人多少論功行賞的民族、以屠城和毀滅人類文明為樂趣的民族能與寬容有什麼關聯，凡是蒙古鐵蹄飛馳而過的地方，無論是草原、城堡、街道，還是山岡、林間，只要有蒙古人，就能看到沾滿血液的雙手拉動馬匹的韁繩，就能嗅出濃重的飄蕩在空氣中的血腥氣味，寬容於蒙古人來說，真是一大悖論，他怎麼能夠褻瀆一個閃爍著神性光芒的詞彙呢。

要成就一個龐大的帝國，除了戰略戰術和雄厚的資本外，在精神領域一定要有一些良好的品質，這種品質非常珍貴。面對神聖的宗教，蒙古人選擇了寬容，儘管最初那只是他們不自覺的行為。在鐵木真時期，成吉思汗是中原北部草原一個遊牧部族的小首領，依附於比他強大的部族，那個部族信仰景教，後來他超出了依附，宣佈自己是蒙古人之王，為王的那一天，他發現他的小部族中有著不同的宗教信徒，薩滿教徒、景教徒、摩尼教徒、佛教徒，這是一種與生俱來，在他接受蒙古人這一稱號時，就自然而然地接受了他的人民心目中不同的信仰，不同的信仰成了蒙古帝國的先天，蒙古人對多信仰的尊重從一開始就是一種本能，一種習慣。

寬容是從宗教開始的，不僅是昌盛的宗教，即使是一些偏遠的地方性宗教，蒙古人也能很快地接受。那時，成吉思汗在大夏，聽說有一種長生不老的藥物，為了這種藥，他從中國請來一名道教真人，丘處機，中國的道教徒們最擅長的是製造長生不老的藥，叫煉丹，中國人上至皇上皇后下至平民百姓都堅定地相信，這世上確實有一種東西可以使人不老。長途跋涉的丘處機在喀什米爾與成吉思汗會晤，但他給成吉思汗講的不是煉丹成仙，不是長命百歲，而是道、空、無為的思想，成吉思汗欣然接受了，對於蒙古人來說，這種接受預示著這個民族的寬容正在走向自覺。

有一名女景教徒的兒子會見過蒙哥，贊許蒙哥採取了一種不失政治敏感性的寬容態度。蒙哥是成吉思汗四個兒子中最喜歡的小兒子拖累的孩子，這個孩子喜歡伸出手把不同宗教說成是手上的五指，因為自己早就皈依了佛教，就把佛教說成是手掌，因為對待宗教的寬容態度，他的身邊聚集著許多景教徒。

蒙哥曾經組織過幾次辯論會，當一個人非常認真地聆聽教理玄學時，他就該是一個關注精神生活的人，而這個人假如能將各種觀念匯集起來，建立一個彼此尊重的平臺，那麼這個人就應該是一個通達的人、寬容的人、有所境界的人，私下裡這個人喜歡一些命題，「無我」、「次第」、「空」，他熱衷於對這些問題進行微妙的分析。公眾裡他坐在辯論台主席的位置上，他不代表哪一方，只充當調解人，他的辯論會有三方辯手，辯手以自己的辯白證明基督教、回教和佛教的真諦，論說他們之間的關係，調解人的任務是保證各辯手之間始終保持著高品味和高品質的辯論。他做了一項宣佈，處死任何起哄或辱罵反方的發言人。這就是蒙哥，儒雅的、高屋建瓴的蒙哥。

我極力地想像著眾多辯論的場面，古希臘蘇格拉底式的辯論、春秋戰國百家爭鳴式的辯論、唐玄奘任人問難、無一人能予詰難式的辯論、摩尼與基督一爭高低式的辯論，在幾乎所有的辯論中有誰能像蒙哥一樣，不計輸贏，他的境界是高於宗教本身的。

讀史至此，那個從一開始就令人疑惑的悖論再次凸現，在寬容的另一面，在辯論會之後蒙哥發出了向西的號令，他推出他的弟弟旭兀烈橫掃西亞，旭兀烈是個佛教徒，與一名基督女子結婚，他的助手是一名景教徒，在他帶領的蒙古軍隊中有佛教徒、景教徒、伊斯蘭教徒，懷揣各自信仰的人在他們的指揮將領旭兀烈的帶領下所向披靡，路經之地的伊斯蘭政權紛紛倒下，在進入巴格達後，在上帝安拉和佛陀的眼皮底下，他們連續七天七夜進行了瘋狂的大屠殺，數十萬上百萬的人倒在他們的屠刀之下，絲綢之路持續了五個世紀的美麗城郭巴格達和其他被蒙古人踏平的城市一樣，悲壯地陷落了。

難以解釋發生在蒙古人身上的悖論，更無法明瞭那些宗教信徒們何以做出傾城屠殺的抉擇，這是一支有信仰的部隊，雖然信仰的名分不同，但是，就宗教崇尚「善」的本質來說是一致的，他們有理由拒絕蒙哥、拒絕旭兀烈，拒絕他們的英雄領袖成吉思汗，但是，他們好像更加地務實和難以操作現狀，或許其中有一些沒有記入史冊的秘密，那秘密是什麼呢，被逼、強迫、無奈的舉措，這是我為他們找出的理由，把責任全部推給蒙哥旭兀烈和成吉思汗，只是這樣做了仍然不能說服自己，虔誠的信徒面對善惡的取捨怎麼會輕率的如童真遊戲，在勝利之夜，站在佛祖、上帝、安拉、摩尼腳下的靈魂們將如何能夠坦蕩起來，之後他們是否會遭遇一場精神之痛，那種一生一世的心靈拷問。

成吉思汗去世後，他的國家被他的兒子和孫子們平分秋色，他們從自己的祖輩處各自領得一份厚土，撥都分得西部地區，察合台居住在中亞西部和新疆，原來蒙古國的首府哈喇合林歸屬拖雷，巴爾喀什湖以東至蒙古西部之間的地區歸窩闊台，拖累的兒子蒙哥後來繼承了窩闊台的汗位，蒙哥的弟弟忽必烈在北京建立元朝，成了大可汗，在西部，旭兀烈統治著伊朗，他的王國叫伊爾汗國，在以後的歲月裡他的子民們以另一種寬容態度融入了所屬地的文化中。

融入是蒙古人顯示寬容的一個側面。承認別人的文明，不是淩駕而是修正自己的不足，彌合自己的殘缺，這時我們才發現，蒙古人真的成熟起來了。忽必烈在北京登上汗位後主張馬上得天下，不馬上治天下，改變了蒙古人屠城的習性和速戰速決的征戰風格，他打出了禁殺的字樣，他的命令有不妄殺、不縱火，將所獲牲口全部釋放等，他的變易舊章的做法讓我們感受到了一個草原領袖身上的文明氣息，修身、齊家、治國、平天下的儒家思想正在被一個草原民族汲取，一種文明正在融入一代草原人的血液。其實，更為深刻的融入是蒙古人集體性地伊斯蘭化，忽必烈時代，蒙古形成四大汗國：欽察汗國、察合台汗國、窩闊台汗國和伊兒汗國，他們血脈相連同時奉入主中原的忽必烈的元朝為宗主，此刻的汗國已經越來越遠地離開了蒙古人的草原質地，旭烈兀的伊兒汗國是拖雷的後代，為了取得穆斯林的支持，他們改奉伊斯蘭教為國教，又廢除了大汗稱號而改稱蘇丹，到了禿黑魯帖木兒汗時代，十六萬蒙古人浩浩蕩蕩皈依了伊斯蘭教。有時候我想，十六萬人集體性的融入或許已經走向了寬容的反面，大規模的融入破壞了自由寬鬆的信仰環境而使事物本身走向了閉合。

蒙古帝國是在這一背景下消亡的，這群進取、殘暴、簡單的草原人攜帶著他們的寬容心轉身而去，在時間的敘述中為我們留下了一個偌大背影。

五、亦真亦幻撒馬爾罕

正午陽光刺目，照射在青色穹廬頂的清真寺上，大理石柵欄旁鴿子在拍打著雙翅，樹靜靜地站立在路邊，閣樓的窗臺前裝飾滿了開放的鮮花，一個皮膚白皙，長髮飄飛，嘴角含著一顆黑痣的女子在我前面一閃，拐進了左面的街巷，撒爾瑪罕，撒爾瑪罕。我從夢中驚醒，心裡還在默念著這個城市的名字。從一九九四年閱讀亞歷山大傳記到現在我一直都沒在心裡描摹出這個城市完整的形象，好像有些頹廢蒼白、破碎絕望，有些冷傲孤豔、隨遇而安，有些迷幻、虛渺，有些希臘味、波斯味、印度味、突厥味、中國味，我一直都搞不清楚，一直都把撒馬爾罕叫做撒爾瑪罕，在我的概念裡撒馬爾罕是個永遠的女人。

撒馬爾罕在她最美麗的季節裡遭遇過三個重要人物，他們給撒馬爾罕帶來了榮耀，也帶來了傷害，他們是亞歷山大、成吉思汗、帖木爾，三個人給了她三種方式，仰慕、毀滅、建設。

站在她身邊時，撒馬爾罕正值妙齡，翩翩俊朗的亞歷山大慨歎相見恨晚，隨即下了一道命令，遷徙來許多希臘人，我想那些希臘人一定是帶來了一種風情，地中海式的溫潤和迷人，以後馬其頓人和伊朗人也來了，撒馬爾罕是從那個時候開始豐滿的，她的芬芳的特質是從那個時候被煥發出來的，從那時起，在西亞廣袤的土地上，她越來越多地閃爍出曠世絕美的光彩。

到了成吉思汗時代，撒馬爾罕已經出落的成熟肥沃。以征服世界為樂趣的一代天驕，站在澤拉夫河岸心緒蕩漾，河岸邊點綴著鄉間別墅、蒼翠的綠草、累累的果實、縱橫交錯的水道，那一刻他的心忽地軟了一下、猶豫了一下，這個嬌豔動人的女人怎麼能夠忍心去傷害呢。在攻城之前，他又花了兩天時間繞城一周，軍事家們把他的繞城一周當做實地視察，或許他在視察的同時又想到了別的什麼，有點心疼，有點不忍，想著想著又有點激動不止，征服和挑戰遠比心疼來的更過癮，他是有理想的人，佔有一個人，讓那個人俯首在自己腳下是件多麼令人心弛神蕩的事情。他於是揮了一把手中的戰刀，蒙古人便開進了撒馬爾罕城池。

這座城市不是攻下的，撒馬爾罕沒做抵抗，看到成吉思汗戰刀的時刻他們就棄城投降了，成吉思汗洗劫了整個城池，又為自己找到了一個合適的藉口，他不能容忍變節和背叛，他將棄城投降的士兵全部殺死，說那是對他們背叛行為的懲罰。他留下了兩類人：神職人員，還有市民；在撒馬爾罕面前，他儘量地表現出了一個男人的愛恨分明和節制有度。

成吉思汗走後，撒馬爾罕沉淪了，這個被強暴了的女子以她的孤傲和冷豔用了近兩百年的時間等待拯救她的人。那個人是帖木兒，突厥語裡帖木兒是鋼鐵般的人，這個寓意與他十分地貼切，他繼承了成吉思汗鐵一般的意志，還有鐵一樣的冷酷殘暴，但是，對撒馬爾罕他傾注了滿腔的愛慕，這個時期的撒馬爾罕已走向了人生的成熟期，帖木兒像對情人一樣地發誓，要讓撒馬爾罕成為全亞洲的中心，他要去掠奪，將奪來的珠寶鑽石綴滿撒馬爾罕的全身；他要帶回全亞洲最優秀的詩人，為撒馬爾罕作詩吟誦；要劫來最優秀的工匠，責令他們將撒馬爾罕裝扮成一個雍容華貴的夫人；他要搜羅全世界最珍貴的禮物，敬獻給撒馬爾罕。從那個時候開始，撒馬爾罕越來越透露出超然的美麗，到了兀魯伯時代她的貴氣、雍容和華麗中又多一種氣質，優雅和知性，兀魯伯是帖木兒寵愛的孫子，與祖父有著相去甚遠的性格，他清瘦孱弱，仰望天空時心裡有詩歌、有哲學，他繪製過一千零十八顆星星的位置，建造過著名的天文臺；他是一個追求科學夢想，願意為科學服務一生的人，但是，他不能推委，必須承擔起祖輩的遺志，變成國王。後來，他被謀殺了，謀殺者是他身邊的人，那些習慣了撒馬爾罕雍容華貴的人從來就不知道優雅和知性是一種遠比雍容華貴更內在的美麗。

粟特人居住在撒馬爾罕，中國史書中把撒馬爾罕叫康居、康國，除了康國，那裡還有安國、米國、曹國、石國、何國，中原人叫他們「昭武九姓」。「昭武九姓」是粟特人的標籤，他們最響亮的品牌。走出撒馬爾罕的粟特人像漂浮在汪洋中的碎片，鬆散、零星、遍佈、居無定所、忽及忽離，這使我在閱讀中總也無法找到他們跳動的脈搏，甚至不知道筆下該怎樣提取那些散亂的資料，後來，我才明白，那是因為他們從來都沒有建立起一個屬於自己的政權，他們無法給歷史一個準確的概念、一個確鑿的定義。

克林凱特在《絲路古道上的文化》中對粟特人用了「狡詐」一詞，我覺得這詞用的刻薄，不過，讀過唐史的人是會贊許克林凱特的說法，因為粟特人中出了一個安祿山，當年的唐玄宗對安祿山看走了眼，儘管高力士提醒北兵強悍，恐成禍患，張九齡警告安祿山心有逆意，可玄宗皇上就是喜歡安祿山，不僅僅因為他是楊貴妃的乾兒子。

安祿山是有優點的，比如他的胡旋舞，在《舊唐書・安祿山傳》中有：「晚年益肥壯，腹垂過膝，重三百三十斤，每行以肩膊左右抬挽其方能移步」。雖然很肥胖，要從膝下撈起肚子才能移步的安祿山照樣能起舞胡旋，而每至玄宗面前時，都是急如風焉。那風字很不一般，雖臃腫卻不失靈便。白居易寫過「中有太真外祿山，二人最道能胡旋」，太真是楊貴妃，她的胡旋舞看的玄宗皇帝如癡如醉，興致上來時還親自接過鼓捶為旋轉如風的貴妃擊鼓，也是能把羯鼓給擊破的人。兩人風一般的旋轉會讓人聯想起另一個詞，忘乎所以。在安祿山面前唐玄宗是忘乎所以了，安祿山每見皇上和貴妃，必先行拜貴妃，道理是我們胡人的習慣是先母後父。玄宗覺得祿兒風趣，惹得貴妃歡心，自己也高興起來。歡心中的玄宗皇上怎麼也不會想到，這個西域胡人，這個有著粟特血統的聰明乖巧的安祿山能夠犯上，能夠逼的乾爹西行蜀道，逼的乾娘自縊於馬嵬坡的梨花樹下。

安祿山是不足以代表粟特人的，雖然有粟特血緣，卻畢竟是生於中原長於中原的。粟特人群中一直都缺少一個代言人，那種能夠集粟特精神性格於一體的代言人，他們的光芒總是凝聚在小集團中，這與後來的晉商有著某些相似，當年的晉商從山西出走，向西最遠走到俄羅斯，絲綢古道上有許多他們建起的山西會館，但你卻難說清楚晉商的領頭人是誰，是什麼樣的傑出人物。粟特人在向東方走來的途中也建了許多凝聚點，唐時善鄯國衰亡後，一個叫康豔典的粟特鉅賈帶著許多的粟特移民到了若羌，在那裡聚集成小小的氣候，建了自己的城池，叫弩支城，自己作城主；但是，一個城的主宰就使康豔典滿足了，他從來沒想過凝聚所有的粟特人，將小氣候發展成大氣象，粟特人沒這份心思，他們夢想中的人生境界是滾滾的財源和富貴本身。

克林凱特在評價粟特人狡詐時不是以安祿山為例，而是針對絲路上那些來來往往的商旅們、是眾多商旅中鶴立雞群，獨領風騷的粟特商人，他們幾乎都幹著同一樁買賣，高利貸。我去吐魯番多次，阿斯塔那墓都未能成行，據說，在那座墓中人們曾經發現過一件文稿，內容是漢人李紹謹借了粟特人胡曹祿山的錢，拖欠未還，引起了一起經濟訴訟。在很長一段時間裡粟特人掌控著絲路的貿易，那種近乎於壟斷的狀態多少使人心生不滿，一群從來都沒有自己政權的散亂的人搖身一變成了一條黃金大道的主宰，他們憑的是什麼，其中肯定有克林凱特所不能釋懷的，浮游在金錢水平面下的看不見的交易。

也許是因了撒馬爾罕的女人氣質，從那一區域走出的人在我的感覺裡都是淒婉的，雖然他們中出了安祿山，出了無數的高利貸盤剝者，他們仍然無法擺脫前世的註定，他們沒有雙親，一出生就打上了卑微的印記，他們跑到世界各地，鑽進別人的勢力範圍寄人籬下，這是一隙夾縫，在夾縫中求生存求發達，這使他們對世態炎涼有著比別人更為切膚的體驗；投附各種政治勢力，鑽營取巧，察言觀色，強取豪奪，對粟特人來說，所有不健全的人格都事出有因。而將粟特人淒婉命運推向極端的是唐玄宗時期的何滿子，唐朝詩人張祜作了「故園三千里，深宮二十年。一聲何滿子，雙淚落君前」。何滿子是何國人，唐盛時期那一區域向中原敬獻胡旋女子，何滿子是那時來到中原的，因為她有婉轉嘹亮的歌喉，遭人嫉妒誣陷判了死刑，行刑前何滿子哀歌一首，企求不死，梨園弟子們大悲中把何滿子行刑的情況上報了玄宗皇帝，皇帝被感動，赦免了何滿子。也有人說，皇帝雖然感動了，何滿子還是執行了死刑。無論死還是活，玄宗皇帝都讓人將何滿子的歌聲整理成《何滿子》，列入了宮廷樂府，編成了樂舞。不過，何滿子的故事到此並未結束，晚唐時期武宗的孟才人將《何滿子》演繹出了比何滿子更驚心動魄的生死之怨，那時武宗皇上病重，叫孟才人到自己身邊，皇上心裡有哀，也有冤，另一個世界很寒冷，若是有人殉情跟去，相親相依就不寂寞了，皇上口氣是試探性的、潛潛的暗示，孟才人心明此劫，就用了一曲《何滿子》獻給皇上。歌聲起，淒婉哀痛，武宗皇上聽的心碎，正想讓她停下時，孟才人竟在悲戚處氣斷而絕。太醫來時說，身體尚有溫熱，但肝腸已寸斷。

何滿子和孟才人，兩個悲戚的命運以一種戲劇性的方式詮釋了肝腸寸斷那種最為悲慟的人間情感。作為粟特人的何滿子在如泣如訴的唱腔中，除了悲憤於自己的冤屈外，想必還感傷著粟特人漂泊的身世和多劫的命運。

永遠地站立和矚望

在通往阿勒泰的路途中，在滿地的青草間，我看到了一些人，以固定不變的姿勢站立著。恍然間我意識到，前方那些人，絲毫不動站立著的人們，正是我在那拉提草原四處找尋而不得的草原石人。兩年前，我手裡拿著一張地圖，走遍那拉提草原尋找書本中曾經見過的石人，在此之前，我對石人幾乎不瞭解，但當我第一次在博物館看到一尊謙和的石人像時，就生出了與他一見的迫切願望，就打定了去北疆一趟的計畫。我來到伊犁，來到那拉提草原，卻怎麼也找不到他的準確位置，我確定他就在我身邊，地圖的位置和我站立的地方是一致的，他不會離我更遠，但是，我看不到他，他一定是躲避著我，在我身旁某個被高草遮掩的角落裡窺視著我、揣測著我。在夕陽逐漸陰沉下去的時候，那拉提空中花園般的草葉和彌香終於淹沒了我的願望，我帶著無限失望離開了遍佈野花的草原。

為什麼我會對一些不具備太多審美價值的石頭抱有好奇，滋生出非得相見一面的熱望，我應該有更多的理由去看喀納斯湖怪、看白樺林、滑雪、飽覽額爾齊斯河波光，甚至是去布爾津小縣城的夜市，沐浴爽朗的夜風，品吃乾香的烤魚，豪飲清涼的紮啤，我怎麼會對那些散佈在荒野中的石人有著好奇；石人的創作是多麼地簡單，談不上創意，僅僅是一些粗糙的寫意，儘管他也有歷史內容，滄桑巨變的破損，可他依然是簡單的、簡陋的，而我，卻對如此簡單和簡陋的事物滋生出一種戀人般的衝動，那種情結有點奇怪，它讓我不得不審視自己，回望從前。

我看著自己的血管，裡面充滿著黏度和執著，通向即定的方向，我極力地向著記憶的深處和端點靠近，當觸及到那些似曾相近的片刻時，恍然而悟，原來我是一個懷揣往事的人，那些石人，與少時在茂陵霍去病墓地看到的極其相似；笨重渾圓的石頭從山上抬來，經過匠人的鏨子和異想，變成臥馬、躍馬、伏虎、臥象。當年的漢武帝為霍去病選擇了茂陵，為這個年輕的將軍修建了一座形同祁連山的墓塚，這是一個帝王的良苦用心，他要把祁連山脈綿延的忠誠和所向無敵的勇猛都塑造在身邊的墓塚上，以靜態形式出現的石馬、石虎、石象堅實而穩重，沒有整裝待發的急切，這份安靜似乎又是一個帝王對戰爭的另一種態度。但是，或許那只是漢武大帝偶爾掠過的心願，一個人只要行動了，就難以停住腳步，更何況他是一個帝王：廣袤土地和民眾的代言人，責任和虛榮心都不允許他停下腳步，在瞬息的悲戚之後，這個偉大的領袖重新堅定了自己的野心，獲取天馬，拓展疆域。祁連山一樣的墓地和眾多的石雕於是承擔起了另一種責任，他們成為漢武大帝塑造的一面旗幟、一個英雄的模版，象徵著愛國和忠誠。

這是一種偶然，我卻把它想像成必然的遭遇，彷彿註定，我要在這個夏天借助這些石人回到從前；堅實厚重的態度，簡單豁達的人生哲學與我所期待的人格達成默契，或者，那是秦人特有的性格特徵，而我完全出於對出生之地的感激之情，選擇那些我熟悉的事物去尊重、信賴，去帶著無限的敬仰信奉，我相信那塊土地上滋生的東西一定與我生命中的某種情結是相通的，我們是被同一種信念鍛造出來的。

沒有預約，也沒有任何心裡準備，在通往阿勒泰的路上我遇到了草原石人。他們突然來臨，闖進我的視野，沒有太多的時間接近，與他們面對面，感受他們內心的沉默，撫摸他們身上冰涼的水氣，我只是在若有若無的小雨中，走過他們身邊，以匆忙與慌亂一瞥做感應，做永生難忘的記憶。同車人催我，天快黑了，需要趕路。這恍若隔世的邂逅，讓我把過去與現在牽扯到了一起。站立的石頭，正在以確鑿的事實說明著歷史的相似與承接。

從石人分佈圖上可以看到，石人駐守在阿勒泰的許多地方，不只阿勒泰，整個新疆北部地區都散佈著許多石人，並不是我從前認為的只有伊犁地區才有。從天山東部的巴里坤一直向西跨越寬闊的草原，石人林林總總延伸到阿勒泰、塔城、博爾塔拉和伊犁河谷，除了新疆，俄羅斯、中亞、西亞的草原也到處都有石人。新疆是以天山為界限的，天山以南是綠洲，以北是草原，石人遍佈北疆草原，草原是石人的母胎，石人是草原的孩子。石人是草原文化的代表，草原文化一個醒目的符號。

最早對石人感興趣的是兩個世紀前的俄國人、瑞典人、英國人、日本人和德國人，那時我們叫他們列強，他們深入中國內陸腹地，在貧瘠的鄉土裡提起一些糟爛的網套，翻翻裡面積澱的塵土，抖落些沉渣，誰曾料想，他們竟然抖落了一地的繽紛。發現與創造，是最能使人類亢奮的因素，當那些懷抱不同心理和目的闖進無人之區的列強向國際社會發出一個又一個令人激動的消息的時候，他們和中國一起成了世界新聞的頭條。第一次提供阿勒泰石人資訊的是18世紀初俄羅斯的一名探礦員，他的消息像一枚重磅炸彈，激發了一個國家的欲望，一陣私笑後，他們以最快的速度組織了阿勒泰綜合考察團，大約是一七五四年，第一支尋訪石人考察團來到新疆，到一九二四年他們再次派考察團接近石人，一批人來了，走了，另一批人又來了，又走了，兩百年的不折不撓不言放棄使收集整理和研究阿勒泰石人資料最高成就的人不在中國，而在俄羅斯。中國的石人考古資料收集開始於上世紀五十年代，比俄羅斯晚了一百五十年，說這些話的時候我們變的不那麼理直氣壯了，石人作為文化遺產既是民族的也是世界，更是全人類的，在你的土地上，你放棄了對他的保護和監管，並不等於歷史也要放棄他。會有人來的，過去來了，如果你繼續放棄，將來還會有人闖進你的家園，劫掠你不屑的珍寶。

停駐在我們面前的石人是什麼？英勇的犧牲者？王朝政權的標誌？部落的首領？無論是什麼，有一點幾乎是所有研究石人者共同的認識，那就是，石人一定代表著一個英雄，戎馬一生的石人以英雄的姿態站立在草原大地上，讓英雄的精神復活在未來，那是建造者的心願吧。那些建造者們在自己手下以寬大的臉龐、圓形的眼睛、方直的鼻子、並不生動的嘴型、程序化粗糙的雕刻刀法使石人顯現出原生態的動物般的稚拙，他們讓石人站立著，在曾經生活過的地方和征戰路經的地方，以另一種方式與自己的親人和族人同呼吸。此刻，石人安寧平和，可以想像出他們臨近死亡的一刻內心是寧靜的，他們的家人內心是透徹的，手持鐵錘和鏨子的匠人也早就有了成熟的人生觀念，在他們的意念中，安享另一個世界的平靜是生命最大的幸福。

英雄身上配有刀，長刀，還有短刀，閃射著凜冽的寒光。我對刀的強烈認同是來到新疆才有的。很小的時候，我怕刀，膽怯它的鋒芒和刺目，那是一件多麼野性的器物，進攻和謀殺的執行者，他的價值顯現在血泊中，在刀的天平上，血是唯一的砝碼。我的父親曾經從新疆帶回老家一把英吉沙小刀，有一段時間我把它藏匿起來，常在夜裡擔心禍端由此引發。去年，我又得到一把更大的英吉沙刀，刀鞘是漂亮的伊斯蘭式鏤空花紋，刀從鞘裡抽出，閃著逼人的光，就是那種我兒時萬分擔心的光芒，刀的邊沿有凹槽，等待著鮮血從中流出。我把它放在黑色的夜晚，放在我的一堆書籍中觀看，尖銳、鋒利、強硬、不折不撓，十足的男人品性；它是一件多麼張揚的裝飾，我試探地建議把他掛在牆上，我的建議遭到家人反對，他們的擔心和我小時候一樣，將一種充滿殺氣的暗示高懸在額頭，人會害怕的。人會害怕刀，或者，人更害怕自己，害怕自己的一念之差。

和諧安寧的農耕生活直到現在還是城市人嚮往的生活方式，農耕生活中不讚賞刀光血影和殺戮，他們最多使用的是劍。草原人也有劍，但卻不能離開刀，刀與馬、鞍、酸奶、燻馬腸、氈房是不可缺少的一體，草原石人跨著刀，是草原文化特定的攜帶物，農耕文化中沒有刀的席位，農耕的人不需要血光，他們只舞劍，劍比刀要精緻的多，劍中有很強烈的文化氣息，有強身健體的意味，也有撫弄風雅的意味，劍是用來舞的，與酒、與歌、與亂世情懷有著理不斷、剪還亂的瓜葛，劍是抒情的，因此有法，所謂劍法，一招一式都像書法一樣優雅。刀卻不行，刀在陣營中亂坎，既殘忍又不道德，更無正義感，刀只隨性情走，崇尚義氣，而無視正義。

與草原文化相比，農耕文化代表著文明，作為農耕文化代表物的鐮刀在草原石人手中得到了特殊的禮遇，鐮刀的用途不在征戰而用以收割，牧區鐮刀是用來割草的，哈薩克人叫打草，石人身上除了刀之外，還有較短的鐮刀，石人們在身上帶著這樣的工具，可以說明兩點，那些遠古的草原人已經有了農耕生產，或者，那是所有草原人的夢想，崇拜農業，追逐文明。鐮刀的寓意是收割，是一片片的莊稼和圍在田埂邊起舞的農民式的快樂，是一家人，再也不用四處轉場，顛沛流離，再也不用星月當頭，憑空悲切地孤獨上路了；鐮刀意味著從明天開始把氈房疊合起來，砌一間磚瓦房，種上一顆蘋果樹、幾株向日葵，養一群白鴨三頭母牛，白天下地幹活，夜裡摟著妻孩酣然入睡；鐮刀就像海子的面朝大海，春暖花開，從明天起，做一個幸福的人，喂馬、劈柴，關心糧食和蔬菜。當草原人攜帶著有點生硬的溫情跌跌撞撞敲響我們家門的時候，我們才發現，儒家文化強大的吸附力和改造能力原本如此虛弱，此刻，我似乎明白了文化中的另一層含義，關於漂泊與歸宿的真實含義，農耕人也罷，草原人也罷，無所謂什麼儒家或者道家，恬靜穩定的農耕生活能夠為動邊流離的行走提供一間居所、一匝土地、一個不再流浪的家園，這恐怕才是人們對幸福的終極追求。

石人手中捧杯、托杯、抱杯，或者不是杯，是其他，酒盅、碗、缽，是器皿，它的裡面盛裝的是什麼？水、酒、血、還是草原的眼淚。

在離開石人的日子裡，我總是想起那些並不具有美感的石人，到底因為什麼吸引著我不住地翻閱書籍。因為我有疑問，是的，疑問，如果在翻閱中找到了答案，那些書籍會很快放回書架中自己的位置，但是，我卻一直沒有中斷翻閱，從夏天到冬季，從嚴寒到酷暑，我才知道，有些書籍是要被一直翻閱下去的，因為，所有的關於石人的書籍都很曖昧，它們遮遮掩掩，不給出明確答案，因為，它們沒有正確的答案。它們沒有答案並不是它們不撰寫答案，而是石人的詭秘，石人從一開始就沒有為我們留下答案。阿勒泰石人的記載多見於漢文獻、蒙古地區突厥碑文，因為文獻不多，缺乏足夠的資料，對石人的研究無法深入。沒有文字記載是草原人集體性的失敗，幾乎所有的草原人都沒有記錄的習慣，因為缺乏記錄，草原文化難以做到代代相傳，草原人沒有可以借鑒的歷史經驗，他們的進步也因為沒有經驗的積累而變的緩慢和笨拙。但是，此刻沒有被記錄的石人以沉默的方式表現出了一種難能可貴的魅力，他站在你面前，看你，卻無言，像一個孤獨的情人，深沉著內心的秘密，他讓你解不開謎底，到老，到死，你都不知道他有多愛你。

以手中所持物品來體現意義，這是石人留下的謎面，我們很容易在作為藝術的雕塑中發現這樣的規律，比如巴比倫王朝時期的伊什塔爾女神手捧的水罐，是為了保佑農業連年的豐收，草原石人手持器皿，右臂彎曲到胸口，一副虔誠的模樣，讓人輕易地想到了那裡盛裝的是需要。

對於草原人來說，有水的地方就有生命，這種解釋符合情理，看著雙手捧杯的女性石人不會有人懷疑，她胸前盛裝的是生命之水，水在遠古時代給遊牧人群提供了生的訊息，沒有什麼能夠與生命相提並論。水從某種意義上說是草原人生命的乳汁，雙手捧起一杯水的意義就像每個中原人祭奠黃河一樣，所謂母親不過如此。在歷史的長河中，文明的發源地幾乎全是依水而成，黃河於中國、恆河於印度、尼羅河於埃及、幼發拉底河和底格里斯河於巴比倫，水與文明的關係是交融的。草原遠離大河，但是，草原人選擇了一個更具神聖意義的動詞，捧。女性石人雙手捧杯，女性與杯都是承載之物，創造之精靈，女性與水是渾然一體的。

但是，難道水是唯一的嗎？有時候歷史的魅力就在於他的不確定性，他的可能性，難道不可以是濃重的酒？當一個石人手握杯足，使手中器皿顯現出高腳杯的形狀時，我們有理由相信那裡面盛滿了濃烈的酒，與水相比，酒似乎更貼進逝者的身份，如果說水是部族的寄託和神聖的崇拜的話，那麼酒對草原就是一份生活的寫真，它和刀有著相似的存在價值和存在意義，至少是習氣相投；他們都伸張著烈性，流露出敵意和破壞者的竊笑，當然，酒也有推置心腹的一面，朋友之間、兄弟之間、父子之間的酒也會雙手捧起，那是忠誠、尊敬和血肉相融。

也許沒有那麼複雜，任何神秘都不存在，蘇聯人克茲拉索夫說：只要明白石人是作為追悼中替代的是死者本人，正在參加追悼的豐盛筵席，這樣，對它的用途就很容易理解了。僅僅是一堂聚會，死者與死者的家人在空曠的原野中圍坐在篝火旁，飲酒。敘舊。宴席結束時，家人在墓地留下一個盛酒的袋囊，再放一個酒杯和一隻碗，這樣，死者在以後的日子裡就能有酒喝了。

除了是水、是酒之外，或許，他們還會是血、是淚、是任何一種可以流動的液體。也可以是固體，是金子、寶石，是穀物、糧食，或者是一種精神產品，是人之信念。

星月低下。在墓坑和墓地石人旁邊，一群人為死者送行，喝酒後，他們與死者做最後的話別，其中一個說，鳥飛走了，飛走了。

飛。這個由鳥類來完成的動作虛幻飄渺，有時候它有點像酒，讓人漂浮起來，也許正是這個緣故，草原人以飛去完成一種聯繫，與天的聯繫、與魂靈的聯繫。鳥飛走了，攜帶著死者的魂靈飛向另一個世界。我在走出阿勒泰，通往克拉瑪依的路上，遇見一片寬闊的草原，看到哈薩克姑娘花帽上的羽毛時，想起了那個漢人最喜歡的字，美。美字頭頂的兩點是羽毛，羽毛是具有神話意義的，它是與天地溝通的媒介，鳥羽與太陽、風、靈魂像詩歌的斷章一樣穿梭在草原的夜色中，草原人借用鳥的溝通闡述著人的生死之美。哈薩克姑娘頭頂的羽毛隨著飛奔的白馬馳騁在廣闊草場上，它使美字忽地飄逸了起來，挺拔了起來，飛翔了起來。

送行人看到死者已隨鳥去，看到了死者靈魂已進入天堂大門。一聲口哨，他們放心地策馬揚鞭，消失在茫茫夜色裡。不知道為什麼，在空曠的夜色中，在蒼茫茫的大地上，我聽到了淒厲的口哨聲，接著是一串急促的馬蹄聲，然後大地陷入沉寂，死一般的沉寂，只有月色依舊將銀灰的顏色灑在發白的小路上，為策馬遠去的人照亮腳下的路。

石人是從送行人走後開始寂寞的。他們一直寂寞到石人的衰敗期，那是在伊斯蘭教進入草原後，伊斯蘭教義改變了這片土地千年不變的習俗。草原人，那麼大的一群人，對自己祖先的遺留開始變的熟視無睹，變得無動於衷，變的視而不見，就因為來了一個新的信仰，那個新的信仰告訴他們世間無主，惟有真主。

擴張與回歸

「他們，出現在文明化了的時代的野蠻人，在幾年之內突然地把羅馬世界、波斯世界和中國世界變成了一堆廢墟。他們的來臨和退去都像潮水一樣難以解釋，以至於人們只能將他們看做是上帝派來的對古老文明的一種懲罰。」當黑格爾無法解釋這種現象的時候，他把責任推給了上帝。

蒙古史是一部擴張史，戰爭和征服是他的主題。

成吉思汗曾經問他的孩子：我的孩子們，告訴我，什麼叫快樂？

拖雷回答：我喜歡帶著心愛的獵鷹到草原深處，每當我在藍天白雲之下高高地放飛我的雄鷹，看著它如閃電一般追逐著草叢裡飛跑的野兔、並在一個完美的俯衝之後將獵物緊緊地捕獲時，我感到了莫大的快樂。

成吉思汗說：我的孩子，讓我告訴你我最大的快樂——當我騎著我的白馬、揮舞著我的彎刀追擊我的敵人，當我粉碎他們的城池、割掉他們的頭顱、燒毀他們的宮殿、沒收他們的財產，當我看到他們的親人在流淚、當我把敵人的妻子和女兒摟在懷裡做我夜晚的褥子，我的兒子，這個時候，我總是能體驗到世界上最大的快樂。

對話還在進行。這是一個嗜血民族的英雄對快樂的理解，如果要為成吉思汗尋找擴張的理由的話，那麼這些對話就是最充分的理由了。或許，對於蒙古人根本談不上什麼擴張，他們不是憑藉著雄心或者野心去擴張的，他們只是憑藉一種人性本能的征服欲望去定義自己的理想的，他們只是隨心所欲地征戰，在征戰中獲取勝利，在勝利中獲取財富，在財富中獲取尊重，僅此而已。

但是，這顯然小看了蒙古人，伯里在《羅馬帝國興衰史》中說「直到最近，歐洲的歷史才開始懂得，一二四一年春天那支蹂躪了波蘭、佔領了匈牙利的蒙古軍隊之所以贏得勝利，絕非僅僅由於數量上占壓倒優勢，而是因為制定了一個完美無缺的戰略……，那種把韃靼人說成是一群野蠻的遊牧部落，只是靠了人多勢眾才處處得手，說他們毫無戰略計畫地馳越東歐，全憑著壓倒之勢才衝破所有的障礙等等一些庸俗的見解迄今仍廣為流傳……」。事隔多年人們才恍然大悟，蒙古軍隊其實是一支完美的軍隊，成吉思汗的政治野心和軍事野心遠遠超出了他的大草原，從成吉思汗到拔都、到蒙哥、到忽必烈、再到旭烈兀，蒙古人的視野蒼狼般地永遠緊盯著下一個。

時間的車輪在柔軟的泥沼中背負著沉重緩緩前行，當一種文明失去力量變的脆弱無力，只能在自己固定的圈子裡打轉而沒有新鮮血液進行補充的時候，這個民族的未來就令人擔憂了。那時的世界正處在這樣的盲從之中，歐洲所有的國家正在教皇的指引下，進行著一場關於基督國家統一的戰爭，而大唐之後的中國一分為三：北方的金國、南方的宋朝和西部的西夏帝國，長年不斷的紛爭和戰事使得原本富足的中原大地疲憊不堪、癱軟無力。

只有野蠻人才能使一個在垂死的文明中掙扎的世界年輕起來。恩格斯一針見血地把蒙古人推至前臺。歷史需要一個推動力，它呼喚著力量、呼喚著血性。他需要破壞，在破壞的基礎上重建一種新秩序。於是，在中原和西方文明的地平線上，當太陽初升，將整個天宇染的通紅的時候，一支遊牧民族騎著戰馬，揮舞著戰刀向文明駛來，以他們的血性和陽剛之氣沖進了歷史舞臺。歷史給了蒙古人一次機會，蒙古人適時地把握了這次機會。這是遊牧文明向農業文明發起的挑戰。

世界按照自己的程序日復一日地運轉著，長久以來歐洲人與東方人之間是靠想像去認識對方的。鐵幕拉開了，拉開的一瞬間神秘感隨之被打破，這一瞬間不是由於基督軍隊的進軍，也不是西方政治家的施展策略，這道幕簾是蒙古人在歷史舞臺上迅速拉開的，作為破壞者的蒙古人在這裡成了建設者，他們使歐洲與中國人之間有了直接的接觸，他們打開了一個寬闊的市場，絲綢之路成了真正意義上的大市場，儘管在此之前橫貫亞洲的絲綢之路也是商賈雲集、僧侶往來。

站在一二二七年成吉思汗去世時的帝國圖前，我們驚訝並且嘆服著。偌大的領土，一支鐵騎在上面自如地行走著，像行雲流水般的書畫大家，無論是峰迴路轉，還是形直勢曲，他們都運筆自如，不失章法。從一二一四年對金宣戰，不日攻克，到掉頭西去征服土耳其、波斯、亞美尼亞，直取南俄羅斯、匈牙利、亞里西亞盡收筆端，一氣呵成，提筆立身的一刻，成吉思汗成就了他從太平洋到第聶伯河幅員遼闊的事業。

但是，在蒙古人為文明注入活力的同時，他們也在破壞著世界，他們以強悍的鐵蹄踐踏著人類的文明。讓文明消失，這在蒙古人的擴張史中表現的極為充分。

快樂的理由為這個民族注入了一支強心劑。他們騎著鐵馬在大地上移動，揮舞著彎刀追擊敵人和手無寸鐵的婦女兒童，追得他們無路可逃，然後他們快樂地看著即將死亡的人們痛苦的表情和哀求，快樂的等待乞憐，又在乞憐之後將他們殺死。在成吉思汗第一次西征的時候，花剌子模國一位老婦人曾跪在蒙古士兵的面前說，不要殺我，我剛吞了一串珍珠在肚裡，我會自己死去的，我想留全屍。

為了留下全屍，老婦人帶領蒙古士兵找到了她掩藏珍寶的地方，蒙古人獲得了珍寶，又殺死了老婦人，之後，愚蠢又貪婪地認為所有花剌子模國人的肚裡都有珠寶。在攻下花喇子模舊都玉龍赤傑時，他們一次就屠殺了一百二十萬人，於是，在我們的歷史教課書上，那個叫花剌子模的國家永遠地消失了，而這樣的屠城並未結束，拔都西征攻入莫斯科城時，每殺一人就割下一耳，共割了二十七萬隻人耳，在第三次西征時，大食國國都開城投降，蒙軍屠城七天，全城八十萬人全部死於蒙軍屠刀之下。

佔領巴格達後，蒙古人依然進行了屠城，破壞了蘇美爾人從遠古建立起來的灌溉系統，這一灌溉系統，曾經澆灌了富饒的美索不達米亞平原，滋養了那塊美麗的土地和生活在土地上的人們，而蒙古人的破壞使美索不達米亞成了廢墟、成了荒漠，這是一處硬傷，死去的無以恢復，熱風和焦渴中的美索不達米亞從此成了飽經滄桑的老者，在疲憊和重創中提早地結束了自己的文明進程。

再回西夏。在「盡殺之，使白骨弊野」之後，蒙古軍隊直逼中興府，天有不測，成吉思汗一病不起，而報復心極強的成吉思汗立下醫囑，死後密不發喪，待夏主獻城投降時，將中興府內所有兵民全部殺掉。

西夏是令人感動的，成吉思汗曾經六次強取而不下，他們的英勇和不屈不撓構成了成吉思汗一生最大的遺憾，成了一代天驕生命中的「滑鐵盧」，也正是因了西夏人的頑強和固執，才使得百戰而不下的蒙古人腦羞成怒，在西夏獻城後，進行了報復性的屠城。按照成吉思汗的遺囑，蒙古人焚毀了西夏所有的建築、文物和典籍，抹平了曾經生動的歷史，蒙古人使黨項人最終成了一個迷，因為黨項人的消亡，用來記錄黨項語言的西夏文字成了無人會說的死語言，那些美麗的文字擺放在世人面前，但是，沒人可以與他對話，沒人知道那每一個橫豎撇點組合後的實際意思，當我們面對曾經的文明無與對話，彼此陌生地矚望的時候，這種斷流，使人心生悲哀，割腕痛惜。不止為歷史，更為現在。

厄魯特，明朝也稱瓦剌。厄魯特蒙古分四部分，準噶爾部、和碩特部、杜爾伯特部、土爾扈特部。厄魯特蒙古四部各統所部，不相屬。那時，土爾扈特部遊牧於今天新疆塔城西北和哈薩克的烏爾紮爾一帶，漸漸強大起來的準噶爾部滋生了兼併土爾扈特的企圖，難以對付準格爾進攻的土爾扈特人無奈之中遠足西部，經過兩年多的漂泊，落腳到人煙稀少的伏爾加河下游，在天蒼蒼野茫茫的伏爾加河畔撐起帳篷，放牧牛羊，他們有了自己的新家。這一事件大約發生在明崇禎元年。

遼遠的伏爾加河荒蕪人煙、野草從生，土爾扈特人在那裡一住就是一個半世紀，在一個半世紀裡，土爾扈特與俄國之間的關係從微妙到激烈，起初，土爾扈特汗王與沙俄地位平等，不分高低，隨著沙俄的日漸強大，他們在政治上竭力消弱土爾扈特汗王的權利，設置種種障礙，在經濟上遷徙眾多的哥薩克移民向東擴展，與土爾扈特人搶佔牧地，土爾扈特人的遊牧區域急劇縮小，在宗教上強制土爾扈特人由藏傳佛教改信東正教；更嚴重的是，沙俄帝國向外擴張，戰爭越來越多，每有戰事，就要招募土爾扈特青壯年上前線，他們戰死在土耳其戰場，戰死在瑞典戰場，嚴重的傷亡使土爾扈特人口急劇下降，土爾扈特部的命運走向一片漆黑，種種的不幸使他們想起了曾經的家鄉，那個遠在天山腳下的故里。

回歸家園，不需要太多的說服，只一聲不甘受辱，十七萬蒙古人一躍而起，浩浩蕩蕩踏上了萬里東歸的路途。他們選擇了寒冷的冬季，東歸隊伍在冰凍的伏爾加河上開始了艱難的征程。葉卡婕林娜不能容忍任何人逃離神聖的俄羅斯大地，對如此巨大的背叛她派出重兵追擊，但是尾追堵截沒有阻擋東歸人的步伐，此時的土爾扈特人心中藏著一個信念，向著太陽升起的地方。

七個月之後，在泥濘的草灘和茫茫戈壁上，他們終於回到了祖國，走完東歸路的七萬土爾扈特人撲倒在地，抓一把熱土喜極而泣。對於他們，這不僅是行動上的東歸，更是一種靈魂上的回歸。

被這一壯舉感動的一位英國學者寫道：「從有最早的歷史記錄以來，沒有一樁偉大的事業能像上個世紀後半期一個主要韃靼民族跨越亞洲的無垠草原向東遷逃那樣轟動於世和那樣激動人心的了。」另一位英國作家德昆賽讚譽道：「那是一次偉大的軍事遠征，橫越廣漠的地域，忍受巨大的挫折，在杳無人跡的荒野中摸索前進，既不知道敵人在哪裡，也不知道前途有多麼艱險，他與波斯王居魯士之子岡比西的埃及遠征和後來一萬人的退卻、克拉蘇進行的羅馬對安息的遠征，以及災難、範圍、力量耗費都更要大的拿破崙的俄國遠征都具有著同樣的浪漫色彩」。歷史學家眼中的浪漫在蒙古人心中卻是實實在在的行動，浪漫是用來賦詩作畫的，若說詩，他們完成的是一部現實主義的最為悲壯的東歸史詩。

十九歲的土爾扈特部首領渥巴錫在回歸前致信清伊犁將軍伊勒圖，表達了東歸的願望。起程回國時的土爾扈特有三萬多戶十七萬餘人，短短幾個月時間之後，一多半人死於歸途。而回到祖國的土爾扈特人，經過長途跋涉、顛沛流離，已是疲憊不堪，幾乎喪失了所有的牲畜。回歸後的他們又面臨了新的考驗，一場流行的天花在幾個月之內喪生了三千餘人，在死者中也包括了渥巴錫的妻子、母親和兒子。乾隆得到奏報後，發了諭旨，表彰了土爾扈特人的東征，將他們安頓在新疆伊犁河畔，頒發給土爾扈特部官印，今天，在烏魯木齊博物館保存著七枚土爾扈特銀印，印文以滿文和蒙文合璧，刻有「忠誠的舊土爾扈特部英勇之王」的字樣。這是歷史的遺物，是清政府對回歸者認可的見證。

但是，在歷史的表像背後總是掩藏著一些權宜之技，清政府在對待這支東歸隊伍時是耍了花招的。

他們從來就沒有真正信任過這支龐大的、震驚世界的回歸隊伍。他們對這支隊伍表現出了本能的懷疑，土爾扈特人在俄羅斯領土上安享了近兩百年，但當俄羅斯需要他們的時候他們卻拒絕幫助，現在的東歸是否說明土爾扈特有霸佔中國邊疆的野心？因為這樣的懷疑，在東歸隊伍起程的時候，清政府密令，等他們靠近邊界，允許入境，撫慰安置，若未至我邊界，半途被俄羅斯追輯，發生衝突，就不要理會了。當東歸隊伍最終到達大清疆土的時候，大清軍隊接到另一道指令，若軍隊發現意外，或其他變故，按照皇上的旨意，隨機應變。並強調，切勿手軟，以致遲疑大事。

即使在接納了土爾扈特之後，清政府依然沒放鬆對這支人馬的警惕，暗暗地想著若是繁衍生息，放牧狩獵，力量會在不遠的將來逐漸強大，一旦強大絕非好事。為杜絕這種繁榮，清政府想出一招，引導他們務農，改了遊牧習性。按照大清「多加務農」的引導，土爾扈特人開始了墾荒種植。然而，世代遊牧的經歷使他們不懂農事，所種穀物全都欠收。幾經上書，大清政府終於允許移地放牧，在與清官員共同踏勘之後，最後落腳於新疆巴音布魯克草原及開都河流域一帶。土爾扈特人至此安定，並沿襲至今。

不知是否有人意識到或者感悟到了泱泱大清帝國的虛弱，他們已經對一統江山的信心開始動搖了，而這最早的一點資訊被歷史的車輪一碾而過，沒有引起人們的警覺。

渥巴錫在彌留之際留下遺囑：安分度日，勤奮耕田，繁衍牲畜，勿生事端，至盼至禱。他以三十三歲年輕的生命完成了東歸歷程，並且完成了自己遊牧文明向農業文明的心理轉換，這樣的轉化來自於他對漢文化的仰慕，更來自於他對故土深深地愛戀。

時光荏苒。到上世紀初期土爾扈特人在美麗的巴音布魯克草原及開都河流域一帶一直沿襲著古老的遺訓，他們看似田園般的生活方式給所有的蒙古人創造了一個人間神話。在山西與內蒙古的交界之處，大同是一個中轉的小站，一個內外有別的關口，它分割了農耕和遊牧的界線，這樣的關口在迎來送往中傳遞著大量的資訊，那些酒館、客店、驛站和招搖在風中的旌旗滿載著人們的希望，此時的蒙古正在分裂中，匆忙逃亡的活佛喇嘛、世襲王公、官吏、軍士、牧民們輾轉來到大同，準備稍做休整趕往中原內地。

在狹窄的街巷中，陰暗的店鋪裡，昏暗的油燈下人們盤腿而坐，幾碟小菜，一壺老酒，任憑窗外呼嘯的北風肆虐而起，人們議論著，在遙遠的新疆，有一個古老的部落，那是西蒙古土爾扈特部落，他們依舊保持和固守著蒙古習俗，有偉大的汗王和活佛維持著祖訓和尊嚴，那裡白雲飄悠、青山隱約，牛羊滿欄，沃野千里。

美好的傳說為失落的心靈找到了精神慰籍，為靈魂的安置找到了天堂般的處所，儘管神秘的巴音布魯克草原並不像人們演繹的那樣美好，但是人們依舊嚮往著遙遠的西蒙古，因為，那裡有人們夢想中的家園。

直至彼時

我的書稿，寫了近四年，遲遲無法結束，其中一個重要原因是書中缺少了對一群人的記錄，那是一些漫遊在新疆大地上的幽魂，她們縹緲在我曾經遊歷過的一些地方，我從沒找到過她們確切的位置，知道的僅僅是伊犁河邊，吐魯番的路上，唯一準確的塞里木湖，也只是一句傳說。她跪拜了母親，轉身跳入湖水，塞里木蔚藍的天光裡忽隱忽現著一個女子，她像一陣風，不離不棄，纏繞著我的手指，如果不對她們進行一番整理，我會一直繼續著這種纏繞。它使我不安。

幾年前，我寫過幾句關於這個民族的感受：回族，真的是一個讓人感動的民族，最早的回回，他們來自波斯來自阿拉伯來自中亞，遠涉重洋，來到東方，元朝時逐步形成中國的回民族，這群已被同化了幾百年的民族頑強地倔強地保留著自己認定的民族的本性，從習性到信仰，他們拒絕一切來自外界的干擾，他們沒有語言、沒有文字、沒有領地，他們漂泊千里，本是最沒有能力保持自己的一群，但他們卻又是把自己保存的最完好的一族人，他們有著極強的生存能力。

寫這段話時，我的腦子裡裝滿了張承志的《背影》，特別是其中的一段描寫，「兩萬農民從隴東河西、從新疆青海奔湧匯集於此，人頭攢動的海洋上塵土彌漫。……當我震驚地知道自從乾隆四十六年三月二十七清朝儈子手使一腔血灑在蘭州城牆以東後，二百零四年之間無論腥風血雨苦寒惡暑，回回撒拉東鄉各族的人民年年都要在此追悼頌念。……人民要堅持心中沉重的感情直至彼世。」那種血淋淋的震撼，至今我都不能平息，在這樣的文字前，戰慄、恐懼、震撼，以至無語。黑壓壓的人群早已凝聚成壯闊的畫面，腥風血雨，苦寒惡暑，一切的一切都不能阻止心中的追念。

初讀張承志在上世紀九十年代末期，他使我感動卻不認同。讀他，常常是理性與感性交織抗衡，覺得他霸道，信仰般地崇拜著自己的血統，以刻骨尖銳的文字在西部地圖上一筆劃出個屬於他和他的同脈的範圍：以青藏高原的甘南為一線劃出了它的模糊南緣。北面是大沙漠。東界大約是平涼坐落的緯線。西界在河西走廊中若隱若現——或在漢、藏、蒙、突厥諸語族住民區中消失，或沿一條看不見的通路，在中亞新疆的綠洲中再度繁榮。他說，為了文學，我名之為伊斯蘭黃土高原。它的標識和旗幟是中國回教各教派。那些黃色的與我們膚色一致的土地，那些從小就被我們深記於心的黃土地黃皮膚瞬間被一陣風掠了去，被他霸道地，不與任何人商量地擄掠了去，我的身體裡不斷冒出蠱惑、癡迷、離亂、攻擊、毀滅、仇恨一些意想，他使人感到害怕，宗教式的害怕。他把那場事件高高地掛起，把蘇四十三高高掛起，在對他的評斷中，他用了一句話：「戰爭中雙方都只為求勝而存在，而蘇四十三卻不求勝，……有著一種追求犧牲的蒼涼情緒」。

是什麼能夠使以蘇四十三為首的一群人有著追求犧牲的蒼涼情緒。十年之後，在我淡忘了許多細節，偶爾遭遇了那場事件背後的女人們的故事時，張承志的話開始發酵、膨脹，越來越濃厚地滿溢出來。

張承志說的事件是回族歷史上一次壯烈的遭遇，事件緣起一個叫蘇四十三的阿訇，蘇四十三原本並非回族，而是撒拉族人，他能代表回族，浴血奮戰在高高的黃土坡上，一切都取決於那個叫做伊斯蘭的宗教，作為一種宗教，伊斯蘭跨越了眾多民族，在眾多民族間搭建起平臺，凝結起力量。

蘇四十三在青海循化傳教，一天，他聽說留學麥加十六年之久的馬明心回國，將路經循化，和所有宗教子弟一樣，他生出了求見請教的心願，在馬明心路過循化時，他果然見到了學識淵博的馬明心，誠心邀請他留下來，在循化傳教。

馬明心教授的是新教，與當地舊教之間有所不一，當地舊教教主馬國寶秉承父業成了第二代教主，而在馬明心的教授中，有教權應該傳給賢士，而不應該傳給子孫的理念。禍根由此埋下，兩人開始爭辯，不可歸一，官司打到了循化官府，官府進行了判決，兩人按照判決一起離開了循化城，這事也就告一段落。

但是，教主走了，教徒並未平靜，傾向於舊教的官府被新教首領蘇四十三率千人衝擊，更嚴重的是，蘇四十三直撲河州城，處決了知州，放出監獄中在押犯人，直搗蘭州。

官府一面請來馬明心，在蘭州城下勸說蘇四十三，一面又將馬明心殺害。之後，蘭州城兩萬清軍圍攻蘇四十三，兩千多人戰死疆場，卻無一投降。

蘇四十三犧牲了，後人對死者的評價寬容而體諒，人們稱呼他英雄，為了心目中的信仰。他不曾預料，自己的莽撞同時也製造了一個又一個事件，直至全體義軍的覆滅。

《循化志》記載，起義失敗後，循化兵捕殺者達一百餘名，「生獲男婦幼孩六百餘名，逆黨皆正法，婦女遣伊犁給兵丁為奴，男孩遣雲南」。而我更想知道的是，馬明心身後的，那些需要他保護的女人們。

在西北方向去的一路人中，幾乎全是馬家女性。在新疆行走，有意無意間總會接近那些地點，我在那些地點周圍徘徊、佇立，企圖發現別人的命運，但是，我的體驗是如此地遙遠，無論在時間還是空間上，都難以接近那些女性，他們的身體心靈，她們最後的眼淚和輕聲訴說，我都一無所知，無法感應，在我無奈離去的時候，我的身後依然是一片蒼涼。我想，這也是我遲遲無法完成此篇的一個緣由。

關於那幾個地點，第一個是吐魯番。每去吐魯番，都有預先制定的線路和計畫，洞窟、清真寺、坎爾井、葡萄溝、高昌故城、交河故城，所謂的旅遊景點式的遊玩，我在這些可有可無、加深印象式的遊玩中，與同伴攜手，嘴裡跟他們說笑，心中卻惦念著一個墓地，低頭看腳下的土地，乾澀、龜裂，浮動過塵埃，鞋綁佈滿灰塵，熱風犀利，吹平了無數的墓穴，我要尋的墓地早已移為平地，混同於吐魯番的礫石和塵埃之間。

移為平地的墓裡埋葬著馬明心的長女，一個十二歲的小姑娘，她是西行路上第一個離去的人。一同西行的有馬明心的兩個夫人，一個張氏，一個韓氏，韓氏不是回族是撒拉人，還有她們的三個女兒和一個乾女兒海姑。那是乾隆四十七年八月，她們一起被裝進囚車，踏上了西行的路。

八月，是新疆的酷暑天，更是火爐吐魯番最炙熱的天氣，對於遙遠的新疆，這裡才剛剛起步，除了哈密，吐魯番是離內地最近的城市，但這個小姑娘卻沒能堅持，她對流放的目的地伊犁根本就沒有概念，她不知道伊犁地處何方，沒有目的地的行走使她終於沒能堅持下來，她倒在了吐魯番的熱浪裡，幾個女人用手為她挖了淺淺的土坑，又在她身上蓋了一塊木板，和一件白色大衫，上面灑了黃土，一個小姑娘的一生便做了交代。吐魯番的熱風依然強勁，吹了無數個世紀，吹平了墓穴吹平了人們刻骨的心痛，剩下的人還要繼續上路。

我想這個十二歲小姑娘的離去，甚至比馬明心的離去更令這些女人們心疼，她還那麼小，那麼地稚氣，或許她們對馬明心的宗教認同並不比這個小姑娘的生命更深刻，她們是看著她長大，她的呼吸、笑聲、表情、頭髮的光澤，甚至手指的小巧她們都熟悉的像自己身上的一部分，她的離去對她們來說是實實在在的肉體隔離，她們消受不了這樣的離去，她們都是女人，她們對孩子肌膚之親的依戀更強於宗教。

以這般絕望的心情上路，這群女人便生出了大勇敢和大無畏，這時，叫海姑的乾女兒向兩位夫人請命赴死，因為路上遭到押解人員的調戲，她要留在吐魯番，陪著妹妹永遠睡去。

兩位夫人沒准，卻給她指出了方向，待她們一行到達賽里木湖時，這個烈性的姑娘向夫人們行了大禮後，沒作半點猶豫，跳進了湖水中。

讀到這裡，我想起了塞里木那次出行，大約零五年八月，我帶著上海來新疆的兩位朋友從布爾津下來，穿過北疆廣闊草原前往伊犁，一路天空晴朗、透明，快到賽里木湖時，雲霧來臨，前一刻，湖水還是湛藍湛藍的，後一刻，雲層疊加，光線強力穿過烏雲灑在湖面上，風來，雨至，不一會兒蠶豆大的雨點加冰雹劈哩啪啦砸下來。我們從湖邊衝向氈房，一個哈薩克姑娘朝我們揮手，領著我們衝進最大的一頂氈房。哈薩克姑娘爽朗地說，這是周圍最大一頂氈房，這裡的經理是個回族姑娘，人不大，卻很能幹，掌管著十幾個員工，她的會計是漢族人，採購員是維族人，廚師一個是維族人、一個是蒙古人，服務員有哈薩克人、蒙古人，也有維族人；她也是哈薩克族，是伊寧藝術學校的學生，學習舞蹈專業，每年暑假，她都會來找回族經理，請她留下在這裡跳舞。我對那個回族姑娘刮目相看，偌大的賽里木湖，她掌控著最大一個氈房，領導著十來個不同民族的員工，她要把他們凝結起來，一起迎來送往，招攬生意。不簡單的回族姑娘，一身的領導才能，是否受到了那個傳說中的烈性女子的激勵，要麼，那片湖水為什麼要如此地偏愛於她，回族姑娘。

馬家女性們走到伊犁已是第二年臘月，既已成奴，她們被一一分配。張夫人分到一滿清官員家為奴，官員是個好色之徒，張夫人滿心仇恨，大年三十，她備了一桌酒菜，等官員喝的醉為爛泥，她掏出早已準備好的菜刀，殺死官員，又衝向一家老少十五人，全部殺死。她沒逃走，大年初一直奔官府，擊鼓自首，她的自首陳述是，大清法律規定，充軍的女犯只能為奴，不能作妾。

十五條人命，縣官既有同情之心，也無救助之力。在押赴法場的路上，張夫人在看熱鬧的人群中，發現了一位她認識的阿訇，她對阿訇大聲喊，快給我念吧。那阿訇也看清了張夫人，頓時跪在路邊，為張氏念了經文。

阿訇收拾了張夫人的遺體，將她安葬在伊犁河邊，伊犁河水拍打著岸邊青草，直到河水改道，墓地被洶湧的河水覆蓋，從此無從尋覓。

馬家另一位夫人是撒拉族的韓夫人，她帶著只有七歲的三女兒分給一戶蒙古官員家為官奴，住在伊犁河西岸的野馬渡草原，作官奴的任務是每日到草原上為主人家放牧牛羊，雖然，作官奴地位卑賤，沒有自由，但在這廣袤無垠的草原上，卻能自在地奔跑，享受大自然的呼吸，這種日子一晃就是三十年，三十個春秋使韓夫人由少婦變成老婦，女兒也由童年走向少婦年齡，但到了少婦年齡卻一直無法嫁人，韓夫人看著年過三十的女兒，悲從心來，哽咽著告訴她兩件事，一是馬明心留下的一串念珠，至今還沒個交待；二是她的婚事至今未果，如果女兒能到有穆斯林的地方，這兩件事就會有著落的。

第二天，女兒按照韓夫人的交代，趕著一條牛向東跑去，跑到伊犁河畔時，停了下來，將她穿過的一包衣服堆放在河邊，又把牛趕下河水，拉著牛尾巴渡過了伊犁河，上岸後，她繼續向東跑，一直跑到有穆斯林居住的地方。

韓夫人隔岸看著女兒渡過了伊犁河水，她的心事終於得以了結。她轉身投進了伊犁河。三女兒一路逃去，在穆斯林居住地，遇見一位姓何的回族人，叫何滿拉，在綏定縣衙門當差，原籍寧夏，兩人結婚，婚後，三女兒將母親託付給她的念珠之事交給了丈夫何滿拉。何滿拉為了道祖的這串念珠有個著落，向衙門請了假，要求回寧夏探親。他於是帶著念珠回到家鄉，這時，正是四月八太爺執教，何滿拉將念珠交給了四月八太爺，念珠有了歸處，他終於替妻子，完成了母親的心願。

在流落新疆的女性中，當時只有九歲的女兒最為幸運，她被分到一戶錫伯族官員家當丫環，錫伯人家心地善良，對這個九的小姑娘憐惜有加，成人後，又把她當做女兒似的嫁給另一個錫伯族官員的兒子為妻。結婚後她生了三個兒子，但是，自始至終沒有一個人知道她的真正來歷。在她年老的時候，她把三個已成年的兒子叫到床邊，向他們講述了一個發生在中國西部大地上的真實的歷史故事，她是那個故事中的一朵浪花，濺起的花朵將要熄滅，但是，既為大海的一部分，熄滅後，就一定要回歸大海，她請求兒子們答應她，給她一個完整的伊斯蘭的喪葬方式。兒子們答應了她的請求，在隱秘了一生的最後時光裡，她終於回歸了本質，作了本真的她，是一位真正的穆斯林的女兒。

讀完回族人這段歷史，不由的心潮澎湃。走出書房，極盡全力地回想曾經過往的地方，從吐魯番到西去伊犁的道路，從塞里木湖到北疆廣袤的大草原，回族人，無論是男人還是女人，都毫不吝嗇，他們捨得用生命書寫信念，他們有著一種追求犧牲的蒼涼情緒，他們要堅持心中的沉重的感情，直至彼時。我想，這是這個民族最終感動我地方吧。

一九五四年，根據烏魯木齊、米泉、昌吉回族人尤為集中的特點，新疆維吾爾自治區成立了昌吉回族自治州。昌吉回族來路各異，在民間調查中發現，在昌吉阜康和米泉一帶許多姓馬和姓車的回民，就是當年馬明心和蘇四十三失敗後逃亡西去的回回，這些人與後來清政府陸續遣送流放到新疆的回族人一起，在新疆定居下來，成為這裡永久的居民。

二〇〇三年，讀到一首詩《回回妹妹》，作者烏瓦。那是我讀過的最美的一首詩歌。

白是一種色彩，配上黑雨，我的回回妹妹
就飛上了天。從黃河路到阿柔的花店
回回妹妹素衣布裙，我只看到她挪動時的
肩膀一閃，人和事像一束裸麥，經風一吹

一個像鄰里一樣的女孩。穿著素衣，戴著蓋頭，走在黃河路上，去到阿柔的花店，就這麼的在街上走動的女孩，一個回回妹妹，牽盼出關於回回的話題。由於這首詩，無論走在街頭，還是集市，我都刻意地去尋找詩中的那個回回妹妹，她，夢想很低，心事很高貴。她有點狐媚，骨骼、肌膚和血被月色覆蓋，她知道自己的懷念。一聲歎息、一滴目眩的水，她藏起她綠色的頭蓋像是藏起她的罪。這個心思綿密的回回妹妹，對任何事兒，都笑著說，沒關係，無所謂。

我在烏魯木齊大巴扎里閒轉，看到一個回回妹妹，頭戴綠色絲巾，上沿橫在眉毛上，眉毛細長，深入耳鬢，回回妹妹長著一對笑眼，甜蜜蜜的，她一會兒從貨架上取下雪蓮花，一會兒取下鹿茸酒，又跑到門邊的大麻袋旁，伸手進去抓了大把的薰衣草，讓我聞它們的味道，不用伸出鼻子，薰衣草的藥香氣味就浮湧出來；她說這些薰衣草裝在枕頭裡，人不會再失眠。看完她的貨架後，我兩手空空，什麼都沒買，什麼都沒要，她眼睛眯起，笑著說，沒關係，無所謂。我去別的貨攤，別的藥草處，買了一堆東西，離開前，又經過回回妹妹的貨攤，我先不好意思起來，想著解釋的措辭，回回妹妹笑眯眯地說，沒關係，無所謂。

這是回回妹妹的另一面，每個回回妹妹都有兩個側面：一面是剛烈，一面是溫柔。一面是倔強，一面是寬容。這是和平時期的回回妹妹，讓人心疼。

蘇爾的憂傷

或許我已經頻臨死亡，但我仍將為你歌唱。無父無母孤獨的我，蹣跚行走於人間，有一天，我將倒下死亡。我的身體就像樹，哪兒是我埋葬之處？我的歌聲就像鹿鳴，何時會破裂消失？

——塞柯・納姆切拉克（圖瓦歌手）

從朋友那裡聽到塞柯・納姆切拉克的《西伯利亞的赤裸靈魂》。它讓我想起了喀納斯，想起了蘇爾。

從喀納斯回來的幾年中我總也無法走出蘇爾的音符，它像一個怪圈行影不離地追隨著我，它只輕輕地一迴旋、一閃念，我就被拉回到那座山嶺，那片湖水，那個村莊，還有那條奔湧激流的大河。

蘇爾是喀納斯特有的一種葦草做成的三孔樂器，形似豎笛。那天，我們進了圖瓦人的木屋，吹蘇爾的人悄然推門進來，那是一個高高個子，皮膚黝黑，身穿寶石藍蒙古族服裝的壯年男子。他輕輕地關上木門，推出了木門邊的一屢光線。然後依著門邊坐下。屋裡靜悄悄地，一盞暗淡的燈發出橘色的光，蘇爾淒婉略帶沙啞的聲音慢慢響起，聲音輕又柔軟，委婉低迷，在橘色的光線中似有似無，繞樑穿行。

吹蘇兒的人自始至終沒有任何身體語言，他把自己隱了起來，即便是在音樂結束他站起來轉身離去的時候，都沒有發出一絲蘇爾之外的聲音，甚至他的腳步都輕盈如風，他想說的，他要說的，他的全部對生活的闡釋都留在他的蘇爾裡了。這個舒緩寂寞的男人，彷彿對世界早已淡然，他的心情很靜，靜的只有用心才能聆聽，一種聲音能以靜的方式擴張出去，在你周圍構成浩大的無，那該是一種浸染，是心靈的美侖美奐吧。

蘇爾。寧靜，純粹，帶著原始初期的懵懂和單純悄然來到我們身旁，樸素的令人心頭顫慄，人類正是從這種簡約中走來，走到繁華和喧鬧，但是，人們的骨子裡從來就沒忘記懷念，懷念人類初期剛剛睜開雙眼的一剎那，溫柔極了，安靜極了，彷彿天宇正在打開，陽光正在慢慢升起，普照大地。

沒人知道蘇爾吹了幾個世紀，波光粼粼的喀納斯湖面被蘇爾吹的起了波紋，波紋一層疊著一層，趕往陸地，有節律地拍打著沙灘和礁石，坐在河邊的圖瓦人就這麼吹著蘇爾，吹著吹著，世世代代。忽然有一天，他們猛然意識到，蘇爾的聲音即將消失在喀納斯的湖面，蘇爾的寧靜裡不由自主地生出了一絲憂傷，憂傷終於彌漫開來，籠罩著每個前來拜會的人們。

在蘇爾的歎息和無奈中，人們彷彿聽到了不要流淚的安慰，看到了即將轉身離去時的戀戀不捨。它不該離去，不該消逝。雖然，所有人都知道，它終將離去，成為人類文化長廊中精美的絕版。

「就像我手上的掌紋，就像我靈魂的鏡子，我的靈魂——圖瓦，在我痛苦的記憶裡，是我的人民的苦難歷史。我的驕傲，我的悲傷，輕聲訴說，我的搖籃曲——圖瓦。」

這是塞柯・納姆切拉克對生命的唱和，滿溢著無奈和遷就。她來自西伯利亞南部的圖瓦民主主義共和國，是一名世界歌手，有七個八度的音域和出神入化的演唱技巧，她剃去長髮，光著頭顱，既前衛又傳統，她的歌聲風靡世界，卻使圖瓦人感到矛盾，因為長期居住國外她被圖瓦人指責為背叛，又因為她出神入化的歌喉，成為圖瓦人無比的驕傲，她既是他們的自豪，也是他們的心痛，而無論驕傲還是痛心，對塞柯・納姆切拉克來說她從來都沒忘歌頌自己的祖國，她每年都要請西方音樂家到圖瓦，讓她的祖國被人瞭解和理解，儘管她的祖國很小，只有三十萬的人民。

吹蘇兒的人是圖瓦人，圖瓦人是蘇爾唯一的擁有者。蘇爾的低沉與塞柯・納姆切拉克的空靈低調不謀而合，彷彿天機，其實，又很簡單，因為他們原本是一類人，血液裡流淌著同一種因子，導致了生命中的相似性。

塞柯・納姆切拉克的圖瓦是一塊我們一直都惦念著的土地，它曾與我們近在咫尺，屬於大清板塊中的一部分，現在遠屬他人。《隋書・鐵勒傳》中記載：「北海南則都播等」，圖瓦是都播的另一種譯音，北海在今天的貝加爾湖，圖瓦的先民一直生活在貝加爾湖以南的廣大區域，貝加爾湖畔廣袤的青草味吸引著奔遊在草原上的各類馬匹，馬匹奔馳而來，擾亂了圖瓦人的家園，先是北方的匈奴，後是西遷的拓拔鮮卑，圖瓦被迫地接受著一次又一次的種族大洗禮。混血，使圖瓦不再純粹和單一，這是種族的悲哀，也是種族的幸運，失去與獲得是一對矛盾體，他們的血緣因為加入了激越的因子而更加地活力四射。到六世紀突厥部落異軍崛起，一個強大的突厥汗國屹立在中亞的大草原上，作為突厥汗國的一部分，圖瓦人變成了具有強大生存力量的一群。

只是好景不長，在突厥汗國衰亡後，圖瓦人再次面臨著分裂的陣痛，一些部落開始向南向西遷徙，他們來到新疆南部，來到中亞地區，與當地的土著混居，與擁有著高加索塞人血統的人發生混血，他們的孩子出生了，他們發現，孩子們與自己的體質差異越來越大，這種差異被時間堅韌不斷地切割著，終於，脈管裡流淌著圖瓦血液的子孫們呈現出越來越鮮明的高鼻深目，在接受伊斯蘭文化後，這些孩子放棄了原先的宗教，徹底地脫離了他們的祖輩，他們終於脫胎換骨，演化為維吾爾族、哈薩克族和其他一些民族。

「我生來就要死亡的，請給我自由。」塞柯・納姆切拉克穿越生命，唱響自由的歌聲像交響樂隊中的定音鼓，讓你遊移的情緒嘎然而止，當那些變成維吾爾、哈薩克的圖瓦人講述自己淵源的時候，新疆阿爾泰山區的圖瓦人沉默了，他們本身就是沉默的一群，他們的沉默不是因為性格的沉默，而是面對過去，他們無話可說，他們的祖先沒有為他們留下直接的記錄，他們的前身從何而來，他們的傳說和經歷怎樣，他們的故事中有哪些傳世的經典。沒有，什麼都沒有，那些大意的圖瓦人，長年沉溺在酒中而不理會後人的詢問。或許，這正是他們的高妙之處，留下未知，來考驗我們後人探究的能力和求索的信心。

成吉思汗統一蒙古各部落之後，進行過三次大規模的西征，他的軍隊翻越阿爾泰山，休整在額爾齊斯河畔，在額爾齊斯河上游不遠的地方，是風光旖旎的喀納斯湖，成吉思汗的國師丘處機在這裡寫下過「誰知西域逢佳景，澄澄春水一池平」的詩句，澄澄春水正是指喀納斯湖。蒙古人說，征服世界的成吉思汗在離開額爾齊斯河時，把一些病弱受傷的士兵遺留下來，留下的人在這裡繁衍生息，一代又一代。

那麼，生活在這塊人間淨土上的人是成吉思汗的後裔了，這些人一直也如此地認為自己，他們的服裝、相貌，還有在喀納斯湖邊的蒙古語小學校都足以說明他們這一群是來自蒙古大草原，更何況元帝國崩潰後，圖瓦地區由西部蒙古直接管理，接受著中央政府的統治。他們的血液裡流淌著蒙古人的血液是毫無異議的事實了。於是，他們很自信地在自己的小木屋裡懸掛上成吉思汗的畫像，那是他們的英雄，仰慕的精神領袖，是他們值得驕傲的祖先。

但是，對英雄的崇拜也需要理性。終於，那些經歷了人生風雨的圖瓦老人，在他們即將老去的時候，開始叩問自己，他們久久地坐在喀納斯湖邊，在湖水的漣漪中回憶往事，他們的父親、母親，祖父母在他們很小的時候跟他們說過，他們似乎不是成吉思汗的後代，清朝期間喀納斯來過從外蒙調配的蒙古人，他們的職責是管理圖瓦人，如果圖瓦人真是蒙古人的一個部落的話，怎麼會被外派的蒙古人來管理呢，歷史上的圖瓦人和蒙古人可能並不對等，如果是這樣，只能說明一個問題，他們另有出處。

整個晚上我都在似夢非夢中度過。夜裡，山谷中瓢潑著大雨，唰唰地敲打著宿營車的車頂和窗戶，雨水順著窗櫺流進車裡，沾濕了被子。當淒涼山谷的車窗口透出一線白光時，我起身走出營車。時間指向早晨七時，西邊喀納斯湖水上起了濃重的白霧，霧藹籠罩著松林，有鳥聲響起，山谷顯得越發寂靜了。

這是喀納斯的早晨，昨晚的淒風苦雨不知什麼時候已經停止，安靜的早晨，人還未醒，沉在睡眠中；我有點感慨，人能與山融為一體是一種境界，但只有隱於無形的人才可以說是有大境界的人，那些圖瓦人正是在這樣的境界裡世代相傳的吧。

山色隱在霧靄中，我看不見迷霧背後的東西，只能想像它的與眾不同，於是，在濃霧散去的時候，我走向河水畔，路經圖瓦人的木屋，木屋是用林子中採來的原木蓋成的，屋頂是尖型的結構，他們的村莊沒有蒙古包，他們只有木屋，木屋外是一圈一圈的柵欄，炊煙正在升起。

喀納斯河邊並不猶如我想像的那麼惹人動情，使人留戀，站在他面前，我在想自己離去後是否會念起它。也許會，我是個懷舊的人，對未來和過去的熱情遠遠高於此刻，也許不會，我於喀納斯，僅僅是一名過客，我的眼光裡永遠都流露著旅人過客的隨意性和不專注。

其實，喀納斯對我更是無所謂，他並不在意我，我的來和去都在他的生活之外。他有自己的愛和憂傷，自己的固執和堅持。

不住蒙古包而住木屋的圖瓦人開始懷疑自己，懷疑他們骨子裡祖祖輩輩留下的根深蒂固的遺訓，儘管他們的臉上保留著蒙古人的忠誠和勇敢，他們的行為中卻越來越多地暴露出與蒙古人難以相融的地方，喀納斯村邊有一所用木柵欄圍起的哈納斯小學，學校的標牌用漢語和蒙文寫成，但是，他們發現，圖瓦人進了蒙語學校，所謂的母語總是學不好，而與生活在一處的哈薩克人在一起時，很輕易地就學會了哈薩克語，他們從孩子到大人幾乎都說得一口流利的哈語。語言學家解釋說，圖瓦人說的是一種非常古老的語言——古突厥語，哈薩克曾經是古突厥的一個部落，而哈語就屬於突厥語系。

懸念開始明朗化。在喀納斯的山林中，所有的圖瓦人居住在三個村莊，白哈巴村、禾木村、喀納斯村。三個村莊是他們的全部，一個部落的全部。他們與蒙古族縱然有著剪不斷的情感關係，縱然將成吉思汗懸掛在屋牆上，但是，他們就是他們，只是他們，他們是獨立於別人的獨成一氣的群體。他們能夠遙望到的是來時的茫茫路，是遠在外蒙古國之北的圖瓦民主主義共和國，而不是別的什麼，那裡是塞柯・納姆切拉克的故鄉。

在喀納斯河上我做了一次漂流，在漂流中體會著那個叫做漂泊的詞彙。一次漂流就是對漂泊的一次再解釋。第一次到喀那斯時，我經過喀納斯河，向正在漂流的人揮手，像似送行，為那些即將啟程的航行；第二次，我坐在漂流的船隻上，對於未知，我思量了許久，不去是不會遇到危險的，但是，也不會出現驚心動魄的感動。幾乎所有經歷漂泊的人都有過這樣的開始，他們無法按耐心中的衝動，想在有生之中邂逅那些激越的事物，他們期待著意外的遭遇，渴望深刻地感受一次命運的華美、聲響和震盪，哪怕這一過程中潛伏著的是苦難、艱辛，危險，甚至死亡。

小船似一片樹葉，在喀納斯河的急流中沖向大浪，船時爾處於浪尖，時爾處於浪底，人隨船攀上高峰，或陷入谷地，人生起伏不過如此，但要順利抵達目的地卻不是容易之事，四處是看不見的暗礁和旋渦，或許一次小小的疏忽，就會使全舟覆沒，這就是漂泊者的命運吧。

悲壯的圖瓦人在十七世紀面臨著一次大規模的遷徙，那是一種無奈的遷徙，有人侵入了他們世居的土地和山川，他們被迫地開始了滿是暗礁和漩渦的漂泊，翻越薩顏嶺向南向西跋涉，他們邊走邊遊牧，其中有一群人來到了新疆西北角的喀納斯。在很長一段時間裡圖瓦都是大清版圖中的一塊，是那個雖已滿面創傷卻龐大無比帝國的一個私家園地，卻被背後來的鄰居橫插一腳，然後就有了同治三年簽署的《塔城條約》，也叫《中俄勘分西北界約》，圖瓦人再次遭遇了離開母體的疼痛，一部分併入俄國，以後又有一部分歸入蒙古國，剩下的一部分宣佈成立圖瓦共和國。真正歸屬於中國的，只有當時漂流而來喀納斯的那一群人，這是目前中國唯一的圖瓦人，他們待在新疆北部邊緣茂密的山林裡，過著隱秘的生活，上世紀八十年代初，有人進入喀納斯森林的時候，看到的圖瓦人身著獸皮，手持獵槍，過著樸素的近乎原始的生活。如果不是喀納斯獨特的風光，如果不是那些獵奇者的追逐和打擾，至今的圖瓦人依然是遠離世界的一類。

塞柯．納姆切拉克的祖先留在了圖瓦共和國，她和他的父親母親們堅守在圖瓦世代生息的領地，堅守著圖瓦這個民族最後的陣地。當她唱起「就像我手上的掌紋，就像我靈魂的鏡子，我的靈魂——圖瓦，在我痛苦的記憶裡，是我的人民的苦難歷史。我的驕傲，我的悲傷，輕聲訴說，我的搖籃曲——圖瓦。」時，她是動之以深情的。

圖瓦村莊白哈巴村在中哈邊界線上，與哈薩克一河之隔，界河流水清澈，即使站在山腰，也可以看清水底的石礫，村莊安謐寧靜，如果不是什麼政治界限，這該是一條秀麗的河流，而如詩如畫的小山村該是怎樣的世外桃源。但是，殺戮和陰謀總是在寧靜的時候出現，像那些在淩晨的黑暗中暴出尖叫的驚險片，令人生畏。

對岸起伏的山巒中有一座白色的墓塚。聽說一九四九年一位俄羅斯將軍帶著一個小分隊到邊境視察，河界這邊的土匪看到了，衝下山岡，殺了全部人馬，搶去了槍支，重新返回喀納斯的山林。從那以後，半個多世紀過去了，每年的同一時刻，都會有一隊人馬來到墳塚邊，灑些酒，說些話，向天空鳴槍幾分鐘，槍聲驚擾了河界兩邊的山巒飛鳥，驚擾著白哈巴村裡的牛羊和放牧的圖瓦人，一陣驚悸之後，人們立刻想起了半個多世紀以前發生在這裡的那椿事件。這座面對中國陸地的墳塚使人心驚跳，它原本可以不面向我們，遷移到自己的故里。但是，他選擇了面對、選擇了我們需要懺悔的靈魂，並在每年的同一時刻，他們選擇了鳴槍、選擇了一種破碎的方式來警醒人們的安寧，他讓我們再一次地面對過去，面對半個世紀以前的自己，槍聲與蘇爾一起響起在喀納斯的森林裡，它在喀納斯寧靜的圖板上滴下了擦拭不掉的血色。

能夠演奏蘇爾的老藝人已經越來越少了，現在，居住在喀納斯的圖瓦人大約有兩千五百人，而真正純血統的圖瓦人只有一千六百多人。兩千五百人無法延續自己，為了後代的健康，政府做出決定，圖瓦人之間不能繼續通婚，他們只能與漢、蒙、哈薩，與任何一個民族通婚，惟獨不能與圖瓦人結婚。他們的後代在世世代代的混血之後，將繼續沖淡圖瓦的血液。從現在開始，每個圖瓦人的後代都必將帶著別族的血統，不足十五年後，在中國這個部落將正式消亡。

「無父無母孤獨的我，蹣跚行走於人間，有一天，我將倒下死亡。我的身體就像樹，哪兒是我埋葬之處？我的歌聲就像鹿鳴，何時會破裂消失？」。塞柯・納姆切拉克不會意識到，她的歌聲正在與那吹著蘇爾的人的憂傷不謀而合，也許她早已知道，她說過，她是個屬於全世界的藝人，她所創作的音樂沒有國界。這一表白說明了她的世界性，她有著人類共有的對傷痛的敏感，她與遠隔千里的蘇兒有著相似的痛楚。

我已經頻臨死亡，但我仍將為你歌唱，你這土地，你這湖水，你長久歲月的養育之恩。

誰來拯救失落的文字

「在各種解體的文明中，當其走上越來越嚴重的下坡路的時候，我們常能看到許多不同的語言隨著以之為本國語言的人民的命運而彼此激烈地競爭，有的失敗了便歸於淘汰，有的勝利了便壓倒對方而擴大自己的地盤。」在讀了湯因比《歷史研究》這句話後，我意識到了漢文化的強大和力量，漢字一代一代傳播下來，保留下來，成為我們精神中最大的財富。按照湯因比的邏輯，漢語是勝利者，漢字在與其他民族的激烈競爭中，壓倒了眾多的對手，擴大了自己的勢力範圍，它將自己的語言和文字推廣給了十幾億人口。

語言的共融與獨立，就像民族的融合與分離一樣的充滿著矛盾，波蘭人柴門霍夫深知人類心中暗藏著一個神話，就是說一種語言，用一種文字，人與人之間沒有交際障礙，為了這個人類的理想，他讓一個陌生的語種進入了我們的視野——世界語。

柴門霍夫為自己創立的語言起名「希望者」，據說世界語最大的優越性是採用使用人口最廣泛的拉丁字母拼寫，世界語的語法規則簡短、明晰、精確，採用了各民族語言中的合理成分，沒有民族偏見。它不像自然語言一樣有方言存在，它是統一的、完美的。看著這諸多的優點，我想起了古希臘人的一句話：只有民族的才是世界的。

世界語的即將推廣是否意味著即便是那些最優秀的民族，面對強大的世界語也會倫為被淘汰的下場，他的推廣和應用，打擊的不僅僅是一個民族的凝聚力和自尊心，它對整個人類的個性都將構成一種自卑。還記得都德筆下的那個穿著挺闊漂亮的綠色禮服，打著縐邊領結，戴著一頂繡邊小黑絲帽的韓麥爾先生，還記得他的聲音：快坐好，小弗郎士，我們就要開始上課了。安靜的課堂，所有耳朵都在靜靜聆聽，法國語言是世界上最美的語言——最明白，最精確，我們必須把它記在心裡，永遠別忘了它。亡了國當了奴隸的人民，只要牢牢記住他們的語言，就好像拿著一把打開監獄大門的鑰匙。

韓麥爾先生的話說了很多年了，直到今天他的聲音依然會讓每個熱愛著自己祖國的人淚流滿面，他告訴我們，文字或語言不單單是文化的構成，她還凝結了人類相同的對祖先和後代的情感，她不僅僅是一種交流的工具，更是一種情結，有關人類的精神之戀。

我手頭有一本《西夏歷史》，附錄有一頁方塊文字，字的結構很規範，像似漢字，但卻不是。那些幾乎與漢字一樣的文字，我一個都讀不出，它們是西夏文字，一種離我們遠去的文字，儘管那樣的文字至今還出現在寧夏、甘肅、新疆的許多古跡中，但它是已經被歷史封存了的文字，幾乎沒人可以讀懂。這使我們驚訝，它明明白白地擺在我們面前，它的的確確地存在於我們眼前，但是，我們不懂，並且我們知道，幾乎沒有人可以讀懂它。那麼，是什麼力量割裂了我們與它們之間的關係。

同樣還是文字。在四川廣漢三星堆博物館展廳潔白的牆面上有六個字。沒人知道那六個字的真實含義，三星堆的迷惑很多，人們無以解讀的原因是他太久遠，沒有留下文字的記載，整個遺址只留下這六個無人能夠看懂和讀出的文字。那文字整齊地寫在潔淨的牆面，提示著後人的無知。

那年夏季，在暴風雨中我帶著女兒坐了人力車從三星堆出來，我把女兒抱在懷裡，前面打著一把紅色的細花雨傘，車夫吃力地蹬著腳下的車輪，過鴨子河時，在傘與人力車之間的縫隙中我瞥見了急速流淌的河水，攜帶著泥沙、枯敗的樹葉、無數的碎片，急速的流水忽地使我明白了，那些碎片中一定有著我們揭開歷史謎底的資訊，但是，在劇烈的暴風雨中它們流走了，順著急速的河流一去無返。

文字在風雨飄搖中落入滔滔河水，在我們身邊匆匆逝去，逝去的是永遠不回頭的，在我們對它鬆手，看他走遠的時候，我們是漫不經心的，我們未曾料到他會永遠地從我們的世界中消失，或許，我們從來也沒有意識到我們放棄的原來是自己身體裡最珍貴的因子，那些最優秀的構成我們氣質的因素。

現在，我站在六個人類文明的證據面前，無所適從。這該也是人類的尷尬吧。

新疆人民出版社有個小書店，叫天之崖。書店微小精緻，是淘書的好去處。從書架上取下《新疆的語言和文字》，作者校仲彝，《序》中介紹作者在新疆民族語言研究領域兢兢業業鑽研了三十多個春秋，不但通曉幾門外語，熟練掌握新疆少數民族語言，而且對新疆境內其他語言和古代語音有一定造詣。《序》中說這是新疆語言文字的第一本專論，填補了這方面的空白。

這些填補空白的文字我看不懂，天書一般在眼前一頁一頁翻過，然後我去掏錢，買回家。在夜深人靜的時候，打開這些讀不懂的文字，看。

校仲彝在我面前展現了一幅西域文字的畫卷，跟隨他的步伐，在西域遠古的荒漠、戈壁、綠洲和山地上我感覺著文化的滋養，即便是在最荒涼的背景下，都有著最不平凡的歷史，這些歷史的記錄就來自他實錄的那些文字裡。

對一本讀不懂的書籍產生興趣，有點不可思議，我想我是首先被那些奇妙的文字所描述出的故事和詩歌感染的。看那些文字，想像著寫下那些字的人，他們的性別和年齡、愛好和相貌，不管這種想像離文字本身相去多遠，於我都是一種樂趣。

真主創造世界之際，
將一切美賦予了你。
晚上，你莞爾一笑，嘴巴若鮮花綻放
我的心田噴放著愛情的火光。

言語難講述你的愛情之謎，

我怎能仰仗笨拙的禿筆。

我赤腳行走全身是瘡

心中充滿憂傷，

我如鶉衣百結的乞兒

在飛塵中徜徉

這是用察哈爾文書寫成的詩句，這樣虔誠的文字有理由存在，應該存在，並一直堅守下去。

面對已經失去的文字，總有一些甘於寂寞的人，守在荒涼地帶，吃著最簡單的飯菜苦苦鑽研著，在《精神的田園》東方之子學人訪談錄中，季羨林老先生是第一位被採訪的學者，二〇〇一年他寫了一篇隨感《九十述懷》，其中寫到，在學術研究上，我的衝刺起點是在八十歲以後。開了幾十年的會，經過了不知道多少次政治運動，做過不知道多少次自我檢查，也不知道多少次對別人進行批判，最後又經歷了十年浩劫，對酒當歌，人生幾何。八十歲到九十歲這個十年內，他為自己制定了三大工程，其中第二項是解讀吐火羅文。

吐火羅文是古代龜茲人使用的一種文字，在庫車的一些洞窟和壁畫上常能看到這樣的文字，但是面對這樣的文字，無論是當地人還是匆匆過客都只能是敬重地仰望，歎息地搖頭，一九八〇年十月，北京舉辦了中國民族古文字展覽會，會上把吐火羅文改成了焉耆—龜茲文。

還是上世紀七十年代，在焉耆一個千佛洞前，人們在一個灰坑內發現了一部《彌勒會見記》，八十年代，新疆博物館把這批寫本的照片送給了季羨林老先生，我們可以想像到季老先生當年拿到這本殘卷時的欣喜和驚異。

據說，《彌勒會見記》劇本很長，共二十七幕，用焉耆文寫成，是現存最早的一個古代劇本。比漢字寫成的劇本早了六七百年，這本劇本現存八十八頁，出土時疊放在一起，左邊有被火燒過的痕跡，得到珍藏後的季老先生從一九八三年開始，斷斷續續地用漢文和英文在國內外發表了《吐火羅文〈彌勒會見記劇本〉》的轉寫、翻譯和注釋。劇本故事講的是一百二十歲的婆羅門僧婆婆離在夢中受天神啟示，想去拜訪釋迦牟尼如來佛，但自己老態龍鍾，不能親自前往，便派弟子彌勒等十六人代表他去謁佛致敬。婆婆離告訴彌勒，如來佛身上有三十二個人像，只要看到這些人像，那就是如來佛，就可以把疑難問題提出來請教如來佛，彌勒來到如來佛身邊，果然看到三十二個人像，提出大道青天，凡物人間等幾十個問題，三十二個人像分別回答了他的提問，這使彌勒得以受益，遂入佛道，自稱彌勒佛。

當我們看到這個故事梗概的時候，心裡會是愜意的，動人傳神的故事被破譯了，到一九九七年，四十四張八十八頁《劇本》殘卷全部譯釋完成。第二年一部完整的英譯本在德國出版，這是目前世界上第一部規模最大的吐火羅文作品的英譯本。季老先生說寫這篇最大的難度是資料欠缺，多是國外的資料，他時時向海外求援，有的資料一時難以搜尋，只得耐著性子恭候和等待。

類似的尷尬在《新疆的語言和文字》成書過程中也出現過，那是一本黃綠色的封面，綠色的魏碑書名，沒有圖案，甚至沒有一個線條，簡單的看不出任何設計痕跡的書籍，我想這書是沒經過封面設計的，儘管它的背面寫著封面設計人的姓名。

這本書只印製了一千六百冊，出版日期是一九九七年三月。書出了，在書店一扔就是八年。我覺得它不該被扔在那樣的角落，就像他不該只印製一千六百本一樣。作者寫了《後記》，一共六百七十個字，其中感謝鼓勵和支持的字四百一十個，為自己留下的僅僅兩百五十個，大意是：寫此書念頭在一九七九年春天，一九九二年動筆，九二至九三年在北京護理患病的妻子住院時堅持編寫工作。

前言後記，幾百個字交代了一個填補西域文字空白的創作經過，交代了作者二十多年寫作的坎坷，在僅有的不滿一頁的紙張上，感謝的話就用去了一大半，但是，誰會感謝他。書出了，作者像是欠了我們什麼似的，感恩地向周圍說著謝謝，謝謝。

接下來，我看到了這樣的記錄：

焉耆—龜茲文文獻研究：季羡林先生是我國研究此文的代表人物。

于闐文文獻研究：我國幾乎沒有專門研究于闐文文獻的人員，目前黃振華先生刊佈了幾篇文章（後面綴錄了三篇發在期刊上的文章名字）。

粟特文文獻研究：我國學者尚無人專門致力於粟特文獻研究。

佉盧文文獻研究：我國學者無專人研究佉盧文文獻。

然後還有這樣一段：「新疆古代文字文獻具有十分重要的歷史學、語言學和文化學方面的價值，所以近一個世紀以來一直吸引著國外眾多學者的注意，先後被譯成英、德、法、俄、日、土耳其等國家的文字，發表了許多研究論著，而我國在這方面則處於相當落後的狀態」。

一千六百本書籍的微弱呼籲，如滄海泛舟，未及揚帆，已被海浪打入谷底，有浮上來的碎片，在無人禮遇的海面上沉或者浮，是否那些歷史、語言、文化背後的價值只有寄期望於國外學者了。

國學大師王國維先生說：「當時（指唐代）粟特、吐火羅人多出入於我新疆，故今日猶有遺物。惜我國人尚未有研究此種古代語言者，而欲研究之，勢不可不求之英法德諸國。」這感慨是無奈的，而這感慨之後的百年，脫去長袍馬褂的國人依然無奈。一個民族怎麼能夠讓一件事情無奈上百年呢。按照季老先生《九十懷述》推算，老先生已是九十二歲高齡了，而在泱泱十億大國，能夠識得焉耆—龜茲文的能有幾個。貝克萊有句話，「他們全都出自一個淵源，即出自人們難以解釋的思想變化，由人們為了一個目的、根據一個判斷而構成的。這個目的就是在我們中間表示出心中的想法和瞭解。」在我們無奈了上百年並且還在繼續無奈的時候，我們是否想過，我們正在放棄的是我們與過去、與歷史、與祖先之間彼此的想法和瞭解。

第二輯

精神高臺

信念之旅

中國的佛教事業開始於一個混沌的夢境，虛幻卻搖曳著繽紛，因為那個夢，揭開了一個國家的理想，還有一次又一次的遠行求證。

直到張騫從大夏返回，中原人才知道西域之西有一個叫天竺的國度，那裡正盛行著一種宗教，叫佛教，這是佛教最早的資訊，隻言片語，根本無法引起人們注意，那些有著黃色皮膚，黑色頭髮，說著漢語的人做夢也不會想到，這個信仰後來能夠成為統攬世界人思想領域的三大宗教之一，成為中華大地上人心所向的一種精神。

夜夢金人，項有白光，飛行殿庭。這是一個帝王的夢。醒來後做夢的帝王感覺蹊蹺，請人釋夢，一個叫傅毅的大臣說，西方有神，名字叫佛，形象跟陛下夢到的一樣。在真與幻之間，這個帝王試探性地做了一次求證，他派人前往天竺。第二年洛陽建起了一所僧院，叫白馬寺，是中國的第一所佛寺。以後又有一個安息人，叫安世高，是個放棄世俗生活的太子，他來到中國，帶了許多經文，在洛陽建了一所學校，一個譯經中心，這是一個良好的開端，也是一個預示，一種宗教即將在一塊陌生的土地上播灑種植，蓬勃向上。那個帝王是東漢明帝劉莊。這之後中國的佛教徒們開始行動了，他們不滿足於等待，等著一種思想憑空飛到他們身上，他們以對真理萬般的崇敬進入了一場曠日持久的求索歷程，在以後幾個世紀的日日夜夜裡，他們從未放棄過自己的理想，並將這一理想發揚光大。

我一直以為玄奘是唯一的，是西去道路上一隻孤寂的鴻雁。後來在一本介紹西域的讀本中看到了朱士行，他也是一個僧侶，以八十歲的高齡圓寂在于闐王城附近，那時我才知道，玄奘不是唯一，也不是第一，儘管他是將那一事業推向最高極點的人。

朱士行的時代正是群雄逐鹿，爭霸天下的東漢末年，是曹操劉備孫權們竟顯英雄本色，拉開架勢準備一決雌雄的時刻，整個中原像個沸騰的建築工地，各色人物紛紛登臺亮相，文武將相競相試比高低，把個一千年後的羅貫中寫的一身勞累，而這時的朱士行卻是鬧中取靜，傾心於佛法，默默地行進在向佛的里程中。他是從陝西出發的，沐浴著渭水兩岸的綠野清風，離開了富饒的關中大地，一路西行，到敦煌後，他走了塔里木盆地的南道，直達新疆于闐。令人費解的是他怎麼在于闐就不走了，也許剛開始他只是駐足歇腳，在一株巨大的無花果樹下喝了一口甘冽的清泉，吹了一陣輕風，就這麼一坐一吹，他就愛上了這棵樹、這杯清泉、這個地方，就下定決心永駐於此，一生一世。

僅僅這些就足以使他在于闐一待就是二十餘年嗎。于闐肯定不是他西行的終點，那時的于闐雖有小西天的說法，但信奉的佛教卻是小乘；佛教中有大乘和小乘之分，大乘者把自己看作是一隻承載萬民的大船，普度眾生，同達西方極樂世界是他的宗旨，小乘者崇尚通過自我苦修的方式達到涅磐境界，小乘的修行是以對自身的摧殘去體驗一種高妙的境界。于闐人所信奉的小乘佛教與朱士行所信仰的大乘佛教並不是一回事。為什麼他會在離目的地僅一步之遙的于闐為自己的求索劃上並不完滿的句號，並且安心停駐於此，抄錄他的《大品般若經》梵本呢。

或許他是真的愛上了于闐，二十多年後，他把翻譯好的經書交給他的弟子送回洛陽，他為弟子送行，揮手相別，看著弟子一步一回首消失在蒼茫天地間，此刻，不知道他是否意識到了自己的一生已經無法挽回地永遠委託給了于闐，這是他心甘情願的吧，于闐已經有了他鐵定的人生誓言。于闐人為他修了寺塔，這是于闐佛教弟子們對他的紀念，在他死後，他的弟子們先後離開了于闐，返回中原。

作為中國佛教事業西行求取真經的開山之舉，朱士行流下了《大品般若經》翻譯的經典之作，留下了未達印度的惋惜和疑惑，也留下了難回故里的遺憾。因為他的遺憾，成全了另一名西行求法的高僧，法顯，他使法顯成為中國歷史上第一位西行取經滿載而歸的高僧，法顯的西行被列為中國佛教史上的第一次，是開創，是先河。

從東晉到大唐數百年間西行取經的人紛至遝來，有個統計數字上說，從西元三世紀到四世紀有七人從陸路去天竺取經，五世紀有六十一人，六世紀有十四人，七世紀有五十六人，八世紀有三十一人。這樣算來從三世紀到八世紀共有一百六十九人西去求經，但是，回歸的只有四十二人，大多數的僧侶客死異鄉。每四個人中只有一人能夠生還，對於西去的歷程這個數字是悲壯的，儘管這樣，一代又一代的僧侶對西去求佛的意志卻從未動搖過，取經行動延續了近六個世紀，六個世紀的風風雨雨無怨無悔為我們留下的是感動，感動於佛的感召力和佛徒執著的追求。

法顯是中國歷史上第一次遠度海外求取真經的大師，是帶回大量梵本文獻的第一位漢僧，他以六十多歲的高齡完成了中國佛教屆的第一次壯舉，他是一百六十九名僧侶的楷模和不倒的旗幟。他從三歲度為沙彌，二十歲受大戒，在佛門一待就是六十多年，六十年的潮起潮落使他感受到，佛經的翻譯已經趕不上佛教發展的需要了，因為戒律經典的缺乏，許多教徒無法可循，為了維護佛教真諦，六十五歲那年，他決定西赴天竺，尋求戒律。那是一個春天，法顯和他的同伴慧景、道整、慧應、慧嵬最後看了一眼長安的繁華和成陰的綠柳，攜手踏上了西行的路途。

其實，在對這一時期佛法大師的閱讀中，我首先接觸到的是龜茲的鳩摩羅什，也許是先入為主，也許是他很早就名滿西域，也許是自己流落新疆，那份異地生活經歷孕育出的微妙情感使我在鳩摩羅什身上更真切地感悟到一種難得的知遇。他是一個細緻的、有佛性的、才識和人情俱在的僧侶，他的父親是印度人，年輕時出家來到西域龜茲國，娶了國王的妹妹，生下了他，他七歲出家去印度學習佛法，十二歲後回龜茲宣傳大乘教義，如今在克孜爾千佛洞前有一尊黑色的雕像，清瘦、睿智、通達，我是記憶著這張安靜的面孔去蘇巴什故城的，當年的昭估厘大寺就坐落在那裡，在一堵一米多高的殘垣斷臂前豎立著一塊長方形的牌子，牌子上寫著兩個字，經堂。墊起腳尖，眼光穿過厚厚的斷臂土坯，寬敞的經堂呈現在眼前，經堂裡早已沒了任何東西，只剩下空堂堂的陽光，照耀著每個角落，身臨其境，我的眼前不斷地幻化出一些片段：克孜爾千佛洞前那尊黑色塑像，正午高懸的太陽，一本翻開的經書，口若懸河的大師，陰揚頓挫的講經聲調。還是在那個地方，他幼年時的老師盤頭達多聽說龜茲改宗大乘學，從罽賓來到龜茲與他辯論了一個月後，欽佩地對他說，和尚是我大乘師，我是和尚小乘師。

前秦的呂光出兵西域，攻下龜茲後領了旨意，把鳩摩羅什帶回中原，只是，在返途經過涼州時，呂光心生一念，自立為涼主。鳩摩羅什相隨到涼州，也是現在的甘肅武威，就此被羈留下來。西行求佛的法顯到達河西走廊的涼州時，也正是鳩摩羅什大師被軟禁在涼州的日子。求法心切的法顯在涼州沒敢多停留，稍作歇息便匆匆離去。他與鳩摩羅什大師失之交臂。

鳩摩羅什與法顯走的時候都留下了自己眾多的論著和譯經文字，對於涼州的失之交臂他們全然不知。一個時代的兩個傑出人物，一個西去求取真經，一個東來傳播佛法，在一個狹長的地帶同時到達了一個地方，他們至少有一個夜明高照的晚上，有一次求教說法的機會，但是，或者是鳩摩羅什粗心，或者是法顯疏忽，或者是當時不暢的資訊，或者是其他的原因，結果都是一樣的，他們失去了聚首的機會。

他們本是可以促膝交談互論佛法的，他們的思想會在相互的融會中滲入到對方心靈，如是，他們為我們留下的將會是什麼？我們從他們那裡得到的又將是什麼？但是，彷彿一道無法打開的玄機，冥冥之中有一種力量在左右著他們，失之交臂，就是為了讓他們更加地艱辛、磨難和苦澀吧。一個僧人，不經歷這樣的苦難或許真的無法頓悟到世間真諦。

悠遠的河西走廊彌漫在煙霧紅塵中，衝出走廊，狹長閉窄的古道豁然開朗，像一個打開胸懷的人，有了坦蕩蕩的感覺。只是這種開闊的同時並存著艱難，陽關以外上無飛鳥，下無走獸，遍望極目，茫然一片。法顯的路線是出河西走廊進鄯善國，經且末、于闐翻越帕米爾高原前往印度，而這時法顯像朱士行一樣給我們留下了一個迷惑，他沒有按照原先設計的路線南行且末，而是繼續向西進了烏夷國，烏夷國在現在的焉耆，他的這一改變使西行變得迷離莫測，因為這個改變使他不得不穿越塔克拉瑪干大沙漠，于闐人把塔克拉瑪干沙漠叫做進去出不來的地方，他用了一個多月的時間才走出這個進去出不來的地方。他的改道完成了塔克拉瑪干大沙漠的穿行，成就了西天取經人中的一個奇跡，但也使自己的西行比後繼者們更加地充滿了艱辛。

烏夷國並不是他最初的打算，就像他並不傾心於烏夷國那樣，烏夷國也對他表示了出奇的冷淡，從法顯的言辭中我們可以讀出傷心，也可以讀出怨恨，我們不能隨意判斷這位大師在取經途中是否有過悲觀的情緒和動搖的瞬間，如果有，那個瞬間一定是在這裡萌發的，從一出陽關就遇到漠北的風沙，在只能憑藉前人的遺骨做路標的荒漠中跋涉，而現在，終於到了草灘綠洲的烏夷國，卻遭遇了一場比自然環境更加惡劣的信仰危機，這裡的人們信仰小乘佛教，對他信仰的大乘和他的到來表現出了極端的冷酷，在這裡他沒有得到資助，而且肯定也是遭到了排斥。對烏夷國的評判法顯用了八個字，不修禮儀，遇客甚薄。其中有怨氣，也有些微的藐視。

艱難的境遇一直在他到達于闐國後才結束，在于闐，新疆終於為自己挽回了一次臉面，法顯受到了禮遇，安排住進了瞿摩帝寺，那是一所一直以來以大乘學著稱的寺院，寺裡有僧侶三千多人，也是印度與西域學者交流傳播學問的場所，于闐王行像時就是從這裡開始的，我總是有種猜想，這裡的人們在禮遇法顯的時候一定是記惦起了朱士行，那個熱愛著于闐信賴著于闐，將自己與于闐捆綁在一起生活了二十年的一代漢僧。因為于闐的厚愛，法顯以飽滿的筆墨記錄了于闐的國泰民安，其國豐樂，人民殷盛，盡皆奉法，以法樂相娛，還有佛教興盛，家家門前皆起小塔，最小者可高二丈，而行像活動更是盛大：從四月一日起，城裡便開始掃灑街道，莊嚴巷陌，城門上張大帷幕，事事嚴飾，迎佛像儀式開始後國王親自迎接，十四座大伽藍每日行像一天，隆重出行的佛像底下是虔誠膜拜的信徒，這是于闐一年一度最盛大的慶典。

在法顯的講述裡，給我留下深刻印象的是在師子國的一個小故事，師子國在現在的斯里蘭卡，他在那裡遊歷了兩年，有一天，他遊走到一座寺院，寺裡有一座金銀眾寶構成的佛殿，殿內供有一尊三丈高的青玉佛像，仰望佛像，法顯心中哀歎，與他一起上路的同行者們或流或亡，而今只剩下自己一人，而這一路上，交往的全是異族人，惟有自己是漢人，自覺孤寂。正值此際，忽然看到有一個商人，用一塊白絹拂拭青玉佛像，看到漢地所用的白絹，不覺地潸然淚下。這是法顯西去取經的一個簡短片段，在他的《法顯傳》中只有百十個字，卻是法顯自始至終最能引人共鳴的一段，異域他鄉，睹物思鄉，有著濃濃的人情之味，也正是這瞬間的際遇，引發了他的懷鄉之情，打定回國計畫，也使他的西行取經之旅終而得以圓滿。

法顯回國後寫了《法顯傳》，也叫《佛國記》，幾乎所有西行求取真經的人都讀過他的警示。他走的時候有六部六十三卷，共計一萬多言的佛經和《法顯傳》放在他的案頭，他是心平氣和悄然離去的。

從法顯開了先河之後，西去取經的僧侶相繼而行。不過，在法顯與宋雲西行之間，出現過一次簡短的停滯。宋雲的西行歸結於著名的胡太后，而宋雲之前的西行暫停歸結於鮮卑之子拓拔燾。鮮卑少年拓拔燾十四歲時就有過自率輕騎疾弛三天兩夜直抵敵營的經驗，有被圍困五十多重，在陣勢中射殺敵方大將的經歷。這個鮮卑人的後代，以他的智謀和勇氣為中國北方十六國劃上了句號，北方統一於北魏，中國南北對峙開始。

為拓拔燾打下事業的因素很多，其中最重要的因素是他重用了漢人崔浩。崔浩是個悲劇性的漢人知識份子，他輔助過北魏三朝皇帝，官至司徒，在平定北方、對峙南朝的戰事中，他的謀略總是顯得恰到好處；拓拔燾在拿下平涼後曾對眾人說，所說的崔公，就是眼前這位，才略之美，當今無比，朕幹任何事情一定先徵詢崔公的意見，成敗在胸，沒有一點不符之處。這個評價一點都不為過，只可惜，才略之美的崔浩有著紅顏似的薄命，這與他身上那種漢人知識份子正直的性格有關，雖然正直是一種優秀的品質，但在政治與權利的關頭，它卻可以喪命於此。崔浩信奉道教，拓拔燾滅佛之舉源自崔浩的影響，當時的佛教在北魏正廣泛流傳，上至太子，下自百姓無不頂禮膜拜，眾多的佛教僧侶像雨後春筍蓬勃生長，兵役招募的人越來越少，再看佛門，一群構建精神領域的人們竟然紛繁雜亂，殺的淫的惡的無處不有，勝氣之中的拓拔燾下了滅佛詔，大殺和尚，毀滅佛寺，雖說這種做法消除了荒淫雜亂，但也傷害了心中有佛的太子臣民，而這一罪過終了算到了崔浩頭上。不過，崔浩之死不是因為滅佛之詔，而是另有其因。

有人說崔浩是一個謀士，善於謀事，卻不能自謀。在負責主修國史時，毫不避諱歷史真言，直抒胸臆，他編的國史中對魏王朝先輩們同族殺戮和荒暴淫亂不加掩飾，他沒有意識到，自己的行為已觸犯了一個民族的尊嚴和榮譽，鮮卑人不能原諒他，縱便是拓拔燾再賞識他的才學，也無法容忍他對自己祖先的蔑視，崔浩悲慘而死，全族受到株連，他的死在很長一段時間裡都令那些有著正直品性的人不寒而慄。直到現在都有人為他惋惜，做了種種假設，假如他能像自己所信奉的道家所言明哲保身，或隱退出世遠走山林的話，他的結局會是另一個情景。其實，歷史不是隨意編纂的，是寫實，後人為崔浩惋惜，崔浩本人或許並不為此後悔，他堅守了一種品格，堅持了一種正確，讓他再做一次選擇，他未必就會選擇明哲保身。對於中國的知識份子來說，越來越缺少的東西正是這種堅守正直人格的力量。

這一時期的佛教事業是停滯的，西去的道路上已經沒了求索的勇士。打破這一僵局的是一位女性：驕横跋扈的鮮卑女子胡太后。歷史上，她是個比慈禧和武則天更貪婪的女人，人們說她文才武藝俱高，天下金錢俱喜，權術玩樂俱善，除此之外，她還是個虔誠的佛教徒，她在自己皇宮旁造了一座永寧寺，寺裡供奉的佛像都是金子和白玉雕琢塑成的，她的佛寺是佛教傳入中國以後最豪華的一所。北魏的造佛運動在中國歷史上堪稱波瀾壯闊，龍門石窟花費了幾十年的時間，幾十萬人工，而雲崗石窟有大小佛像十萬尊，北魏人讓千佛同堂，在華夏大地上掀起了真正意義上的興佛運動。

除了那些扎眼的缺點，我到覺得胡太后某些時候也是個很大氣的女人。北魏開國後拓拔珪立下一個規矩，立太子殺生母。宮裡的嬪妃們都不敢生太子，惟獨胡太后坦蕩，天子哪能沒有兒子，沒有兒子國家哪有前途，她懷有身孕時百般祈禱，讓自己生個兒子，讓兒子成為太子。後來，她果真生了兒子，兒子果真成了太子，她也沒被殺死，反倒成了太后。在她的時代裡，她幾乎是個萬惡不赦的女人，要說還有什麼功績的話，宋雲西行可算做一項，她從數以萬計的僧侶中選定了宋雲，宋雲西行使她在拓拔燾之後續結起了西去取經的道路，使西天取經這一壯舉繼續弘揚在中原大地。

宋雲西行是從洛陽出發的，對於洛陽，這是它的第三次西天取經，第一次是那個帝王的夢，第二次是朱士行，第三次是一次國家行為，由胡太后委派，宋雲和他的同行十幾個人在寒冷的冬季走出洛陽城西陽門，共同踏上了西去的大道，洛陽的三次遠行為這座古城寫下了濃重的一筆，為它著名古城的美喻增添了厚重的內容。

宋雲和他的同行法力、惠生離開洛陽後第一站到達陝西，後又到隴東，再沿柴達木盆地北邊緣翻越阿爾金山進入鄯善國，在進新疆之前他們先行翻越了日月山，到了吐谷渾國，這是一支由鮮卑人建立起的國家，現在已經演變成一個民族，土族。到新疆境內後先在鄯善，再走南線的且末、和田、葉城、經過塔什庫爾干出疆。宋雲西行取經回國後撰寫了《宋雲家紀》，卻不幸失散，幸運的是後來有與宋雲同時代的一個叫楊衒的人寫了一部《洛陽伽藍記》，以宋雲為主線，記述了這次西行。

宋雲對新疆的描述是這樣的：先到鄯善，向西行一千六百四十五里，到了左末城，城裡有百家人，土地乾枯，挖水種麥，當地人不知道牛耕，城內的佛像中沒有胡人的相貌，問當地人，說，這是呂光討伐胡人時代所畫的。再向西一千二百七十五里，是達末城，城旁花果和洛陽的一樣，房屋除了平頂和用土砌蓋外，和洛陽沒什麼兩樣，達末城再向西二十多里，是達捍魔城，城中有大寺，寺中僧眾三百，供奉一尊佛像；這座佛像一丈六尺，佛容超絕，金光閃閃，他是從南方騰空而來的，國王封了四百戶人家共同灑掃，這四百戶人家，只要有人病了，用金箔貼到患病處，立即痊癒。從達捍魔城再向西八百七十八里，到達于闐國。于闐的國王頭帶一副雞冠的金冠，頭後面下垂二尺五寸的生綢絹，儀仗隊陣勢很大，裡面有佩刀的武士，于闐國的女人束腰帶，騎馬快跑，與男人旗鼓相當。

讀宋雲歷經的于闐國讓我想起了張擇端的《清明上河圖》，儘管沒有那麼生意繁忙，車水馬龍，卻依舊是一幅古典的風俗圖畫，有著濃郁的漢式氣息，這幅風俗圖畫即便是在今天都令人感到熟悉和親切，圖畫裡有田野，耕種，有一片接一片的綠洲，綠洲上百十戶的人家，有有別人於中原屋頂瓦房的平頂土屋。有寺院，寺院外清掃落葉的人和沙沙的樹葉聲。這裡還有熱鬧，一個束緊腰身的女子躍馬揚鞭，揚長而去，那份瀟脫使中原女子望洋興嘆。還有帶著雞冠樣王冠的國王和他聲勢浩大的儀仗隊吹吹打打經過擁擠的街面。宋雲字中有畫，娓娓道來，他對細節的敘述竟讓我有了觸動，這片曾經令我沮喪過甚至絕望過的荒漠戈壁竟然是如此的豐滿，而我所缺乏的或許正是對它細微的體驗，那種類似於肌膚之親的接觸。

第一次上大雁塔應該是八歲。八歲，我開始將一本神話和一個真實的取經故事對接，在大雁塔的鐘聲裡，我懵懂地聽著令人吃驚的消息，《西遊記》中那個唐僧回到東土大唐後就是在這裡譯經著典的。當時我一定想不清楚，西遊記居然近在眼前，就發生在我身邊，孫悟空豬八戒和沙和尚就和唐僧一起住在這裡，還有，我的父輩們，在長安的街頭巷尾裡會不會遇見那隻潑猴，他們會不會被嚇著，但是，那只猴子怎麼會在人的世界裡堂而皇之閒庭信步呢。我突發了疑問，又有著暗暗的驚喜，在現實與幻想之間一種美妙和遐想快速融會在一起。這要感謝吳承恩，吳承恩完成了關於玄奘西行取經的神話，也為我的童年創造了一個伸展出去的奇異夢想。

這個神話是玄奘創造的，險遇為他的每一個行動賦予了神話色彩，在他將不可能變為可能，將惡的感化為善的，將醜的淨化為美的時，吳承恩在玄奘身上發現了他所要演繹的東西，那種真與假之間、美與醜之間、善與惡之間的人鬼情仇，當一本西天取經的故事從他筆下傳播出去後，以玄奘為藍本的《西遊記》成為四大名著之一，成為一代又一代人開眼看世界的第一本文學讀物。

玄奘是將西天取經這一方式發展到極鼎的一名偉大僧侶。宋雲之後的一百年裡，西行之路再次中斷，直到玄奘的西行。玄奘時期的大唐是中國歷史上最繁榮昌盛的時代，但是，玄奘的西行卻遠不如宋雲那麼理直氣壯，玄奘的出走是私行，西去是玄奘個人的意志和追求，他是混雜在逃難的災民中間孑然一身離開長安的。那時長安有個天竺來的僧人，向玄奘提起了印度的那蘭陀寺，是個偉大的佛教中心，雖然那蘭陀寺僅僅是座寺廟，卻是佛學的最高學府，那一刻，玄奘暗下決心，到那蘭陀寺去，求取真經。

玄奘的成就是在取回真經後才得以認可的，他離去了十七年，十七年九死一生，他的心中始終盛裝著一個信念，去偽經，謀真經，不至天竺，終不東歸一步。十七年後當他被曾通緝捉拿他的唐太宗以國禮迎回長安時，長安人山人海，爭相目睹一代大師的音容，那時，在人們心目中玄奘所完成的不僅僅是西天取經的壯舉，他為人們帶回的應該是一種信念、一種意志，和一種精神。

對於西域，玄奘體現出了真正的圓滿和完整，他的來和去都交給了新疆，新疆的荒漠、綠洲、古堡、河道、貧瘠的山地。我一直相信人是在經歷中成長和成熟的道理，如果這個道理成立的話，新疆對於玄奘來說，就是他成長和成熟過程中最早的磨礪。那時他只有二十七歲，從長安出發後，先經過蘭州、涼州、瓜州，再經過玉門關，踏上了莫賀延跡的大沙漠。這是他奔赴西域最艱難的一段路途，也是他西行唯一一段獨行的路途，在這裡，他經受了一次意志的考驗，五天四夜滴水未進，四處寂靜，沒有飛鳥走獸的蹤影，有的是枯木、屍骨和無邊的恐懼，在孤苦伶仃的路途中，他心中默頌著《般若心經》，和一匹識途老馬亦步亦趨，《西遊記》中寫了九九八十一難，每一難都是他的一次遭遇，在這裡，他立下了不至天竺，終不東歸的誓言。這個誓言對玄奘的意義是深遠的，也正是這個誓言讓我們從他的歷險中讀出了一種信念和被信念支撐著的意志。

玄奘口述的《大唐西域記》有十二卷，大約十萬三千字，寫了一百三十八個國家的簡況，西域國家記述了高昌國、阿耆尼國、屈支國、跋祿迦國、瞿薩旦那國。高昌在今天的吐魯番地區，漢時為車師國，西晉時這一地區叫高昌，南北朝時高昌國有八城，麴嘉為王，玄奘路過的時候，是麴氏後代麴文泰時代，玄奘與麴文泰在這裡出演過一幕煞是好看的故事，兩人結拜兄弟，吳承恩在《西遊記》中把玄奘與一個國王的結拜給了大唐王，又演繹出西行求法是受了唐王差遣。玄奘西行是結拜了兄弟，但不是唐王，而是西域高昌的麴文泰，兩人之間的結拜也是不打不成交，在挽留、勸阻、絕食、妥協層層較量後，終了各自被對方執著和堅定的人格力量所感動，結下兄弟，玄奘稱自己是禦弟。離開高昌時，麴文泰送給玄奘四個和尚護送西去，四個小和尚是悟空、悟淨、悟能、悟慧，對應的在西遊記裡是虛構的孫悟空、豬八戒、沙和尚和白龍馬。

阿耆尼國在現今的焉耆，玄奘在《大唐西域記》一卷三十四回開始便是泉流交帶，引水為田，氣序和暢，風俗質直，一幅田園風光；只可惜國王勇而寡略，國無綱紀，法不整肅。回想當年法顯的抱怨，既有國無綱紀，法不整肅，導致不修禮儀，遇客甚薄的結果也是意料之中，只是自法顯至玄奘二百年流逝，烏夷國變成了阿耆尼國，國人的精神狀態依然如故。後來，玄奘回國時走的是塔克拉瑪南線，路經瞿薩旦那國，瞿薩旦那國在今天的和田境內，那裡的人與阿耆尼國人相成反差，玄奘描述是俗知禮儀，人性溫恭，儀形有禮，風則有紀。同在西域，塔里木盆地一南一北，卻是氣象不一。

離開阿耆尼國玄奘進了屈支國，也是龜茲，在現今的庫車。進龜茲時，國王群臣以聲勢浩大的迎賓隊伍將他隆重請入，迎賓的隊伍中有一名龜茲國內萬眾敬仰的高僧，叫木叉毱多，是個遊歷過印度二十多年的高僧，信奉小乘佛教。中國早期的佛教大多也是小乘佛教，唐代以後開始流行大乘，玄奘早先也習讀小乘，後來才改信了大乘。玄奘與木叉毱多兩相相遇，好比水火相擊，先出手的是玄奘，他張口就問，當地是否有大乘的《瑜伽論》，木叉毱多也毫不示弱，這等的邪書，真正的我佛弟子是不學這些的。一個邪字，好像死盯盯地給了玄奘一巴掌，對於這種定性和偏見玄奘哪能咽下悶氣，兩人不可避免地發生了教義爭辯，論辯的結果是玄奘取勝。事後，玄奘也還坦誠，說自己自此對木叉毱多的崇敬心情煙消雲散。木叉毱多對玄奘的辯論取勝表示了欽佩，不過私下裡也開始漸漸疏遠與玄奘的關係，後來到了不願多見玄奘的地步。嚴肅點說，兩人鬥法，不是玄奘與木叉毱多的一爭高底，而是大乘與小乘之爭，對於一種信仰來說，他們的爭辯是榮譽之爭，關乎信念和尊嚴。

只是，我覺得與木叉毱多的辯論是西行路上玄奘的一大損失，若是玄奘能夠放棄鬥法而潛心傾聽，或許他與木叉毱多會殊途同歸。信仰不同，未必追求就不能一致，無論是大乘還是小乘都無法獨尊於佛教。我想我們愛戴的應該是寬厚的，善解人意的，能夠海納百川唐玄奘。

對龜茲，玄奘記錄了兩個重要特點，成為後人研究龜茲文化的重要依據，一是，管弦伎樂，特善諸國。龜茲樂舞在西域各國首屈一指，庫車幾乎每個石窟中都繚繞著飄飛的舞裙和管弦樂器，玄奘畫龍點睛，八個漢字道盡了龜茲樂舞的西域之最之美。另一個特點是其俗生子以木押頭，把頭押成扁的，以扁為美。我在庫車博物館見到過一具被押過頭顱的女子骷髏，骷髏出土於蘇巴什故城佛塔下，在《大唐西域記》中，玄奘也為蘇巴什故城記了一筆，荒城北四十餘里，接山阿，隔一河水，有二伽藍，同名昭估哩。昭估哩就是現在的蘇巴什故城，故城荒落，已沒了人煙，卻留有人跡。蘇巴什故城在佛教歷史中的地位是極高的，不同的時代中有兩位佛學大師曾經在那裡留下了他們的足跡，玄奘是其一，另一位是鳩摩羅什，他們在不同的時間相同的地點為人們講解過同一種學問，傳播過同一種精神。

慧超是八世紀最後的貴族。當他獨自蹣跚在西行路上的時候，他體現的是一種堅持，對探索精神的堅持。他的時代，中原的佛教早已完善，伊斯蘭教已經在絲綢之路上傳播，穆斯林正在把持著西行的絲路，它使取經變得更為艱難，這個時候去西天取經已經揚棄了新鮮感好奇心，而僅僅是為了求取真經，因此，他的純粹性是不容質疑的。慧超不是中國人，是朝鮮人，把他歸為漢僧是因為他十六歲就到中國學習佛學，西行十五年後回到的還是長安，他的一切，信仰乃至生命都與中國有著千絲萬屢的關係，而對於中國的佛學界，他也是向世界開放的最後一位見證人。他是由海路去印度由陸路經吐蕃、西域返回長安的，回國後寫了《往五天竺國傳》，關於這本書，唐朝和尚慧琳寫有《一切經音義》，書中提到《往五天竺國傳》一書，稱其有三卷，但原書已散逸，這本書藏匿在敦煌的藏經洞中，幾個世紀之後，赫赫有名的王道士用他的煙袋鍋意外地磕在一面牆壁上，牆壁有了裂隙，裂隙中竟然有一個洞窟，是藏經洞，藏經洞重見天日，法國人伯希和在一堆碩大的文本卷堆裡發現了這部首尾殘缺的卷書，它伴隨著藏經洞豁然中開展現在世人面前，這是慧超留給歷史的一份遲到的厚禮。其中書裡留下了一份關於西域漢寺狀況的描述，是一份珍貴的記錄。

蒼柏翠綠中掩映的古寺，山腰雲霧中繚繞的古寺，中原的古寺是我所熟悉和瞭解的，在新疆，無論南疆還是北疆我所路過的幾乎全是清真寺，是一彎月牙下的綠色穹廬，是一天五次悠遠神秘的湧頌聲，漢寺對我來說十分陌生，那好像只是中原的代碼，中原的品牌，誰能料想，在遙遠的過去，在龜茲、疏勒、于闐、焉耆不但有寺，而且是官寺，不僅僅只是官寺，而且屬於一個系統，這個系統歸屬於唐朝的漢寺體系。

這應該是一種雙向的影響，佛教西來，由西向東慢慢滲透，西域的佛教事業昌盛於中原，相反，中原的政治權利卻很大，它控制著西域的歸屬，就像佛教逐漸向東滲透一樣，中原的政治勢力也在慢慢地向西滲透，慧超對西域漢軍、漢僧、漢寺的描寫，寥寥數語，含蓋卻極廣：

從蔥嶺步入疏勒，今天的喀什地區，有漢軍駐守，有寺有僧，行小乘法，吃肉及蔥韭。再至龜茲，為安西大都護府，漢國兵馬大都集中此處，足司足僧，行小乘佛法，吃肉及蔥韭，但漢僧行大乘。再去于闐，同樣漢軍馬領押，足寺足僧，行大乘法，不食肉。還有焉耆，也是漢軍領押，有王，百姓是胡，足僧足寺，行小乘。

更有細緻的描寫：

安西有兩所寺院，漢僧主持，行大乘，大雲寺主秀行，善能講說。京中七寶台寺，漢僧義超，善解律藏。龍興寺主法海，雖是漢人，卻生於安西，學識人風不殊華夏。于闐龍興寺，寺裡有一漢僧，是寺主，主持，河北冀州人。

自朱士行二十多年的于闐生活後，一代又一代的漢僧遠離紅塵，在西域的寂寥中雲遊，或者停駐，潛心研讀，一心向佛。小時侯看電影，影片中的和尚總是愛說，出家人，四海為家。我想，安心於西域邊陲的漢僧偶爾是會想起中原的。雖然，四海是家。

慧超回中原路過了西域和吐蕃，在他離開吐蕃後，于闐發生了排擠佛僧的運動，許多僧侶離開于闐去往吐蕃，在吐蕃繼續弘揚佛法，慧超不會相信，他筆下曾經不識佛法，無有寺舍的青藏高原竟然會是佛塔林立，僧侶遍佈。而讀著慧超傳記的我也難以相信，從朱士行時期就開始安心於于闐的僧侶們，此時已經無法留守於此了，他們不得不上路，他們只得上路，繼續著僧侶們一代又一代四海為家的信仰之旅。

消失在蒼茫夜色中的摩尼

題記：敞開胸懷，無限耐心，萬事順遂，繼續平靜、溫和，永遠充滿愛心。

——摩尼

作為異端，摩尼被釘死在十字架上。

光明與黑暗是大自然的兩種現象，也是人類社會運動的兩種勢力。在人類懵懂之初，黑暗充斥著蒼茫大地，也覆蓋著我們內心，被欲望驅使的人們，陷落在暴力、癡愚、淫欲、邪惡、恐懼之中。但是，在人類心靈中，永遠都渴望著光明之父的統治，當愛、信仰、忠實、崇高、賢明、溫順、忍辱、智慧構成摩尼教義的核心內容時，渴望溫暖的人們簇擁而至，開始沐浴摩尼陽光般的慈愛和敘語。在我們讀著祖先渴望美好和善良的內心時，真實地感受到了人類共同構建安寧、和諧的理想。在吐魯番盆地的宗教洞窟裡，摩尼教徒們留下了自己的紀念，我們難以想像如果沒有這些殘破的記錄，後來的人們能否知道自己的過去，自己曾經信仰著的，虔誠地愛戴著的是什麼。

但是後來的人是誰，依然是一團迷霧，沒人知道自己的血液裡曾經是否注入過摩尼的精神，白色在摩尼時代作為光明的象徵穿戴在教徒身上，它以純美、潔淨感召著沉落在黑暗裡的眾生。在吐魯番的街巷裡，我沒有看到身著白色長衣的人，只能想像著身邊走過的那個婦女和壯年男子，或者斜依在古柳下的那個老人是摩尼的後裔，我的目光所能接觸到的所有人，只要他們是世代生活在這裡，他們就一定沐浴過摩尼的箴言，聆聽過摩尼的教誨。儘管此刻，他們在每天的五個時辰裡準時地向著安拉舉行禱告。

西域的歷史上流行過許多宗教，昌盛過許多宗教，無論是哪種宗教，西域都有把他們推向制高點的能力，西域的寬容使他願意接受那些倍受排擠的宗教在此落地生根，當摩尼教歷經千辛萬苦來到這裡時，西域接受了他，發揚了他。

摩尼教是西元三世紀在波斯興起的世界性宗教，二十四歲的摩尼在基督洗禮派中長大，他汲取了袄教、基督教、佛教教義思想創立了摩尼教。摩尼的根本教義是二宗三際論，他敘述了光明與黑暗，講述了過去、現在與未來。光明與黑暗是世界的兩個本原，過去、現在與將來是世界發展過程中的三個階段。摩尼的道理現在讀來已經很淺顯了，他的論點在我們的哲學書籍和歷代中外哲學家的思考中都被闡述過，甚至比他更深刻更能觸及人類的靈魂，但是摩尼就是摩尼，他只有二十四歲，卻具有著眾多哲學家身上缺乏的堅毅和韌勁，他似乎更懂得經典、傳播和灌輸的力量，更懂得解救眾生的方法。

原以為摩尼與我是遠距離的，遙不可及的事情，除了吐魯番過眼雲煙般的一次接觸之外，對他的全部瞭解幾乎都來自閱讀。這也是我在寫摩尼的時候，一度困惑的事情，我總是覺得，寫一個人，一件事情，需要跟這個人和這件事情接近，去觸摸它、感知它，漸漸走進他的心靈，與他靈魂共舞，只有切膚的感受，才能準確把握他的脈搏。

去年冬天，一次偶然的相遇頓時把我拉入了摩尼的場景，在輕輕撫摩中我體驗著摩尼異樣的氣息和溫度。那天，我領著女兒走進大巴扎，這是烏魯木齊一條著名的民街，在這裡可以領略到維吾爾人現代民間生活狀況，大巴扎旁邊有個博物館，我第一次知道新疆有這樣一個博物館，走上四樓，整個一層都是古玩店。隨意進了一家，在眾多的古玩中，我一眼就看到一隻沾滿泥土並被煙火熏燎過的陶罐。直覺告訴我這不是一個簡單的陶罐，它的表面有莊重的花樣，一朵吐露花蕊的怒放的花朵，暗紅的色澤早已磨去本色，有明顯被燒過的痕跡，極有動感的火與煙觸動了我的想像。古玩店主說這陶罐是摩尼教寺院的一個用具。

那一刻應該是這樣的。大火燃燒起來，整個寺院淪陷，僧侶跑出湧經房，望著滾滾濃煙和火苗，難過地落下眼淚，這是一個艱難傳遞的宗教，從一誕生就被排擠打壓，它走過眾多的地方，卻無立命之地，吐魯番接納了它，給了他一塊安家的宅第，但是現在，又要拋棄它，好像天意，它宿命般地要在一場大火中將自己燒毀。他們感到傷心，身為僧侶，他們代表摩尼為民眾指點心靈的航向，教導生命的福音，傳播正義的果實，講述光明的世界，他們給貧困的人送上撫慰，但是，現在，大火彌漫，正在燒掉他們的善行和信念，這是黑暗的大火、邪惡的大火、與光明對抗的大火，不滅的大火燒了幾天幾夜，燒紅了吐魯番的半邊天空。

觸摸在被濃煙燻黑的陶罐上，手指立刻有了淺淺的墨黑，它與摩尼教義所指向的黑暗吻合重疊，戰亂、愚昧、暴虐吞噬著人類的心靈，它們正在極力掩蓋和抹殺的，正是人們的希望和未來，惡的勢力用一把大火燒毀的不僅僅是一座寺院，還是整個摩尼在吐魯番的生存。

堆花葫蘆型紅陶瓶。這是古玩店主告訴我的名字，我想這名字是他起的，或者是那個被他詢問過的社科院的專家起的，他們為這個陶罐寫下了這樣的說明：年代是西元八六六年至一一三〇年，相當於中原地區的唐末至北宋末，是維吾爾的先民高昌回鶻人信仰摩尼教寺院用具，瓶上的堆花表示的是開著鮮花的彎曲長藤，也就是摩尼教典籍《下部贊》中的常榮樹，此瓶顯然受過戰火的洗禮。

摩尼的典籍共有七部，七部經典全部出自摩尼之手，《下部贊》是其中之一，在對摩尼教的閱讀中，我一直在想，摩尼教本應該是具有生命力的一種宗教，他的生命力表現在他完整的典籍中，《徹盡萬法根源智經》是七部經典經書中的第一部，也被稱為《生命福音》，《生命福音》的殘片遺落在吐魯番的廢墟中，已被歲月啃噬，當人們從黃色的沙土中翻揀起來時，它為我們提供了一個摩尼教義的輪廓，摩尼以第一人稱寫下去，他把自己當作是耶穌的使徒，是福音書中已經認定的聖靈，他對自己受到上帝的啟示深信不疑，自始至終保持著這樣的信念，他是耶穌基督的使徒，是真理之父的兒子，他的寫作是一項工作，在揭示上帝的偉大和崇高，向信徒展現上帝所啟示的一切。

《阿基來行傳》是基督教教士攻擊摩尼的作品，書中提到摩尼去和美索不達米亞主教阿基來辯論時，左手拿著一本巴比倫的書。這是抓住特點的一筆，他從一個微不足道的細節傳遞給我們一個至關重要的資訊，摩尼是個看重典籍的人，摩尼教從本質上來說，是一個有經典的宗教。

對於經典，摩尼有自己的認識，在他看來「其一，古代宗教限於一個國家和一種語言。而我的宗教是這樣的：它將展現在所有的國家和所有的語言中，它將傳遍天涯海角。其二，以往的宗教只有當其神聖的領袖健在時才秩序井然，而一旦領袖們升天了，他們的宗教就陷於混亂，信徒們就會忽視戒律和實踐。但是，我的宗教卻由於有活的經典，有承法教道者、侍法者、選民和淨信聽者，由於有智慧和實踐，將永存到底。」他的摩尼教確如他所說，傳遍了天涯海角，傳到了不同國度的不同語言中，也正如他所預料，由於有活的經典，有教義的智慧和實踐性，摩尼教延續了幾百年之久。但是，他卻沒能永存到底，如果他知道，這世界永遠都在變化發展，不存在絕對永恆的話，他是否會改寫自己的說法。

我們應該感謝吐魯番，它使摩尼教在這片特殊的土地上安營紮寨，又使他發展到了鼎極，在他退出歷史舞臺後的上千年，又將摩尼的記錄奉獻給了後人，儘管留下的是一些殘片和碎語。那天我站在交河古城的邊緣，不敢向前多跨一步，在我的本能中，邊緣是一個零界之點，一條死亡之線，是一個人無法預知的轉折，與命運有關。為了保全過去、維護現在，在這個點和這條線上應該有一排圍攔或者扶杆來防止人的失重，可是，交河古城什麼都沒有，懸崖絕壁空蕩蕩地接觸著藍天和白雲。這是一種我極不習慣的地勢，它讓我對環境產生了絕望，心裡沒了安全感，像一個正在失去母體墜落無底深淵的孩子，無依無靠。

這是一座被洪水自然沖刷形成的形似柳葉的高臺，四周是懸崖峭壁，遠遠望去像雅典衛城一樣高高地矗立在吐魯番。一個王國曾經在這裡生活過，那時，它就是這樣，懸崖的邊緣就是國土的邊緣，它沒有修築城牆，它不需要城牆，斷崖就是天然的城牆。它讓我想起高度，高度，是一種強大的自信，有的人不需要設防，因為它本身具備抗拒一切的能力，有的城市不需要城牆，因為他的高度無人可以企及。龜茲不可能成為它，于闐不可能成為它，疏勒也不可能成為它，他們沒有像他一樣的高臺，因此，也就沒有了吐魯番式的視野，他們因為看不到遠方而對遠方缺乏信心，他們於是壘起城牆；西域各國在紛爭中無數次的拒絕和接受，城牆在破與建中此起彼伏，他們的性格也像那堵拆除和修砌不停變更的城牆，隨時可以建築，也隨時可以剔除，他們沒有恆定，也沒有固化。漢人也砌了一堵牆，那堵牆叫長城，是一堵能夠堵截外來，同時也阻隔了自己的城牆，漢人搭建的長城很悲劇，一建就是幾千年，世世代代延續加固，穩定到無法拆除的地步，它既塑造了一個地理界限，又構築了一道心理防線，它像一座避風塘禁錮著我們本該開放的心懷。我站在交河古城懸崖的邊緣，神經緊蹦著，警惕地下意識地向後退縮，幾十年裡我從來沒有像這一刻，如此驚訝地認同著自己的民族和血液，如此強烈地意識到自己是一名漢族人，一名被長城文化心理打下深深烙印的漢人。

吐魯番有許多讓人仰視的高點，除了交河古城還有火焰山，山體並不高，升騰的火焰卻非常動感地指向天空，站在火焰山腳下，欲飛的感覺很強烈，那麼這座城市中的人，生活在那種高度中的人是否也具有一種優勢，他們的性格裡是否也因為這種高度的存在而有了無人可攀的胸懷，否則，他怎麼能夠如此地寬容，如此地大度，怎麼能夠放心地接納別人的思想和主張，別人的理想和態度，他不擔心被改變，失去祖制，喪失過去嗎，他有能力做一片吸納百川的海水嗎。

大唐高僧玄奘西去取經時，吐魯番是所到之處，那時的吐魯番是高昌國，國王篤信佛教，國內佛廟林立，據說那時的吐魯番平均每一百人就有一座寺廟，城裡四下走動的僧侶多的足以構成一道風景線，但是國王還是覺得缺少了點什麼，他去過長安，目睹過長安佛教事業的如日中天，他渴望他的土地上也能擁有高貴的精神與富華的物質。玄奘這個時候戲劇性地出現了，就像大旱時祈禱一場瓢潑大雨，正在你絞盡腦汁，無所適從的時候，大雨來了，沒跟你商量，盡情地潑灑下來。對於高昌王來說，玄奘的降臨是冥冥之中神的旨意，這樣的機會他是不會放棄的，虔誠地邀請玄奘為全城百姓講經。

如果僅僅是對佛教的敬重，能夠表現的僅僅是這個城市需要一種精神支撐，而如果他能同時接納其他宗教，那麼他所說明的就不僅僅只是他需要什麼，而是他擁有什麼了，比如寬容、胸懷、勇敢、吸納。

有時候我想吐魯番並不是一個理性的城市，更多時候他像個沒有什麼原則的母親，無論是自己的孩子，遠方的親戚，還是投奔而來的孤兒，他都無條件地接納，給予一往情深的愛憐。是因為他有高度嗎？是因為他可以俯視嗎？他的胸懷遠遠地超越了屬於凹陷地帶的吐魯番盆地，在世人面前，無論他的絕對海拔低於海平面多少，他給我們留下的都是一個高度，因為，從一開始這座城市就將自己建築在一個高臺之上，一個物質的同時也是精神的高臺之上。

是各路宗教選擇了吐魯番，還是吐魯番選擇了各路宗教。無論怎樣，眾多的宗教在吐魯番感受到了寬鬆的環境和自由的氣氛，吐魯番勇敢地把自己交了出去，佛教、摩尼教、景教、伊斯蘭教，無論哪個宗教，都可以在這片熱土上種植、生根、發芽、開花、結果，只要有人願意信仰，願意得到靈魂的解放。

上世紀初，德國人勒科克來到吐魯番，在靠近城中心的地方，發現了一片廢墟：中間是三個長方形的大廳，周圍有帶拱形頂的房間，在南廳西面的圍牆上，有一堵後來砌起的土牆，牆後藏匿著一幅壁畫，壁畫上有眾多教士的肖像，他們身穿白衣，頭戴白冠，壁畫中最大的著祭祀長袍的教士，頭上有太陽和月亮組成的光輪。勒科克驚訝，立刻斷定，這個大教士就是摩尼本人。我們終於看到了摩尼，一個被太陽和月亮環繞著的耶穌的使徒，因為這幅壁畫，我們對摩尼的認識開始從感性走向具體，這就是摩尼本人，長駐在吐魯番的洞窟裡，謙遜、和善、寧靜，帶著救世的慈愛和責任。

早期的摩尼，先是去了兩河流域，拜訪薩珊王國的朝廷，作為古代伊朗政治文化發展的顛峰和最高成就，薩珊王朝曾在世界舞臺上獨樹一幟，法國考古和歷史學家吉爾斯曼說過，

「文明世界好像是由薩珊和羅馬平分的」。摩尼選擇了薩珊，他從一開始就把自己的宗教定位在一流的水準上，他相信這個富足強大的國度需要他的精神指引。他去見國王，把一部用古波斯文寫成的作品《沙卜拉干》遞獻給國王，在寫這部書之前，他就說出過自己的心聲，他要為沙卜爾寫一部書，沙卜爾一世是當時薩珊的國王，在摩尼心中，神的使者們一次又一次地把智慧和善行傳到人間，在一個時代，由名叫佛陀的使者傳到印度，在另一個時代由瑣羅亞斯德傳到波斯，又在一個時代由耶穌傳到西方，而此刻，這種啟示已經降臨，先知的職份以摩尼的面貌出現，摩尼是真神在巴比倫的使者，他的責任是將光明的意志傳達給薩珊國王沙卜爾。

《沙卜拉干》把善意者和邪惡者分開，對善良的人們說：歡迎你們，大慈父所賜福的人，因為我饑餓和口渴的時候，你們給我食物滋養。我赤身露體時，你們給我衣服。我生病的時候，你們照顧我。我被捆綁時，你們為我鬆綁。我是俘虜時，你們給我自由。我是異邦人、流浪漢時，你們把我接到自己家中，我將給你們天堂作為報償。他對邪惡者說，在他飽受苦難時，他們漠不關心，他將邪惡者打入地獄。這個類似於基督故事的敘述和摩尼的慈悲情懷受到薩珊國王的賞識，藉著國王的賞識，摩尼開始推進自己的教義。但是，此刻的波斯正在祆教統治之下，當祆教意識到摩尼即將產生的強大衝擊的時候，他們對剛剛孕育之初的摩尼教加緊了排斥，「在一個被無數暴力行為所扭曲的世紀裡，再多處死個人也許不過是件無關痛癢的小事，嫉妒者們為了更大的榮耀，燒死了無數異端分子，成千上萬的人民被拖到刑場，或燒死、或斬首、或絞死、或溺亡」。茨威格在《異端的權利》中點出了異端的結局，在那個世紀裡，作為異端的摩尼被視為叛逆者和蠱惑者，最終，摩尼為自己的宗教獻出了生命，成為最早的被處置的異端之一，他的死亡，像聖人耶穌一樣，被釘在十字架上，疲憊地張望著這個世界的光明與黑暗。

摩尼在世時，他的思想已經傳播到了敘利亞、巴勒斯坦和埃及，又從埃及傳播到北非和西班牙，從敘利亞傳播到小亞細亞，再從那裡傳播到希臘、義大利，但是當摩尼教義進入羅馬帝國時，遭遇了基督，起初在羅馬基督教和摩尼教同受迫害，在掙脫禁錮發展自己的教義前他們是一致的，屬於患難兄弟，他們暫時結盟，共同為自由而戰，在這場突圍中，基督勝出一招，最終站在了羅馬國教的位置上，勝者為王敗者寇的道理同樣適合於宗教領域，從這一刻開始，基督將摩尼視為最危險的敵人和強勁的對手，摩尼教撤出羅馬成為了必然。

摩尼敗於基督不僅僅是形式上的，在眾多場所，包括論辯的過程中，摩尼教都顯得力不從心。這讓我們想起了一個偉大的哲學家，也是偉大的宗教領袖奧古斯丁，如果奧古斯丁不轉變自己的信仰，一如既往地堅信摩尼，當今的宗教世界會是怎樣？作為宗教界的領袖和傑出人物，奧古斯丁對基督的虔信和對摩尼的背叛，怎麼說對摩尼在世間的傳播都起到了抑制的作用。這位宗教領袖一生中有過三次大辯論，對摩尼教的辯論是第一次，在皈依基督之前，他曾經信奉過摩尼，在他的引薦下，許多朋友紛紛虔信了摩尼教。可是，有一天他卻首先起來背叛自己的信仰，在《懺悔錄》中他將自己靈魂和肉體獻給主的同時，與摩尼展開論戰，摩尼根據二元論來解釋世界的創造，認為世界在創造過程中不僅創造了善，也同時造就了惡，善惡同時對立又矛盾的存在著。奥古斯丁站在主的一邊批駁摩尼，他從一元論出發，告訴人們神只創造了善、美，沒有創造惡，惡是善的腐敗、墮落、缺乏和喪失。墮落使人喪失善而以蛇的想像出現，成為惡魔。

自由意志是奥古斯丁與摩尼論戰的第二個擊破點，摩尼教相信善與惡的鬥爭決定著歷史的決定論和命運論，但是，奥古斯丁高歌自由意志，神將人造成了一個人格體，自由意志可以選擇善、或者惡，錯誤的選擇導致錯誤的結果，他舉的例證是亞當當年就是因為選擇的錯誤，而使惡進入世界歷史，伊甸園中的亞當具有著犯罪的可能性和不犯罪的可能性，這是他所擁有的兩種自由意志，可惜他選擇了犯罪的可能性。

奥古斯丁與摩尼的論戰是在哲學領域展開的，很多年裡奥古斯丁都在尋找著對手，他將自己的疑問和思考記錄下來，懷著非常熱烈的願望等待摩尼辯論高手的出現，那時他才二十九歲，在近乎九年的等待之中，他的思想彷徨不定，在等待的過程中，他也接觸了一些摩尼信徒，當他們不能解答他的提問時，他們捧出了福斯圖斯，說只要是福斯圖斯來，和他一談，這些問題便迎刃而解，即使有更重大的問題，他也能清楚解答。

福斯圖斯終於出場了，他是一個風趣的，善於辭令的人物，但是，奥古斯丁沒得到他十年裡苦思冥想的答案，那些一直以來使他綴綴不安的問題，福斯圖斯華美的辭藻並不能解決深刻的哲學問題，他除了文法外，遞給奧古斯丁的是一隻名貴的空杯，怎麼能解這位思想者的酒渴呢。其實，摩尼辯手在還沒出現時就已經失敗了，想想看，誰能應對一位思想大家十年磨一劍的挑戰呢。

理性地說宗教問題並非誰對誰錯的問題，而是誰更能自圓其說，更能說服誰的問題，摩尼教徒們有過精彩的思想，在辯論中發揚過自己的信仰，堅定了更多摩尼教徒的信念，但是，結果是不言而喻的，他們在奧古斯丁思辨博大的基督境界中碰到了強有力的對手，基督的統治地位從一而終，沒什麼力量可以動搖，摩尼教徒只能遠走他鄉，放棄西方的領土。

「對於信仰，追求真理，並把其所信仰的真理說出來，永遠都不可能是一項罪過。沒人可以被迫接受一種信念，信念是自由的。」（塞巴思蒂安・卡斯特利奧）摩尼的傳播者深諳此道，在西方挫敗的摩尼教徒開始逃亡東方，摩尼的弟子，傳教士阿莫在中亞的傳教中取得了巨大成功，他與他大批的追隨者在東方建立了一個龐大的教團。但是，摩尼教在大唐卻遭遇了與羅馬同等的命運，任何一個國家都有著極強的對自身宗教的保護本能，當它意識到危險時，第一個反映就是排除異己。《佛祖統紀》中寫有摩尼「持二宗經偽教來朝」的記錄，在佛徒眼中，摩尼趨向於「偽」，從一開始摩尼在中原的性質就被賦予了一個「偽」字。漢民族是一個頑固和能夠堅持自身操守的民族，又是一個自大的對外來文化報有鄙夷態度的民族，恆定的性格使它對摩尼教產生了排斥。面對大唐的冷遇，摩尼教顯示的毫無底氣，曾經有一位君主向唐朝天子推薦摩尼教高級佈道師時，不敢讚揚這位高級佈道師的才學，而是把他說成是一位天文學家，想以科學技術知識取悅大唐，使他在大唐取得合法的傳播摩尼教義的機會。這很輕易地讓我們想起了摩尼傳播四處碰壁和一路坎坷的經歷，大唐不容摩尼，唐玄宗頒發了一部詔書，講明「末摩尼法，本是邪見，妄稱佛法，誑惑黎元，宜嚴加禁斷」。這一詔書使摩尼教在大唐的傳播尚未開始，就已經夭折。

吐魯番的牆壁和地下藏著寶藏，他是人類的精神鑽石，那些活生生的站立在我們面前的歷史，正是通過吐魯番的牆壁和土地傳遞給我們的，在吐魯番的地下，人們發掘出了用回鶻文寫成的牟羽可汗入教記，裡面講述了回鶻王牟羽可汗信奉摩尼時的心靈歷程。

回鶻是遊牧在蒙古漠北高原的一支講著突厥語的民族，曾經與唐朝關係密切，兩次出兵為唐平定安史之亂，替大唐收復了洛陽，歷史中許多重大的事件起源都微乎其微地尋常，那些偶然的邂逅和遭遇，竟然可以推動一段歷史的進程，摩尼教正在這次偶然的相遇中走進回鶻人的，如果不是這次偶然，以後的故事就不會發生，而對於摩尼教來說，最重大的損失就是吐魯番不會留下片言支語的記載，那麼，摩尼的精神於後人將是更大的空白。

牟羽可汗出兵中原，平定動亂後屯居洛陽，不再作戰的可汗暫時有了賦閒的時間，這時，他遇到了四位僧人，摩尼教僧人，他們之間有了充足的交流，憑著摩尼僧人的真誠和坦言，牟羽可汗心頭一亮，倏然覺得自己找到了信仰之路。他於是將四位僧人帶回家，希望通過四人的遊說給整個國家灌輸一種嶄新的精神。

這是一段極為痛苦的過程。漠北時期的回鶻人信仰薩滿教，族內有巫師，嚴格地把管著人們的思想空間，四位摩尼僧人帶著美好的願望前來回鶻，在信仰的推行中卻一路荊棘，開始信奉摩尼的人處在被殘殺的危險中，牟羽可汗面對他的人民的一貫信仰，變得優柔寡斷、舉棋不定，四位摩尼僧人看到可汗猶豫，情急中提醒他，若你遠離這些反對者，善法善行可以在你的國家內施行，若你仍堅持任用那些反對者，讓他們擔負國家的重任，他們必將行使惡行，你的國家必將沉淪。牟羽可汗組織已經信奉摩尼的人們展開了討論，煎熬了兩天兩夜後，召集了一個大會，他親自跪在廣大選民面前，乞求他們寬恕他的罪惡。

牟羽可汗宣佈，信奉摩尼教。全民歡呼，選民們興高采烈，難以描述內心的喜悅，人們相互轉告，欣喜若狂，成千上萬的人紛紛聚集在一起，王公、公主與高官、顯貴，所有的貴人與平民一起歡呼、跳躍，人們沉浸在幸福中，從淩晨到黎明。牟羽可汗騎在馬上，向貴族和普通民眾發佈命令：「如今，你們所有的人都興高采烈，尤其是選民們……；我的心情已經平靜，我再次將自己託付給你們。我已獲得新生，已穩坐在王座之上。我命令你們：當選民訓誡你們和敦促你們共用聖餐之時，當他敦促你們……和告誡你們之時，你們必須聽從他們的教導，顯示出莫大的尊敬」。人們歡呼，再次地歡呼，充滿了快樂。然後，他們不斷地施捨和做善事。

牟羽可汗是個猶豫不決的、懦弱的聖王，他雖然是個靈魂的虔信者，卻不是一個出色的政治家，他的軟弱使他在接受摩尼後遭受挫折，終而喪命。他的統治集團內部因為聖王的背叛而倍感痛恨，他的猶豫不覺和模棱兩可的態度使他曾經的追隨者們對他心生怨恨，在怒氣之下，把他與四位摩尼僧人一同殺害。

九到十世紀是摩尼教的全盛時期，他的承載之地是吐魯番，是我腳下的這片熱土。回鶻汗國的覆滅有兩個原因，一是被柯爾柯人進攻，二是遭遇了罕見的雪災，大勢已去的回鶻人被迫開始了逃亡生活，他們分成三支各自尋找新的出路，一支與別人聯合建立了後來十分強大的喀喇汗朝，這是一個伊斯蘭的王國；一支遷徙到甘肅河西一帶，被稱為甘州回鶻，以後他們放棄了本民族的宗教和摩尼教，皈依了佛教；第三支來到吐魯番、吉木薩爾，被稱為西州，建立了高昌回鶻王國，在吐魯番，他們遇到了許多與自己信仰相同的人，他們註定要繼續把摩尼發揚光大。剛剛建立國家政權的政府也意識到了宗教的力量，極力地推行摩尼教，使他儘快地佔有所有的心靈，那時在吐魯番地區除了摩尼的信仰者外，還有大量的佛教徒，儘管摩尼教與佛教在這裡可以和平共處，但是，在對廢墟的挖掘中，我們還是感受到這裡對摩尼的禮遇和對佛教的殘害，勒科克的德國考察隊在一個被毀的拱頂大房間裡發現滿堆的乾屍，這些屍體還穿著僧袍，被胡亂扔在地上，可以看出施行迫害的人把怒火對準了佛教徒，在這裡，勒科克找到了保存完好的摩尼教手稿，而佛教經文卻已被撕成碎片，從這種現象看，當時的摩尼教面臨的狀況要優於佛教，摩尼教正是在這種環境中蓬勃地生長起來，空前地發展了起來。

事物的急轉直下往往都在他的高潮期，摩尼對自己宗教「將永存到底」的願望，這時出現了破滅的跡象。彷彿一種自嘲，摩尼是早就看到了宗教走向破滅的原因，當領袖健在時，秩序井然，而一旦領袖去了，他們的宗教就陷於混亂，教徒就會忽視戒律和實踐。破滅的原因也被他言中了，但是，他說他的宗教不會出現的情況依然出現了，有經典怎麼樣，人們可以不遵照經典，智慧與實踐算什麼，人們可以將智慧庸俗化，可以無視戒律和實踐。參與政治和優厚的待遇膨脹了摩尼僧徒的欲望。吐魯番有著寬廣的心懷，他給了摩尼教一個闊大的空間，那時，高昌回鶻王國向中原王朝進貢時，常有摩尼僧結伴而行，國家的大事小事，必與摩尼商議，高昌回鶻王國對摩尼教敬重如宰相都督，親信如手足骨肉，國王給了摩尼教眾多的優待。但是，摩尼教徒似乎並不懂得珍惜，作為王室宗教，他們在經濟上享有太多的特權，他們佔據土地，收取穀物，他們有專職的木工、廚工、烤餅工、養鵝工、逢衣工、運柴工，細化的工種在我們面前被放大。吐魯番發掘的文書裡記錄過僧侶用餐時的規矩，高僧用餐時，管事的要直立，將飯端到大摩尼僧面前，然後自己才能用餐，這樣寄生的生活早已失去了摩尼主張的安貧、不聚斂財貨、常樂清淨的主張。

一種宗教，當他不能解救眾生而使眾生陷入苦海的時候，他就不是一個可以信賴和值得信奉的宗教，人們就會背離他、拋棄他，尋找新的能夠拯救自己的宗教，吐魯番的人們不相信那些寄生地享受著榮華富貴的僧侶可以將他們的靈魂度向光明，相反他們滿眼看到的是貪欲、癡愚、淫欲、邪惡，是與真正的摩尼精神背道而弛的黑暗，他們最終放棄了他，去尋找能夠給他們以真正光明的精神領袖，他們選擇了佛教，還有景教。

無論如何我們要感謝吐魯番，他給了各路宗教以相互對比的舞臺，當摩尼教能夠代表眾生意願的時候，吐魯番選擇了他，當他背棄吐魯番廣大市民的時候，他同樣被吐魯番放棄，吐魯番追求的是真實、美善，更是自由。

幾個世紀過去了，摩尼教光明地綻放後早已熄滅。但摩尼輕微的吟誦聲依然留在耳邊。

我是一個感恩的學生。
我來自巴比倫的土地。
我來自巴比倫的土地，
我站在真理的門口。

我是一個年輕學生，
來自巴比倫的土地。
我來自巴比倫的土地，
對世界大喝一聲。

在基督的精神高臺上

幾年前，我在庫車林基路博物館看到過一幅照片，是上世紀初庫車縣的一座二層小樓，那是當時的一座救濟院。

我搭乘的是一輛朋友的車，在狹擠的路邊看到一幢即將塌陷的二層小樓，窗上的木框已經被卸載，一個個黑色眼睛般的空洞在強烈的陽光中顯得絕望又無奈，忽然，我好像敏感地意識到了什麼，那是一座舊跡嗎，一座一個世紀之前的建築嗎，一座正在壽終正寢的紀念物嗎，朋友說那就是我在林基路博物館裡看到的救濟院。差不多也是在那個時期，偶然間我讀到了洛維莎・恩娃爾簡短的故事，我的滿腦子立刻出現了這座救濟院和進進出出穿著長袍的婦女，還有正在接受救助的孤兒，當年這裡一定是熱鬧非凡吧，這片土地實在是太過貧窮、太過艱難，有太多人需要救助了，一個遠道而來的歐洲女人會常常在這裡走動吧，她有理由在這裡出入和走動，因為她想救助的人，想拯救的事都在這裡集中著。

就這樣輕而易舉地，我將洛維莎・恩娃爾與救濟院聯繫在了一起，直到今天，當我寫下這些文字的時候，我都沒能找到確鑿的證據，證明那個我想像中的在這裡進出走動的女人是她。但是，我真的是一直在尋找著這樣的答案，努力兌現著多年裡揮之不去的一閃之念。

去年，我又去庫車，叫了人力車，走遍縣城幾乎所有的街巷，卻再也找不到當年風行而過的記憶，早已移為平地的救濟院就在這個縣城，在我視野的某一處，但是，我已無法看到他矗立的磚瓦了。我再次走進博物館，站在當年救濟院模糊的黑白照片前，想那座已經移為平地的舊物，想那個進出走動的女人，救濟院的二層小樓在當年的庫車縣城算是新鮮事物，不僅僅是因為救濟本身，更重要的原因是救濟活動是一項慈善事業，是一種高尚的行為。任何一個慈善者都不會放棄這個行善的機會，這是我為這個女人在這裡進出走動找到的理由，藉此，我的所有的關於這個女人的故事都在這個背景中悄然打開，並且我始終相信，當年的她是興奮的和熱烈的，她所從事的基督事業在這裡找到了依託。我一直有這樣的認識，能夠來新疆的基督教士們都是懷揣著大理想的人，我這樣理解著他們的行動，如果沒有普度眾生的願望，沒有拯救靈魂的意志，沒有忍受肌膚之苦的決心，沒有對基督萬般的虔誠、對人類善行的執著追求，他們不可能捨棄家鄉來到西域，感受茫茫黃沙和皓月無邊的空寂。

洛維莎・恩娃爾，女，瑞典人，是上世紀初來到新疆的一名瑞典傳教士。那時西方傳教士到新疆的不在少數，比利時傳教士、法國傳教士、英國傳教士，在南北疆都開設過教堂，傳播福音，但是，將這種傳播推向高潮的卻是上世紀初來新疆的瑞典傳教團，他們在眾多傳教士的隊伍中，顯得出類拔萃，這個原由出自一種令人驚異的假設，即瑞典與中亞的關係，準確的說，是瑞典與喀什噶爾的關係。一七七二年，法國東方學家和歷史學家佩蒂斯・德・

拉·克魯瓦發表過一部關於成吉思汗的著作，著作中說：「就是從那個城市開始，瑞典人開始出現了」。那個城市指的是中國新疆的喀什噶爾。

這是一個石破天驚的假設，它驚動了許多瑞典學者，學者們以這個假設為題目進行了研究和爭論，我想無論歷史真實的面目如何，它都在以後瑞典人的潛意識中留下了或多或少的暗示，他們對新疆自此而有了某種情感上的依賴和關注，斯文·赫定終生未娶，有人問他為什麼沒有結婚時，他說，這個問題很有趣。我曾戀愛多次，但亞洲腹地始終是我的新娘，我成了她冰冷懷抱中的俘虜，出於嫉妒，她不讓我愛其他人，我也非常忠於她。斯文·赫定所流露的不僅僅是自己的依戀，還有那些深入新疆的所有瑞典人內心隱藏著的尋根問祖的情結。

近代新疆與瑞典的聯繫可追溯到一場被稱作波爾塔瓦的戰爭，《彼得大帝傳記》中對這場偉大的戰爭做了詳細的描述，普希金在他最後一部浪漫主義長詩《波爾塔瓦》第三章裡濃彩重墨地描寫了這場戰役，也歌頌了彼得大帝。最初，雄心勃勃的彼得大帝並不打算去打這場戰爭，在他看來，整個國家的幸福和前途可以毀於某一次戰役，他需要時間，使國家快速地富強起來，大約有半年的時間，他一直遠離他的軍隊。但是，不久，他就得到了兩個資訊：一是瑞典查理十二拒絕沙皇和平倡議，如若締結和約，條件是俄國預付三千萬外國銀幣，作為賠償瑞典在戰爭中耗費的軍事開支。另一個消息是信使稟告彼得的，內容大約是瑞典企圖攻佔波爾塔瓦。對於即將展開的戰役，許多瑞典將領並不看好，甚至他們已經看到了圍困波爾塔瓦遭受到的毀滅性打擊，只有查理一意孤行，滿眼都是勝利後滾滾而來的金錢和戰利品。

彼得大帝親臨了波爾塔瓦，他稱這是一次最偉大、最出乎意料的勝利。戰役結束時，波爾塔瓦英勇的守城部隊只剩下一桶多火藥和八箱子彈，炮彈早已全部用光。清點戰場時俄方將士戰死一千三百四十五人，瑞典將士死亡八千多人，彼得大帝參加了掩埋俄國陣亡將士的隆重葬禮，在陣亡將士的墓塚上，堆起了高高的土丘，土丘上豎起了十字木架。

查理十二遠征俄國的計畫在波爾塔瓦慘遭失敗，大約有一萬四千名瑞典軍人和平民成為俘虜，俘虜被關押在遙遠的西伯利亞。如果說這場戰爭還有什麼益處的話，那就是為瑞典與中亞的接觸創造了一個絕妙的機會。

在洛維莎・恩娃爾來到新疆兩百年前，已經有一位女性先行來到過新疆，她是在波爾塔瓦戰役中失敗的俘虜，被流放到西伯利亞的一名叫布麗吉塔的女子。瑞典東方學家貢納爾・雅林在《十八世紀初葉絲綢之路南道上的一位瑞典女士》中講述過這個傳奇女子的經歷；她不是傳教士，僅僅是一名基督徒，十五歲開始嫁人，丈夫們全是軍人，她跟著他們參加各種戰役，親眼看著他們一個又一個地被俘、流放、陣亡，她是一個烈性的女子，有自己的主見和堅持，在被俘中一個韃靼人愛上了她，又企圖強暴她，她從那韃靼人身上咬下過一塊肉，她的舉動驚動的大汗，大汗因此而召見了她，對她來說這是一個機遇，她開始結識大汗的妻子，一位和碩特部落的公主，因為她能做漂亮的針線活，又被派到新疆的葉爾羌城，為大汗二汗妃的女兒賽森公主辦理嫁妝，她在葉爾羌城待了兩年，這個偶然的機緣使她成為到過絲綢之路南道葉爾羌城的第一個瑞典女士。過了大約兩百年才有另外一些瑞典女士來新疆，洛維莎·恩娃爾就是兩百年後來到新疆的瑞典女子。

布麗吉塔的故事並未就此結束，在她終於可以返回瑞典的時候，她從新疆帶走了一些人，這些人中只有三個最終到達了斯德哥爾摩，其他人都在跨越俄羅斯漫長旅途中倒下，或者被俄國人拘留下來，到達的三個人是新疆和田姑娘，她們的名字是阿爾坦、亞曼吉孜、薩拉，她們到達瑞典後不久，就接受了洗禮，並且得到了瑞典名字，但是關於她們的情況就再也沒有消息了。

布麗吉塔一生飄零終回故里，三個新疆和田姑娘的故事嘎然而止。對於她們，我們再也找不到哪怕是微乎其微的隻言片語，她們留在這世上的記錄只有簡短幾句。對於瑞典的東方學研究來說，她們是素材，證明曾經有新疆人橫跨遼闊的俄羅斯大地來到瑞典，並且，她們接受了洗禮，改變了信仰，耶穌以它堅韌頑強的精神，將三個和田姑娘引領到基督世界。

三個和田姑娘忽然中斷的故事，在我心裡打下沉重的問號，像冬天裡黑色的歎息，遲遲不能化解，我想知道那些未知，那些存在著又被我們無法預知是事情，那到底是一群怎樣的人，他們遠涉千里，來到這塊遙遠的綠洲和荒漠地帶，他們到底想做些什麼，在伊斯蘭的世界裡，在安拉的祈禱聲中聽取著別人的旨意，他們身在此地，靈魂卻歸向別處，他們不言甘休，企圖拯救那些散落的靈魂，他們要引領那些孤獨的心靈進入一個嶄新的地方，成為上帝的孩子，即便他們不是專職的神職人員，僅僅是一名普通的基督徒，他們都不放棄任何一個微小的機會，都要承擔起傳播的責任。

奉主之命，向著東方奔波，來到一個陌生的國度，傳播上帝的福音。瑞典傳教士們漫步在喀什噶爾中世紀般的古老保守中，敗落的街道，土色的過街樓，叮叮鐺鐺的手工作坊，褐色面紗背後的憂愁，和沉陷在古蘭經禱告中貧苦的人們，這一切都在令他們感到莫名的心痛，也是在這種心痛中，瑞典人產生了一個夢想，在中國河北和俄羅斯高加索之間建立一連串的傳教點，讓喀什噶爾成為這一連串傳教點上的一個結合點。他們渴望在這裡做一項事業，讓那些生活在精神和物質底線的人們接受一種全新的生活方式，還有神聖的愛。

斯德哥爾摩瑞典教會召開了傳教公會，會上做出一項在中亞和中國新疆省的喀什噶爾開闢一個新的傳教點的決定。決定之後一批瑞典人遠涉俄羅斯到達喀什噶爾。當然，瑞典傳教團不曾想到，在新疆喀什的傳教活動遠比他們想像的複雜，耶穌的精神並非放之四海而皆準，在這裡他們碰到了真主，真主以上升時期的狂熱統治著這裡的每一隙思想空間、每一根神經。喀什，這個保守的伊斯蘭地區正強力的排除異己，四處高詠著古蘭經文，瑞典傳教士們遭遇著一次又一次的失敗，儘管他們有著堅韌的傳教精神和執著的為信仰而戰的決心，但是，他們還是遭到了慘重失敗，這其中最使他們感到痛心的是，那些被他們說服願意改信基督的穆斯林，遭到了家人和整個穆斯林世界的排斥。

傳教團是想到過突圍的，他們希望開闢新的據點，在喀什的周邊他們選中了和闐，這不是一個正確的選擇，至少說明瑞典傳教團對新疆這塊土地還是陌生的，不熟悉的，他們在這裡遇到了障礙，和闐的宗教信仰是以穩定的特性流傳人世的，當年伊斯蘭進攻和闐遭到了李氏家族強力的抵抗，薩圖克的軍隊百戰而不下，那個根深蒂固的佛教世家對自身文化的堅守令後人仰止，這使我們相信和闐就是這樣一個地區，執著、堅定、有自己獨立的品格和不容侵犯的尊嚴。瑞典傳教團低估了和闐的宗教能力和對宗教一貫保持的態度，在接二連三的慘重失敗後，他們在一九一〇年十二月發表了一本關於非洲、亞洲不同地區傳教士工作情況的小冊子，冊子中說新疆是一個困難的地區，改信基督教的人很少，傳教工作十分艱辛。在無奈之下，瑞典傳教士將眼光轉移到了人道主義活動上，他們開始創辦福音堂、育孤院，建立醫院和學校，向維吾爾人提供非宗教服務，用實際的救助來悄悄傳播基督精神。

洛維莎·恩娃爾是眾多傳教士中的一員，她早早地就遠離了事端紛爭的喀什，獨自踏上前往庫車的道路，在那裡，她與外界保持著一種隔離，我一直覺得，這種隔離是她刻意追求的境界，儘管同在基督的翅翼下，但她依然選擇了獨處，以地理上的界限劃分了自己與同伴之間的距離。在庫車，她嚴格恪守著自己的職責，居住和工作了二十二年，她的經歷和所有在新疆的傳教士一樣以失敗告終，她沒有更大的能力使那些穆斯林放棄自己的信念追隨於她。而這，正是這個女人能夠感染我的地方，在這樣的境況裡她可以做出多種選擇，離去、放棄、逃避、背叛。她沒有那樣做，而是選擇了堅守，對失敗的堅守。

她的朋友評論她說：「她屬於人類中的這種人，她寧願失敗也不放棄自己的打算，其他人干涉她，想來救援她的所有企圖都產生了相反的效果。正是她這種性格中的特點，才使她在庫車城生活多年，與其他歐洲人隔絕。在那漫長的隔絕生活期間，她最害怕的是被葬在穆斯林中間」。

她留給我們可以閱讀的資料像她的一生一樣隱秘，少的可憐，但是，或許我們並不需要知道她太多的經歷，只要知道庫車花去了她整個生命中最美好的時光已經足夠了。除了出生和死亡，她將自己毫無保留地奉獻給了庫車，獻給了中亞西亞貧窮的土地，還有什麼比這更有說服力。

在離開庫車很長一段時間裡，我一直記惦著這個女人，也在不停地問自己，到底是什麼感染了你，打動了你，使你夜不能寐，想要流淚，是她愛的方式，還是回歸的意志？

她在以自己的方式愛著。「上帝對我比我對上帝更加仁慈」，這是洛維莎．恩娃爾對她朋友的表白，她的愛是以這句格言式的表白觸動我的，那是一種報答，報答上帝曾經施予她的仁慈，也是一種感恩，感恩幸福的降臨和得到的厚愛。這使她的愛具有了神性，有了精神上的超越，她選擇了遙遠的中亞西亞，投身到最需要她的地方，以自己小的方式釋放出大愛，庫車縣城無論現在還是過去都是四野荒涼和人煙稀少的地方，她把自己局限在這樣一個小小的縣城，在一個蔽塞的院落裡，將愛深入到底層，為那些永世都無法走出貧苦的人群留守一生，這樣的愛的付出註定是沒有回報的，甚至連宣揚出去的可能性都微乎其微，但它卻能夠深入人心，使那些被救助的人通過她纖細的指尖輕輕地觸碰到了上帝的溫存，那種一塵不染的純潔。她以自己別樣的愛的方式使我這樣沒有任何宗教信仰的人具有了宗教感，她使我相信，人類一直以來都存有一種美好的情感，感恩、感激、感懷、感念、感謝，還有感動。

對回歸頑固的認識是她打動我的另一點。在最後的日子裡她登上了前往瑞典的列車，在離莫斯科大約還有十二個小時的時候，死在塔什庫爾干至莫斯科的列車上，後來葬在了莫斯科，那是一九三五年十月十六日，這一天離她七十歲生日還差兩天。每讀至此，我都會宿命般地輕聲歎氣，彷彿那死去的不是別人，是自己，這是一次認同，對死亡觀的相似的理解。長期以來她最擔憂和害怕的事情就是葬身異鄉，這種擔心和害怕經過常年的積累變的頑固起來，對她來說，信仰的純潔使她不能容忍自己在另一個世界裡沒有信仰，她不能讓自己在另一個世界裡找不到可以依靠的精神臂膀，她的這個認識是執著的、頑固的，這使得她在庫車滯留一生中最後的日子裡選擇了回歸，不顧一切向著心靈的家園回歸，她要為自己的肉體找到一個安身之地、一個與靈魂契合的處所。在她迫不及待離去的時刻，人們感受到了她的身體與心靈的完整，她的回歸絕不僅僅是形式上的，而是肉體和靈魂流浪一生後的最終相遇，終於，她將一個完整的自己託付給了上帝，回到來路，完成了圓滿。

在洛維莎・恩娃爾離開新疆兩年後，維吾爾人和回人策劃了一起叛亂，喀什噶爾淪陷了。整個南疆地區彌漫著緊張的空氣，排斥異教的行動正在展開，伊斯蘭與基督的對立自古以來從沒間斷過，這使我們再次回憶起吐魯番的寬容，幾百年前的吐魯番佛教、景教、摩尼教，還有祆教和平共處在一個低凹的盆地，他們同時生活在一片天空下，各自做著自己的禱告，向自己心目中神聖的精神膜拜，他們都堅信著一個道理，這世界上沒有什麼異教，只有正義與邪惡。他們可以相互依存，是因為他們每個人內心都珍藏著一朵正義之花。

喀什不是吐魯番，喀什有一座城牆，白天城門打開，夜晚關閉，喀什人被城牆圈閉在一塊綠洲裡，伊斯蘭將自己的精神灌輸給綠洲裡的每一個生命，甚至每一株植物，這是一座統一行動統一思想的城池，一座不能允許靈魂被干擾的私家領地，城牆之內有自己的規則，異教是要被排斥的。可是所有的瑞典人似乎在內心深處都接受了這樣一個童話，他們的祖先是喀什人，遙遠的中亞西亞的喀什噶爾對他們來說具有著雙重的意義，回歸與拯救，他們不停地研究討論，無數次地以科學的理性的結果否定那種假設，但是，好像命裡註定他們對遙遠的喀什噶爾天生就有一種情感上的皈依，他們在潛意識裡接受了這個假像，也接受了這件事情是假像本身。找到皈依在某種程度上講就是找到了一種宗教，一種可以凝聚的力量，拯救成了瑞典人的責任，拯救苦難的喀什噶爾就是拯救他們自己，是他們自己靈魂的一次再救贖。

此刻恐怖傳來，先從莎車開始，氣氛愈演愈烈，終於，傳教點燃起了大火，火舌在黑暗中向四方伸去，改信天主教的穆斯林死在了他們同胞的屠刀之下。傳教士們接到指示，離開莎車返回喀什噶爾。喀什噶爾依然難保，四個月之後，傳教士們不得不做出最後的放棄，離開奮鬥了四十六年的土地。據說有三位傳教士抱著一絲希望留下來，期望能夠堅守住陣地，但是他們的希望終成泡影，無望中他們踏上了前往印度的道路。

我敬重那些宗教人士，當他們心懷感恩之心時，他們所尊敬的是土地、陽光、母親和美好的事物，他們心地純潔，充滿著洋洋愛意，我不知道那些虔誠地走上返程路途的傳教士們內心是如何的感慨和矛盾，是否有人在踏上歸途之前，匍匐在主的面前懺悔過，他們做了錯事，違背了正義，詆毀了基督的理想，在喀什最後的日子裡，他們與政治妥協，接受了英國駐喀什總領事館的操縱，開始從事間諜活動，白天他們穿梭在喀什的街頭巷尾，為貧苦的人們解除病痛；夜裡偽裝成維吾爾人，收集喀什噶爾各種情報，然後提供給英國人。參與政治的結果使他們遭到譴責，他們玷污了傳教士前輩們的赤誠之心，詆毀了基督所宣導的崇善抑惡的本質，褻瀆了宗教純粹的精神追求，他們使瑞典傳教士們在新疆苦心經營了近半個世紀的傳教活動不得不在喀什噶爾劃上句號。

九年以後，瑞典傳教團的兩名成員再次來到新疆，他們得到允許清查傳教團的財產，他們發現，當年的瑞典傳教團印刷所所有的設備材料，在一九三八年離開後被徹底破壞了，傳教團在撤離之前也將全部檔付之一炬。基督在喀什的傳播落下帷幕，瑞典人走了，他們渴望回歸和拯救的夢想因一剎那的邪念徹底破滅了。

貢納爾・雅林講述過他在新疆南疆一個這樣的經歷：一個清晨。他站在英吉沙城外的一個十字路口準備返回喀什噶爾，他的朋友莫恩夫婦帶著學校的孩子們來為他送行，在喀什，送行的人越多，意味著對要走的人就越尊重，那時，瑞典傳教士們把許多瑞典歌曲和聖歌翻譯成了維吾爾語，在送別貢納爾・雅林的十字路口，傳教團辦的學校的學生用維吾爾語唱起了瑞典歌曲《世界很美麗》，古老而熟悉的旋律在英吉莎的白楊樹林和土房子之間迴盪，為漸行漸遠的客人祈禱著、祝福著。

心靈駐所

第一次走近佛窟是在敦煌，去之前我就確信自己會震驚的，儘管有了心理準備，在進入洞窟後還是被震撼了，一幅幅精美的壁畫和一尊尊惟妙惟肖的佛塑撲面而來，像一場浩大的藝術盛宴，那些時刻我甚至覺得，在所有的歷史遺產中最富魅力的莫過於洞窟了，人好像一下就走在了拾荒歲月的盡頭，那種現場感和震撼力超乎尋常地強烈。直到後來，當我獨自走進新疆一些石窟後才發現，站在莫高窟的自己是浮在火焰上的羽翼，被一種近乎完美的如癡如醉的熱力衝擊湮沒著，從敦煌回來的我積攢了兩種情緒：讚美，還有憤怒，讚美絕倫無比的佛教精神藝術，憤怒沒有能力保護自己的政府和所有的對壁畫佛塑染指竊取的人。

新疆的洞窟不像甘肅的敦煌，去敦煌的人是成群結隊浩浩蕩蕩的，講解員是經過專門訓練的。新疆的洞窟幾乎碰不到什麼人，洞窟散落在荒野風中，講解員能說出的僅僅是些最基本的簡況，走進這樣的洞窟，人已經沒有了躁動，也不再像個意氣風發的少年仰天長歎，口誅筆伐。沒有大喜大悲，取而代之的是隱隱的疼痛，是咽不進去又掉不下來的淚珠，還有離去後總也無法褪色的淤血，在很長的一段時間裡我都沒能找到克孜爾、吐峪溝、阿艾、伯孜克里克千佛洞確切的痛點。它只是一味地使你痛著，以慢慢滲透的方式擴張出一片紫青，後來，才感悟出，你的痛源自於它的傷。

說實話，當我越來越熱愛新疆的時候，對敦煌我是心懷嫉妒的，不僅敦煌，甚至甘肅，那個狹長的掌控著河西走廊的甘肅省，它憑什麼飛天繚繞歌舞昇平，如此地浩氣盛大氣勢非凡，與它相距並不算太遙遠的克孜爾千佛洞、吐峪溝千佛洞、伯孜克里克千佛洞、阿艾千佛洞和新疆所有的石窟佛洞為什麼都要在破損中沉淪。而敦煌卻能得意地不理會周圍自顧自地高朋滿座迎來送往，當然敦煌是有傲慢的理由，誰讓那些珍異的文化遺產都集中在它的身上，誰讓它能在第一時間裡啟動國人乃至世界人民的熱情，並讓人們的神經始終處於沸騰點上。

通往新疆各個洞窟的路上幾乎沒有旅人，許多洞窟也因此而關閉。去年，我兩次接近千佛洞，兩次都是故地重遊，兩次的接近都沒能進去。去阿艾石窟是十一月，淺淺的河水結著薄冰，庫車大峽谷的天空很奇特，一年四季都像被紗布過濾，藍的醉人，它永遠都乾淨無雜，心徹目明。阿艾石窟在大峽谷的峭壁上，峽谷內因急流的沖刷，沙石被流水帶走，地表高度以驚人的速度下移，千年的地表切割，石窟位置越來越高，每一個到達阿艾石窟的人都有過抬頭仰視的經歷，仰視高出地面的洞窟和一道扶助人攀緣的懸梯。仰視是一種敬畏的姿態，對阿艾佛窟的仰視使我相信，所有站立在這裡的人，不僅僅是頭顱的仰視，更是一種心靈的仰望。

阿艾石窟的發現是近幾年的事情，一個維吾爾牧羊人闖到峽谷中採集草藥，一抬頭看到了頭頂二三十米的峭壁上有一個黑色的洞窟，裡面呈現著白光，它不是一個天然的洞窟，是被人開鑿的，他有點奇怪，在這個偏僻的峽谷中，居然有人的痕跡，牧羊人信奉伊斯蘭教，對佛窟的感歎並不強烈，他只是驚異於人所留下的痕跡，驚訝於洞窟裡熠熠生輝的圖畫，走下峽谷的牧羊人將這事報了官。

佛窟昭示天下，人們以阿艾為佛窟命名，牧羊人因為發現者的身份有了自己的驕傲。其實，走進石窟人們看到，早在牧羊人發現這座洞窟之前就有人進去過，洞窟中的壁畫大部分被劃除，佛像身上的金箔被人剝去了。牧羊人沒因發現洞窟而富裕起來，他依然放羊，喝酒，躲在簡易的土坯房屋裡睡覺，無所事事地四處裡閒蕩，兩年前，他喝醉了，被迎面過來的一輛摩托車撞倒，就在也沒爬起來，在他被撞倒的地方，人們立了一塊石碑，記錄了他的身份，他曾經是一個洞窟的發現者。

阿艾石窟安裝了鐵制門，因為人少，石窟被緊閉著，我和許多人一樣，渺小地站在濕漉漉的沙地上抬起頭，仰望著一種信念像一枚不鏽的印章，蓋在偏僻峽谷堅硬的岩石上。絲路是繁華的，佛教事業是鼎盛的，西部石窟是成群的、聚眾的，按照佛窟開鑿的規律，阿艾石窟附近應該還會有別的石窟，但是，阿艾石窟很隱蔽，看上去很寂寞，周圍是靜悄悄的山體和岩壁，找不到僧侶和其他人留下的痕跡。開鑿這個洞窟的人一定是個孤獨的人，他是什麼時候離開中原來到西域荒蕪中的？他是與人相隨而來，還是獨自夜行出走西域的？他是什麼時候開始將自己的心靈歸宿於一種宗教？他一定是厭倦了紅塵的喧囂和繁雜，選擇了這個沒有人煙出沒的大峽谷開鑿洞窟，洞窟裡，他請來了匠人，繪製佛像，讓千佛共聚一室，他以這樣的方式寄託自己的忠誠和敬畏，他每隔一段時間都會來這個洞窟，跪拜在佛祖面前，傾訴內心的痛苦，懺悔前世的過失，渴望饒恕，為遠方的家人禱告，為後世祈福。其實，從石窟珍貴的文字中可以清楚地看到這是一個漢式佛窟，裡面寫有多個漢姓，漢姓很清楚地說明這個洞窟並不孤獨。而我卻要一相情願地猜測古人的寂寞，是否是自己正在寂寞著，仰望那間擱置心靈的處所，自己是否正在暗暗地羨慕，有信仰真的是一件很美麗的事情。

與去阿艾石窟相距不到一個月，我走在了通往克孜爾千佛洞的路上，上次來這裡後寫下《夢裡龜茲》，故地重遊，還是和上次一樣陰霾的天空，和上次一樣地飄零著紛亂的雪花，山腳下幾排平房前依舊高聳著白楊，樹葉落盡。這裡有一些石窟研究者，偶爾會有幾個外國人，他們一住就是許多日子，來這兒的人都知道，他們在這片千佛洞獲得的將遠遠超出他們的想像，這些甘於寂寞的人超出了他們的前輩，他們不再進行掠奪，心情不再浮躁，他們安靜地對歷史做著縝密的考證和解答。

站在山腳的蕭條中，仰視一片星星點點的佛窟，這是一處石窟群，佈局宏大，已不再是阿艾石窟的寂寞和孤獨。一個人，應該將自己的心靈放置在什麼地方。望著一片石窟群，我突然對這個問題發生了興趣，每當看著林林總總虔誠的人群，走進一方逼仄的空間，跪匐在自己的偶像前時，都會強烈地感觸到，人的心靈是渴望承載的，通過一種具體的物化的方式。

眼前偌大的一片空間能夠裝載眾多的心靈吧。關於心靈駐所，穆斯林的真主無形，真主我心奧妙、曲折、神秘，帶著某種玄機，記得在喀什艾提尕爾清真寺、西寧東關清真寺和銀川南關清真寺看到過同一種現象，祈禱大廳的正中央穆罕默德的字目下是一片空白，旁邊的座位是留給阿訇講經坐的。祈禱的穆斯林面對一片空白懺悔許願，這使得伊斯蘭教看上去不那麼簡單直接，每個穆斯林心目中都有自己的真主，每個真主都有著不同的形態，一簇火苗、一片浮雲，一陣疾風，一道刺目的光線，或者什麼都不是，僅僅是一個意念，一股暖熱的正在上升的氣體；他們形態不一卻有著一致的人生真諦，無形的真主給穆斯林留下了無限的想像空間。我到覺得這種沒有偶像崇拜的宗教更加的適合宗教的未來，它在為你提供一片空白的同時也為你提出了一種內向的啟示，超越固化的形式，走進自己，控制內心，你才是你自己，你只能寄託於你自己，你的自覺自醒。

基督徒對偶像充滿著矛盾，基督教有《十誡》，其中有除我之外，你不可有別的神；不可為自己雕刻偶像，也不可作什麼上天、下地和地底下、水中的百物形象。不可跪拜那些像，也不可侍奉它等等，上帝無形無象，是無可描繪的。雖說在面對偶像崇拜問題上，基督與安拉是同出一轍的，但基督徒看上去遠不如穆斯林們更具徹底性，在基督世界裡出現過兩種現象，一是造像，一是毀像，都異常的激烈和狂熱，按照聖典的指示，基督徒們破壞聖像，搗毀那些與聖像有關係的圖畫，只是，搗毀未必就限制了聖像的發揚光大，他們的搗毀激奮，他們的創造同樣具有著不一般的能量，當我們翻閱歐洲龐大豐富的繪畫章節時，驚喜地發現，最優秀的繪畫傑作是來自文藝復興時期的宗教繪畫和雕塑。面對取捨難當的聖像，基督徒們猶豫、矛盾，或許他們也曾不停叩問過上帝，有形的耶穌已停駐於我們心中了，能讓他離去嗎？

佛教史上第一次大結集是在釋迦牟尼去世那年，大約是西元前四八六年，主持人是迦葉，那次結集有五百多人，結集會上由指定的人背誦佛說，經過大家審定後，詠讀出的佛經被固定下來，成為經典。據說那次大結集的地點是七葉窟，所有的僧侶心徹澄明，對於信仰不是寄託而是內省。即使是到了印度阿育王時代，佛教藝術中出現的也僅僅是獅子、象、牛、馬和寶輪，塔是佛的涅槃，空空的蓮花寶座上沒有任何佛像，它裝載著的是精神而不是物質，這是佛陀的本意，他從來就不主張偶像崇拜，更反對把自己作為世界主宰加以崇拜。

法顯西行回國後寫的《佛國記》裡記載了佛滅之後的西域印度，他在喀什時見到了石制的佛齒，在斯里蘭卡見到了國王親自主持的盛大的佛牙遊行和供養法會，在喀什米爾，他見到過木制的八尺高的羅漢像，在印度他見到了收藏佛發、佛爪的塔。西行中，他看到了供奉舍利和佛影的寺塔，供養佛缽、佛陀頂骨和錫杖的寺院。釋迦牟尼在世時所遊歷的地方都建起了寺塔，供給佛徒們禮敬。而法顯的《佛國記》，在帶回印度佛教經典的同時，也帶回了他所見到的佛教習俗。供養，這種源於印度的風俗習慣，隨著《佛國記》的到來，在中國佛教事業中聲勢浩大地傳播開來。

站在克孜爾千佛洞腳下，望著林林總總的洞窟，遐想著曾經看到過的金碧輝煌的洞窟，腦子裡浮現出一個疑問，釋迦牟尼，他是否願意看到後來的結局，這是他曾經反對的事情，他或許並不知道，在他圓寂後，佛徒們思念他景仰他，盼望著有個可以傾訴的對象，於是在僻壤的地方開鑿洞窟，將他的音容聚集起來，又加入自己的想像：寬額、丹唇、修長的眉眼、垂肩的雙耳，一代又一代信徒心中不斷演繹的佛陀終於以慈眉善目、寬容淡定的形象深入到佛徒心中。眾生們開始頂禮膜拜，這樣的風氣在時間的長河裡越演越烈，到現在，每一個佛窟幾乎都是佛教造像的一次盛會，無論是甘肅還是新疆的哪個地方，只要是佛教洞窟，其中必定是千佛同在。

為心靈搭建住所，難說這種做法正確與否，人們期望簡單直接，無法接受虛幻，難以將漂浮不定的一種形象穩固在腦海中，盼望著有個物化的形式來安放心靈，寄託情感，造像和壁畫滿足了人們的需求，佛陀順應需要而遍佈四海。佛窟、佛寺、佛像共同描繪出佛界的欣欣向榮，佛徒們期待著將自己的心靈皈依於此，參與其中，得到拯救。

不過，我還是對早期的宗教世界心生感念，最早的基督徒、佛徒，是多麼的純粹，他們只單純地信仰，信仰真善和美德，以虔誠之心祈禱幸福，因為沒有具體的形態，他們的心是向內的，只關注於自己的靈魂。他們把一腔的信念折疊起來放置在心靈深處，這是一種極美的形式。

一個人的蘇巴什

地圖上，這是新疆境內天山山脈中斷的位置。

一條筆直的柏油公路從庫車往北延伸而去，對面是起伏的山巒、灰白色的天空和隱約的山體，庫車縣城正在被我甩在身後。一隻黑色烏鴉闖進我的視線，快速飛過車頂，飛到前方樹幹上，整理了一下翅膀，半張開嘴，奇怪地看著車和車裡的人，我確信他飛到那樹幹上就是為了看我，他與我有著同樣的好奇，這世界並不是絕對的死寂，還有生命存活，比如這人，這烏鴉。

它讓我有了輕微的驚悸，想起一個朋友寫過的關於烏鴉的文字：「烏鴉出現了，黑色的高貴的翅膀似乎在宣告著預言和神的啟示。烏鴉在史前宗教中是一個引人注目的符號，它有時是神的使者，有時又代表著太陽和光芒。」

烏鴉以一種神性和預言者的姿態在我眼前被放大，這隻黑色的大鳥，在我成長的詞典中從來都是被忽略和被怠慢的，他荒野裡的行蹤和漆黑的羽翼不曾給過我深刻記憶和突出印象，而只有此時此地，當他與一段文字遙相呼應著在這個特殊場景出現的時候，遠古的充滿著神秘主義色彩的暗喻才恍然顯現，讓我對這黑色的語言有了某種難以言狀的敏感。

陽光在灰白的空氣間穿行，以人無法感覺到的速度和強度悄悄刺入皮膚，這是一種不動聲色的侵害，是荒漠中太陽善用的把戲，在你不知不覺中侵襲你、刺傷你，這傷楚要等到第二天才可以在臉上和手臂上反映出來，我用雙手撫著臉夾，明天我將面對脫皮和燥紅，我想我的心靈也會相應地留下一塊印記，一種我還無法辯明的經驗，我為即將獲取的這一經驗萌發了一絲興奮。

山前高地上出現了隱約的廢墟，車一如既往地前行，廢墟越來越清楚，越來越明瞭，一座被遺棄的古城正在漸漸出現。車停在一間小屋前，小屋是水泥與紅磚砌成的，裝著方形的玻璃，玻璃早已被塵土吹刮的模糊了，放眼望去，這是整個古城唯一的一座現代人的創造物。古城門口立著一塊石碑，上面寫著——蘇巴什故城。

蘇巴什故城也叫昭估厘大寺或雀梨大寺，《大唐西域記》曾記載，龜茲伽藍百餘所，僧徒五千餘。城北四十餘里處，接山阿，隔一河水，有二伽藍，同名昭估厘。據說鼎盛時期這裡寺眾多達數萬，每日暮鼓晨鐘，皤火不絕。

守門人迎了出來，站在我面前，等著我問話。

我問：這城裡是否有人？

他說：只有你。

只有我？

我是一個造訪者，帶著書本裡看到的一絲線索向著古城走來，幻想著在被時間遺漏的現場榨取些意外和震驚，兌現一些歷史人物真實的生活和命運。空城分兩部分，東寺和西寺，分割開兩寺的是一條叫銅廠河的河流，西寺有一座矗立在烈日下的高高的佛塔，那是這座古城的最高位置，也是人們尋找的最高境界，我猜測著曾經來過這裡的人們是否都做著同樣的選擇，在一條被踩的發白的小路上前行，向著古城最高的方向走去，我相信只有到了佛塔的頂端，才能看到我想看到的一切。可是，我想看到什麼？我竟然不知道。我聽著自己心臟的跳動聲，難以說清楚是害怕還是激動，或者是為已經意識到的將要出現的某種結果、某種際遇、某種意外而興奮，我感到自己獵奇的欲望被啟動，血液在向上洶湧，耳邊剎那間響起了疾步的風聲和嘈雜聲，像是千年的召喚，我不能有片刻的停頓，必須毫不猶豫地攀上這座空城的制高點。

每一種高度都會給人的胸懷帶來意想不到的擴展，我相信這世上許多的事物就矗立在我們的前方，而我們直到獲取的那一刻，才能夠真正認識到攀緣於自己的意義，我們可以暫時不去思慮攀緣的目的，讓謎底暫時沉默，只要聽從於遠方的召喚，並如追逐所愛一般地上行，那高度帶給我們的興奮、熱烈、成功、滿足，會在攀緣的路上接踵而至，我們會在一個又一個的驚喜中獲得攀緣的果實、發現攀緣的意義。

沿著黃土壘起的臺階，一步一步上升，天宇豁然開闊起來，我到了佛塔的頂端，佛塔的頂端有兩個門，一進一出，門梁是木制的，裡面空空落落，除此，我什麼也沒看到，遠方是無邊的蠻荒，看不到一棵樹、一座房子、一縷孤煙，一絲人體的氣息，但是，我確確實實看到了一種東西在心中浮現而出，升騰而起。

那是一種靜，一個空曠的無。

我的視野裡沒有一個人、沒有一棵樹、沒有一點除了土黃色之外的其他顏色。一個人能夠在一生中的某個時刻奢侈地獨享一座城池，感受一片廢墟帶給內心的巨大震盪是件幸運的事情。天上無雲，但我的眼前確實有流雲在移動，我意識到了時間的無情，他使強大的城池瓦解，使虔信的人們放棄現實的偶像，這一城的人，在時間面前無可奈何地揮一揮衣袖，撒手而去，城空了，時間終於使佛僧雲集、梵音高誦的蘇巴什銷聲於不為世人所知的曠野之中。

但是，無論我眼前的這座空城多麼的單調，庫車曾經有過的奢華和繁榮都會令人神往。在此之前，我去了庫車縣博物館，我一直相信這座古城與愛情之間存在著的某種難以言說的聯繫，在庫車博物館的陳列室中，有兩具平躺在玻璃櫥窗裡的骷髏，漢時這裡曾經流行豎式墓葬，出土時他們是面對面相互貼近著站立的，他們一男一女，手拉著手，男子身高一米九以上，女子身高一米七以上，從典型的歐羅巴骨骼來看，他們來自異域，來自歐洲大陸的某個國家。

這對沒有背景記錄的異族戀人，藉著庫車的舞臺演繹著一段生死之戀，他們相互敬愛著，面對面深情地凝望對方，女人是為愛而獻身的，她穿好麻織的衣裙盤整了髮髻，跳下墓坑，上前去拉住愛人的手，自願與愛人生死與共，任乾燥的沙土一掀一掀將自己和心愛的人埋過，埋過腿、胸、頭，直到停止呼吸，最終死去。從出土的形態看，她沒有任何的掙扎，內心應該是極端的平靜和安詳，這是世界上最心甘情願的殉葬方式吧，他們不曾想過，幾千年時光穿梭，當他們以骷髏的形態呈現在人們面前的時候，就像一幅傑出的現實主義藝術作品，以最直接的肢體語言告訴後來的人們關於愛情的精神和本質。

另一具平躺在玻璃櫃中的女性骷髏旁寫著出土於蘇巴什古城的字樣，出土地就是我腳下的這座佛塔。

一個女性，能夠在一座佛教的領地長存著，是不可思議的，骷髏的腹部堆放著整齊的細小的嬰兒身骨，那是一具尚未出世的已經成型孩子的遺骨，有了和成人一樣的腿骨、肋骨和頭骨，但是他未出生，死在了母親的腹中，掘墓人小心翼翼地發現了母親，又發現了他，他們憐惜地捧起散亂的骨節，收集起來，不敢有半點遺漏，他們護送著母親走出蘇巴什古城，來到庫車縣博物館，又虔誠地、把他放在了母親的腹部。

這孩子，與佛界是否有聯繫，沒人知道，母親的身旁有一具龍頭和彩繪的翻雲壁畫，有麻製的衣裙，以此人們說這母親不是一般的女人，一般的女人不會葬身於佛塔之下，一般的女人不會有龍頭相送，一般的女人不會有彩繪的壁畫相伴，這母親因此而有了不一般的身世，她的額頭上有被木板押過的痕跡，史書中說這是龜茲地區新生兒押頭取扁的風俗，以此專家們說，她是一個龜茲女子，是流淌著龜茲本土血液的女子，我極力地將一具骷髏還原成一個血肉豐滿的女人，為她附上古代吐火羅人的皮膚、黑色的頭髮、明亮的眼睛和有彈性的肌膚，但是，除了知道她是個吐火羅女子之外，沒人解讀出這不一般的女人哪怕是最基本的一次生活故事和起居細節。我靜靜地看，慢慢地靠近，妄圖找到一種溝通，在空曠中，在高高的陽光下，在一個人的古城裡感受曾經的一個女人。我喜歡這種只能隔岸觀望的沒有背景的人物，喜歡被時間遺棄的那份恍惚和疏離感，喜歡在一些迷茫的事物間考驗自己的判斷，並在以後的日子裡逐漸求證那份判斷的結果，至於結果本身或許並不重要，重要的是求索中那些令人心跳的體驗，那些足以積累下來，在以後的日子裡慢慢咀嚼的愉悅。

這裡曾經是雲集三萬僧徒的古城，往來於街市、禪房、佛塔與講經堂的僧侶們，是否在街巷看到過這美麗的女子，一個有孕在身的女人，衣炔翻飛，風一樣的穿過禪房、經堂的大門，走過的土地帶起了塵土，帶走了一路的沙棗花香。不遠處是高大的講經堂，一堵差不多十米高的殘垣斷壁，講經堂的規模依稀眼前，諾大的殿堂與我在書上看到資料相吻合，四世紀時龜茲高僧鳩摩羅什就是在這個大寺講經，聽法的人跪伏座側，讓他踏肩而登座，那是一個開放的時代，一個令人羨慕的時代。其中最令人嚮往的就是對女性無比的關懷和縱容，鳩摩羅什是這個開放時代孕育出的傑出高僧，他的祖父鳩摩達多，世為國相，名揚印度，父親鳩摩羅炎本可襲位丞相，但他不願隨波逐流，辭家投身佛界，遠行龜茲，娶了龜茲王的妹妹耆婆為妻，耆婆有孕在身時，常與一些女友相約，結伴來到這裡，請齋聽法。此刻，公主來去經堂的腳步在我耳畔響起，公主的心中必定是帶著愛與虔誠、嚮往與傾慕的，在這條發白的小路上，她步履走過的地方，一定也是揚起了塵土，塵土中彌漫著沙棗花的香氣。這是一種相似，兩個女子用她們的青春走過龜茲走過蘇巴什，讓我們感受到了一種氣息，關於龜茲、關於女性、關於自由和開放。

耆婆，史料記載的不多，卻是一個活脫脫的奇異女子，任性、隨意，又十分的執著，起初是要求哥哥逼著鳩摩炎娶了自己，這個逼，有龜茲人的熱情，也有龜茲人的任性，還有龜茲人才有的隨意性，之後又決意削髮為尼，她不是一個安分守己的女人，一次外出於荒野，被亂墳中的白骨碰了一下，她看著地上的白骨，聯想起了人，所有的人難道不是有同樣的結果？出家去超度，去進入一個美好的精神世界每日縈繞在她的腦海。

羅什的父親苦心規勸，在他看來，守著妻子孩子，念寫經書，是一件幸福的事情，合乎龜茲人休閒隨意的天性，他去請命國王，勸阻妻子削髮。倒是耆婆動了真心，想著外面的事情，她也去請求哥哥，准許剃度，國王先是聽從羅什父親的，勸慰妹妹，又覺得妹妹按照自己的意志行事，也是符合龜茲人一貫以來崇尚自由的理念。

無論是認真的還是心血來潮，耆婆先是絕食，被同意後又是飽餐一頓，方才削髮為尼，這一頓王族晚餐虛擬為她訣別龜茲生活的一個標誌。儘管她異常信奉她所獻身的佛門，但作為一名比丘尼，她沒有什麼值得贊許的業績，她的一生幾乎所有的閃光點都集中在她對所追求事物的癡迷和專注上，她顯得有些任性，在眾多龜茲女子們享受青春的時候，她成了蘇巴什的常客，當初，她嫁不出自己，膚淺的男人們滿足不了她對事物的好奇，更解答不了她對神秘世界的提問，她顯得出類拔萃又曲高和寡，當她終於遇見羅什的父親的時候，她是那樣的義無反顧，與哥哥共謀了逼婚的計策。

如果事情至此，我們可以下一個結論，耆婆的心靈是高貴的，與龜茲民間心理是多麼的不等同，她對佛法的追求真的使她超脫於世，但是事實上，她是一個母親，是個骨子裡流著龜茲血液的女人，她的生活化的本性使她從來沒放棄過世俗生活，面對羅什的教育，冥冥之中她跟隨著一個寓言一起走了二十多年，最初她偶然遇見一位羅漢，說她身上有一顆赤痣，這是一種少有的吉相，按照羅漢的說法，此痣者必定穎悟超群，證成正果，若有身孕，一定是像佛的十大弟子之一舍利弗那樣的大智慧之子。耆婆嫁人、生子，再次遇見那位羅漢，羅漢又對她講釋迦牟尼的大弟子舍利弗在母親腹中時，母親忽然變得極善辯論，那時有位大師給她看相，知道她必生智子，最終要出家學佛，成就正果。

兩次偶遇，兩次神秘的講述，羅漢預言耆婆身上已經顯現出了舍利佛母親的跡象，耆婆看著自己身上的赤痣，忽然有了一種堅持，舍利佛之母與所生智子難道不是她和即將出生的羅什嗎。

從韶華到中年，比丘尼耆婆一直跟隨著羅什，作為生活中的照顧和行為上的監護，她相信羅什是帶著使命來到人世的，她也是為完成自己使命而存在的，二十年後她教育的成果使她終於看到了一個人們所敬仰和愛戴的佛學大師。

龜茲，無論王族還是貧民一直以來都保持著一種生活化的民間心理，它使得這塊土地上的人們知足、安詳，享受著自在的空氣和陽光。耆婆一生做了三件事，一是嫁給羅什的父親，得以生出羅什；二是頓入佛門，儘管沒有成就，卻比別的女人更多了幾分智慧；第三件是在她的教育下，成就了一代佛法大師。

出西寺，對守門人說，我想去東寺。守門人指著對面的山巒說很遠，要饒過一個村莊，穿越一條河床才能到達，我執意要去，守門人同意帶我去。

車碾過顛簸的石子路，繞進一個小村莊，村莊安靜，老榆樹下有潺潺的小溪淌過，這是個古老的村莊，古老的村莊沒有人，也沒有牛哞、狗吠、雞鳴，每個門戶都緊閉院門，車在村莊行走的很慢，即便是十分的緩慢，也沒有哪怕是一個人影出現，村莊彷彿想甩掉什麼似的，對來訪的人不聞不問，漠不關心。村莊老了，老的遲鈍了，老的對外界無動於衷，老的和身邊的古城一樣，陷入自己的領域難以自拔。

村莊邊緣是一道土梁，車爬上土梁再看一眼村莊，已近中午，還是那麼的靜，甚至沒有一絲升起的炊煙。轉身上土梁，眼前頓時開闊，一條大河橫跨在面前，這是銅廠河，也叫庫車河，《西遊記》中這裡是蘆葦叢生和獨木小舟穿梭往來的子母河，子母河已經乾枯，卵石和流沙構成了河的全部內容；流水不再，流水的痕跡依舊，去向清晰地寫在流沙上。車沒有絲毫猶豫地下到河床，碾碎了流沙的痕跡和波折，繁榮不再的子母河在正午的陽光下變的熾白灼熱，當年的唐僧師徒去西天取經時，豬八戒就是喝了這裡的水懷了孩子，守門人指著北面一片隱約的樹影說那裡是一個維吾爾的村落，那就是「女兒國」。

穿過河床，守門人拉我上了河堤，抬頭遠望，天與地之間有山、有浩瀚的荒漠、有偶爾的綠洲，卻還是沒有人，前不見古人，後不見來者的幽古之思忽地湧起；世事滄桑，沒什麼是永恆不變的，所有的繁榮都會走向衰敗，所有的盛世都將面臨逝落，蘇巴什只是應運了一個普遍的規律而已。

古城被鐵絲網圈了起來，守門人掏出鑰匙開啟東寺的大門，因為來的人少，這個古城平時不開放，多半時候它被鎖著。沿著窄窄的土路向上走，路邊是野生的西瓜，偶爾有一窩駱駝刺。守門人指著遠處說繞過子母河，山背後有一個洞窟，裡面有壁畫，他一周前幫一個老人揀卵石時發現的。洞窟不大，進去有左右兩個套間，他用打火機劃亮黑暗的洞窟，看見了壁畫。我的眼前閃過一絲光亮，未見的壁畫能否像說明書一樣讓我們找回過去的蘇巴什。

我見過莫高窟的壁畫、克孜爾千佛洞的壁畫、伯孜克里克的壁畫，我曾經在那些以佛教為主要內容的壁畫前留連忘返，仔細端詳壁畫中人物的神態，那些凝聚著人類最高理想的面孔，在黑暗的洞窟中審視著我們，他們如此地坦然，心平氣和卻又高屋建瓴地微閉的雙眼，寬容地注視著我們的過失和錯誤，他們不語，親切地看著、等著，等著有一天，一如我這般地站立在這裡，和他們面對面，和自己的心靈面對面，他們略翹起嘴角，能夠讓人的心靈在微笑中懺悔。

守門人說，如果運氣好，也許可以揀到遺落的手臂、頭像。一尊頭像，我能在一尊頭像中看到或者發現什麼，一張拯救的臉、普度萬物的心靈、細長的眼睛、神秘的微笑，代表著安詳、和平、寧靜，或許，我可以再次看到如敦煌莫高窟北魏第二五九窟中那尊美麗的禪定佛，我曾徜徉在都市的大街小巷，看著滿街遊走的女子描出的纖細修長、柔美彎曲的眉毛，我驚訝於活在當下的眾多女子，與美麗的禪定佛有著極其相似的眉毛，這些美麗的女子們用心靈的纖細再一次印證了人心向佛的古老傳說，無論天長地久，人們對美善的衡量標準都是驚人的一致。記得黑格爾在談到宗教與藝術的關係時說，宗教往往利用藝術來使我們更好地感到宗教的真理，或是用圖像說明宗教的真理以便想像。在宗教的世界裡，藝術是通向理解的手段，在眾多的西方人眼裡，禪定佛迷人的笑類似於蒙娜麗莎的微笑，所有的正在目睹禪定佛微笑的人都說看到了那絲微笑中的神秘。除此，我想我還讀出了一種與神秘相去甚遠的淡定，半睜的雙眼裡若有所思又心滿意足，她的微笑來自幸福的內心，湧動在夏日綻出新綠的荒原裡。

我是無神論者，沒想過前世與後世的遭遇或幸福，也沒想過在宗教的領域去救贖些什麼，或懺悔些什麼，但是，每當我站在這些壁畫佛塑面前時，卻是和任何一個信徒一般虔誠地去讚美，去努力地靠近他們，我想我是在借助一種力量，悄悄走進自己的內心，去感受心靈的擴展和明媚、閃亮和透明。每當我這樣做的時候，真的就走進了自己，在那些寬闊的前額下，泰然自若的目光裡，我真的就看到了人世間的智慧，在翹起的嘴角和飽滿的兩腮中我真的就看到了母性的婉約與慈祥，一尊佛像給我的啟示就是關於愛與智慧的啟示。

泥土、乾草、樹枝、木棍、水、礦物顏料，僅僅憑藉這不多的幾樣東西就可以塑造出人類的精神化身，這讓我開始敬仰起另外一些人了，他們是造像者，是手持畫筆的僧侶，是工匠，天與地有多遠，神祇與人之間的距離就有多遠，但是，這些人，將天與地密切地聯繫在一起，他們蹲進陰暗的洞窟，把自己深掩在其中，繪製著一幅幅圖畫，他們把自己的理想、追求一筆一筆描摹下來，在人佛之間，他們做著最大限度的溝通，讓神具有人的面容，為神佛賦予了人性，又為人設置了理想，讓人按照神的從容和姿態修身養性，神與人之間在他們手中縮短著距離，彼此地融入。

城中，慘白的天光下，沒有綠色，說不清楚是因為沒有了人煙而使綠色退化，還是因為綠色減少了人才退居這裡，人與綠色商量好似的一起走了。有時候，城像個載體，人是城中無數的符號，在城的備忘錄上記錄著自己的歷史，城延續著，記錄就保存著，城沒了，記錄也無處可找了，呼嘯乾熱的風不給人喘息的機會，強勁地在時間的軌道上吹過，這是蘇巴什的熱風，許多個世紀以來一直不斷地刮過這乾燥的荒原，現在，蘇巴什已經沒有遺物了，剩下一座空落落的城，在熾熱的高地上背山面水。

史書上講佛國逝於宗教戰爭，戰爭使佛寺毀滅。龜茲古國大約於八百年前在宗教戰爭中衰敗，蘇巴什佛寺被毀，僧侶以整體遷移的方式流入另一個陌生的地方，在新的土壤裡植種新的根系。或許，他們還是那一群，原來的一群人，血液純粹，精神純粹，但是，正如一方水土養一方人，無論血氣是多麼的純正，他們的氣質都會在時間的推移中與龜茲越來越遠。

夢裡龜茲

在這個夢的邊緣經歷過無數年、穿梭過無數次了，他的豐富我的蒼白讓我一直不敢去接近他，這樣一晃，屈指算來差不多十年了，十年一夢，當我真的穿越在這條通往遠古的夢境的時候，我沉醉了，為即將呈現的畫面。

這就是克孜爾千佛洞嗎？

千百年來迎接著芸芸眾生。宣揚與詆毀、重建與毀滅、保護與竊取，人性的善惡在這裡聚集和張揚，而今這裡異常的寂寞，遠離城市的繁華和浮躁，甚至連遊客都不見一二，這裡真的被記憶遠遠地甩在了歷史的盡頭。

興建、興盛、衰落，這些歷史的謎底就掩藏在木紮提河北岸的崖壁上，等待著人們去解讀。

這裡曾經是龜茲國，庫車縣城就是當年龜茲古都延城所在，這裡「東西千餘里，南北六百餘里」，這裡「有僧萬餘人」，「佛塔廟千所」。這裡有一座座洞窟，描繪了一幅幅佛教和世俗壁畫。

對他的介紹並不複雜：克孜爾千佛洞，興建於西元三世紀，興盛於五、六世紀，八世紀衰落，是中國最早的佛教石窟，始建於東漢，新疆現存最大的石窟寺群。洞窟有五類組成，分別是支提窟，專供禮佛使用，講經窟，專供說法使用，毗訶羅窟專供生活所用，禪窟專供修行所用，倉庫窟專為堆放物品所用。

但是，僅僅知道這些你與克孜爾還是遠距離的、遙望式的，想瞭解她，你得走進她的心靈。

從長安城出來的那支駝隊，打開了西域長期封閉的大門，走在最前面的是漢代張騫。之後，龜茲與中原、中亞、西亞等文化古城連成了一串閃光的文化亮點鑲嵌在絲綢之路上。

北依天山，南臨塔克拉瑪干沙漠，看似封閉的龜茲以他恢弘的氣度接納了來自東西方各路的文化，並把這些文化揉和到了自己的本土文化藝術當中。接受一種文化，再對這種文化進行還原，對一個國家和地區來說都不是一件容易的事，龜茲是偉大的，他寬容地接受了東西方各類文化，他又是慷慨的，對接受的各類文化沒進行太多的同化就原汁原味地表現了出來，這種貌似犧牲自身文化弘揚他國文化的危險表現了龜茲人浩大的胸懷和寬闊的視野。

「人類對自身文化的交流有種強烈的願望，在這種精神力量面前，任何封閉的地域屏障都會被衝破，每一個民族都試圖把自己的文化傳播到所能達到的極限，先進的文化都有極強的穿透力，通過這種穿透去實現文化的滲透」。龜茲是成熟的。她吸收著外來的文化，傳播著外來的文化，但是，她的個性和氣質依然獨樹一幟，自信而不失謙和，高雅而不失情趣。

音樂、舞蹈、自由、世俗生活是龜茲人的最愛。龜茲人能夠盡情娛樂，充分享受生活的賜予。「家有葡萄酒，或至千斛，經十年不敗，士卒淪設酒藏者相繼矣」，當年的呂光將軍在他的士兵中遇到了巨大的難題，這些士兵在當地的酒窖裡整夜酩酊大醉。純正的葡萄酒中洋溢著的是龜茲人對生活的熱愛。

在這裡雖然僧侶和尼姑都專心坐禪習讀經文，但他們更加熱衷於貧民生活，在高級僧侶和貴族婦女之間依然存在著婚姻關係，就像大翻譯家鳩摩羅什的父親和母親，一個佛教「國師」，一個王室女兒。龜茲人認同這種婚姻關係。

佛國裡的愛情照樣可以宣揚，可以讓它天長地久。從克孜爾千佛洞一眼看去，有一條僻靜的山坳，山坳盡頭是三面如削的石壁，泉水從佈滿苔蘚的懸崖滴落下來，一個龜茲國的公主與一位民間小夥子相愛了，國王不願意，要青年上山鑿千佛洞以示忠心，青年鑿到第九百九十九個時力盡而亡，公主趕到抱屍痛哭，淚竭而亡，感動的山崖為此垂淚，為紀念這段愛情，人們把這眼泉喚作「千淚泉」。

千淚泉與千佛洞相依為伴，正在以她獨有的方式向人們暗示著一種真實的生活理念，一種屏棄了人性虛偽的生活方式。

龜茲文化是相容的、混合的，中原、印度、波斯、埃及、希臘、建陀羅各路文化在這裡相遇。這也使得克孜爾的壁畫異彩紛呈。那些菩薩、伎樂、供養人頭戴花冠、身披瓔珞、腳踏蓮花，神態或安詳或自得或優雅，雖運筆簡單卻柔婉俊美，具有濃郁的西域情調，而那輕薄的紗裙，委婉的披帛與絲帶的交結，顯得不媚不妖，既表現了人體的美又不失佛教的真，龜茲的工匠們在對佛教教義宣揚的同時，借助女性優美嬌好的體態，恢復了人的本來面目，高揚了人的存在價值。

當畜牧、狩獵、農田的場景，騎乘、車船、建築和「絲綢之路」上繁忙的情景一幕幕出現在眼前的時候，龜茲似乎並未走遠，就在我們身旁。「剪髮垂項」，對襟、翻領、緊腰、窄袖、下擺肥大的長給袢，腳蹬長靴，武士還有甲胄、佩劍、掛巾，這樣的裝束在唐時的中原曾經流行一時。就在昨天，在路經的庫車牙哈巴扎上，無數的維吾爾老人依然穿著下擺肥大的長給袢，腳蹬長靴，千年不變的習俗和胡服長久的生命力量令人嘆服。

說龜茲樂舞，就得說龜茲國王絳賓和解憂的女兒弟史，弟史成年後前往長安學習鼓琴，路過龜茲的弟史被絳賓婉言挽留，徵得解憂同意後，弟史嫁於絳賓，一年以後結為夫妻的絳賓和弟史攜手前往長安住了一年，返回時，漢王朝賜以「車騎、旗鼓及歌吹數十人」，這對龜茲樂舞的發展不能說沒有影響。

就像漢人的「秧歌」，就像藏人的「鍋莊」，維吾爾人有一種叫「麥西萊甫」的歌舞，送頸、彈指是基本的動作，有人說麥西萊甫就是龜茲舞蹈的活化石，眼前的一切不由你不信。這又使人陷入一種深深的感動之中。先是感動於龜茲文化的傳承性，如山澗溪流生生不息，歷經千年而不變。再是感動於龜茲文化的包容性，佛教與伊斯蘭在這裡完美地無聲息地結合了，他們跳著同樣的舞蹈，送頸或者打著響指，誰說宗教永遠都是排他的，誰說為了維護宗教的純潔性就要消滅異己，那種形式上對異教的摧毀和褻瀆只能顯示出後人的狹隘和偏激。

博斯騰湖有著一望無際的蘆葦蕩，進入焉耆境內路邊也不時地掠過蘆葦叢和農人正在編制的蘆葦席，而蘆葦在龜茲古樂中的用途就掩藏在壁畫中那陶醉的演奏者手持的篳篥中，傳說篳篥是蕭笛的前身，最早的材料就是蘆葦，以後用竹，再以後才用木製作。岑參有詩「上將擁旄西出征，平明吹笛大年行」，「中軍置酒飲歸客，胡琴琵琶與羌笛」橫笛、琵琶、篳篥、排蕭是龜茲樂中主要的樂器。龜茲樂在漢以後風靡全國，隋文帝時被定為宮廷九部樂之一，都城元宵節之夜出現了「羌笛隴頭吟，胡舞龜茲曲」的場面，而在唐代宮廷宴樂的樂部《七部樂》、《九部樂》、《十步樂》中，就有新疆的《龜茲伎》。

流動的時間，靜止的壁畫。靜止承載著流動，壁畫證明著時間。這些色塊、線條作為符號記錄了佛國盛世、社會百態和龜茲國漫漫的歷史。

是誰第一個在這裡提起畫筆，塗上了濃濃的一撇，於是這裡就有了為著同一個信仰前赴後繼的僧侶們，他們把自己的空間具體到一個個小小的洞窟，不停地繪製，描摹，把心中的虔誠，一筆筆勾勒出來，他們用一生的時間追尋著心中的神聖。

這些向佛者是否想過，千百年後，他們曾經傾注心血繪制的壁畫能夠帶著永恆的生命活力證明著他們的存在，他們記錄了歷史，歷史同樣給他們以同等的回報，他們曾經給歷史注入了生機，而今歷史也讓他們活生生地站在了世人的面前。

他們相互記錄著、證明著，為生命。

斯坦因來了，勒柯克來了，大谷光瑞來了，他們帶著鷹一般的眼睛，尋覓著獵物。然後克孜爾所有的雕塑被掠走，大量的壁畫被膠布粘走，勒柯克的作品發佈了，他在序言裡這樣寫到：他的考察隊的一名叫巴圖斯的人「充分懂得怎樣把一幅幅的壁畫整個地鋸下來，並懂得怎樣進行包裝使之無損地運回柏林」該拿的拿走了，該鋸的鋸走了，留下的是風沙的悲鳴和永久的殘缺。

殘缺，是種傷痛，在這裡表現為一種重創，歷史毫不留情地出現了一幅又一幅的空白。沒有顏料、沒有線條、沒有低色，露出一塊塊正方或長方的沙土形狀，這塊塊的空白曾經是一幅幅精美的圖畫，但是圖畫的內容再也不會有人知道了，他永久地消逝了。

想起了敦煌。想起了一位德高望重的畫家張大千。為了研究，他和那些掠奪者幹了同樣一件事，他取走了壁畫。可是我不明白，為什麼他依然德高望重。因為是名人？因為是國人？因為是一代名師？就可以輕易毀掉一段文化，輕易盜走我們祖先歷經千年存留下的歷史？這些珍貴的遺產不屬於你，不屬於我，甚至可以說他不屬於哪個民族或國家，他只屬於人類。

如果說敦煌的壁畫讓你淚流滿面的話，那麼在克孜爾壁畫前你只能欲哭無淚。她太久遠、太破損、太陳舊了，她像一個被淩辱了的妓女，只能破罐破摔了，沒人去拯救她、去理解賞識她，她只有獨自地在冬日的飛雪中靜靜地坐在自家的院落裡，看著滾滾紅塵，看著已經死去的和正在活著的眾生，一言不發。

第三輯

從皇族到民間

花樣契丹

在烏魯木齊絲綢之路博物館看到兩頂純金頭冠。我指著左邊的一頂說，這是國王的頭冠，指著右邊的一頂說，這是皇后的頭冠。我說錯了，這兩頂都是王冠，是西遼國王權利的象徵。西遼在西域從建國到消亡只有八十八年時間，八十八年裡出現了五位國王，其中三名男性，兩名女性，這兩頂王冠曾經分別帶在他們五個人的頭頂。

在我印象中，西遼是美麗而一現的曇花，燦爛地開放，靜悄悄地熄滅，她像一個紅顏薄命的奇異女子，從水草豐茂的大東北姍姍趕來，在西域乾爽的土地上傾瀉了一場溫情的春雨。她讓我們相信，西遼是女性的西遼、母性的西遼，在西域這片土地上，她是獨一無二的、是獨樹一幟的。而後，她沒及揮手告別，就悄然轉身，退出了西域的視野。

閱讀西遼，才發現自己非常局限，很久以來都沒能走出新疆，我的眼光停留在天山南北崑崙腳下，足跡散落在塔里木邊緣和準格爾盆地，短暫的西遼如過眼雲煙、瞬息掠過的鴻雁，僅僅抬頭仰望一眼，她就匆匆飛去了。現在，我站在一個博物館的中心，整個大廳只剩下我一個人，時鐘滴答滴答敲擊出清亮的腳步聲，讓人恍然悟到，原本歷史是由時間構成的，歷史永遠都不會跳躍而過，它是一個守則的法官，盡職盡責地丈量著人類的行蹤；這世上過眼雲煙的事物很多，但是，一個朝代的行進，短也罷，長也罷，都是時間的續結，他不會中斷，不可能中斷，也沒有理由被中斷。

因為它遠在千里，就被我們所忽視，其實，她和我所見過的許多的北方遊牧民族有許多共同的特徵：激越、進取、對新生事物充滿好奇，劫掠、進攻、征服自然，征服周邊所有；她是戰勝者，也是戰敗者，她的人生在勝利和失敗中此起彼伏，周而復始，她從國土的最東端，一直打到最西端，甚至更遠，她戰勝過其他民族，也被其他民族戰勝過，在她建立大遼國的時候，她的勝利在北方的各民族中達到了頂峰。

再將目光越過崇山峻嶺，大河山川，鎖定在中國大東北的黑土地時，我驚異地發現，那裡原本就是一塊訓練基地，無論哪個民族，哪個部落，只要是種植在東北的土地上，身體裡就必定能生長出自由的翅膀，就會有稱霸的決心和行動，大東北曾經走出了一支又一支強勁的馬隊，鮮卑人、女真人、契丹人，他們紛紛衝向中原，中原好像就是他們的實驗室、是他們的打靶場，他們可以在那裡擺開陣勢、拉開架勢，而長城更像是一塊鬥牛士手中不停舞動的紅布，挑逗著這些草原民族鬥牛一般地橫衝直撞，他們被撞的鼻青臉腫，人仰馬翻，卻不言放棄，那些衝出去的，最終在中原建立了自己的王朝。

契丹的馬隊是東北眾多馬隊中的一支，耶律阿保機帶著他的隊伍廝殺衝擊，與中原出現了長距離和長時間的對峙，一百六十年的兩廂僵持，一直沒有新的突破，在這場相持戰中最令契丹人痛心的事就是被同樣來自大東北的女真人抄了後路，大風大浪都過來了，卻在自己最熟悉的事物前失了手。歷史就是這樣的殘酷，總要有人來打破僵局，使死潭裡的水流動起來、鮮活起來。女真擔當了這個重任，推走契丹，自己成了新的主人。

契丹依然是頑強的，耶律阿保機的後來者耶律大石在維護了大遼最後一絲氣息後，帶領兩百鐵騎揮淚西去，他使契丹在西域絕路逢生。他一直沒忘復國的舊夢，兩次發兵東征。但是，歷史這個嚴肅的老人，從不輕易給人悔過的機會，耶律大石的復國夢以破滅告終。

契丹人的血液裡有著與北方眾多民族血液裡一樣的因子，擴張和進取是他們生命的主題，復國無望的耶律大石和他的繼承者們在以後的歲月裡全力西征，憑著一腔血性，他們拿下喀喇汗王朝，攻下高昌別失八里，與人聯手解決了撒馬爾罕，又一鼓作氣，向著更西北的花剌子模深入，層層進展，迅速完成了西域霸業，建立了橫跨西域和中亞廣大地區的西遼國；耶律大石為契丹人在歷史上鑄就了第二次輝煌。

在以男性為主體的時代裡，伴隨著理性和強權，歷史的顏色呈現出單一的冷峻，而西遼卻是例外，能打動我的是那些女人們，在從遊牧走向農耕的行進中，這個民族擁有著對母性的景仰和崇拜，女人參與國事就是為理性注入情感的過程，這種過程能演繹出一些盪氣迴腸的東西，深入人心的東西。她們激發著男人的鬥志、鼓舞著男人的士氣，她們慫恿著契丹的男人野心膨脹，讓他們征戰進攻，然後凱旋而歸。

史學家們在述律後名字前加了個帶有漢人心理特徵的定語，狠心斷腕。這個耶律阿保機姑姑的女兒，還有一個動聽的名字，叫月理朵，一朵開放在草原上的溫柔的花朵；這朵溫柔的花有著滿腦子的智慧和膽識，在阿保機成就大業中運籌帷幄，果斷應變，有條不紊地搭理後院，這是一個在關鍵時刻具有轉危為安能力的女人，民間流行著她「青牛嫗，曾避路」的童謠，傳說她曾經在老哈河與西拉木倫河交匯處遠遠看見有一個女子乘著青牛向她走來，轉瞬間，青牛不見了，女子也不見了，當地人由此而說傳，述律後有超凡的能力，神女在她面前都自愧弗如，避開讓路。寓言中的神秘力量為她在整個民族中樹立過威信，不過，她真正精彩之處是在他的丈夫耶律阿保機死後才顯現出的。

那一掌拍下去是打定了江山，還是兌現了忠誠，對述律後來說應該是雙重的。阿保機逝去，述律後問漢人趙思溫為什麼不隨了阿保機去殉葬，趙思溫說若皇后隨葬，自己也會捨棄一切。這種激將對理性的述律後沒什麼用處，反到更堅定了她掌控權利的意志，為了目標的萬無一失，這位強硬的皇后輕輕閉上雙眼，又慢慢地睜開，在滿眼是男人的世界裡，她舉起右手，痛下一心，拍案斷腕，她的忠心和威信剎那間實現了。

阿保機下葬。述律後的一隻手腕陪著他去了，戎馬一生的阿保機不再寂寞，在另一個世界裡，有一個聰慧的、膽識過人的女子以手相伴。

這是一個疼痛的過程，也是一個悲極喜來的過程，忍受身體的傷殘對任何一個女人來說，都是一生的痛苦，療傷的唯一方法是斷腕瞬間她眼前呈現出的那個世界，那個由她來決定和掌控的世界。那是阿保機的理想，也是她的追求。

她不是一個簡單的女人，斷腕不是一時的衝動，在她實現目標的路上，一切障礙都將被她排除。獲得和失去是對等的，自殘不是唯一的選擇，但卻是最能夠打動男人的選擇，當所有男人以驚異的目光仰視悲痛萬狀的她的時候，她所威懾的不僅僅權利，更是那些契丹男人們的心靈。

這個運籌中的女人的事業並不是現在才開始，斷腕僅僅是她的一步棋術，她要打點的是阿保機的江山、是重新洗牌佈局，把一個最適合大遼的人放在棋盤的第一把交椅之上。按照漢人的理解，阿保機與她的長子是最佳人選，長子為王，是天經地義的事情，符合中原嫡長子繼承制的規則，況且他們的長子耶律倍才學過人，又精通音律和醫藥，擅長寫契丹和漢文章，特別推崇孔子的思想，以儒家學說來治理國家一直是他的政治主張。

但是，這只是漢學家的一廂情願，是一種人按照自己的觀念替別人著想的美好願望，耶律後有自己的出牌規則。她是三個孩子的母親，也是一國之母，作為母親，只有她才最瞭解自己的國家和自己的孩子。此刻，對於契丹，擴張和挺進比治理更迫切。其實，換個角度講，這種進取的態度，一直在漢文化與遊牧文化之間碰撞著，保守與進攻是兩個民族的差別，也是兩種文化的差別。

在她看來，次子耶律光德更像他的父親，更具有智勇和謀略，更適合做一個國家的統帥，在她經過琢磨，最終認定只有耶律光德才是大遼最佳繼承人時，她的行動果斷而不留餘地，為了讓自己思慮成熟的事物按照預定計劃進行，很早之前，她就暗地裡行動了，親自跟隨阿保機征討渤海國，把收復後的渤海國交給耶律倍，一把治理渤海國的鑰匙鎖住了耶律倍的人生機會，使他永遠地無緣於大遼國。

我的眼前總是浮現著一個女人舉起右手的種種片段，像被劃傷了的錄影磁帶，大遼國所有的資訊都丟失了，惟有舉起右手和放下右臂的時刻，那種撕心裂腹的疼痛，伴隨著緊張壓力的突然釋放，像一場起死回生的惡性突發事件，那是一種怎樣的大喜大悲，酣暢淋漓。

一切已成定局，耶律光德繼承阿保機的王位，按照父親所願，用兵中原，擴張勢力。其實，這個女人並不如史學家為她加上的定語，比起狠心二字她更加地明智和理性，甚至還有溫柔，她曾經和自己的兒子有過這樣的對話。

她問：如果漢人做契丹王，行嗎？

回答：不行。

那你為什麼非要當漢王呢？你就是得了漢地又能在那裡久留嗎？

回答：不能。

她是一個能夠深入人心的女性，知道國家、國王與國民之間的血肉關係，同時，她還是一個知道自己在什麼時候應該做什麼事情的女人，這是一種明智，也是一種對命運的態度。

後來耶律光德不聽母親的勸阻，為自己的一意孤行命喪欒城，他的靈柩運回上京時，這個冷靜的女性沒有哭，也沒有立即發喪，說是要等到各部落安定沒有發生變亂時再行喪禮。

櫥窗裡兩具大小、質地相同的王冠都是黃金鑄成，他們的重量都是六百六十克。黃金是具有象徵意義的金屬，無論過去還是現在它都代表著權利和至尊，兩具至尊王冠的區別是一具上刻有兩隻鳳鳥，另一具上雕刻著威風的猛虎，鳳和虎分別表示著國王的性別。除此之外，兩頂權利之冠沒有等級、從屬、厚薄之分，這樣的平等即使在當下，在女權主義呼聲極高的現代都是難能可貴的。

天祚皇帝是大遼國的最後一位皇上，遼太祖耶律阿保機的第八代孫，耶律大石在日薄西山時上書天祚皇帝，力主抗擊女真，收復失地，遭到拒絕。耶律大石策馬西去，絕望中的大遼人不曾想到，就在他們即將謝幕退出歷史舞臺的時候，另一個劇院的帷幕正在向他們徐徐拉開，他們沒來急問詢緣由就一頭衝了進去，並且很快他們就進入了角色，上演了一幕由契丹人編導的戲劇。他們也不會想到，這支人馬一直向西殺去，越過西域沙漠戈壁，綠洲草灘，征服了西亞的河中地區和花拉子模，八沙拉袞、尋思城，佔據了東起新疆中部，西達鹹海，北到巴爾喀什湖以北的巴哈臺山的廣大疆域，他們更不會想到，他們所取得的不僅僅是地理意義上的勝利，他們還在西域開創了繼漢唐之後西域的又一次盛世。西域因為契丹人而重新獲得了八十八年的繁榮昌盛。

而有哪個民族能像契丹人一樣，統治的五位皇帝中竟然有兩位女性，這是一個令所有女性振奮的消息。耶律大石開創的西遼只有八十八年的歷史，八十八年中出現了兩位是女性皇帝，這是契丹人的自豪，也是契丹人的榮耀。這種現象即便是在世界歷史上都極少出現。兩位女性在氣質和風格上與述律後有所區別，也有所是相似，這使得我們再一次對契丹文化中對女性的尊崇感到由衷的敬慕。

接任耶律大石的是他的妻子塔不煙。一直窺視西遼的金看到契丹的孤女執政，便認為耶律大石的時代已經結束，一個軟弱的女子塔不煙能成何大事，金國派了一名叫韓努的將軍出使西遼，途中正碰上了出獵的皇后塔不煙，韓努將軍以為自己是上國使者，奉天子之命前來招降西遼，既然是上國人，哪有下馬跪見的道理，不但不下馬，還出口不遜，擺出傲慢架勢。

史書上說，皇后大怒，殺之。雖是女流之輩，也是契丹的女流，契丹的女流與中原的女流從來就不能同日而語，契丹女流不畏強權，敢於碰硬，既然韓努不識相，遭了殺頭之災也是因果之中。

塔不煙在位八年之後由他的兒子即位，兒子去世後，皇位由妹妹普速完接替，普速完是個膽略過人的女子。如果說女人守疆域是本位的話，那麼女人拓展疆土就需要一顆外向的野心和一個俯視的高度了，假如普速完不具備這樣的條件，花剌子模怎麼有可能歸於西遼筆下呢。普速完作為西遼的第二位女王，是按照遺詔繼任的皇位，西遼的皇位繼承者不比漢室，漢室要選正宗的男性繼承者，凡女子能把持國家的，不是篡位就是垂簾聽政，名不正，言不順，盛唐時期的武則天儘管在大唐時代開闢了一個繁榮時代，她死後依然對自己的名分有著難言之隱，寫什麼都無法總結自己矛盾的一生，於是，留個空白。多少年裡我們都在猜測無字碑真正想表達的思想，這算是所有碑文中最高層次的表達了，她沒去寫自己的功過委屈和一生的風雨飄搖，但是，她分明又告訴我們了一些什麼。一個契丹女性，能夠在契丹人世代傳承的男女平等中順理成章地做自己想做的事情，繼承皇位和發號施令，更令人欣慰的是整個契丹族沒有異議地接受著自己的領袖，擁戴著一個女子的權利，這是武則天羨慕而無法得到的待遇。憑藉這樣的權利和普速完勇於擴張的信念，西遼的大軍揮師西去，消除了河中隱患，拿下了花剌子模。如果說有什麼遺憾的話，作為一國之君，在位十四年的普速完還沒有鍛造出強硬的控制能力，就使自己葬身於亂箭之下了。

走進新疆歷史博物館會使人產生一種強烈的缺失感，這裡缺失了西遼板塊，是因為它的短暫，還是因為外來。我不知道其中原因。還好，絲路博物館補償了這一缺失，它使我第一次被那些精美的西遼遺物震動，精緻的做工和獨具匠心的設計只能被開明、先進、寬容的國家創造，面對那些精緻的實物我在猜測，在那樣的國家裡，除了權利中的女人之外，其他女子是怎樣生活的，她們不可能沒為契丹文化留下印記，這麼精緻的遺物中不可能沒有她們的氣息，男人的創造是粗礪的剛性的，只有女性，才能精密地雕琢，才能綿密溫婉，才能真正使一件事物達到全面和圓滿。

對女性尊重的傳統使契丹的女子在成長過程中有了和男子同等的接受知識的機會，契丹的女性在性格養成中並不弱於男子，除了那些堅毅的掌控權利的女人外，她們還出了詩人、才女，出了寫下過威風萬里壓南邦，東去能翻鴨綠江詩句的蕭觀音，寫這詩句的時候，她是個備受寵愛的女人。

遼史中寫蕭觀音的篇幅給人留下的印象比馳騁疆場的任何一個契丹男性都深刻。她死於一段白綾之下，在自縊成為她唯一選擇的時候，她的了斷顯示出一種攝人心魄的魅力。後來的人常常為她鳴不平，尤其是那些為愛情而生生死死的才子佳人們。她是一個溫婉、執著，通曉詩文，能用漢文寫詩著作的女子，十七歲貴為皇后，從十七歲到年近四十與道宗皇帝過著恩愛的日子。

其實，從大遼走下馬背開始，契丹的皇帝們就一代不如一代，再也比不上他們的先輩們了，從大東北闖進長城，他們並未意識到他們的馬匹已經失去了草場，或許是懷舊的需要，他們喜歡上了涉獵，放出一隻豢養的虎或者鹿，在奔跑中追殺，自欺欺人地讓獵物死在自己手下，這種戰無不勝的涉獵逐漸演變成一種嗜好，他們開始沉湎其中而不理朝政。蕭觀音與道宗皇帝的隔閡就是在這時出現的，她為他疏於朝政而擔憂，以不甘寂寞的契丹女子的率真進柬，她的做法使道宗皇上大為不滿，難說這其中是否包含著某些嫉妒的因素，皇上的心裡開始抗拒這位多才多藝，在各個方面都比自己更為出色的女人。

四十歲以後，蕭觀音寫了一組《回心院》，《回心院》是寫給皇上的，因為皇上移情別戀，因為自己正在失寵，為了能讓皇帝聽到，她把詩稿交給一個叫趙惟一的漢族伶人譜曲演唱，最初她肯定不會想到這是自己在引火焚身。

進入漢人文化中的契丹在人與人的關係上，並不如我們想像的單純，他既然能闖出東北，衝下中原，它擁有的東西就不僅僅只是勇猛，它還偏於計謀，用於宮廷內部就叫陰謀。蕭觀音不幸地成了一場陰謀中的主角。如果漢人趙惟一是個女子會怎樣，至少這就構不成賜死蕭觀音的理由了，當然，在任何宮廷中，只要有人想讓你死，你終究都會死去的，這是宮廷的規則，尤其適合於漢王室，處處崇拜漢文化的契丹人也學會了這樣的規則。趙惟一是個男官伶人，與一個名叫單登的宮女在演唱《回心院》時發生了爭執，這麼哀怨委婉的歌，這麼能夠打動人心亦悲亦痛的歌誰都想唱，趙惟一和單登同時入宮演奏，兩人各彈了四旦二十八調，趙惟一的演奏技高一籌，被蕭觀音選中了。

單登心裡嫉恨，覺得皇后與趙惟一之間有私情，就將這事透露給了耶律乙辛，兩人一拍既合。耶律乙辛找人寫了一曲《十香詞》，大約是寫了女人身上的十種香氣，單登將《十香詞》拿給蕭觀音，聲稱這是宋國皇后所作。蕭觀音驚異於大宋皇后也能做如此詩文，覺得那詩雖放蕩卻極有功力。在單登的乞求下，蕭觀音為她抄寫了一遍，又在詩文下提詩：宮中只數趙家妝，敗雨殘雲誤漢王；惟有癡情一片月，曾窺飛燕入昭陽。這首正中下懷的詩文沒經過什麼波折就落到了皇上手中，趙惟一赫然詩中，怒火中燒的皇帝一段白綾相賜，可憐的蕭觀音就此了斷了自己。蕭觀音自縊後，道宗越想越生氣，又讓人將蕭觀音屍體扒了去，裹席埋葬。

為了痛斥耶律乙辛的陰謀，正史加進了撰寫人的立場，蕭觀音是被冤枉的，這是一場歷史的冤案。蕭觀音的孫子天祚即位後，將蕭觀音屍體刨出，重新裝裹以宣德皇后下葬，與道宗合葬一處。我倒認為，天祚本是好意，但未必就是蕭觀音所願，被耶律乙辛抓了把柄，這把柄何嘗就不是真的，能進契丹後院的趙姓能有幾人，那惟有癡情一片月怎麼讀，都是在說趙惟一，既然蕭觀音都無所避諱，後人又何必要掖藏著一段光天化日下的隱私。

蕭觀音是一個直白於愛情的女子，她有無數條愛上漢人趙惟一的理由，在整個契丹民族都崇拜漢文化的時候，她比別人更崇尚幾分，她的文學功底可以跟任何一個漢家女子比擬，甚至比她們更強一籌。她被皇上冷落，空寂的後宮需要有一個充塞物來填補她的寂寞，趙惟一幾乎是唯一的能夠以情感填補她空虛的人，他是一個伶人，舞臺與人生常常發生錯位，他感情充沛，又不計後果。除此之外，他還有著眾多男人不具備的俊朗外表、婉轉歌喉、譜曲才能，這些足夠使任何一個女人，包括皇后對之傾慕。

蕭觀音並未迴避什麼，惟有癡情一片月，就是寫給那個懂她的男人，即便是死，她也心甘情願。道是寫史的人羞羞答答，為了證明耶律乙辛的反面目，擡高蕭觀音的正面形象，將這段不言而喻的愛情說成是誣陷。我們需要的歷史記錄，應該是不帶有主觀立場的白描式的敘述。

回首契丹往事，中原簡直就像一張巨大的溫床，滋養和縱容著人性中的懶惰和懦弱，被浮華生活俘虜的契丹皇上們再也無法回到野心勃勃的過去，接受往日的激越和緊張。契丹女子的勸阻得不到結果，天祚皇上和他的祖輩們一樣，同樣不能容忍一個女子的勸柬，他的妃子蕭瑟瑟，活脫脫一個蕭觀音的翻版，她以幾乎同樣的心情擔心著大遼的國運，她重演了蕭觀音當年納柬的舊幕，結果，也有了與蕭觀音同等的結局。

蕭觀音和蕭瑟瑟的含屈而去彷彿一道預示，暗含了英勇的契丹已經大勢已去。

末世斜陽

車呼嘯著衝出天山，進入華夏第一州，巴音郭楞蒙古自治州。

無數次經過與和靜手足交映的和碩縣。我對和碩縣深刻的記憶是銀白閃亮的蘆葦，差不多每次經過這裡都在黃昏、在夕陽西沉的時候，日落把大地渲染成淡淡的寧靜，銀白色的蘆葦花閃動在公路兩旁，車窗外有絲絲的鹽碱味和水草味，這是典型的西部大自然的味道。縣城裡商店前、旅館頂部、車站旁都寫著豎行的蒙文，我一直以為，那些悠閒地走在街道兩旁樹下，滿臉鄉土滄桑的人是我想瞭解的那個人，但是，一個路途偶遇的魁梧英俊的維吾爾男人告訴我，和碩部與和靜的土爾扈特部分屬西蒙古的兩個部族。事實上，我對自己嚮往的事情根本就沒著邊際。

從上世紀九十年代第一次聽說有個叫烏靜彬的蒙古族女子遠離北京，在這裡詫叱風雲的時候，我就懷著一顆探詢的心嚮往著這塊土地，西蒙古的土地。現在我知道了，更嚴格地說，我想瞭解是位於和靜的西蒙古，是土爾扈特部的西蒙古，是土爾扈特部回歸後的日子，它與和碩部的蒙古族是兩回事。

乾隆為幄巴錫率領的土爾扈特部賜地巴音布魯克草原。這個部落一七七一年一月五日呼喊著「讓我們到太陽升起的地方去」的口號從伏爾加河畔啟程，浩浩蕩蕩踏上了回歸的路，三年後和靜成為這個部落永久的聚居地。多年以前在一本書上看到一幅黑白照片，是一九四七年包爾漢與滿汗王、烏靜彬、西謀珍在南京中山陵前的合影，烏靜彬紮著三角巾，站在滿汗王旁邊。她生於北京，父親貢桑諾爾甫是世襲親王，曾經擔任蒙藏院總裁及清華大學校長、蒙藏學校第一任校長，她的母親善坤是末代皇帝傅儀的三姐，被人喚做三公主。一九三〇年經多活佛提親，她從北京轉道蘇聯來到新疆和靜，與南路舊土爾扈特汗王滿楚克劄布成婚。那一年烏靜彬十六歲。

華美的夢想幾乎是一個十六歲少女生活的全部，十六歲的烏靜彬不會離這種夢想有多遠。在烏靜彬由少女成長為一個堅毅女人的歲月裡，我們可以暫時放下她，去追尋另一個矛盾而爭議的人物，他就是為烏靜彬提親的多活佛；在以後的歷史歲月中，不難看出多活佛的眼光是多麼的銳利和準確，他在眾多蒙古族女子中單單選擇了烏靜彬，她只有十六歲，十六歲，多活佛就看出了她的未來，看出她身體裡蘊涵著的政治能量。

對於多活佛，歷史遺留了不少資訊，儘管如此，我們還是有理由相信，他帶走的遠比他留下的更多，那份歷史中獨有的玄機和許許多多的為什麼隨著他的逝去飄散在南疆的漠風中，或許正是因為這些，歷史才舉棋不定，無法給出他公道的定論，無論什麼樣的結論都難以解釋他命運裡的悖論。

他的神秘首先來自他的出生，藏傳佛教有尋找轉世靈童的規定，在活佛圓寂當日出生的孩子會被認定為轉世靈童，新疆和靜巴輪臺汗王宮邸忙亂的人群在同一天感受到了雙重的悲喜，那一天西藏四世生欽活佛圓寂，在巨大的悲哀中，他們迎來了一聲巨大的哭喊，南路舊土爾扈特二十六世汗布彥綽克圖第四子出世了，於是，這個孩子理所當然地成了四世生欽活佛的轉世，第五世生欽活佛。他是生欽活佛中轉世最遙遠，也是唯一一個蒙古族的活佛。

年幼成佛，是榮耀，也是漫長的疼痛，幸運的是生於汗王家庭使他比別的活佛更多地享受了天倫，他可以暫時待在和靜的王府裡，只是好景不長，七歲時被護送到西藏戈拉丁寺院受戒，在娃子爾達仁大喇嘛的教誨下學習佛經，歷時十載。

學成回歸時，十三世達賴喇嘛土布敦加木措接見了他，將「土布敦」三個字賜給他，授予他「土布敦奴朝木爾勒」封號，從西藏回歸和靜後，他一直在巴輪臺黃廟研究和講授佛法經典。如果他一直潛隱在黃廟中，他會是一位受人愛戴和敬重的活佛，他的思想會普照眾生，為那些受苦的人們解除痛苦，將他們渡向幸福的彼岸。但是，歷史的玄機總是在一剎那改變整個航船的方向，他在偶然中結實了新疆第一號人物楊增新，他的航線從此偏離了佛境，一步步衝向政治的旋渦。

或許，這才是多活佛人生篇章的真正開端。在此之前，他只是吸吮，在佛教的光芒裡吸吮著陽光雨露，他一口口地飽餐，不住地吸納，但是，他沒有舞臺，黃廟作為他的人生舞臺實在是太小了，隱藏在山溝中，那裡有殿宇、佛塔、僧舍，作為一方廟宇該有的都有了，可那只是一座廟宇，他想主宰的、能夠主宰的僅僅是部分人的精神。

還有其他的，一片疆土、一個政令、一種權利，這些也需要主宰，這個世界就是需要一些人去做主，去維護既定的原則，創立新的規則，去代替別人行使權利，當多活佛的兄長布彥蒙庫汗於民國六年暴死，兒子年僅一歲不能攝政的時候，多活佛悄聲地從他的坐榻上站立起來，舒展筋骨，走出寂靜的黃廟，走進紛繁事端的塵世，他開始參與汗務，主持蒙政，正式進入自己的政治生涯。

他是西蒙古歷史中最有遠見卓識的、具有創新精神的、致力於改革的領袖人物，這是歷史對他的一種評判，但他，同時又是一個有爭議的人物，那些被他的逝去帶走的事實已無處找尋，僅僅從他在危難時期被釜底抽薪一例，就能說明一個問題，在他當政時期，冒犯了部分人的利益，其中有西里克圖薩魯克齊，他多次想將自己的女兒西謀珍許配給滿汗王，都被多活佛推辭，在他的力主下，為滿汗王選擇了烏靜彬，但是，一個人的權利隨著他的遠去也會喪失作用，滿汗王最後還是娶了西謀珍為自己的二福晉，類似的怨恨在不知不覺中結下了許多，終於，以西里克為首的一部分人極力反對多活佛，他們偷了汗王印璽逃亡迪化。怒氣衝天的多活佛，沒收了他們的家產，將他們的家屬流放到荒無人煙的地方。

嚴格地說，多活佛政治生涯的完結，並非那些結冤的人們，他們只是推波助瀾的客觀因素，更本質的事實是，作為獨攬新疆省軍政大權的金樹仁早就知道楊增新與多活佛之間的親密聯繫，多活佛精銳的部隊和騎兵怎麼說對他在新疆的統治都是嚴峻的威脅；多活佛不剷除，他的後患就無法消除，在哈密小堡事變中，金樹仁指令多活佛進軍東疆，多活佛看出了其中原因，以目疾甚重為理，以軍馬都進山放牧為由拒絕了金樹仁的要求。

多活佛可以逃亡。西藏、蘇聯、印度，只要離開和靜，離開新疆，他依然是佛徒們熱愛的活佛，但是，他沒選擇逃亡，而是攜帶大量金銀，隨從監押，先到黃廟拜佛，而後取道省城迪化。

這恐怕是多活佛一生最糟糕的一步棋了，獨斷、堅毅的多活佛在最後時刻流露出了善良的佛性，他企圖以金錢、以人情感化金樹仁。但是，他一到迪化就被金樹仁監禁，然後被秘密殺害。被殺害時只有四十六歲。

這時的烏靜彬十七歲，丈夫滿汗王十六歲。南路土爾扈特的大權統歸於滿汗王。如果滿汗王能夠擔負起自己的責任，烏靜彬是一個坐享富貴的女子，但是紛亂的世態沒給這對剛剛走進婚姻殿堂的戀人享受生活的機會，金樹仁時代已經結束，代之以盛世才，在一次宴會上，盛世才以大陰謀暴動案為理由將滿汗王軟禁起來。直到七年以後，滿汗王再返人間時他已經是一個深受摧殘，患有嚴重精神分裂症的廢人。

女人，在歷史過程中總是扮演亮點的角色，很難想像一個沒有女人參與的戰爭和建設是多麼的枯燥乏味，女人參與，在某種程度上主持一方事務，那麼，這個女子所代言的歷史部分不僅有了亮點，而且還有了小說一樣的一波三折、跌宕起伏，還有驚心動魄。烏靜彬沒有退路，多活佛被秘密殺害，滿汗王被軟禁，南路土爾扈特需要一個代言人，需要一種能夠凝聚的力量，烏靜彬站了出來，以她女性特有的優勢料理蒙部事務，接觸社會各界人事，加入國民黨，最終把持了舊土爾扈部事實上的最高統治者的地位。她的目標很明確，就是要恢復舊土爾扈特南路烏納恩素珠克圖蒙，為了這個目標，她頻繁往來於國民黨上層之間，率領控告團到重慶向蔣介石控告盛世才對滿汗王的迫害。她很年輕，政治上卻顯得成熟，其實，與其說她成熟，不如說她執著，在她的堅持不懈下，恢復土爾扈特南路烏納恩素珠克圖蒙的請示得到了批復，一九四七年七月經南京蒙藏委員會認可，國民黨新疆省政府批准，正式宣佈恢復舊土爾扈特南路烏納恩素珠克圖盟。由滿汗王出任盟長，烏靜彬任副盟長。

同時游走於政治領域的烏靜彬和多活佛有著十分相似的一面，他們都不約而同地將教育當做民族崛起的武器，多活佛強令孩子入學，原來巴侖台喇嘛寺有三個學院：且勒學院，是學習佛學哲理及天文數理的學院；芒布學院，是學習醫學的學院；加特波學院，是學習法術祭祀的學院。多活佛將加特波學院改為學習近代工業知識的學院，把那些教授法術咒語的喇嘛趕出廟宇，又從蘇聯聘請教師，那該是新疆歷史上真正意義上的一所大學。同樣，烏靜彬也是傾其所有的嫁妝創辦了幼稚園、小學和中學，她把那些牧民的孩子從草原上接到和靜，送到烏魯木齊、蘭州、北京學習。面對掙扎在生存線上的土爾扈特部族，什麼才能拯救過去的文明，是政權，還是發達的經濟，是醫療，還是佛祖的保佑，多活佛和烏靜彬做了同樣的選擇，那就是教育。

土爾扈特，一個偉大的部落，在夕陽西沉的時候，我們看到了一個年輕的女性還堅守在他淩亂的隊伍中，用孱弱的身軀帶領著前進的方向，她知道她活著的意義，更知道土爾扈特於衛拉特的意義，於西蒙古的意義，於蒙古族的意義，甚至於世界的意義；她極力恢復的東西，正是即將被歷史洪流淹沒的東西，她知道大勢已去，知道她的努力只是一腔空悲切，但是，她是一個務實的人，她堅信，哪怕延長一年、一天、甚至一小時，這個部落的歷史記載都會向前延續更長，震驚世界的東歸史就會更深刻地延長自己的意義。

王族之子

在中國北方的版圖上，匈奴是出類拔萃的，他們對戰爭的熱衷和興奮常使他們處於各種事端的前沿，他們四處出擊，馬隊在西漢和烏孫的領地上自由穿梭，令人煩惱不堪。漢武帝採納張騫的建議，與烏孫結盟，斷匈奴右臂，這是個兩全的策略，也正是烏孫所求，兩者一拍即合，只是，後來烏孫更進一步，提出願得大漢公主，還慷慨地以馬千匹為禮。既然已結盟好，一個公主算得了什麼，江都王劉建之女細君成了以政治目的出走烏孫的第一個大漢公主，在以後的中國歷史中，為確保一方安寧，與異族聯姻的事例頻頻發生，纖弱細緻的漢家女子至此開始背負起國家的安全使命。大唐甯國公主遠行回紇之前，對送別的父皇說，國家為重，雖死不恨。這話出自女子之口，有著驚天地、泣鬼神的分量。

其實，漢室嫁女早在劉邦時期就已經開始，那時多是漢族高層人士之女嫁給少數民族首領，漢初高祖曾經被困平城，幾乎成了匈奴的俘虜，剛剛平定局勢的西漢，實力很弱，難以對抗匈奴，有人建議與匈奴和親，把劉邦的女兒嫁給匈奴單於為妻，劉邦也覺這個主意不錯，但是自己的親生女兒，怎麼捨得放手，劉邦想了個置換的辦法，以宗室千金冒充，卻遭到了大臣們的反對，大臣們認為，既是和親，就得有信用，不可假冒，引來報復，無奈中劉邦還了長女魯元公主，可魯元公主已經出嫁，丈夫叫張敖，為求一方平安，劉邦也顧不得其他了，話到了呂後處，哪能輕饒了劉邦，呂後誓死不從，親生女兒，血脈相依，絕對不能遠嫁匈奴閉塞之地。這次婚嫁最終還是實施了，只是嫁出去的不是劉邦之女，而是宗室的其他女子。先河由此打開，通婚成了歷代王朝穩固邊疆的一條妙計。

當然，中原也不是只出不進的，送走了公主，他們接納了質子。和親與遠送質子都是令人痛心的事，這是一種戰爭的變異，是對人性弱點的利用和打擊，那些王室之子、之女，在不諳世事的年歲、在青春懵懂的季節、在幻想幸福的初期，就被一紙皇諭發配，從此，天高地遠離開故土，做質子或人妻，在一段很長的時間裡，塔里木河流域的于闐、龜茲、疏勒、鄯善各國，都有以人質身份入住長安的。讀西域歷史會發現，西域雖然有著最優秀的疆場，平坦，一望無際，適合擺開戰場，兩軍對峙，也更適合戰馬奔騰，紅塵飛揚，但是，實際意義上殘酷的驚心動魄的戰爭場面在這裡並不多見，西域小國總是難以糾集形成大氣候，面對危難，他們想到更多的是保全，自己的性命、國家的存亡，還有人民的生活。許多國王面對外族壓力都顯得無奈，他們為了國家利益是具有犧牲精神的，當時的樓蘭國地處匈奴和西漢爭奪的敏感位置，在兩國的夾縫中求生存，誰都不敢得罪，為表示友好，也為了表示對匈奴和大漢的忠心，國王把自己的兩個孩子分別送去做人質，一個送到匈奴，一個送到西漢，樓蘭的命運被兩位王子牽繫著，而這樣的討好並未解決問題，匈奴大漢勢不兩立，兩難的樓蘭王不是得罪這個，就是向那個道歉。那時，各國被送的質子必須是王子，若發現不是王子，會被視為欺騙，要受到制裁，據說，當年康居王曾送子到漢作質子，後來有人上書言說康居所送之子並不是康居王的親兒子，漢朝對此事很是認真，核實結果，質子確實是康居王子，並無虛假，康居國才倖免了一場重大災難。

身為質子，凡是能堪破點世故的，在長安都是今朝有酒今朝醉，明智點的質子對自己的未來早已看的清楚明白，卻是無能為力，杅彌國太子賴丹先在龜茲後在漢朝做人質，昭帝時候被西漢送回輪臺料理屯田事務，回來不久就被龜茲人殺害了。比起賴丹，樓蘭國在漢的質子要機智些，樓蘭王被殺掉後，漢王朝讓在長安的質子去做樓蘭王，質子不幹，說身在漢久，今歸，單弱，而前王有子在，恐為所殺。他說明了自己不願意回去，回去只有死路一條，但又擰不過朝廷，漢朝廷養兵千日，就待這關鍵時刻讓你質子衝上去呢，在不得已中，樓蘭質子提了個小小的建議，樓蘭國中有伊循城，其地肥美，願漢遣一將屯田積穀，令臣得依其威重。意思是自己能帶一支軍隊去屯田，依靠這支軍隊的勢力，是可以站住腳的。後來，他的確站住了腳，並且將這一地方發展成了西域有名的米蘭，米蘭城不僅在西域，在中國，就是在世界都是眾所周知的地方。其實，作為一個質子，來去全不掌握在自己手中，生還是死全看命運的指向。

初期的西漢政府對匈奴的主要策略是和親，這話寫進歷史很尷尬，戰爭是男人的事業，戰爭的口號是讓女人走開。將女人推進戰爭違背了戰爭的一慣原則，也輕視了男人強壯的體魄和好勝的自尊。但是，西漢的男人們的確玩了這把遊戲，不僅如此，所有兵法書籍都對這種發明不勝得意，稱作美人計。作為一個漢人的後裔，在讀這段歷史的時候，我心中的天平總是偏離了漢人的中心，匈奴有理由讓歷史看重，美人計怎麼樣，大漢的女兒我要，大漢的土地我還是要，匈奴人並未因為你漢人敬獻了多少公主而停止對中原的騷擾，匈奴大軍有自己的目標，為了既定的目標他們照樣出擊、進攻，美人計可解一時之急，卻不能解長久之困。

當然，對於漢人，即便是一時之急都有了緩衝的機會，使他可以重新布兵強體，劉邦曾經親領三十三萬大軍北擊匈奴，被圍困在白登七天七夜。陳平施的就是美人計，獻美人給匈奴單於，匈奴閼氏怕漢人美女與自己爭寵，勸冒頓暫時撤了兵，「白登之圍」才得以解脫。漢人用計很刁鑽，通過這個事例婁敬看到美人計切實奏效，就向劉邦提出與匈奴和親的主張，婁敬和親多少有些陰險，把大漢公主嫁給冒頓單於，多多送去嫁妝，匈奴人必然會慕錢財而愛慕公主，生子必為太子，將來接替單於掌管了匈奴，哪見過外孫打自家外公的道理。和親政策出臺於國家的危難時刻，並不奇怪，奇怪的是劉邦之後的惠帝、文帝、景帝，一直延續到大唐，如此輝煌發達的國度卻沿襲著和親的政策，這讓我們無意間瞥到了一種人性的虛弱，看到了那些以佔有為目的的男人世界中的自卑。

其實，漢武帝時期是廢除過和親政策的，他休養生息七十年，當國庫充盈，軍事力量大到足夠對抗匈奴的時候，他廢除了和親政策，讓那些真正的男兒出征向對手進行了真正意義上的軍事打擊，衛青橫掃河套南部直至隴西，霍去病深入河西走廊，捕斬匈奴王子、相國、都尉上百人，大勝而歸。在決定性的戰役中衛青與霍去病聯手十萬精騎和數十萬步兵，越過沙漠尋殲匈奴主力，徹底解決了上百年的邊疆隱患。

到此為止，和親本該結束了。但是，漢人的心中祖祖輩輩都裝著一腔虛榮，闖過生死關頭那是治國安邦的第一步，漢人要滿足的是心理上的大國感覺，是眾人跪拜，舉手稱臣納貢，是我隨手拋下施捨，你感恩高呼萬歲，這種感覺真好，為了這種感覺，和親還需要繼續。不過，漢人為和親重新規定了它的性質，叫施捨，條件是臣屬於漢。

昭君和番是漢人這一心理的寫照，這使漢人有點趾高氣揚，昭君是賜於匈奴單於的，是讓匈奴在感激之下永遠地臣服於漢，她的娘家理直氣壯，這樣的後盾，使昭君的境況比武帝早期的公主出嫁優越的多。到烏孫的細君和解憂公主與昭君一樣，也是皇上賜予的。但是，即便是賜予了公主，烏孫與大漢的合作也並不如漢室想像的那樣簡單。烏孫自有難言之處，這幾乎是所有西域國家的共同之處，漢朝天高地遠，不是說依附就能依附得上，匈奴就在自己身邊，以匈奴的剽悍威猛，烏孫的國運並不樂觀，所以，即便聯姻了大漢，匈奴的示意也不能不尊重，烏孫王昆莫在娶了細君公主之後，又納了匈奴公主為妻，稱細君為右夫人，匈奴之女為左夫人。

細君死於烏孫，另一個公主解憂繼續出嫁烏孫，她是一個出色的女子，不但使大漢驚訝，也使整個西部歷史為她驚訝，她以自己的政治才能使烏孫大漢合力對付匈奴，更重要的是她身後的影響力，她生了四男二女，都對漢文化由衷的熱愛，長男元貴靡為烏孫王，次男萬年為莎車王，三男大樂為左大將，長女弟史是龜茲王妻，二女素光為若呼翕侯妻，以後，解憂的孫子、重孫相繼為烏孫王，他們自稱是漢室的外孫。解憂不辱使命，真正完成了婁敬當年設想的美人之計。

成功的解憂在西域生活一生，我總是在想，與成功、榮華為武的解憂在某個朗月之夜是否也如細君一般地願為黃鵠兮歸故鄉。解憂不是細君，漢帝不會心情沉重，擔憂惦念，因為有了解憂，他對和平的邊境可以坐享其成了。但是，解憂呢，誰關注過她的內心需求和思戀。

隔世相遇

我們感懷一個古人，是通過文字、書籍、他用過的器物、留下的墨蹟、住過的房屋、走過的道路，我們思念一個古人總是要借助於其他。站在張雄面前，我才發現，這些可以全部省略了。

新疆維吾爾自治區歷史博物館停放著七具古屍，樓蘭美女幾乎是所有乾屍中的亮點，因為是美女，人們強烈地想知道她真實的模樣，博物館在走進乾屍館前建了間一草棚，像古裝片中敗落的驛站或路邊茶坊，復原的樓蘭美女恬靜安適，坐姿姣好，依在木椅上。對於這樣的再生我並不看好，它使我在面對那具乾枯和深褐色的屍體時喪失了所有想像，甚至感到了一絲莫名的醜陋和恐懼。

張雄的屍骨掩埋在吐魯番阿斯塔那第二〇六號墓穴中，現在，他被移入烏魯木齊，存放在博物館的乾屍展廳中，是七具乾屍中唯一有背景可尋的人。其他幾具古屍都是寫意的，沒留下記錄，最富盛名的樓蘭美女也是後人為她取的名字，對於那些古屍，我們能做的是發出一些感歎，或者是按照我們的期待為他們賦予一段永遠無法考證的假設。而張雄卻不同，他是寫實的，一米八的身高，魁偉的氣度，略微彎曲的雙腿，尚未平靜的面目堆積著滿腔憂怨，這憂怨彷彿就發生在昨天，在剛剛進行過的一次爭吵中，他遲遲不肯化為烏有想必是還有話要說，有怨氣要消解。雖然，他的古屍出土已三十多年，而他去世之日是西元六三三年，離今天已近一千五百年了。一千五百年的鬱積到現在都不肯化解。

站在透明的玻璃框前，與古人的距離僅一步之遙，看著近在咫尺的張雄，時間剎那間發生錯亂，光陰倒逆，隔世相遇，張雄時代的吐魯番是麴姓高昌王朝，據說當年前秦大將呂光率七萬人馬征討西域，打到武威時呂光另樹旗幟，建了新政權，歷史書籍為他記了一筆，稱他的政權為後涼，建了後涼的呂光派兒子呂覆繼續西征，駐紮到西域高昌，跟著呂覆的人中有麴姓的臣僚眷屬，麴姓是漢姓，這些漢人在遠離中原又告別武威後開始了祖祖輩輩的西域生涯。

建立高昌國的是天山北麓的柔然人，這群被北魏太武帝拓跋燾侮辱式地叫做蠕蠕的人，在他最強盛的時期勢力遍佈西域，北到貝加爾湖，南抵陰山北麓，東到大興安嶺，西及準噶爾盆地和伊犁河流域，他們建立高昌國，扶植了一個叫闞伯周的人為國王，後來又被一個叫馬儒的人取代。馬儒想要遷回內地，高昌的舊人卻喜歡上了吐魯番，不願東歸的人合計著殺了馬儒，選舉麴姓裡的麴嘉為王，作為一群漢人的代言，從那以後，麴氏在西域的土地上發展著高昌王國，傳承十代，歷時一百四十年。

高昌麴氏家族除麴嘉外，最有名的當屬麴伯雅和麴文泰，他們當政時期的高昌是吐魯番歷史上最輝煌的時期之一，這對生活在吐魯番盛世和繁華中的皇族父子，在他們的時代裡演繹了對中原的充分信賴和嚴厲拒絕。

麴伯雅時代高昌國與漢人是親和的，當年，隋煬帝出訪西域，麴伯雅召集了西域二十七國國王立道兩旁迎候，那陣勢震驚了西域各地，麴伯雅也去過長安，回國後，立刻在高昌推行漢服，惹怒了想控制高昌的鐵勒人，因為親漢，他被趕出了高昌。他的去向史書中沒做詳細記錄，陪著他一起流亡的人就是平躺在我們面前的張雄。張雄是漢人，生在高昌長在高昌，父輩世居高位，他的姑母是麴伯雅的妃子，在那樣的時刻，他很自然地成了麴伯雅最信賴的人。與國王同甘共苦的人，必定是最值得親信的人，當麴伯雅復國後，張雄與國王之間的感情遠遠地超出了國王與臣民之間的主僕關係。要說遺憾，那就是回朝後的麴伯雅再回頭眺望中原時，那裡已戰火紛飛改朝換代了。隋朝覆滅，與他一起攜手高昌共飲美酒佳餚的隋煬帝成了歷史中人。一時間無法與唐王朝建立更加密切關係的麴伯雅，像斷了線的風箏，在無所目標中鬱鬱寡歡，終而死去。

繼承高昌國王位的是麴伯雅的兒子麴文泰，我一直覺得麴文泰是個有著宗教情懷的人，同時又是個有獨立尊嚴和信譽的人，這兩點在他那個時代和他所處的西域環境中是十分難得和可貴的。

年輕時的麴文泰跟隨父親去過長安，領受過世界一流大都市的雍容奢華，他還見過唐太宗李世民，進貢了珍寶，李世民也賞賜給他眾多的金銀，歸國時路過蘭州，他將李世民賞賜的金銀全部敬獻給蘭州修建木塔，從那時起，他流露出了對佛教事業的虔誠和熱心。玄奘西行印度求取真經，隻身一人來到哈密，按照原計劃，玄奘將走北線，從哈密向西北，經吉木薩爾北庭故城向西前進，如果那樣，他將繞過高昌，與麴文泰擦肩而過。玄奘到達哈密時，恰巧碰到了高昌國的使者，使者很快將玄奘在哈密的消息報告了麴文泰，麴文泰立即派大臣帶著十多匹好馬趕到哈密，誠懇地邀請玄奘到高昌做客。

麴文泰和王妃一夜未睡，一面讀經，一面敬候玄奘法師的到來。玄奘進高昌，一見面就開始問禮，時至天際破曉，他對佛學的尊崇不但感動了整個高昌國，使那些子民們跟著國王一起信仰佛祖，他甚至也感動了玄奘，在這個遙遠的古道上，竟然有這樣一塊豐澤的土地，竟然有這樣一群人，他們對佛教的篤信不僅上升到了全民的集體性行動，而且作為一國之長的國王，能夠放下架子，親自問禮，並在玄奘講經的時候手執香爐迎接玄奘入帳，在三百名聽眾面前跪在地上讓玄奘踩著他的背坐上法座。這種深入骨髓的熱愛使玄奘感動之極，感動之極同時又無法消受。

起初，麴文泰執意挽留，勸說玄奘不要去西天取經，後來關壓，不讓玄奘西去取經。玄奘也不示弱，以死抗衡，用絕食表明自己西行的決心，兩人相持不下，這是一場心靈的較量，一場信念和決心的抗衡，最後還是麴文泰讓步了，一國之君本是可以採取極端手法挽留玄奘的，他沒那麼做，非但沒那麼做，還與玄奘互結兄弟。他揮淚告別玄奘，兩相相約待玄奘西天歸來，一定在高昌住三年，受國王和弟子的供養，他為玄奘的西行準備了往返二十年的費用，又寫了二十四封書信，請高昌以西的各國讓玄奘順利通過。對於麴文泰來說，這是他所能辦到的最豐厚的行裝了，玄奘走的那天，高昌城的僧侶、大臣和百姓傾城出送，麴文泰抱著玄奘慟哭不已，親自送了數十里路程。

雖然麴文泰在貞觀四年入朝覲見了唐太宗，但是，對這個極具獨立意識的國王來說，那並不意味著我是你的附屬國，我有我的意志、我的領土，對我來說需要的不僅僅是保全，我還要擴張，讓高昌國更加的遼闊。麴文泰繼承了麴伯雅的國家，繼承了他的土地和人民，但卻摒棄了父親親漢的外交政策，他與西突厥做了聯手，向東拿下了哈密，向西攻陷了焉耆，又將西域前往大唐的使臣全部扣押，這等的不畏強權在西域歷史中不多見。張雄也是這個時候開始對新國王表示不滿的，麴文泰對大唐的態度違背了先王一貫的主張，也違背了漢族血統親和的倫理，張雄跟麴文泰是表兄弟，雖然輩分平等，張雄卻功高過人，他的責任感也更為強烈，在他看來，說服麴文泰歸附大唐是他的本分，也是報效麴伯雅和先祖列宗的責任。

對麴文泰與西突厥的聯手，漢史家們紛紛揮毫譴責，他的不合作、不迎合、不謙虛、不送人質，他的所有的不依附於漢人的決定都成為高昌滅亡的理由，特別是當他的對手是大唐太宗時，他在這場歷史的戲劇中所扮演的角色就只能是個糾集一小撮人抗拒歷史大趨勢的小人物。當寫史的人將自己的主觀概念加入歷史篇章的時候，歷史就變得花俏起來，變得有了目的性和政治立場，變得麴文泰終於成了一齣戲劇中的反面角色。

張雄的鬱積越來越深，跟了先王那麼多年，他的骨子裡早已積澱了深厚的漢人情結，麴文泰的剛愎自負讓他憂心忡忡，再看來勢兇猛的唐王朝，不是說與其不合作就能不合作的，歷經一百四十年的麴氏家族應該持續下去，高昌該是個世世代代永存不倒的西域大國。但是，他的說服是無力的，他無法撼動麴文泰寧為玉碎不為瓦全的主張，作為一個臣子，他只能獨飲烈酒，鬱鬱寡歡。

樓蘭王曾經有句中肯的名言：小國在大國間，不兩屬無以自安。張雄的勸說沒起任何作用，麴文泰偏不信這個邪，他拋下與大唐早期締結的友情，反目相擊。這一招使麴文泰成為西域史中最不明智的一個國王。不過，他同時也是最具獨立精神和鮮明個性的一個國王，他看到了高昌的實力，霸主一方，做一個坦蕩獨立的國王是他的底線。如果說歷史的結局不青睞於他，那是因為他遭遇的對手是唐太宗，一個在一定歷史時期主導歷史進程的人物，在這樣的人物面前，他被貶損為不識實務，對於他來說，天時、地力、人和，所有的條件都不具備，他的出降只能成為必然，唯一告慰的是，最終他選擇了死亡，一個體面的投降方式。

唐太宗打高昌是志在必得，他將哈密附近的西伊州改為伊州，讓它完全成為等同於內地的一個州縣，明確表明了自己向西推進的意圖。史書上說，高昌王不聽忠言，執意與唐朝對抗。其實，剛剛拿下高麗和塞北的唐太宗已經將下一個目標鎖定在西域，麴文泰的東進西攻僅僅是給歷史言說留下了一個理由，給了唐太宗一個藉口，因為你攻了漢人的哈密，因為你占了漢人的焉耆，所以大唐一定要拿下你高昌。

在這場對抗中，麴文泰真正的悲哀不是敗給了李世民，而是西突厥的失信，那些騎在馬背上游走於荒郊野外的人們，那些與高昌曾經稱兄道弟私結盟約的人，在大唐兵臨高昌城下時，騎著他們上等的白馬頭也不回地策馬揚鞭，輕煙而去。

玄奘西天歸來，走至疏勒，聽到了麴文泰的死訊，仰望蒼茫群山，有著堅韌毅力的一代佛法大師竟是掩面而泣。我想玄奘的悲戚不僅僅是兄弟的先行而亡，他會不會還有一種說不清道不明的酸楚，如果不遇到唐太宗，麴氏的高昌王國是否可以延續下去、繁榮昌盛下去。

于闐，心有所向

天竺國阿育王得一王子，阿育王在巡遊時遇到占卜相士，請為小王子看相，占卜人見王子相貌出眾，預示王子將來的權勢地位要超過阿育王，阿育王心生嫉妒，將王子扔在出生地于闐。王子被拋棄，北方天王和吉祥仙女用地乳養育了王子，並給王子取名叫地乳，北方天王又將王子獻給漢王作子，地乳在漢地生活多年後，重返于闐，這位由漢人撫養成人的王子，後來建立了于闐國。古代的于闐國，即現在的和田地區，地處塔里木盆地南沿，東聯且末、鄯善，西通莎車、疏勒，盛時領地包括今天的和田、皮山、墨玉、洛浦、策勒、於田、民豐等市縣。

于闐，是個遙遠的國度，即便在首府烏魯木齊，都覺得它遙遠，它像一枚躺倒的綠色橄欖，坐落在塔克拉瑪干以南、崑崙山以北的綠洲上，在一條狹長的通道裡打點著自己的江山，令人驚訝的是，在世代的歷史變遷中，它與中原始終藤蔓相依、不離不棄，是什麼牽絆著這種親密關係，又是什麼支撐著于闐人，能夠長久地保持著這份堅持，于闐與中原，是如何構架起心有所向的父子關係的。阿育王丟子的神話，在每個于闐人心裡都不是空穴來風，而是一種信念，至少，是一種暗示，暗示著漢人與于闐人之間從遠古以來就存在著的唇齒相親。

這種相親關係的事實被考古頻頻驗證著，比如《魏書・西域傳》中說自高昌以西，各個國家的人都是深目高鼻，唯有于闐國人的相貌不似胡人，頗類華夏。乾隆時期有縣誌說，回人呼叫漢人為赫探，和田，是赫探的諧音。殷商時期，商王武丁的妻子用青玉碗飲茶、白玉盆用膳，都是用于闐玉雕琢的，再往前，追溯到西王母時期，在崑崙山上與穆王白玉相贈，和田玉石潤澤、堅硬、亙久，這種屬性對應到人的品格中，就是仁義智勇的君子之德，君子之德是漢人對高尚人格的規範，也是于闐人世代所追求的品質。

二〇〇六年十月，我有過一次橫穿塔克拉瑪干沙漠的旅程，那是一次期待已久、做了充分準備的旅行，但是，即便如此，旅程還是給了我極大震撼。旅程從飛機降落喀什機場開始，喀什那一夜，彷彿是閱盡人間繁華，喀什的繁華不是內地大城市的參天高樓、霓虹燈影，喀什的繁華像豔麗的艾德萊絲綢，長長地鋪設開來，裡面是擁擠的民居閣樓，熱鬧的巴扎，喧囂的人群，沸騰的騾馬，叮鐺作響的銅壺銀盤，以及夜不歸宿的醉漢和街道林立的看板；喀什的繁華體現在熱鬧上，如一幅民族版的清明上河圖，人氣旺盛，鄉土氣濃厚，一派十足的生活氣息。

第二天，我們一行九人開始了塔克拉瑪干的穿行。穿行包括兩部分，第一部分是于闐古國的穿行，另一部分才是塔克拉瑪干沙漠的穿行。塔克拉瑪干沙漠的穿行是人與自然的對話，領略沙漠的寬廣和浩瀚，內心激起的是對大自然的敬畏，而于闐古國的穿行，各路紛繁複雜的事件和人物在腦海播放，時間在回顧中停頓、冥思、回閃。

車出喀什，昨夜的繁華一掃而盡。一條筆直的公路向東方延伸，車窗外除了貧瘠的荒漠，還有豐茂的綠洲，像一粒粒明亮的珍珠點綴在荒漠上，每一片綠洲在遠古的某一時期都有可能是一個國家，有國王、國民、法律和豐富的民間生活，後來，他們被于闐國一統，成為于闐勢力中的一部分，歸附于闐是幸運的，他們有了強有力的保護，無論是在政治、經濟、還是在軍事上，于闐在很長的歷史時期中都是塔里木南麓最強盛的國家。

英吉沙之後，進入莎車縣境，莎車曾經是個國家，在歸附于闐國之前一度雄霸於塔里木南麓，漢宣帝時期，莎車老國王沒有後代，他曾經在長安見過解憂公主的兒子萬年，很喜歡那個年輕人，而莎車國的民眾都嚮往依附漢朝，更想與烏孫結為邦交，於是，莎車王出面邀請萬年在他死後到莎車做國王，萬年接任莎車王時二十多歲，正是風華正茂，他穿越天山來到塔里木南麓的莎車國，成為一方土地上的新國王，但是，萬年年輕，根基淺顯，一上任就顯現鋒芒，得罪了莎車貴族，沒多久萬年就被殺害了。到了漢元帝時，莎車王子延作為侍子來到長安，在長安，他與西域各地派去的侍子一樣，盡享著大漢的富裕與奢侈，不僅僅是物質上的，還有精神的和思想上的，被漢文化薰染後的延，在回到莎車繼承王位後，舉手投足間都顯示著十足的漢式風格，他推行漢朝中央政府政令，以漢制典章治理自己的國家，帶領莎車國一躍而起，《後漢書・西域傳》中說，在塔里木盆地周圍的各國中，唯莎車王延最強。後來，他的兒子康繼位，繼續遵循父親的遺訓，與漢朝積極靠攏，密切往來，到了東漢，政府封康為漢莎車建功懷德王、西域大都尉，授命他統轄西域各地，這個授命石破驚天，西域許多國家都把這一任命看做是自己國家擺脫匈奴的好機會，紛紛向康表示親近，願意聽從康指揮，這使莎車在西域的威望大大提升。

如今，莎車是新疆最大一個縣。到莎車縣城時正值中午，烈日當頭，我們的車放緩步伐，碾過塵土，碾碎陽光。當看到一家小飯館門前有鐵制烤爐，烤爐一角擺放著燻黑了底部的白色搪瓷缸子時，我興奮地對同行人說，那叫缸子肉，是南疆的特色小吃，缸子裡清燉著羊肉，是將羊肉切大塊，單獨放入缸子裡，再將缸子放在烤爐上，慢火煨熟。那些搪瓷缸子整齊地擺放在鐵爐上，大多年代已久，因為年久，使得缸子裡的羊肉也變得古老，這種古老對內地來的人是有誘惑的；大家下車，情緒高漲地進了館子，遮陽棚遮了的燦爛的陽光，館子裡黢黑油膩，坐等在原木條椅子上，更顯出了古舊氣息，等缸子肉端上桌後，一人手裡把持著一隻缸子，大家都悶頭不語，從不大的缸口裡伸進木筷，撈出清燉出的羊肉塊，吃得很珍惜很認真，時間彷彿拉回到上世紀七十年代，舊時的館子、舊時的缸子、舊時的人們對待食物的獨享心態，都在這間黢黑油膩的館子裡一一閃回。

喀什繁華的一夜，暫時忘記路程，待踏上荒漠路途後心裡倏地一陣慌亂。新疆行路，饢要背在身上，心裡才不慌，心情慌亂，是少了饢的緣故，於是，在大家悶頭關注缸子肉時，我走出館子，透過刺目的陽光，看向馬路對面，馬路寬闊發白，人卻不稀少，馬車驢車電動車大卡車，還有行人來來往往。好不容易才衝過馬路，饢坑在馬路對面的丁字路口，台案上堆積著小山樣的饢，比別處的略厚，略小，中間有很深的窩，被烤製的焦黃乾香，卻掩飾不住細白的麵粉，這塊土地怎麼會如此肥沃，能生出如此潔白細膩的麵粉。饢堆上盯滿了蒼蠅，只要拿起一個饢，蒼蠅就會嗡嗡著起飛，盤旋片刻，又紛紛降落，買饢的人圍在囊坑旁，沒人在意眼前的蒼蠅，都是交了錢，提著饢就走。我在紛亂的蒼蠅中提回兩包饢，這時，大家已走出小飯館，滿臉透著油光和紅潤，走向越野車，我將兩兜饢分到三輛車上，沒提蒼蠅之事，在以後的幾天裡，沒有一個人提及鬧肚子的事情，我猜測，南疆的蒼蠅比別處的乾淨，至少能與人和平共處。

備足乾糧，車繼續出發，經葉爾羌河、澤普，到達葉城。葉城國道上，有條分支出去的路，從那條路一直走上去，是條艱險的天路，六十年代電影《冰山上的來客》中的真假古蘭丹穆就是從那個山口走出來的。我們的車在岔路口前一掠而過，那是條看上去十分平凡的路，一個普通的岔路口，像無數個岔路口一樣，路邊有稀鬆的樹木，有偶爾過往的人，有塵土浮現，有陽光直射，有緩緩開過去的兵車，也有民間的卡車；他們沒有半點猶豫，信心十足地拐向岔路口，開往喀喇崑崙山，我對敢於挑戰高度的車輛充滿著敬佩，他們正在實現著不一樣的人生，那些人生，也許只有待到下山後，才能夠真正地感悟出來。

葉城至和田之間，是一段艱苦的路途，戈壁沙礫、勁風烈陽，古代，這裡是皮山國，一個即便到現在，到我親歷了它的路途後都難以感受出的它的特點的地方。書上說，皮山國在漢朝時期是西域三十六國之一，後被于闐國吞併，三國時叫皮穴國，北魏時叫蒲山國，隋唐以後歸屬于闐國。如今的皮山縣，西南高東北低，南部冰山積雪，北部平川沙漠，喀喇崑崙的雪水滋養著綠洲滋養著皮山人。雖是十月下旬，熾熱的陽光依舊充沛地照耀在大地上。在某些不知名的地段，在荒熱的沙漠邊緣，一些維吾爾老人身著白衣白褲，頭戴花帽蹲在路邊，面前擺放著藤條大筐，盛滿了紅豔豔的石榴，白色衣褲、黃色大地、灰濛天空和紅豔豔的石榴鑲嵌在車窗外，格外引人。蒼老的維吾爾男人們，蹲在路邊兜售著美豔的石榴，但是，他們的顧客似乎只有路人，那些來自遠方，又要去向遠方的路人，從車裡出來，伸著懶腰走到藤條筐前，兜走十個八個石榴。這條人煙寂寞的長路，要等待多長時間才能掠過一輛車；要掠過多少輛車，才能走下一個買主；要有多少買主才能售完滿筐的石榴。從烈日到殘陽，維吾爾老人們還要花掉多少時間才能回家。而家在哪裡，坐在車裡四顧，蒼茫茫的大地，除了我們腳下筆直的柏油公路，似乎再也沒有別的路途了。

墨玉是和田的序曲，是進入和田的第一道門檻。車過墨玉縣，車轆忽然輕鬆起來，過一條河，河水稀疏清淡，不用多想，是喀拉喀什河，也叫墨玉河，出產墨玉。上好的墨玉是黑色漆黑，白色潔白，但這還不夠，墨玉中一定要有潑墨的感覺，那種感覺就是讓一種運動忽然凝固；一塊墨玉是安靜的，但你卻分明感覺到了它的運動，在某個地質年代裡，漆黑的墨汁噴薄而出，滲進油膩的羊脂裡，又突然冷卻，如龐貝城一般凝固，而後，世界停止了，停止在運動的那一刻。墨玉，周身充滿著辯證法，車行墨玉縣的這一刻，我收穫了對墨玉的哲學遐想。

墨玉河兩岸是枯黃又茂密的植被，不似之前皮山縣的空曠荒寂，墨玉的高草使人一時生出恍惚，這偏遠的、閉塞的，高山與沙漠中求生存的地界，竟然滋養出豐饒的厚土，那麼，繼續前行，我將能看到斯坦因曾路過時的風景了。在斯坦因的眼中，和田是這樣的，兩旁都是連綿不斷的庭園、村舍和耕作精細的農田，整個大道兩側幾乎都遮蔽著白楊、柳樹，秋天使得大部分樹葉都變成黃色或紅色。

我的十月，與斯坦因的十月，都是秋的季節，雖已下午四點多，太陽依舊高懸，散發著靚麗的光芒。果然，前方出現了庭園、村舍和農田，公路兩側是無邊的穿天白楊，黃色和紅色樹葉紛紛落下，落入枯黃的野草中，有的依然懸掛在樹梢，搖擺在輕風中。在經歷了單調的土黃色沙漠行程後，見到展示在眼前的一片秋景，斯坦因感到格外高興，每個有單調沙漠行程經歷的人，都會生出喜悅，為這豐茂的田野鄉村。

車爬上了公路的巔峰，前方是一個巨大的下坡，司機臉上露出輕鬆，不僅僅是下坡的輕鬆。和田，就在前方了。

下午六點，天光高懸。自喀什出來，一路荒寂，偶爾小鎮，也是人煙稀少。終於，進入了和田市區，進入了與喀什相當的繁華，但是，當我們深入和田街頭巷尾時，才發現，和田與喀什是兩種相去甚遠的繁華，喀什的繁華熱烈奔放、五彩繽紛、熱鬧喜慶，像喀什地產的艾德萊絲綢，而和田的繁華多半來自我的心底，以為他是繁華，覺得他應該繁華，就認定他繁華，真正走近後才發現，和田無論表面上還是骨子裡，都是冷靜的、安寧的，帶著宗教式的凝重，但他不缺繁華，他的繁華瑰麗奢侈，物化在他盛產的地毯、石榴酒、玫瑰花和價值連城的羊脂玉中。

車停在慕士塔格賓館前的空地上，我們拉了行李去登記住店。賓館裡有股異樣的氣味，像冷卻的羊油里加了玫瑰，透著膠膻和雌性的甜膩，賓館外站著一群和田女人，同一色的黑衣黑裙，或黑色風衣，掐腰，修長，這些女人們裝扮相似，復古又自信，在塵土和飛揚的灰濛中，她們竟然敢於使用黑色，並將黑色用足、用滿；她們在黑色衣裙之上披掛著色彩豔麗的真絲圍巾，胳膊上挎著綴滿靚麗珠片的皮包，猛一看，沒有喀什女人的招搖和張揚，細細品味，卻有一種難得的嫻靜和不甘寂寞。懂得點綴的和田女人，豔而不妖，黑而不沉，謹慎而不死板，與和田羊脂玉、和田地毯、和田石榴酒、和田野生玫瑰精油的高貴奢侈同出一轍。

和田是著名的絲綢之鄉，出產的艾德萊絲稠有黑白兩色，全然不似喀什的濃豔，當政治家、藝術家、商人要用艾德萊絲綢體現新疆風格時，無一例外地選擇了喀什艾德萊絲綢，而和田艾德萊絲綢只存在於和田地區，被和田的女人獨自享用，因為沒有流行、沒有被商業化，和田艾德萊絲綢一身的古典，加上它黑白相間的素氣，搭配在女人身上，雅致到使人窒息。

歷史上的和田富足開放，不止在物質上，法顯和尚說它「其國豐樂，人們殷盛」，穿梭在和田街頭巷尾，腦子裡閃現著豐樂、殷盛，安民樂業，和田人被這樣描述過：進入食堂吃飯時，安靜肅穆，挨著個坐下，一切井然有序，沒有碗筷的碰撞聲，沒有大聲喧嘩。斯坦因在拜訪當地高官潘震後，對潘震有一番評價，他說，他是一位溫文爾雅的老人，顯出一種深思遠慮、忠厚坦誠的神情，他看上去十分友好而若有所思，言談舉止非常得體，一開始就給我留下了深刻印象，在加上他學識淵博的聲望，很受人們的尊敬，他在省內哪個地方任職，名聲就傳到哪裡。有德性、懂禮儀、知規矩，這些和田人，骨子裡有種與中原相仿的性情，這種性情不自覺地拉近了與和田的距離。和田變得不再遙遠。

我們的車停靠在喀什玉龍河旁，喀什玉龍河也是白玉河，河床邊圍觀的人們默念著阿里巴巴的咒語，期待在雙眼睜閉的瞬間，一塊上等璞玉從天而降。蹲在河床裡的拾玉人，在被刨挖了無數次的河卵石裡翻撿，他們翻撿了幾千年，在同一個地方翻撿了幾千次，仍然不厭其煩，重複著古老的夢想。這段穿越市區的河床裡玉石越來越少了，但是，在眾多撿玉人心目中這條河床就是他們的田地，每年都會新生出麥子和玉米，只要不懈地勞作，就會滿載收成。赫拉克利特說過有關河流的真理，人不可能兩次踩進同一條河流，因為每一次都是嶄新的踏入，和田的老人和女人深諳這個真理，這個真理支持著她們堅守在同一個地方，等待，等待，等待一塊天價的玉石，流經他們的腳下，握舉在他們的手心，懷揣進他們的胸口。從這個角度講，他們享受的不僅僅是財富本身，還包括勞作的過程，這個過程填滿了他們的生活，這個過程使時間充滿了意義。

天光西沉，斜陽將城市的樓房和樹木拉出長長的剪影，從慕士塔格賓館的樓上望出去，電線杆像蜘蛛結網，密佈在樓房之間，遠處清真塔穿過林立的樓房高高矗立著；街道上，男人騎著電動摩托風馳而過，女人著黑色長裙神秘地穿過巷口，蓄著長鬚的老人，蹲在路邊的階臺上，陳舊的看板上打著漢維兩種文字。夜幕漸漸降臨了，遠處有燈光亮起。

和田，過去的于闐國，依傍著巍巍崑崙，面向無垠沙漠，他的身上沾染著一種磅礡大氣，無論在精神上還是在物質上，他都有著非凡的追求，而這，是理論上和歷史上的于闐，今夜的和田，排除了理論和歷史中厚重的成分，它的迷人之處僅僅是，星月、燈火、街道、行人、樹、摩托、驢車，還有鳥兒停駐的電線杆，還有房間裡的落地窗簾、檯燈、鏡子和一股股湧動在房間裡的奇異氣味。

去巴格其鎮喀拉瓦其村觀看核桃王，一路上是千里葡萄長廊，農民將葡萄種植在路邊，枝蔓架在道路上方，葡萄長廊像一條隧道，延伸進看不見的綠蔭中。正值下午七時，家家戶戶燃起了炊煙，車經過一家家農戶，停停頓頓，遲遲走不出隧道。這隧道是于闐歷史的寫照，無論多麼幽深，都朝著唯一的目的地進發，從不曾改變過。

西元前六〇年，于闐納入西漢版圖，于闐國歸屬中央政權統轄，魏晉南北朝時，于闐人兼併了戎盧國、杅彌國、渠勒國、皮山國，西晉時，于闐國與鄯善、焉耆、龜茲、疏勒並為西域大國。而于闐人，自從那個地乳神話流傳開來後，無論處於什麼狀態中，他們對漢人的信任都如同和田玉石，恆久不變。

歷史上的于闐國多次被匈奴控制，于闐使者也多次求援於漢朝政府，東漢時朝廷自顧不暇，無力西征，謝絕了于闐的請求，又過了半個多世紀，東漢政權決定收復西域，反攻匈奴，陝西人班超投筆從戎，來到西域，他曾經帶著三十六位將士深入鄯善國，割了匈奴使者的腦袋扔給鄯善國王，逼著鄯善國王與漢室建交，只這一舉動，就驚動了整個西域。隨後班超還是帶著他的三十六名勇士，開往于闐，于闐國王廣德早聽聞了班超的傳說，與班超沒有過手幾招就下定了歸屬漢朝的決心，還主動殺了匈奴使者，又把自己的兒子送到長安做質子，以表示對漢朝的忠心。雖然這時，漢朝與于闐的隸屬關係並沒有十分的信任，這只是一種形式上的信任和以防萬一、是歸屬關係中常見的伎倆，也是歸屬關係中雙方預設的不公的規則。

但好景不長，時隔一年，漢帝去世，匈奴人襲殺了西域都護，眼看著攻打到了疏勒，班超被孤立起來，新即位的皇帝一時找不到解救對策，只得下令班超返回中原。班超奉命撤離疏勒時，疏勒都尉說，漢使要放棄我們，我們必遭龜茲所滅，我們實在不忍漢使離去。說完拔刀自刎。班超從疏勒退到于闐，于闐王廣德率領官吏民眾為班超送行，有人抱住班超的馬足不肯放行，見到民眾痛哭，班超潸然淚下，擦去眼淚的班超做出了抗旨決定，他要與于闐父老共存亡。果然，他以于闐為根據地，以于闐軍隊和糧草為後盾，回馬疏勒，以迅雷之勢攻佔了龜茲、焉耆，將西域全境再次統一於漢朝版圖。

班超與于闐國人的挽留和決定，使于闐國人從此也做出決定，那就是對漢朝百分百的信任，這個信任建立在生死與共的戰場，顯現出了牢固和分量，也因為這一事件，于闐，這個有著玉一般質地的國家，將對中原的信任作為一項長期的事業，堅持著，堅守著，不背離不拋棄，自始至終。

和田夜晚來臨了，和田夜色如漆，歷史在如漆的黑夜裡任意穿行，和田並不陌生，因了漢人的參與，因了與漢人的共融，和田對每一個漢人來說，都該是座熟悉的城池。班超奠定的信任基礎，延續到大唐時期，大唐天寶年間的于闐王叫尉遲勝，他在繼承王位的同時，也繼承了歷代于闐王與中原傳統的臣屬關係，他還親自到長安朝見了玄宗皇帝。

對於于闐國來說，尉遲氏是個偉大的姓氏，西漢時代，尉遲氏建立于闐國，並且逐漸使這個國家變成西域南道國勢最強的一個國家，在世界歷史進程中，沒有哪個王族能像尉遲一樣，將自己的姓氏亙古長存，于闐尉遲氏，一代一代延續下去，成為世界上壽命最長的王朝，經歷了漢、魏、晉、南北朝、隋、唐、五代，直到北宋，他們有著極強的輻射能力，雖然他們曾經遭遇過匈奴、柔然、突厥、吐蕃的侵襲和控制，但他們一直存在著，更重要的一點是，他們從沒有斷絕與中原王朝的聯繫，雙方的歸屬關係一直延續了下來，中央政府頒發的詔書，在于闐國代代相傳，于闐人始終保持著對中央政府的信任和向心力，而能使于闐國與漢人保持長久信任關係的一個重要原因，就是代代相傳的尉遲氏。尉遲氏掌管于闐國長達十三個世紀，十三個世紀足以使一個國家打上亙久品質的光芒。

安史之亂時，長安失守，唐玄宗逃亡西南，歷經磨難後玄宗的兒子登基王位，立刻調兵遣將，所調兵將自然是最信賴的人選。于闐王尉遲勝接到通知，他將國事匆匆交給弟弟代管，親自率于闐兵遠赴中原，在收復長安的戰鬥中，于闐兵來如颶風，去如電逝，有人感歎道：今所持重者，皆西北守塞及諸胡之兵。這是唐人對于闐人的信任，這份信任對于闐國來說彌久珍貴。平定叛亂後，于闐王尉遲勝向皇上請求留在長安，他在長安生活了三十多年，六十四歲客死長安，他的兒子尉遲銳也沒有繼承王位，而是在中原一世為官，從未回到于闐國。

尉遲姓氏裡另一個忠實於漢人的于闐王是尉遲娑跋。尉遲娑跋繼位于闐王后，自稱是唐之宗室，並將唐朝國姓李氏作為自己的姓氏，將自己的名字改為李聖天。李聖天是回鶻人，敦煌壁畫上有他的畫像，他頭戴王冠，安詳華貴，旁邊題記：大朝大寶于闐王大聖大明天子。這裡的大朝是李聖天對唐朝的稱呼，李聖天以與唐朝有關為榮，他在給皇帝的上表中，自稱是阿舅大官家。作為一國之王，李聖天有儒雅的風度、恬靜的性情，同時，他還具有堅韌的品質、堅持的性格和超乎尋常的意志力，他對待中原漢人的堅定信念，對待伊斯蘭滲入的堅決抵制，以及對待戰爭的持久耐心，都證明了他是一位卓越、堅強、百堅不摧的國王。

唐朝滅亡後，中原出現了五代十國，李聖天在于闐獨霸一方，李聖天的時代是政治與宗教大變革的時代，于闐久陷吐蕃，同內地交通斷絕，于闐人不知中原戰亂，時間推移到宋朝，于闐依然自稱唐之宗屬。但是，即便與中原隔絕了資訊，于闐國依然執著於與漢人的聯繫，他們向東行走，走到敦煌，與敦煌政權接上關係，稱敦煌兩任掌權者張氏、曹氏為舅，還與敦煌曹氏結緣，娶曹氏女兒為妻，嫁自己女兒給曹氏孫子為妻，無論是時間的推移，還是空間的變化，于闐國從來都是心有所繫，即便是中原邊緣的敦煌，只要是漢人，他們便與之聯繫、聯姻，然後結下血緣，這種親緣關係建立在世代信任的基礎上，被時間一層層積澱、相融、發酵。

于闐國世代篤信佛教，李聖天時代西域喀喇汗王朝發動了征服于闐的宗教聖戰，李聖天派使者向中原求援，但是，因自身的紛亂，在這場聖戰中中原沒給于闐國太多的幫助，李聖天自始不渝地堅持著對國家的保衛，即使在沒有受到漢人的幫助下，他依然以深遠的漢文化影響教育他的子孫，李氏王朝的子孫們，繼承了李聖天的傳統。兒子繼位後自稱中國守臣，帶領于闐兵與喀喇汗王朝展開了八年持久戰，還一度佔領過喀喇汗王朝的首都喀什噶爾，但是，最終，于闐國在敵強我弱的戰鬥中，還是遭遇了失敗，于闐國與喀喇汗王朝的戰爭並不是一般意義上的國家戰爭，他是佛教與伊斯蘭教之間的一場曠日持久的聖戰，喀喇汗王朝擁有強有力的後盾，而于闐國唯一可以依靠的宋朝政府正處於內憂外患之中，西域佛國因了于闐人的孤軍作戰終而失守，這一失守，便成了歷史中的既定，于闐國失去了佛教的統領，于闐國就此香消玉隕，由尉遲氏執掌了十三個世紀的于闐國，伴隨著佛教精神的逝去漸漸落下了帷幕。

清晨。走出慕士塔格賓館，繼續向東行駛，鄉間路邊野草豐厚枯黃，穿天白楊整齊地排列在道路兩旁，葉片尚綠，因為長的過高，兩邊的樹幹向路中傾斜著，形成兩道屏障，已是秋季，這裡依然保持著夏的蔥蘢，樹下有臨風行走的女子，一貫地和田式地黑色長裙、靓麗頭巾。

按照地圖上的線路，下一片綠洲該是策勒縣了，策勒縣在漢時屬於渠勒國所在地，有三百一十戶，二千一百人。沒歸附中原前，于闐國包括今天的和田、墨玉、洛浦三縣，在歸附漢後，于闐國兼併了渠勒國、扜彌國、戎盧國、精絕國、皮山國。如今的策勒縣依附著和田市，依舊很小，卻有著大氣派，至少它曾經是一個國家，西域三十六國之一，也是有過統霸一方經驗的。車沒進策勒縣城，一晃而過，來不及多想，車向著於田縣方向駛去。沒多久，一個乾淨的一塵不染的縣城撲面而來，初升的陽光在縣城身上塗滿金色、安靜的街道，和煦的清風，於田縣城到了，這裡曾經是扜彌國所在地，縣南邊是戎盧國，戎盧國是當時最小的一個國家，二百四十戶，一千六百人。

扜彌國是絲綢之路南道入口，也是當年佛教初傳之地，還是兵力強盛的綠洲古國，後來也被于闐國吞併，東漢以後的歷史是謎，沒人破解，清時建立縣制，保留了于闐國名，稱為于闐縣，後來簡化漢字，才改作於田縣。在維吾爾語裡叫克里雅，是漂移不定的意思，來自克里雅河名。扜彌國在歷史上留下的印記極少，但太子賴丹的故事卻出現在幾乎所有與西域相關的歷史書籍中，西漢大將李廣利西征返回時，途徑扜彌國，聽說太子被龜茲國帶去做人質，心裡極不舒服，西域諸國已歸附大漢，龜茲憑什麼壓人質，李廣利立即將太子賴丹召出，又將賴丹帶到長安，賴丹在長安接受中原文化的教誨，成了漢朝一員忠誠的大臣，漢武帝死後，西漢政府決定在西域屯田，派回賴丹率漢軍屯田，龜茲王認為賴丹本屬於龜茲，現在帶著漢朝的印綬來管理自己，心裡很不舒服，便派人殺了賴丹，後來大漢與烏孫聯手破匈奴，調轉頭來征殺龜茲，才算為賴丹昭雪。現在的於田縣馬路寬闊，長長的街面難得看到路人，人都躲進了深宅大院裡，於田人家的大門寬敞，以天空的顏色作底，使這個縣城看上去清爽乾淨，我們到來的這一天，也是這一地區少有的一次晴朗天，在更多的時候，這裡飄蕩著浮塵，人在浮塵裡吃飯睡覺，街裡邊有姍姍走過的年輕女子，她們與和田市區的女子同出一轍，穿著黑色拖地長衣，分外地窈窕，她們走在穿天楊樹下，她們是風景中人，也是歷史中人。

到民豐時天色正午，太陽突然變得炙熱。我們下車尋找食物，為了下一段橫穿塔克拉瑪干做準備。民豐與我的想像相去甚遠，它的做派裡幾乎沒有南疆伊斯蘭腔調，路邊飯館是米泉回民拌麵王，大盤雞、大盤魚、炒麵和拌麵，街道路邊的花壇還綠著，樹上枝葉也是油油地綠，飯館門裡溢出的是米泉氣味，米泉縣緊挨著烏魯木齊，城市擴建後，成為烏魯木齊一個區，叫米東區，在距離米泉縣四千多公里的地方，有一家小飯館，綠色白字寫著米泉大盤雞，進去後無論大盤雞的色澤，還是味道，甚至扯出的麵都是十足的米泉味道。小飯館隔壁是浙江人開的和田玉店，裝飾上與烏魯木齊極其相似，一個浙江女人正抱著孩子在櫃檯裡玩，說他們來民豐已多年，男人在工地包工程做，她開玉店，生意不算火，但還過得去，又說在這裡待久了，不怎麼想家，但是以後還是要回去的，浙江畢竟是家鄉。這個于闐國裡偏遠的小縣城，本應儲存更多伊斯蘭風俗的地方，在我眼前，是一個十足的漢城，與那個吳儂軟語的少婦一席閒聊後，我想到了傳承，歷史給民豐遺留下的就是這些，這些在斯坦因的發現裡早都描述過了。

在最偏遠的民豐，我看到了距離最近的漢式縣城，《漢書．西域傳》裡記載，精絕國位於崑崙山下，塔克拉瑪干沙漠南緣，有四百八十戶人家，三千三百六十人，部隊五百人，精絕國接受漢王朝西域都護府統轄，國王屬下有將軍、都尉、驛長，這裡澤地濕熱，難以履涉，蘆葦茂密，無復途徑。但是，茂密的蘆葦在西元三世紀以後突然消失了。直到上世紀初，英國人斯坦因來到塔克拉瑪干沙漠南緣的尼雅，在尼雅斯坦斯找出了十二箱遺物，把它們帶回英國，並為尼雅做出歷史上的考證，尼雅，即是西域三十六國之一的精絕國。上世紀末中日兩國的考古隊又深入這一區域，發現了佉盧文文件和瑰麗的織錦。

佉盧文源於古代犍陀羅，曾經是印度孔雀王朝阿育王時期的文字，西元一世紀左右在中亞地區傳播，四世紀中葉隨著貴霜王國的滅亡，佉盧文也消失了，但是，三世紀的精絕國卻繼承了古印度的文字。以佉盧文寫成了木簡。現代人，正試圖從死去的佉盧文中嗅出些過去的氣息。尼雅人受到了外來人的威脅，這個只有三千多人的國度，無論是抵禦風沙的能力、承受缺水的能力、還是抗擊外來入侵的能力都極其地脆弱，從木簡上簡單斷續的記錄裡可以讀出，國家正被人偷覷。國家正受到威脅。且未傳來消息，敵人正在向尼雅靠近。於是，精絕國僅有的五百名士兵要開赴前線。但是尼雅人沒抵擋住侵略，馬被搶走了，人被搶走了。

然後，就有了我們現代人看到的這一幕，場院佛塔、果園水渠、池塘陶窯、宅院屍骨，物件散落，房門半掩，紡線尚未斷開，食物還在案桌，生活正在進行，但卻凝固在了進行的一瞬間，像維斯威火山爆發，一切都在運動中凝固了。

這一時刻，于闐去了哪裡？東漢將士去了哪裡？政治與軍事空白同時出現在尼雅人頭上，尼雅人找不到依附者。最後一個尼雅人，站在「五星出東方利中國」織錦面前都想到了什麼。關於那塊織錦，與之相關的遠不只一塊「五星出東方利中國」，還有許多來自於中原的織錦，一律地色彩鮮豔，華麗富貴，並繡上吉利的漢字，比如萬事如意、比如延年益壽大宜子孫，這些讓人不難想像，精絕國曾經是一個富裕溫良的國家，一個漢文化盛行、漢人積極參與其中的國家。

吃完午飯出民豐，向著塔克拉馬干沙漠公里駛去，途徑一條岔路口，沿著岔路過去，就能抵達兩千多年前的精絕古國了。

前方出現沙漠公路的標識，于闐古國的穿行即將結束，新的起點開始了，沙漠公路是現代人的大作品，現代人將橢圓型的塔克拉瑪干沙漠一剖為二，一條公路像一把尖刀，直直插進塔克拉瑪干沙漠的胸腔，這是現代人的探索方式，直白，簡明，不留餘地，現代人在大自然面前，充滿著自信和創造力。

午後的喀什古巷

午後的熱風輕輕鍬起面紗一角，喀什街頭款款走過的是拖著長裙的女子。沒有哪座城市的女人能像喀什女人那樣給人無限的遐想，面紗背後的眼神和嘴角傳遞出的所有資訊都是在你的頭腦中虛幻完成的，也許漂亮、也許嫵媚、也許迷人、也許生動。而這還不夠，你還會更深入地想像，她的眼睛的顏色，是藍色、淡藍，還是褐色、淺褐，或者是灰色、黑色，你猜不透。

你渴望著揭開謎底，發現結果，但是，喀什女子會讓你帶著永遠的謎面離去，他們是最能沉得住氣的那種女子，因此與其他城市相比，她們永不過時。

古巷的門吱呀地被我推開，推得很慢，吱的聲音由大而小，由近而遠，拖了很長很久，像是陳舊了一個世紀門軸，終於有人觸摸了。

庭院狹窄，有木製的樓梯和走廊。抬頭看天井，白熾的陽光刺著雙眼，有點眩暈。閣樓在第三層，通往閣樓的木製樓梯也是狹窄的，欄杆、門柱和走廊吊頂上精美的木雕已被歲月洗去了鉛華，露出了本色的原木，按照伊斯蘭教義的要求，這些木雕上只有花草而無動物，古老的傳說鑲嵌進這些被刻琢過的原木中，像是一部歷史的備忘錄，在人手無數次撫摩過的地方，顏色變黑了，滲著油亮；人與物之間是存在著一種鉚合關係的，物是人生活的道具，因人而生靈性，人因物發現了自身的價值，被人撫摩過的木雕不再生硬，線條舒展，溝壑圓潤，人也在無數次地撫摩中把自己的氣息身影留在了這裡。

側身上了樓梯，眼前竟是豁然地開闊。閣樓向空間延伸開去，白色紗窗簾橫貫其上，更顯出了空間的碩大，三面的牆壁是白色石膏雕花，還有舊式的壁龕和壁台。午後的陽光很強烈，熱風習習，窗簾隨風起伏，強烈的光通過紗窗的過濾，阻隔了一部分光明，閣樓顯得更深幽了。

直到這時，我才讓畫面的主人公進入視線。那是一張典雅的阿拉伯式木床，床上側身躺著一位穿黑色絲綢長裙的女子，手裡捧著一本維文書籍，長長的被刷過睫毛膏的眼斂低垂著。她的長髮剛洗過，頭上帶著網格狀點綴著白色亮珠的焗油帽，光著的雙腳邊是一幅吊床，吊床中有嬰兒用的碎花被褥。

黑色的神秘絲綢長裙，與波斯「衽無左右，腰必帶」的習俗同出一轍，具有著異域的風格。喀什人崇尚黑色，貴族家的女子喜好黑色，黑色中彌漫著喀什汗王高貴的遺風。黑色的絲綢長裙跨越明滅的光線把此刻帶到了遙遠的那個繁榮昌盛的年代，又把那個舊日裡的陽光帶回了今天，帶到了我的眼前。讓這黑色的經典通過一個女子，在時間的軸線上保持著永不衰敗的自信。

我靠在白色的石膏雕花牆壁旁，有滴答的時鐘響起，靜靜地在我耳邊流過，我開始慢慢地意識到了流動和永恆之間的並存關係。這樣的關係存在於黑白與光影之間，就有了一段陳舊的間隔、一段古老的距離，穿黑色絲綢長裙的女子沒去抬頭看旁人，陷在自己的情節裡，沉浸在獨我的世界中。

樓下傳來呼喊，是叫讀書女子的聲音，女子皺皺眉頭，把手中的書放在枕邊，雙腿一起放到床下，又把腳送進一雙拖鞋，拖鞋的前面露出十個用海娜花包過的紅色指甲，紅色指甲和她的聲音一樣地亮了起來，她衝著樓下喊了一聲，示意自己聽到了，極不情願地趿拉趿拉跑下樓去了。

樓下傳來了我聽不懂但可以猜出意思的維吾爾語，語速很快，顯得極不耐煩，她對打擾她讀書的人表示了抗議，而後，很果斷地終止了抱怨，急匆匆跑上樓，像是趕赴情人的幽會。

重新拿起書籍。躺下，很快就沉了進去。

發現、保留、中世紀、原貌、小巷、面紗、半明半暗、老城、彈丸之地、密度……，我到喀什，口袋裡裝著這些詞彙，想去兌現。

喀什留給人的是很難言說的一種風格，未必是最美的，卻是最有情調的，她所有的人和物都籠罩在一種氣氛中，乾燥的塵土、蒼老的街巷、低矮的手工作坊、豔麗的艾德萊斯綢、拖到腰間的棕色面紗和狹窄的無規則的磚土路在午後的陽光下慢慢拉開，等待著女主人的出現，喀什女人是最能體現油畫精神的女人，她們面部立體俊美，眼睛幽深莫測，在一方厚重的面紗背後冷靜地張望著世間變化，她們與所處的環境保持著一種高度的和諧，形成了一種絕妙的搭配。

喀什女人要嫁人，嫁的人多半是匠人。畫師、石匠、陶匠、靴匠、木匠、弓箭匠、油漆匠、建築匠，他們待在自己的作坊裡，旁若無人，專注著手中的物品，熟練地使用著斧子、刀子、刷子、鉋子、畫筆，他們手中出來的活兒，經過時間的磨礪，歲月的考驗，成了藝術珍品，匠人也因此而得到了很高的地位。《塔吉克民族史》中說一個建築匠人兩個月攢下的錢，一個幫工、短工一年也掙不到，然而一個幫工痛快吃掉的東西，一個短工一生也掙不到。如果說價格是價值的充分體現的話，那麼喀什匠人的價值是與藝術同等的。

藝術家與工匠的區別在於是否有創造，工匠做得是臨摹的活計。假如用這樣的標準來衡量喀什的手工業者，那喀什匠人的稱呼就可以改成喀什藝術家了，從他們手裡出來的每一樣東西都是獨一無二的，像秋天裡的樹葉，你無法找到相同的兩片。

但是，喀什的藝術家中又很難出大師，看著眼前琳琅滿目的小物件就知道，他們的創造永遠都是那些生活用品，一個果盤、一個籠屜、一個煙灰缸、一個坎土曼。儘管，這並不妨礙喀什匠人習性裡的藝術習慣和藝術情調，還有他們身上的藝術氣質。

沿街的小巷有店鋪，店鋪擺滿了各類銅製品，左手托起一個小小的銅製煙灰缸，上面有精細的紋飾，小匠人過來說，這是巴基斯坦銅器，紅色的透亮的才是自家的手藝。喀什沒有青銅器，有的是紅銅，紅銅泛著亮光，比起巴基斯坦厚重沉穩的黃銅來顯得輕薄了些，匠人熟練地在銅壺、銅碗、銅盤上面鏨花、鏤空、鑲嵌、鎏金，這些工藝的傳播方式是家族式地，一代傳一代，很多手法早已成了家族的絕活。這些絕活體現在手上的叫手感，刻度的深淺、花紋的走向、圖案的對稱全憑藉感覺，而這感覺，有的人一輩子都學不會，這得看悟性和天賦。匠人是靠手吃飯的，對於生活在喀什的人來說，掌握一種手藝，就是掌握了一種生存的方法。從某種意義上說，手感可以決定一個喀什人一生的富足或貧窮。喀什人看重這種感覺，尊重這種接近上天賦予的獨特靈性。《福樂智慧》給了手工匠人們最高的認可和獎勵，書中說，還有一種人是工匠，他們靠手藝謀生。他們也是你（國王）所需要的人，你接近他們會從中受益，……他們為你做工要及時付給報酬。還要以豐厚的飲食款待他們。

匠人們夜裡是遲遲不肯睡去的，白天日頭很高的時候，古巷還是靜悄悄的。他們是絕對不能用勤勞去評價的，無論太陽是七點還是八點升起，他們都一樣地睡到九點以後，九點的時候，古巷才有了早市清晨的聲音，他們睜開眼睛，望著高高的日頭，懶散地翻個身，又迷糊一會兒，才不緊不慢地起床。去到自己的作坊裡或攤位前，拿起屬於自己的工具開始打造，他們神情自如，工具在手中飛快地遊走，劃著流暢的線條，線條裡有韻味，是音樂的韻味。取出一個製作好的物件，可以看出那匠人在製作時是哼著曲子或嘴裡打著口哨完成的，那裡有音樂的深淺、快慢、節奏、旋律、暢想，還有跌宕。

午後的古巷開始活躍了，有了聲響，聲響由少到多、由小到大、由單一到複雜，聲響逐漸匯成一種持續的混雜的聲音，給這座城市帶來了喧囂和繁華，但不是燈紅酒綠的繁華，而是那種車水馬龍式的古老的繁華，是手工業時期的那種繁華，這繁華顯得雜亂，沒有章法，人頭攢動，但是，這種聲音卻很和適宜，尤其是在廣漠而荒涼的西域，這聲音就像宣言書一樣，提示著人的存在、見證著人的創造能力。

站在一張朱紅的大門外，門框右上角有一塊不大的門牌，牌上用漢字寫著小巷的名字，這是喀什著名的土陶巷。土陶，火與土的語言。以水調和，拓出胚胎，以火燒製，經過水火洗禮的土陶，用於喀什人的日常生活。站在這樣的大門外，我渴望知道院裡的生活，我去張望、去窺探，突然羨慕起了喀什人的富有，既使是最基本的生活用品他們都使用著最不基本的藝術珍品。

而今，那些古樸的土陶正在被質地越來越光滑，色彩越來越漂亮的現代器皿替代著，製土陶的匠人們老了，手下的土陶與時代有了隔閡和代溝，他們守在自己的土窯旁，看著爐裡騰起的火苗，有點沮喪，他們差不多用了半生的時間繼承家傳秘方，又用另外半生的時間去理解這土與火的語言，去把握這土與火的精神，摸索出自己的絕活，這些秘方和絕活是他們家族血脈的象徵，不能失傳了，得傳給自己的子孫。

但是，古巷很窄很擁擠，裝不下年輕人的心，年輕人走了、出去了。出去就不想回來了，不回來的喀什人讓自己的父輩有了傷感，讓土陶的繼承有了尷尬。

喀什的古巷混淆著許多味道，每個城市都有屬於自己的味道，那些清麗的、有海風的、有雨味的城市屬於中原和沿海，那些味道沒有顏色，是無形的，飄蕩在空氣中。喀什的味道強烈濃厚、帶著四起的青煙，烤羊肉的孜然味，紅銅製品被電擊的金屬味，土耳其、巴黎、印度、巴基斯坦的香水味兒混雜在一起，瀰漫在窄窄的巷道裡。

從味道中辨別一個城市的個性是最具體和最直觀的，那些分散在空氣中的分子裡存活著無數的關於這個城市的密碼，烤肉中很古老的資訊、金屬電擊中很民間的資訊、濃烈的香水中很西亞的資訊、宗教活動中很阿拉伯的資訊，把這些資訊相加，提取出最基本的特徵來，就是這個城市的性格了。除此，這座城市還像是瀰漫了幾個世紀的沙棗花，很濃郁，濃到你遠遠地聞一口就要醉到，就要迷惑的地步。濃到不管你離開她多遠多久，她都追隨著你，在你的身邊縈繞著，讓你在每一個閒暇的日子裡都能感覺到她的香氣。

只為這香氣，你於是就甘願去穿過一條又一條的巷子，你不知道自己要找尋什麼，但就是不願離去，在這裡你永遠都搞不明白你已經知道的和不知道的事物，你不明白你還想去知道些什麼，你不停地轉不停地想不停地看，但是，她怎麼還是那麼地迷離，如霧中之花水中之月。

上了年紀的女人，坐在古巷窄窄的通道邊，正在刺繡著花帽，比起那些男人們，她們要溫良些，也和善些。他們穿著艾德萊絲綢裙，去掉了蓋頭，呼吸著古巷綿密的空氣。

去問花帽的價格，一個婦女說二十五元一頂。我說：太貴了，二十元吧。她說不行，做一頂需要四天，很費功夫和時間。在我結束討價還價時，才發現，我們竟是說著各自的語言，我用漢語，她用維吾爾語。兩個不同民族、不同語言的人在通過手勢、神態交流後，能夠準確地領悟對方，語言是最直接的交流，但並非是唯一的交流方式。人與人之間只要想去瞭解、想去溝通，只要彼此心存著溝通的願望，無論多麼遙遠的距離，都是可以跨越的，而當你真的跨越了這種障礙，就會發現，你已經融入了那樣的氛圍，並且，有了進一步融入那種生活的能力。

喀什女人嫁人了，除了嫁匠人，他們還嫁商人。經商，是喀什男人的另一種生存方式。這不是一個自給自足的城市，若以分工協作劃分歷史階段，喀什遠遠走在了中原農耕的前面，早在兩千多年前喀什就有了城邑，也叫「市列」；那時，市列的手工業者就擁有了自己的作坊，製作好的物品可以拿到市列去兜售，喀什鼓勵商人，與中原的重農抑商大相徑庭，這裡最早的城市觀念就是經商，她本身就是一個為經商而存在的城市，來自中原和歐洲的商人在這裡雲集，中原人稱這些商人為胡商，從這裡流傳開的胡服、胡琴、胡餅、胡床成了中原貴族爭先搶購的物品。

每個喀什人，無論是否有自己的攤位，都是一個天才的商人，他們精明，又很靈活，不計小利，非常務實，願意從小本生意做起，他們身上商人應有的那份敏銳是與生俱來、早就沉澱在體內的一種能力，來自他們的祖先。

一個商人把一頂水貂帽戴到我頭上，說這帽子是純正的俄羅斯貨，就是為你定做的。我搖頭，他也搖頭，我說不要，他說可惜，嘖著嘴跟著我一路小跑。其實，更多的商人沒什麼事業心，他們隨心所欲地生活，不給自己制定掙錢的目標，更多的時候，他們只是坐在自己琳琅的商品前，買賣並不是他們的頭等大事，無論貨物是否成交，他們都怡然地守候在攤位前，看著眼前走過的客人，看著那些陌生的熟悉的面孔，來來往往，對他們來說，享受生活比奮鬥生活更重要。

一天流走了，太陽西沉的時候，商人收攤了，但他們不回家，去喝酒，坐在露天的馬路邊，一紮啤酒，十串烤肉，乘著夏日傍晚的清風。

在中國的版圖上，喀什是最遙遠最邊緣的城市，夏日夜裡十一時太陽才開始慢慢地、不情願地落山。但是，喀什人從來沒把自己當外人，沒有那種邊緣人的感覺，相反，他們活得自主又唯我。

艾提尕爾清真寺是新疆最大的禮拜寺，是眾多穆斯林的朝聖地，是他們心目中的中心，當所有的穆斯林跪拜在它面前心裡默念真主的時候，這裡，就是他們的中心，對於喀什，宗教比其它事物重要的多，也神聖的多。

喀什人感受到了自身的宗教地位，四面八方趕來的穆斯林讓他們充分認識到了喀什的價值，認識到了主人的責任。但是，有中心感的喀什人面對自己的古巷，取捨難斷。

古巷就像一位活的上了年紀的喀什老人，飽經病痛又風骨猶存，不能捨棄，又一步步走向衰老。古巷和古巷中的老屋已經走到了生命的終極，危險的房屋、危險的電路、擁擠的巷道，已經不符合現代人對舒適生活的要求了，古巷要移為平地，這在市政建設中已經列入計畫，每拆除一片古巷，喀什的歷史就向前邁進一步。

古巷人的心情變的複雜和矛盾了，祖祖輩輩的居所，世世代代的老屋，終將毀於現代文明的追逐中。古巷的老人沉默了，這是一群具有大孤獨的人，他們不需要講話，只要出現在你的眼前，無論站還是坐，無論做事還是休閒，只要被你看見，你就彷彿讀到了一本敘事長詩。長詩凝練、飄逸，講述著瑰麗的故事和古老的傳奇，他們三三兩兩坐在古巷的太陽底下，你過去，站在他們對面，他們抬起頭，但又不看你。「走開，別擋住我的陽光」，彷彿聽到古老哲人的責令，你會自視慚愧，躲閃開來，那不可動搖的大孤獨中有著一種無聲的力量。

我的雙眼穿過虛掩著的門扉，庭院內滿是盆栽的夾竹桃和太陽花，榆樹葉遮住了午後的陽光，樹葉下是細碎的班駁光影，維吾爾主婦身旁有嬰兒的搖床，搖床底部是半圓的弧形，主婦看著熟睡的嬰兒，哼著搖籃曲，一隻手放在搖床木柄上，搖床就搖了起來，搖啊搖啊。世世代代的喀什婦女和孩子都是這樣過來的。這一幕自從有了古巷就開始發生了，一代又一代的孩子成長在這庭院的搖籃中，成長在母親的搖籃曲中，這一幕延續了十幾個世紀，而今，終於要結束了。

在離開古巷的時候，迎面走來一個女孩，看到我，迅速低下頭，臉上有笑容，是那種羞澀的微笑。我的內心蕩漾起了感動，遙遠的羞澀，久違的神情。這不是一個時尚的城市，古老的街巷、古老的面紗，連羞澀都顯得那樣的古老。

不會害羞的女孩像花，一朵盛開的豔麗而妖冶的花朵，等著人們去採摘、去炫耀。而一個害羞的女孩，就像一個新鮮的透明蛋殼，或者一隻剛從蛋殼中孕育出來的鵝黃羽毛的小鴨，人們想輕輕地捧起她、接觸她、愛憐她，但不會有佔有的邪念，它給人們的是敬畏，是對美好事物的感恩，它激起了人們內心深處最聖潔的溫柔，它讓人們看到了內心的卑微，甘願屈服於一種強大的柔弱。

這樣害羞的容顏已經很少見到了，靚麗、美貌、時尚和鮮明的個性蒙蔽了我們的雙眼，引導著審美的趨向，那古典的、閃動著人類之初單純和靈性的眼光已經遠遠地逝去了，女性獨有的恬靜和浸入心靈深處那份傳統的溫情和芬芳，已被撲面而來的現代文明悄然地擱淺了。

第四輯

天山的事業

天山路

穿過天山，胸懷豁然中開。南疆，這就是南疆，從這一刻起，我開始面對一個嶄新的地理名詞——南疆。最早聽到南疆兩個字是從父親口中，一直以為南疆是指長江以南，或者更偏僻的諸如廣西、貴州、雲南之類的地方，我對那些地方懷著美好的嚮往。後來我才知道，在新疆它特指天山以南崑崙山以北的涵蓋塔克拉瑪干沙漠及沙漠周圍綠洲的廣大區域。

我把目光投向南疆，我並不熱愛它，甚至有點怨恨，他栓住了我父親的腳步，甚至決定了我一生的命運。父親在那裡一待就是全年，在我中學時代，我對他的瞭解幾乎全部來自新疆的書信，書信中說他每日都在南疆戈壁奔波，為的是一種叫做地質的事業。

地圖冊。我的手指在雪青、淡黃、暗綠、深藍的色彩中劃過，在直線、曲線、不規則的弧形中劃過，像十八世紀航海的老船長，叼著碩大的煙斗，審視著圖紙，凝想著即將面臨的海事。我也曾斟酌過疆字，它與新疆的地貌出奇地一致，左邊是一張強弓保衛下的土地，右邊是阿爾泰山、天山、崑崙山和他們之間的兩大盆地，塔里木盆地和準格爾盆地。而我要說的是南疆，是天山、崑崙山和塔里木，其實，對於這樣浩大的題目我是說不清楚的，我能說的，僅僅是夾雜在山與盆地之間的縫隙，是那些縫隙中滲出的枝蔓，枝蔓上的細節和細節裡的塵埃。

我喜歡這樣的審視，不急不慢，沿著一條河流從山端緩緩流下，走到綠洲，消失在沙漠的邊緣，或者，是一座山脈，蜿蜒曲折，卻有著規律的走向，它們扭曲變形，斷層褶皺，清晰地體現著地質運動所帶來的結果，地球內心的熱力使山體變的柔軟，像月光下流淌的水波紋，卻有著無比的冷靜和堅硬。

天山是裸體的。乾燥和缺水使它的脈絡、筋骨、血液流淌的方向，還有粗糙的皮膚都清清楚楚明明白白。它與南方不同，南方滋生著苔蘚、灌木和綠色的草葉，高大的喬木，人們鍾愛的植物鋪天蓋地擁抱著每一座山、每一寸土地。有一年去五臺山，在盤山道上，我和鄰座的一個上海女孩張望著山道，我們幾乎同時歎了口氣，又同時有點激動地說自己被感動了。她說，真是蒼涼，太蒼涼了。一座山，文舒菩薩的道場，佛屆智慧的象徵地，薄綠、陽光、清新的空氣，但是，即便是這樣，對於十里洋場的上海來說，都太孤單了，為什麼不是稠綠，不是滿目的蒼翠，只有層層疊疊的綠才叫綠色，才叫做不蒼涼。

我竟突然失語，一句話都說不出來。我被感動了，被一層輕浮在山體上的綠色、被一種輕柔的生命生長，我感到佛光的普照，感到了一座山可以這樣靈動和充滿希望地生長。蒼涼在哪裡，我的心早已被那座寸草不生的裸體山脈填滿。我所期待的，能夠盼望的僅僅是那麼一點點的綠，茸毛似的綠，只要有想覆蓋的意思、有即將生長的願望我就滿足了，就認為他是生機盎然了。

新疆的荒涼太多，太久遠。十幾年前的一個夏天，我曾穿越天山準備去南疆，新疆以天山為界劃分出南疆、北疆，乾溝是穿越天山南北的一條山路，無水無草，才叫做乾溝，這是我的解釋，我沒找到乾溝名字的來源，但我想最初這樣叫出去的人，必定是和我有著同樣的感受，它沒有什麼歷史傳說，是一條只具有地理意義的路，一條現代人修建並使用的穿越天山的捷徑。因為是第一次，我對它抱著一絲神秘之感，想像著大山深處的某些奇遇和驚險。

車出托克遜開始爬坡，即使很緩慢的坡度，我們的車都爬不上去，司機下車，鑽進車底修車，一修就是一個多小時，炎熱的太陽火一樣炙烤著瀝青地面，路面變得鬆軟黏糊，托克遜和吐魯番一起，地處世界最低的盆地，海拔在海平面之下一百多米，夏天走進托克遜就像一隻迷途的蒼蠅，一頭鑽進了騰著熱氣的蒸籠，司機喘著粗氣鑽出車底，油黑、塵土和汗滴沾滿全臉，我頓時有了陷入無底深淵的空虛，他刺痛了我的自尊，我不知道前方是什麼樣的，多久才能穿越一座大山，也不知道身邊的這座有著天山美名的山體為什麼會是如此地令人感到辛苦。

乾溝的山不雄偉、不峻峭，車在乾溝行駛，卷起塵土，塵土飄散在空氣中，灰濛乾嗆；我的生命通向哪裡，我對這樣一個哲學問題突然有了歎息，它似乎沒有盡頭，曲曲折折永遠都在盤繞，他使我開始悲歎生活中的那些怪圈，就像這盤山道，似乎永遠都有一個希望，卻永遠都無法兌現。如果車拋錨在此時此地，如果路上再也沒有穿行的人，如果月光永遠不爬上對面的山頭，如果這山裡只剩下我一個人，如果山影背後忽然衝出一隻狼或者其他以肉為食的野獸，我找不掩身之地，光禿禿的山，不懂得掩映婉轉，只有幾句簡單的敘述和單線條的描繪暴露在黑暗之中，等待著被恐懼撕扯。我是在種種的假設下走完乾溝的，就像一場中世紀的噩夢，遲遲無法醒來。

裸體的天山，毫不顧及人們是否習慣於他的放任，十幾年過去了，他一如既往地裸露著，慢慢地我開始熟悉這樣的裸露，對它熟視無睹，或者毫不掩飾地挑剔他，也可以像一個刁鑽的男人一邊讚美他一邊想著佔有他，他的無遮掩漸漸使我學會了不再害羞，不再躲避，學會了那種坦蕩蕩、赤裸裸。有一天，我又來到南方，面對撲面而來的蒼翠時，內心突然有了一絲難以言表的矯情，我是否已經無法面對內地的自然，我的自信心受到前所未有的打擊，開始擔心自己的審美，是否已喪失了那些柔美的情感而變得粗礪和簡單。

獨庫公路是溝通天山南北的另一條線路，是一條我走了許多次都沒有走完的線路。它南起庫車，北到獨山子，是一條為國防而建設，體現現代人戰天鬥地精神的傑作。在這條路上，我對天山有了一種碧野式的讚歎，進山時天已入秋，山裡下起雨，雨時斷時續，霏霏揚揚，被雨水打濕的山體色彩鮮豔油亮，盤山路偶有滑坡，有的地段岩石伸向空中，即將從天而降，對面的冰峰透明，夢幻一樣地矗立著，冰峰下是墨綠色的松樹林，像一條綠色綢帶沿著山體纏繞，林帶下面是綠色的草地，而近處腳下的草地已經泛黃，被雨水澆灌後，草葉呈現出金色，草地上有原木蓋建的小木屋；這是一幅油畫寫生，是天山的另一面，像人間天堂。

據說修這條路並不容易，一九七四年四月國務院和中央軍委下發了加快天山國防公路建設的命令，依照這道命令，一條連接天山南北的大通道開始施工，從庫車到獨山子穿越天山腹地的崇山峻嶺峽谷險灘，纏纏綿綿五百多公里，還要翻越四個海拔三千米以上積雪達板，在新疆達板是指被冰雪簇擁的高山，正如無限風光在險峰的詩句，美景的地貌與險惡的地形都對這條即將修建的公路構成了威脅。上世紀七十年代的軍人們接受了這項艱巨的任務，留下的歷史文獻上說，開進天山的解放軍工程兵三個團在這條路上待了十年，十年對一個人意味著什麼，十年寒窗，一個人從目不識丁的孩童成長為掌握基本知識的中學畢業生，一個女人從少女變成人妻、人母。十年，一個人可以從幼稚走向成熟，從黑髮變成白頭。一個人一生能有幾個十年，但是，這條名為獨庫公路的天山道修築了整整十年，從一九七四年到一九八四年，十年裡，有一百四十八名官兵沒再走出這座大山，他們中年齡最大的三十一歲，最小的只有十六歲。在那樣的時代裡，他們遠離正在動盪的世事，在黑暗的隧道中揮灑著青春，在他們的手下打通了雜湊勒根隧道、玉希莫勒蓋隧道和鐵力買提隧道，這些隧道的漢譯是此路不通、黃羊嶺和不可逾越。路修好後，為了紀念死去的修路軍人，政府為他們豎立了一座二十米高的紀念碑，上面鐫刻著「修築天山獨庫公路犧牲的烈士們永垂不朽」的字樣。如今車平穩地行使在天山公路上，碧野式的美景吸引著我們的眼睛，有多少人能夠想起那些生命，想起自己的車正在碾過的路基邊曾經奮力揮動的钁頭和揮灑的汗水，想起那些幹完最後一絲力氣終於躺倒的年輕的軍人，這就叫做鮮血鑄就，以生命換取吧。因為崎嶇和險要，我從未走完過這條道路，也沒有親眼仰望過那座紀念碑，但我想，最早萌生建立紀念碑的那個人是想給所有走上這條路的人一個提示，有些人是應該長存的，因為他為了你的幸福付出了生命。

另一條打動我的天山路是從未謀面，並且早已經廢棄的絲綢古道，那就是早在西漢時期鑿通的夏特古道，夏特古道南起阿克蘇溫宿縣，北至伊犁地區昭蘇的夏特牧場，是絲綢路上最險峻的一條古隘道。對於那條道路的全部理解都是我在書中讀到的，儘管沒有實踐經驗，我對那條古道的期望值從來都未降低過，在新疆的歷史中，它以極高的頻率出現在我的閱讀裡。

據說夏特草原遼闊坦蕩，像大海一樣浩淼無際，在夏特草原上可以眺望到雲霧繚繞的海拔七千米的汗騰格里峰，在蒙語中那是天王的意思。夏特是清朝的叫法，在蒙古語和維吾爾語中都是梯子的意思。天山主脊上的哈達木孜達阪和木紮爾特冰川橫亙中央，高聳雲端，那條古道就像天梯一樣難以逾越。

那條古道也叫烏孫道，最初，烏孫人生活在河西走廊一帶，是一個遊牧的部落，以後在與月氏、匈奴角逐中敗下陣來，被迫遷徙到伊犁河流域廣大的土地上。在眾多的能夠翻越這座達板的人中，西漢的細君公主最令人感到心酸，她在烏孫只活了短暫的幾年，烏孫的日子消磨去她所有的熱情；一個大漢養尊處優的女子，一夜之間背負了一個國家的使命，在無法擔當中擔當，而在這項使命還未真正開始之前，就先進行了一次穿越生死之路的考驗。她的漸行漸遠是悲淒的，在前不見古人後不見來者的翻越中一步一回頭，對她來說，夏特古道是她走向死亡的開始，她正在和即將面臨的一切是淒冷、衰老和孤寂，是五年的煎熬和長歎一聲的死亡。她在短暫的時間裡反覆吟唱：吾家嫁我兮天一方，遠托異國兮烏孫王，穹廬為室兮旃為牆，以肉為食酪為漿。她與她的後繼者解憂公主不能相比，儘管他們同屬女子，解憂是內心藏著大抱負的人，而解憂在去烏孫之前，細君已經替她走了一遍夏特古道，解憂的西去是向著人生目標的邁進，是對自身價值的一次實踐，她的去因為有了目標而降低了一路的痛苦。

夏特古道的堅硬和冷俊怎麼說都應該是一條男人的道路，這樣的行走和穿越是對成功經驗的積累。當年的玄奘用七天時間穿越過木紮爾特達板，他把那段艱辛的經歷記錄在《大唐西域記》裡，在幾乎所有書本都將這位大唐高僧完成西天取經看作是牢不可破的信念支撐時，我們可以繼續追問，信念的背後又是誰在作支撐，成功的經驗是否是堅持信念的一個重要因素，站在山顛上的人是否因為有了顛峰的經歷而更加地自信，橫穿木紮爾特達板後的玄奘是否因為曾經高高地站在了山顛，而在心理上離自己的信仰又接近了一步呢。

作為一條雄性的道路，芬蘭總統馬達漢將他的經驗發揮到了極致，上世紀初期的馬達漢是作為情報人員潛入新疆的，他很好地利用了自己芬蘭貴族男爵和沙俄派遣特使的身份，在中國境內搜探各類情報，不過，他又不像正統的情報人員按照既定的規範搜取情報，他的步履遍佈南疆和北疆，行程常常偏離正道，他用十五天時間從阿克蘇綠洲穿越天山進入伊犁昭蘇草原，他在日記裡記述了這次穿行，因為險要，當地政府派來了八個護路工人夜以繼日地用斧頭在冰上砍出臺階，以便讓人和牲畜安全通過，一路上，馬和驢的屍骨躺在冰裂的縫隙裡，三十多具凍僵的屍體與自己擦肩而去。

很難說清楚這場生死穿越對馬達漢的命運轉機起了多大的作用，但是，我們可以感覺到後來他在歷史重大事件和殘酷戰爭面前表現出的理智和冷靜與那場穿越是分不開的。在日俄戰爭和兩次世界性的大戰中，他以超常的駕禦能力成為芬蘭三軍總司令，由於在戰爭中的貢獻，人民給予他十分的信任和敬重，七十七歲時他被選舉擔任了芬蘭總統。大約是上世紀中期，芬蘭舉行過一次大型的歷史性活動，為馬達漢的騎馬雕像進行揭幕典禮，現場人山人海，芬蘭政界和百姓之間發生了激烈爭論，爭論分成兩個陣營：支持和反對。支持者認為這尊雕像充滿力量和勇往直前的氣概，是芬蘭獨立的象徵；反對者認為，這是一尊戰爭的雕像，是死亡與鮮血的標記，他們渴望和平，呼喚安寧，拒絕推崇戰爭中所謂的英雄。書讀至此，我有了深深的感慨，幾年裡遊歷城市，我總是想尋找一些除了英雄以外的雕塑，音樂家、作家、畫家，科學家，還有工人和農民，當然也有英雄人物，是他們共同創造了人類文明，獻出生命的英雄可歌可泣，為人類創作文化遺產的平民同樣值得我們敬重，但是，我們卻難以找到理想中的雕塑，芬蘭人在思考，他們對英雄的崇拜正在走向理性，這樣的思考會使一個國家逐漸地成熟起來。

對於夏特古道，我能做的是懷著一份崇敬的心，站在兩個端點矚望，我來到阿克蘇，想像著古道對面的伊犁河谷，站在伊犁河谷，想著當年的阿克蘇，既然夏特古道屬於一條男人的道路，我能做的就是矚望，站在起點和終點，為起程送行，為歸來等待。剩下的時間，就是張望，等待著路上的消息，所有的資訊，一次雪崩、塌方、或者一隊人馬的永不回頭，那些令人心碎的傳言，和被時間證明後的真實。我曾先後兩次來到伊犁河谷，一次是在冬季的夜裡，伊犁並不寒冷，到有些微弱的暖意，飛機帶著強力的氣流掠過機場跑道，疾風勁草立刻將我帶入戰爭的場景中，那個晚上，我開始想像發生在這個河谷的一些事件。在我第二次到伊寧的時候，來到伊犁河畔，伊犁河床開闊，河水豐盈，我站在河水邊等雲霞漸漸收斂，等一個完整浩大的落日，伊犁大橋有來往的車和人，在夕陽裡緩緩地通過，如此地祥和溫潤，誰會在這樣的時候想起，這裡曾經一度陷落於俄國人之手，伴隨著一紙讓整個中華民族為之恥辱的《伊犁條約》。

俄國人佔據伊犁河谷，意味著夏特古道不再是一條通途，他的一端握在自己手裡，另一邊繫在了外人手中，你牽著它，不再是過去的手足之情，那是你的敵人，是夜裡窺視著時刻想佔有你的人，這個人顯然更知道用兵之道，他先下手佔領了古道上的絕對位置木紮爾特達板，這是一把雙軔劍，既阻止了依附於英國的阿古柏從南疆穿越天山侵犯他的即得利益，又可以使他的野心進一步得到延伸，虎視南疆。

政府內困外焦，對阿古柏入侵新疆竟全然不知，直到俄國人進了伊犁才恍然夢醒，那可是大清帝國的後院，雖說離紫禁城十萬八千里，但那畢竟是大清的一方水土，是萬不得已可以退居隱身的老山林，對於這類不是問題的問題，政府內部引出了爭議，爭論的題目是海防與塞防應該防誰，匯集的焦點是新疆是收復，還是放棄。皇上最後做出決定，二者都重要，海防要防，塞防也要防，這就有了陝甘總督左宗棠的走馬上任。左宗棠用了先北後南，先打弱敵，緩進急戰，速決致勝的策略，在很短的時間裡消滅了阿古柏；去除阿古柏，俄國問題終於提到了清政府議事日程。

經過反覆商議，清政府決定崇厚作為政府代言人前往彼得堡進行伊犁問題交涉，這場交涉同時有兩個錯誤，一是決策者的含混其詞，另一個是執行者的兒戲之舉。崇厚使俄，沒領到任何旨意，面對如何討回伊犁，如何應對沙俄清政府沒有任何要求，翰林院侍講張佩綸對崇厚的出行曾提出質疑，還特別對他提出建議，大意是使臣議新疆，必先知新疆，提醒他不要走海路，而是以陸路前往，先約見左宗棠定議後再行使。可是，敬言和異議都沒什麼用，崇厚搭乘上外國的郵輪，從上海起航，一路清風駛向美麗的彼得堡，不久之後帶回了《交收伊犁條約》。

關於清朝政府割地的那段歷史，每每提及國人無不咬牙切齒，悲憤難耐，現在如此，過去更是如此，條約簽訂，全國譁然，在新疆戰無不勝的左宗棠不能不打，他三十七歲時在嶽麓山下，湘江水畔曾與林則徐有過一面之交，兩人暢飲抒懷，林則徐在談到邊疆時說出了自己的擔憂，沙俄終會成為邊疆的威脅。二十年後，林則徐的話音猶在，邊疆危機不幸被他言中，六十八歲的左宗棠抬著棺材進疆，要誓與新疆同存亡。他提出了武力收復伊犁的行動方案，根據這個方案布兵三路，其中中路由阿克蘇起程，穿越夏特古道直趨伊犁，據說，現在夏特古道的木紮爾特冰川上還可以看見當時駐軍的城堡和崗樓，做好一切準備的左宗棠將自己的行營由甘肅肅州西遷到哈密，戰爭即將爆發。

但是，事情並不如左宗棠的預料發展，他沒有完成徹底收復新疆的願望，反倒被招回京城。崇厚不敢招惹洋人又惹怒了國人，兩難中的政府派出了曾國藩的兒子曾紀澤再次談判，《交收伊犁條約》進一步談判促成了《中俄伊犁條約》，這個條約依照的準則是清政府給定的，如果說後一個條約有什麼進步的話，那就是這一回，清政府終於學會了給出一個原則，那原則是：「寬於商賈而嚴於界址」。而至於條約的性質，依然使每個站在伊犁河谷矚望過去的人們倍受羞辱。七萬多平方公里的山河在條約簽訂後逐一兌現，七萬多平方公里土地上的人們被迫從母體中切割出去，飽受苦難和摧殘。《清季外交史料》記載，條約簽訂後兩年，被割去的伊犁河北索倫營右翼四旗人民，強烈要求收回其地，烏梁海左翼蒙古族「男女老幼，至死不肯分讓」。這是一種臍帶與母體被割裂的疼痛，是一種巨大的失去靈魂保障的痛苦。

一條路也是有生命的，當有人出來取代他，替他生活的時候，他就會以驚人的速度衰老，然後死去。如今夏特古道荒蕪了，不再有新的故事發生，一九八四年獨庫公路通車後，夏特古道順應時事地老去，二十多年來古道橫臥在天山中央，卻再也無人問津。

回首依依勒馬看

露天電影沒有院牆，你的聲音飄蕩在城市上空，整個夜晚都被佔用，我尋著聲響跑著趕到電影場，那是一段漫長的距離，經過成片的居民社區，家家戶戶亮著燈，每一束光線裡都透露著幸福的橙色。我跑著，上氣不接下氣，衝進廠區大門時，遠遠地看到了你，正面對滾滾硝煙，背景是歡呼的人民。

你被一個有著高超演技和極具創造力的演員塑造著，那是一個被母親們常常掛在嘴邊的明星，趙丹，也是從她們那裡，我第一次聽到了你的名字，不是杜撰，不是虛構，趙丹塑造的是一個真實的人，一段真實的歷史，發生在一百六十多年前的中國南方海域。

中學以後，再次接觸你，是在歷史教科書上，薄薄的書竟然給了你好幾頁的長度，僅從全書的篇幅和長度看，就知道你在中國歷史中擔當了什麼樣的角色，承擔著什麼樣的重量。

人類最早崇拜高山，跨過高山之後開始征服海洋，在海洋面前，日本人和英國人都顯現出不可遏制的亢奮和病態瘋狂，兩個島國，缺少一根與陸地相連的臍帶，他們的內心世世代代都消化不掉遠離陸地的恐懼。我在丹尼爾‧J‧布林斯廷《發現者》閱讀中深切感受到了粘稠的、質密的、連續的、不屈不繞的來自海洋的氣息，那種海洋才有的持久頑強打破了絲綢之路的唯一性，從此岸到彼岸，勇士們在求索未知的行進中，還捎帶著一項任務：擴張和掠奪，與利益密切相關的進取。在歷史的某些時期，這項任務遠遠超出求索而成為出走海洋的唯一原因。

一艘鼓滿急風的船進入我們視線，向岸邊緩慢靠近，在距離的錯覺中，它淺淺浮動在浩淼的水面，與出海漁民製造的木船沒多大區別，是一條平常的船。因為平常，它乘風破浪遠行萬里背後的目的被我們忽略，沒有人尋思過它漂洋過海的理由。

我們是一條東方龍，太平洋綿長的海岸線上古老神秘的國家，我們引導過世界文明，一度是世界中心，我們的周圍有一圈天然屏障，西南是沒人能夠跨越的世界屋脊青藏高原、北方是內蒙古廣袤的大草原、東北有大興安嶺冰雪險峰、東部圍繞著最大的海洋、西北有世界第二大沙漠塔克拉瑪干，是進得去出不來的地方，漢武帝時代曾經在那裡打開過一條長路，那是我們與外界唯一的通途。高山、大海、沙漠、森林、草原，浩大的自然包裹著一個世外桃源，這還不夠，我們還不放心，又在危險的北方築起了長城，天然與人為屏障阻隔了危險，消除隱患後，我們安穩的地躺在琉璃碧瓦的四合院裡盡享曉風楊柳，人間閒適。

從什麼時候起，我們再也激蕩不起向外飛翔的欲望了，翅膀漸漸退化，越來越像一隻家禽而非鳥類，躲在自己的田園裡，我們建立了一整套規範的家國一體的宗法制度，以家長為中心，嫡長子繼承國家最高權利。兩千多年朝代轉換，原則卻從不更改，一代又一代的子承父業，掌管著國家機器，我們像穩定的黏合劑，牢牢粘貼在了歷史的軌道上，不知道地球另一邊的人從來就沒有建立過大一統的思想，沒有經歷過中央高度集中統一，所有人的想法都在彼此的較量中打磨、對抗、此消彼長，並以優勝劣態的自然法則進行更迭。

翅翼退化，我們失去了天空。沒有天空我們看不見璀璨星光，也就從不知道這個世界還有精彩存在，不知道大洋對岸的產業革命，不知道世界經濟正在發生深刻變化，不知道人們正享用著技術革命帶來的成果，更不知道那些崇拜羨慕我們的人們，正在暗地裡靠近我們，試探性地觸碰正在被我們放棄的天空。

葡萄牙人繞過非洲好望角到印度，借助印度的跳板闖入我們視線。開始，他們寄居在一個孤島上，做著小小的商業中介活動，很快聞訊而來的人多起來，他們開始騷動、侵擾，之後發生衝突，他們死了五百人，五百人對千里迢迢闖蕩海洋的人來說是毀滅性的，足以摧毀全部的鬥志和進取，但是，這群人好像並未退縮，在接下來的日子裡改變方式，以重金賄賂，租下了澳門。

西班牙人反向而行，穿越南美洲到達菲律賓，輕而易舉登上了我們的海岸線。法國人是時尚的追逐者，不堪落伍地成立了中國公司，派遣五名傳教士到北京。美國人給自己的商船起了個親和的名字「中國皇后號」，這位太平洋彼岸的皇后，迫不及待揚帆起航，在廣州擺起了自己的小攤點，販售美洲土生土長的西洋人參，他們不敢相信自己的眼睛，大把大把銀子滾滾進帳，三萬七千元的利益在國內像炸了鍋的滾油，啟動了渴望暴富的神經。不走運的荷蘭人情商不高、知識貧乏，進入的方式簡單粗暴，在澎湖列島遭遇了鄭成功，到順治十八年，被趕出海島，成就了鄭成功的民族英雄稱號。

英國女王伊麗莎白兩次致書大清皇帝，要求建立關係，但沒成功。她曾經部署過幾次行動，起初是四艘軍艦駛入珠江和廣州，之後，以恭賀乾隆皇帝八十壽辰為名，派馬嘎爾尼帶著使團到熱河，又派阿美士德使團來華，幾次行動沒引起我們太多關注，到是阿美士德的不行跪叩之禮惹惱了我們，那不是一個知趣的人，更不是一個知禮儀的人，梗著脖子說自己沒有義務行跪叩之禮：你又不是我的皇帝，我又不是你的臣民，我是使者，只忠誠於英國女王。那時，我們並不知道新世界的規則，從來都以為，大清帝國是世界的中心，到了中心不行跪叩之禮，是不識禮儀的野蠻行為。

類似的來與拒絕，延續了三百年，三百年短暫又漫長，三百年遠方來客不屈不撓，堅持著敲擊古老的大門，他們一次又一次試探，一次又一次血本無歸，卻始終堅持著自己的敲擊。是我們太過遲鈍了，三百年的敲擊我們都沒問過自己一聲，為什麼。我們用三百年的時間續接著幾千年的美夢，在陣陣的敲擊聲中顯露出連自己都難以琢磨的笑容，我們與他們之間保持著貿易順差，厚重的白銀像緩緩的流水豐盈著我們還算富裕的金庫，這種感覺真的不錯。

世界給了我們機會，三百年的時間，寬餘富足，三百年能夠塑造多少代人的觀念，僅僅是打開窗戶一個微小的動作，這個小小的動作卻始終沒有人去嘗試，因為我們不習慣，我們只做自己習慣了的事物。康熙似乎感觸到了什麼，嘗試著開放廣州、漳州，還有寧波和雲臺山，這是很了不起的覺醒，只可惜到了乾隆時代，試圖敞開的門扉又關閉了，只在廣州留下一道縫隙。

三百年的徘徊對西方來說已經等待太久，他們早有了以貨易貨的概念，有了交換的觀念，他們遠渡航行而來，僅廣州一地實在太過擁擠太不過癮，更令他們不過癮的是攜帶來的西洋參、檀香木、毛紡織品、鐘錶在浩浩東方大國竟然毫無市場，這個自給自足的國家、這個過於自信的國家、這個只習慣於熟悉舊事的國家，這個對新生事物激不起半點漣漪的國家從皇族到百姓一致性地拒絕著海洋的召喚。

拒絕並非天衣無縫。有一種感覺，來自生理的愉悅令人著迷，最初，它是一支花，種植在海拔三百米到一千七百米的地方，每年的二月播種，春季開花，花朵鮮美，白色、紅色、紫色競相盛開，每朵花都有四個花瓣，葉片光滑，泛著鮮亮的蠱惑的光澤。

她叫罌粟，花瓣枯萎時，果實成熟，成熟的果實可以提純出使人毛骨悚然的提取物：鴉片、嗎啡、海洛因、可卡因。「我忍不住要大聲歌頌偉大的上帝，這個萬物的製造者，它給人類的苦惱帶來了舒適的鴉片，無論是從它能控制的疾病數量，還是從它能消除的疾病的效率來看，沒有一種藥物有鴉片的價值」，當十七世紀一名英國醫生這樣歌頌令我們著迷的鴉片時，不會想到現代人對它的描述卻是：形狀不一成圓球形，扁形，磚形或不規則形，呈棕色或黑色，也稱阿芙蓉，作用三至六小時，人會昏睡，呼吸抑制，瞳孔縮小，噁心，皮膚刺癢，便秘。過量效應為呼吸淺慢，冷粘皮膚，痙攣，昏迷，可能致死。戒斷症狀是水樣眼，鼻涕橫流，無食欲，哈欠，易怒，顫抖，驚慌，忽冷忽熱，腹部絞痛，噁心。

但是，她能令人愉悅，愉悅就是能夠伸進觸角的縫隙，等了太久的西方人在眾多的攜帶品中終於找到了最恰當的敲門磚；起初是兩百箱，像毛毛雨，用於醫療，這算是正常的貿易，以後是兩千箱，已經有了利益，後來是四千箱，有了膨脹的趨勢，再後來到了四萬多箱。

四萬箱是什麼概念，細微的神經被觸動，鮮紅的血液被浸染，起伏的肺葉被麻痹，跳動的心臟被窒息；四萬箱鴉片暗地流瀉，散佈於民間和上流，萎靡、頹廢、搶劫、偷盜、遺落街頭。症狀出現後，嘉慶十九年的上諭中說：「鴉片一物，其性質為毒烈，服之者皆邪慝之人，恣意妄為，無所不至，久之令血耗竭，必且促其壽命」。

一個民族的精神和肉體正在被麻醉。你，是在這樣的背景下亮相歷史的，道光皇帝在眾多朝廷大丞將相中選中了你。你也立下誓言，「若鴉片一日未絕，本大臣一日不回，誓與此事相始終，斷無中止之理」。於是，就有了我上氣不接下氣，衝進廠區大門，遠遠看到你的一幕，你正面對滾滾硝煙，背景是歡呼的人民，那是歷史著名的虎門銷煙事件。二百三十萬斤鴉片從六月三日到二十五日在虎門當眾銷毀，鴉片浸泡在鹽鹵水中，加上石灰，我看到了巨大的毒瘤在濃濃白色液體中吃力地沸騰。

我清晰地記得自己當年的興奮，許多年裡我都堅持地相信在那場正義與邪惡的戰爭中我們是勝利者，這種認識一直延續到大學歷史課堂，老師並沒給出確定答案，即便書中早已定性定量，老師口中出來的結果也是朦朦朧朧留有餘地。這是高妙老師慣用的方法，他用這種方法給你留出一塊擠進思考的空地。

這塊空地一直沉睡著，遲遲不肯閉合，直到年輪增長，直到一次偶然的遇見。

破綻是在煙臺出現的，在劉公島觀看北洋艦隊雄厚實力敗給日本吉野炮時，不經意間有人講起了許多年前。說你是睜開眼睛第一個看世界的人，你在廣東設立了譯館，組織人翻譯西方書報，輯有《四洲志》、《華事夷言》、《滑達爾各國律例》，還說你在鴉片戰爭之前，從美國商人手裡買了一條艦船，裝上了三十四尊英制大炮。這些陳述本是在說明你的開放意識和開放行為。

我對你的戰艦發生了興趣，看著北洋艦隊與日本艦隊決戰黃海的戰事模型、看著李鴻章全軍覆沒的結局，對你那艘三十四尊英製大炮的戰艦突然給予了無限期望，腦子裡瞬息冒出許多個為什麼，它的戰績如何、戰況如何，命運歸向了哪裡。

那一天，我第一次對你有了些微的失望，也開始質疑對你的評價，你是如何睜開眼睛第一個看世界的；當你得到艦船時，不是命令你的軍隊把這條大船開到海上與英軍對峙，甚至投入戰鬥，而是選用一種中國式的防衛方式，將艦船橫泊於珠江口，作為障礙物和炮臺使用，結果，被英國水兵爬上船去，連船帶炮都拉了走。

一艘不在海中航行的船不能真正稱其為船，一個不放一炮就沉寂下來的戰艦同樣不能稱其為戰艦，不知道你親自購買的艦船未及出海就被別人拉走時你的心情是怎樣的。歷史是有變數的，變數，能夠成就一個英雄，也能讓一個英雄抱憾，你的痛心只有你自己明瞭。

我又在想，你的眼睛睜開了多少，或者說能睜開多少？你的身後有一個大背景，你怎麼可以擺脫那個大背景，你是一隻披帶枷鎖的鳥，怎麼能夠飛翔天空，在那個大背景下，你的身體裡不可能不被灌輸那個國家一貫宣導的主題思想：忠孝、修身、仁義。不能不積澱保守、緩和、惰性的習慣和捨不得的小農習性。而這，不僅只你一人，整個國家的性格和人格都被塑造成了那樣的模式。

雖然，你睜開了眼睛，朦朧地看了一眼世界，但是，那一眼動搖不了歲月的根基。習慣，以它牢不可破的頑固性緊緊跟隨著你，左右著你，指揮著你每一次的行動。所以，我們看到的世界是，西方的船隻自由地揚帆在大西洋、太平洋、印度洋，而你的船隻只肯停泊在避風的港灣，龜縮著、拘謹地等待著無法預測的結局。

探究戰爭的深度時，我們發現，在這場以鴉片為主題的戰爭背後，一種比鴉片更大的死亡潛伏著，硝煙使我們與西方的貿易一併終止了，跟隨貿易成長起來的技術、科學、產品、進步，這些新鮮的名詞沒人知道，新的概念是身在此山中的人的想像力無法企及的盲區。停留在現場的人們無法意識到自己正在排斥的是時間，是歷史的腳步。

《南京條約》是那場因鴉片而起的戰爭產物，與《南京條約》互為姊妹的還有《中美五口貿易章程》，也叫《望廈條約》，《中法五口通商章程》，也叫《黃埔條約》。《南京條約》是個轉折，預示著西方人在華勢力開始深入。戰敗的道光皇帝不得不遵循戰爭的規則，賠償軍費，割讓主權。一個維持了兩千年的堡壘被撼動了，彈片留在肉體裡，疼痛接踵而來。多年之後，當我們揭開傷疤查看病況時，從另一個層面上恍然發現，正是《南京條約》以血的代價在遮蔽天日的堡壘中拉開一道天幕，光線透射進來，撒下了貿易的種子，具有現代意識的商業人悄然跟進，一些嶄新的觀念正借助於殘酷的方式緩緩地滲透進古老的土地。

那個時候，你接到了西行諭旨。看到你自製印章上刻著的四個漢字「寵辱皆忘」，突然感到，其實你什麼都忘不掉，對於那段經歷你是無法釋懷的。「天山萬笏聳瓊瑤，導我西行伴寂寥，我與山靈相對笑，滿頭晴雪共難消」，儘管你意欲把以往所有寵愛和屈辱統統拋到九霄雲外，但你，依舊無法釋懷，在一封給友人的信中，你對那場失敗的戰爭寫下過自己的經驗，「彼之大炮遠及十里內外，若我炮不能及彼，彼炮先已及我，是器不良也。彼之放炮如內地之放排槍，連聲不斷。我放一炮後，須輾轉移時，再放一炮，是技不熟也」。

器不良，技不熟，這也是你從美國購置艦船的初衷吧，其實，即便是器良技熟，與西方的一戰仍舊前程未卜，其中緣由早已超出了器與技。

在禁煙的手段上，前些日子讀到一篇文章，文章中說假如你略微溫和些，比如以低價買回鴉片，然後再燒毀，適當照顧到鴉片販子們的利益，然後再燒毀以示禁煙的決心，或者將鴉片作為奢侈品由國家壟斷控制，再與英國人談判禁煙的時間，以逐年減少直至禁止，或者引導英國其他商品取得鴉片以實現貿易收支平衡。如此，那場痛心疾首的戰爭或許就不會開戰，恥辱的《南京條約》也就不會簽訂。我在想，是否，你太急切了，衣衫襤褸的人、棄兒賣女的人、露死街頭的人都使你無法選用溫和的政策，你要在有限的時間裡完成一個民族的健康。

或者，我又在想，即便是你溫和地做了讓步，結果是否會像人們預期的那樣。當英國那個美麗的女人提攜著裙裾走上最高交椅轉身坐下時，她已經不是她自己了，她要代言的是一群人的利益、無限的利益，她要有強硬的進攻意識，要無視正義與道德，要鼓勵海盜，慫恿著一切能夠達成利益最大化的行為。儘管有人說了，這是一場非正義的戰爭，一場使英國永蒙恥辱的戰爭。

你的晚號叫俟村老人，其實你並不老，以現在的眼光，六十六歲算不得嚴格意義上的老人，但是，你已經老了。離開南海海域，你走上了一條艱難的西行路。以我一個新疆人看來，在新疆的日日夜夜你是一個比虎門硝煙更值得人們尊敬的老人，你身上煥發出了一種美質，虎門硝煙時的中年氣盛日趨平緩，你像夕陽中的光芒，不強烈，卻能橫貫西域。

新疆是你被貶謫與流放的地方，當時你正在浙江鎮海前線，接到遣戍的命令，沒做耽擱，第二天就踏上漫漫戍途，枯藤老樹昏鴉，西風古道瘦馬，你的西行在我想像中是一幅淒涼寂寥的水墨圖畫，一步一回首，那裡有你割捨不下的情懷。

惠遠小城是個邊遠的小城，卻有著象徵意義，大清皇帝恩德惠及遠方，遠到哪裡？遠到新疆伊犁河邊，惠遠，惠及遠方，遠至八城，惠遠是座標中心，清政府在那裡設立了伊犁將軍府。它以東南西北四條大陸通向四方，以四個城門規範出一個中央，伊犁將軍府就設置在這個中央，它是大清政府在整個新疆的軍事政治中心，是乾隆皇帝冊封的新疆都會。為了保證他的大清特點，被任命的伊犁將軍全部都是八旗之子。

到惠遠鐘鼓樓那天，天格外晴朗，撫摩典型的漢式高層木質結構的建築就想起了你，書上說你住在南街鼓樓前東邊第二條被稱為寬巷的寓所，可惜的是，我圍著轉了幾圈的鐘鼓樓，已不是你當年攀上登高望遠的鐘鼓樓了，這是一座建於光緒年間的建築物，與你並無關聯，雖然它是按照你曾經登上的鼓樓原本模樣修建的。你住的鐘鼓樓在距離這裡十五公里的惠遠老城，那時，你常登上鐘鼓樓，憑欄眺望，幾許的無奈幾許的愁。

圍著鐘鼓樓轉，我如同走進了一個連環圈套，有些迷亂有些暈旋，一圈又一圈，彷彿鐘錶上的秒針，步履沉重地重複著既定動作，它讓人想起無限，想起無以依託，想起掙扎在找不到起點和終止的漩渦中央，同一道理的還有樓裡的鼓和鐘，晨鐘暮鼓，這座小小的鐘鼓樓給了時間一種形式，歷史就是在這樣周而復始的圈套中重複著。

對於硝煙中的大清帝國，當時的新疆是後花園，在清淨寂寥的惠遠小城中，伊犁將軍布彥泰親自為你在將軍府選了寓所，新疆對你來說是個親切的地方，親切卻並不安全；對於邊界問題，你有著特別的敏感，站在邊界地圖前，你審視著綿長的邊界線，線的那邊有一群正在崛起的俄國人，那群處在原始最初積累期的人，在本質上與英國人、美國人、西班牙人、葡萄牙人、荷蘭人沒太多區別。歷史是個圈套，周而復始重複著過去，無事可做的你在圍著鐘鼓樓旋轉時一定是越發地焦躁，你警覺地嗅出了伊犁青草味下浮動著的不安與悸動，那寂靜中招搖著的火焰時不時竄出海平面，舔噬著你的神經，你的眼前頻繁出現著一幕又一幕南方潮湧的海水，離開新疆那天，你對布彥泰說，終為中國患者，必俄羅斯。後來在湘江邊的一次茶飲中，你又對同是湖南老鄉的左宗棠講了你的不安和懷疑。

幾十年後，惠遠城在你的預言下，遭遇了劫難，沙俄出兵佔領伊犁，惠遠城百年繁華頃刻灰飛煙滅。我相信左宗棠對新疆的胸有成足是建立在幾十年的心理準備上，從那次湘江敘事開始，這個年輕人心理就做好了遠征新疆的準備，他能抬著棺材進疆，張弛有度，步步為營也全是因為你，因為那次湘江敘事。

我在讀了兩遍余秋雨先生的《都江堰》後，豁然明白了新疆人對你所懷的敬仰來自何處。對於西北邊陲的眾多民眾來說，能夠記憶的未必與虎門硝煙有關、與鴉片戰爭有關，新疆人不太知道海邊的事，這個世界上離海最遠的地區對海洋的反映並不敏銳，他們知道的事只與每日衣食相關。

踩在鄉間的泥土上，忽然感覺離你靠近了，你的呼吸和溫度正在綠色的植物間悄聲傳遞遊走，一百多年過去了，你的氣息依然尚存，順著生命的紋路代代相傳，就像設計修築都江堰的李冰父子，他們的血液在成都平原的水網中悄聲慢流，滲透到每一寸土地，他們不死，與水同在。

在遠離戰爭紛亂的伊犁，你的雙腳踏進了泥土，伊犁將軍布彥泰給了你一個協管糧餉的差使，這是一個有機會貼近百姓的小官，你很好地利用了這個機會，帶著民眾開墾荒地，墾荒關鍵的問題是水，你於是關注水、研究水，修建了引水工程，四個多月，十萬餘百姓，完成了一條引水之渠，從那時起，伊犁糧田農間清水環繞，渠水灌溉了伊犁地區三分之一的耕地，百姓給這條渠送了個名字，林公渠。

南疆水土肥美，春季撒一把種子，不用除草施肥，秋季都能大豐收，這個我年少時就聽來的經驗一直令我好奇不已，直到我長大，真實地走在南疆大地上時，才明白了肥沃的真正所指；新疆的肥沃與內地的肥沃是不同的概念，新疆的肥沃必須建立在開墾的基礎上，新疆的肥沃只對善待土地的人網開一面，在不毛的鹽鹼之地上感悟肥沃，汗滴和眼淚是混合在一起的。我知道你曾經丈量過這裡的土地，你的足跡遍佈庫車、烏什、阿克蘇、和闐、莎車、喀什，喀喇沙爾、英吉沙，這是南疆最著名的八城，也是人口最多的八城。那一年冬天，你接到諭旨，命你去南疆周歷履勘，事務繁重，道路綿長，而你沒有推辭，帶著兒子聰彝告別了生活了兩年的惠遠邊城，趕往烏魯木齊，再經過吐魯番向南穿越天山西去；這是你第二次路經烏魯木齊，第一次是進疆的時候，在烏魯木齊停留了兩天，這次又是短暫的歇息，你不會知道你的匆匆行使給烏魯木齊人留下了多麼永久的懷念，他們在城市的最高山頂紅山為你塑了一尊雕塑，讓你的目光能夠俯視到城市的每一個角落。

余秋雨先生在《都江堰》裡這樣寫著：

我到邊遠地區看戲，對許多內容不感興趣，特別使我愉快的是，戲中的水神河伯，換成了灌縣李冰，戲中的水神李冰比二王廟中的李冰活躍得多，民眾圍著他狂舞吶喊，祈求有無數個都江堰帶來全國的風調雨順，水土滋潤。戲本身是以神話開頭的，有了一個李冰，神話走向實際，幽深的精神天國一下子貼近了大地，貼近了蒼生。

在這段話中我感悟到了一些民間的東西，一種真正能夠抵達人民心靈的東西，貼近大地、貼近蒼生，無論是經過南疆的耕地，還是走在伊犁農田水渠邊的人們最能明白貼近大地、貼近蒼生的含義，他們要記憶的、懷念的正是那些親近的人、為民造福的人、貼近蒼生的人。當這樣的東西被你詮釋在新疆大地上，當這樣的東西伴隨著渠水流進百里糧田時，我明白了新疆人對你的紀念，也明白了烏魯木齊紅山頂上為你塑起的白色雕塑的真正意味。

「格登山色伊江水，回首依依勒馬看。」告別新疆的時候，你牽著老馬，一步一回頭，你越來越發現你對這塊土地的難以割捨，回首遙望，你知道，新疆給了你優厚的待遇，他們叫你林公，覺得這樣才能表達自己。而對你，這塊土地給予的是你可以終身享用的一筆財富，他真正幫助你踐行了「苟利國家生死以，豈因禍福避趨之」的高尚境界。

輪臺的田野

無論走到哪裡，你都希望看到自己熟悉的事物，熟悉意味著你與它的過去在內容或形式上保持著某種相似，意味著熟練，意味著把握。這個邏輯適合於許多場合，比如一座城市，因為曾經讀過它看過它，在讀和看中發現其中某些篇章裡發生的情節，與自己熟悉的事物有所關聯，你就認定，這座城市於自己是熟悉的、熟練的和可以把握的，於是，當你真的來到這裡的時候，你的第一個感覺是親切，而不是陌生和害怕。輪臺於我正是這樣一個地方。

這樣的熟練可以追溯到兩千多年前，一段多麼遙遠的熟練，而這樣的熟練，完全是因為我的漢族血統，因為我的祖先曾經在這裡生活，這裡的土地上保留著他們的氣息。那時的西域有三十六國，各種血緣、語言獨霸一方，我的同族們，以絲綢、茶葉、戰馬、利劍，還有我們姊妹的通婚殺開一條血路。他們的先行，使那些陌生的地方在我們的記憶中留下了跡象，跡象逐漸地深入、不斷地滲透，終而成為我們熟悉的陌生地，有了我們熟知的習俗。

屯墾，是漢民族的一筆大寫實。那些根深蒂固的漢式理念正是在屯墾中被種植成長的。到輪臺之前，我並不知道它，只覺得這個地名非常漢化，我在這裡行走，路過縣城中央、邊緣和周圍的荒漠，看到農莊、棉花地、果園，被劃分清晰的土地，還有勤勞的農人，在初春的綠色中知足好靜，守護著偌大的一片田野。其實，這片安靜的田野在歷史上是有過異常激烈的紛爭、搏殺和抗衡的。

大漢最早西行的人是張騫，他的西行是大漢第一次放眼世界、拓展心理的一次成功嘗試，他西行的結果是西漢政府在南疆輪臺設立了西域督護府，總領新疆事務。李廣利先後兩次兩次討伐大宛，為的是漢武帝的一次道聽塗說，他聽說有一種馬叫汗血寶馬，體格健美，為馬類極品。他先派了使者攜帶一匹金馬，一千斤金子，前往大宛購買這種馬，哪知大宛國王並不買帳，也不知道大漢到底是個什麼樣的國家，天高地遠的，無非幾匹馬的買主而已，大宛不但不賣，還殺了買主，搶走了金子。大宛疏忽了，他們無論如何也不會料到這一將，使西漢皇帝怒火沖天咬牙切齒，立刻，一支精良的漢家大軍起程遠征西域了。

最初的征戰並不順利，漢軍沒經驗，也許是漢武帝用人不當，之前的霍去病、衛青、李廣在抗擊外患中都是戰功卓著，包括之後的李陵，雖是全軍覆沒，並且投降，被盛怒之下的漢武大帝滿門抄斬，但李陵在奮戰匈奴中表現出的用兵才能和英勇氣概感動了世世代代，讀李陵總使人覺得，歷史的的確確是一個美麗而蒼涼的手勢，它是由人書寫的，書寫成什麼樣它就是什麼樣。李廣利的軍事才能平平，西征大軍傷亡慘重，但他卻因有了漢武帝的呵護，得以兩次西征，並以勝利者的姿態擠進了大漢英雄譜中。李廣利是大漢嫡系，儘管沒有多少實戰經驗，漢武帝還是要扶持他，漢武帝的扶持就是勝利，皇帝讓他勝利，他就一定會勝利。他也信誓旦旦，一定要將那汗血寶馬帶回中原大地，但是，當他遠走西域後才發現，遠征討伐並不是一件簡單的事情，他遭遇的最大問題就是軍需供應，糧草無法行進，大批的隊伍以饑餓之軀疲憊應戰，要是看看大清時候左宗棠收復新疆軍需供應的準備工作，就會發現李廣利的年輕氣盛，當然兩人是無法相提並論的，或許左大人收復新疆之初，正是留意了李廣利曾經的悲劇，才得以做到人馬未到，糧草先行。

沒有拿下大宛的李廣利回到長安，因為是漢武帝所謂的自家人，李廣利即使戰敗也安然無恙，兩年後，他再次被漢武帝啟用，第二次遠征討伐大宛。大宛國在今天的土庫曼斯坦，吃一虧長一智，這一次他備足了糧草，一路長驅，來到輪臺城下，當幾日攻而不下的輪臺城最終拿下後，他對這座城池進行了血洗，如今在克孜勒河支流喀拉塔勒下游的荒漠中，還有一片廢棄的古城牆，紅色的灰燼覆蓋殘垣，輪臺人叫他灰燼城，他是李廣利第二次討伐大宛國時縱火焚城，留下的廢墟。歷史遺跡偏愛沉默，從不開口說話，它不開口，卻把事實拋給我們，讓你一目了然，看個清清楚楚真真切切，你想燒掉一切，也確實燒掉了一切，但是，遺跡仍然以灰燼的形式為你保留了被燒掉的一切，有些東西既然已經發生，就不會輕易地消失。

總結李廣利兩次西征，大漢雖然贏得了戰爭，也損失慘重，儘管西漢多了許多臣服者，但西域低下的生產力無論如何都難以養活漢軍龐大的軍隊。李廣利在拿下大宛回軍途中，留下一部分士兵駐守輪臺，從那一刻起，一個新的概念在西域出現了——屯田。關於屯田的益處，曹操在《置屯田令》中總結過經驗：「夫定國之術，在於強兵足食，秦人以急天下，孝武（漢武帝）以屯田定西域，此先代之良式也」。

當年的秦王朝統一全國，為防止匈奴侵犯，調遣四十萬農耕民長期戍邊，四十萬青壯年男子，不事生產，坐以待食，只為與進犯者一搏，始皇卻未曾想到，四十萬的衣食所需全靠轉運，戍而不屯的後果使農民無法承受，揭竿而起。多年後當李廣利根據自己兩次出征經驗在西域開啟屯墾先河時，或許他並未意識到，他的這一決定，對未來乃至整個國家的拓邊政策都具有重大的歷史意義。

攤開西域地圖，以長安向西，穿過河西走廊進入新疆，匈奴的馬隊四處衝撞，橫霸各路，輪臺地處絲綢之路的中央要衝地段，它的東北和西邊是被匈奴控制把持的車師和龜茲國，輪臺和輪臺以東的尉犁正是被匈奴暫時忽略的綠洲地帶，這是一個恰倒好處的空白，在這裡發展屯田，既能充足軍隊的給養，又橫腰切斷了車師與龜茲的聯繫，直接威脅著匈奴在焉耆的軍政機構。御史大夫桑弘羊認識到要與匈奴進行長期的戰爭，首要解決的是軍需問題，要解決這一問題，屯田是必須的。他上奏漢武帝，意思是輪臺地廣，水草豐美，溫和、田美，可種五穀，與中原同時熟，應該派遣田卒去輪臺，種植五穀。這是一個加快西漢統一事業的提議。但是，漢武帝沒有接納這一主張。

作為探索階段的屯田在西漢時期和所有事物一樣，經歷了潮起潮落的興衰過程，屯田作為一項國家事業正是在這樣的肯定與否定中逐漸成熟起來的，在這一過程中我們看到了一個皇帝的不同側面，他的感性與理性交相呈現的一面，看到他年輕氣盛的剛愎和年邁時的慈祥，那時，漢武帝最後一次去泰山封禪，看到農田裡勞作的農民，生出一番感慨，對自己連年征戰使天下人愁苦度日追悔莫及，他一再地道歉，為他執政時期的錯誤，這使得他晚年生活在沉痛和內疚之中，他的政令隨著他的情感傾向漸漸地發生變化，當桑弘羊提起在輪臺修築堡壘，駐紮軍隊時，一生狂悖的武帝陳述心願，在臨終前發佈了輪臺罪已詔，這是一個老人一生征戰後的悔悟和自責。

在輪臺罪已詔裡，他說，前些時候，有關人奏請要增加賦稅，每個百姓再多繳三十錢，用來增加邊防費用。如今又有人奏請派兵到輪臺去屯田墾荒。輪臺在車師以西一千餘里，上次攻打車師時，危須、尉犁、樓蘭在京師的六國子弟兵都參加了征戰，迫使車師王歸降，取得了勝利。雖然城裡糧食很多，可兵士無法帶足糧食班師回朝，體魄強健的盡食所蓄，體弱多病的在路上死了幾千人。他又說，自己一時糊塗，匈奴長期扣留漢朝使者不讓回朝，所以才派將軍李廣利興兵征討，維護漢使的威嚴，等到李廣利兵敗，將士們或戰死，或被俘，或四散逃亡，這一切都使自己悲痛難忘。如今桑弘羊奏請派軍隊遠赴輪臺屯田墾荒，修築堡壘哨所，這是勞民傷財，不是憂患天下百姓的好建議，所以不能採納。

輪臺罪已詔是屯墾戍邊政策的第一份檔案。也是一個標誌，標誌著國家的發展已經從疆土的擴張走向繁衍生息。擴張是西漢一項長期的事業，桑弘羊的主張符合大漢發展的需要，武帝的悔過更符合當時的實際，戰爭的滿目創傷和生活在饑餓線上的人們都為這個強大的國家發出危機的信號，武帝的明智之舉是他在晚年忽然悟出了其中的道理，當他從征戰的狂妄和滿足中警醒過來時，他的善念終於使他的人民開始豐衣足食，安享天倫。

輪臺真正意義上的屯田開始於昭帝時代，昭帝採納了桑弘羊的提議，恢復輪臺屯墾，又派了杅彌國太子，在西漢做人質的賴丹負責輪臺屯田事務，賴丹原本是杅彌國遣往龜茲的太子，李廣利到大宛知道這事後，責怪區區龜茲國算得了什麼，竟然也敢接受質子，命人將賴丹送到了中原，賴丹在中原接受了漢文化的薰陶，回到西域的賴丹打了一手回馬槍，直接觸痛了龜茲國的軟肋，使龜茲國坐臥不安。輪臺與龜茲唇齒相依，之間路途平坦，從這一城一眼就能望到那一城，對龜茲來說，賴丹的到來如同漢人在自己後院安置了一枚定時炸彈，爆與不爆，什麼時候爆完全要看漢人的心情了，龜茲人平靜的生活被打破。而附近匈奴人更是感到了巨大的壓力和緊迫，漢人在他企圖獨霸西域的政治秘密前設置了一道殺手鐧。

那麼，殺死賴丹吧，匈奴與龜茲一合計，賴丹死在了龜茲貴族手底下，雖說賴丹只是一名小國的質子，但他既然是以漢朝的名義履行責任，他的頭就是為漢朝而掉，血就是為漢朝而流的，漢朝就要為他負責、為他報仇；大漢的復仇不僅是為賴丹，更是為自己，為煌煌大漢受傷的自尊心，於是，在賴丹被殺後四年，漢朝與烏孫聯手出兵兩萬，圍攻了龜茲，為賴丹報了一箭之仇。

因為西漢的開端，千百年後我們對輪臺有了一見如故的親切感，去年冬季，我第二次去克孜爾千佛洞，很留意地翻看了龜茲壁畫圖冊，其中有一幅牛耕圖，一個龜茲人趕著抬杠的二頭牛，那人一手扶犁把、一手揚鞭，二牛並排走著。以牛耕作是漢人的務農方式，對於這一地區，牛耕的引進應該是農業生產上的一次革命性變革，因為牛耕，可以迅速擴大耕地面積，提高產量，伴隨著這種進步，漢人的文化習俗和生產方式也在這片土地上慢慢得到了滲透。

輪臺縣城很容易使人誤讀為一座漢城，輪臺兩字是典型的漢式縣城的名字，直到現在，小城內大多都是漢式建築，清真寺院也不似庫車、喀什那麼多，最重要的是那些類似於中原的田野，田野裡忙碌著的農民的身影，跟我熟悉的中原極其相似。輪臺縣城不大，最繁華的地段只一條步行街，以一條十字路口為界，路東邊是內地來的生意人，開服裝店、鞋店、藥店和書店，路西邊有當地的維吾爾人壘起的饢坑，邊打邊賣，還有鐵皮家什店、縫衣店、小百貨之類的生意灘，離步行街不遠處是輪臺縣政府賓館，也叫督護府賓館，門前矗立著一組雕像，雕像由三個成年男人組成，一個當地維吾爾農民、一個屯墾戰士、另一個是鄭吉。這尊再現西漢設置西域都護府歷史場面的雕塑，使整個輪臺縣有了歷史的厚重感，熟悉的漢式容貌和服飾，被夕陽的餘輝塗滿金色，站在雕像面前，當年熱鬧的生產運動浮現起來。

漢朝西行，有三個人建立了極大的功勳，這三個人是張騫、鄭吉、班超，張騫的進取，鄭吉的拓展，班超的穩固大業，不僅使他們個人的才能得到發揮，也奠定了漢人對西域軍隊的統治，其中鄭吉在西域的成就，最漂亮的一次當屬受降匈奴。

鄭吉的屯墾肩負著屯田和保衛兩種職責。匈奴內亂時，日逐王派人來與鄭吉聯繫，打算歸附漢朝，鄭吉去約定地點受降，他帶著渠犁、龜茲各國五萬人迎接日逐王，日逐王帶部下一萬二千人，大小頭目十二人前來投奔，可以想像在西北浩大開闊的疆場上，兩支人馬迎面走來，握手言和，幾萬人的大場面，不是為了戰爭，而是和平，這是何等的令人心潮澎湃，而對於西域的屯田任務來說，又是多麼的歡欣鼓舞。鄭吉親自將日逐王送過河西走廊，送到西漢的都城。不用再做怎樣的宣傳，僅這壯大宏偉的場面和浩浩蕩蕩的東進隊伍就足以使鄭吉名震西域，作為西域都護府第一位都護，他使輪臺屯田有了一個良好的開端。

西漢時期的屯田是軍事建設和生產建設的結合，目的是供給戍守西域將士軍需。但是，事實上，西域屯田的意義遠不止給養軍隊，它還有更深層次的用意，那就遏制匈奴勢力，漢武帝之前匈奴對中原的騷擾使朝廷大傷腦筋，文帝景帝時候，匈奴冒頓雖然死去，但是冒頓的兒子老上、孫子軍臣，相繼為匈奴單於，他們都延續了冒頓南進中原的政策，漢人公主一個接一個被送進匈奴單於庭，但情況似乎並未有所改變，匈奴的馬蹄聲常常伴隨著呼叫聲殺下漢地，匈奴的前鋒部隊壓近陝北，直逼咸陽的情況也不是沒有發生過。

這使漢朝廷倒吸一口涼氣，漢武帝派張騫出使西域，為的是聯合烏孫，共破匈奴。武帝在世並未深刻意識到屯田對匈奴的抑制作用，直到西域都護府建立，觀鄭吉所為，我們才發現，屯田對解圍中原起到了多麼重要的作用，才發現桑弘羊部署輪臺屯田的絕妙之筆。

當鄭吉帶著一千五百名屯墾者進駐西域時，桑弘羊的策略得到了完美的實施。繼軍屯之後，犯罪受罰的人，民間流落的人紛紛遠走西域，來到輪臺和尉犁，開闊的尉犁輪臺綠洲，割斷了匈奴勢力的要害部位，西漢的軍屯、犯屯和民屯們共同築起了一道堅固的漢式壁壘。

如今，走在輪臺的鄉間，空氣中彌漫著泥土的芬芳，輪臺的親切類似於手足，他的村莊、果樹和中原的一樣，在每個春天發芽開花，在每個秋天成熟結果。

長城的另一種表達

桑弘羊給漢武帝建議，在輪臺、尉犁等地屯田積穀，稍築列亭，連城而西，以威西國，輔助烏孫。漢武帝沒有採納他的建議，認為那是擾勞天下。漢武帝的堅持並不長，他畢竟只是一代皇帝，而大漢乃至整個漢民族的歷史卻是悠久長遠，在接下來的日子裡，漢人西出陽關，「自敦煌西至鹽澤，往往起亭」。

烽燧，在我視線三十米以內，它是一座遺落在國道邊的古舊廢墟，矗立在那裡，一動不動，但卻很有定力，彷彿一尊曠世雕塑。我迎向他、接近他，又回頭目送他、離開他，差不多十年裡，這一動作被我重複著，我在想生命中那些無言的預約，是否就是這樣在你渴望的時候走向他；走向他，卻又不知道該對他說些什麼，他的沉默好像是專門為了等候你的傾訴，而你卻要在他面前失語。

我尋問過它的名字，身邊所有人都不知道。他並不高大，有些低矮，但是，對於平整的荒漠來說，他仍然是一個高點，有著可以俯視是角度，在荒漠，高點的另一種意味是指引、是導航。

狼煙是烽燧的生命表現，我想像過狼煙的模樣，白色濃密的煙霧騰騰升起，在無風的時刻直挺挺地朝向天空，那一刻他自在而舒展，升騰出優美的線條，全然無視即將踏響的馬蹄聲，遠方的另一座烽燧仰望天空，明白了他的指引和導航，像他一樣，他們複製了新的狼煙，升騰起另一束優美的線條，這種複製是連續的、不停歇的，到夜幕時分，數十上百公里的西域大地硝煙彌漫，一簇火把忽然點燃，被高高舉起，一站接替一站行走的烽燧瞬息間釋放出生命組合的光華。

去年夏天，我走進輪臺縣新華書店，在一本新疆地方書的翻閱中發現了他的名字，托克吐木塔爾烽燧。我把這名字告訴了那些和我一起經過這裡的人們，那些人們開始回憶托克吐木塔爾烽燧曾經帶給他們的異想行動，大約八年前，他們一群人在一個沒有星辰的夜晚拿著鐵鍬和坎土曼來到烽燧底下，想發掘出些意外，銅錢、瓦當、陶器，隨便什麼都行，可是整個夜晚過去了，除了沙土和礫石外，他們什麼都沒發現，甚至沒有發現遺落的一把稻草和一粒穀物，烽燧的徹底性令在場人驚訝。人走了，空空的什麼都帶走了嗎。

這是驛卒們生活的寫真，他們就是這樣簡單，據說，古代的烽燧每烽只有六人，烽卒們的職責是戍守著一片空曠的土地，除了戍守外他們還開荒種地，收割糧食，預防糧草無法按時到達的供應，更重要的是，種地是一種釋放，那些年輕的強壯的體力是需要消耗的。

我一直想找一些故事，關於烽燧生活的故事。最初是想找到一些從軍的女人，結果沒找到，然後降低要求，只想找出戍卒們日常生活的一些細節，但是，歷史好像從來都很輕視生存在最底層的人們，從來都沒有他們的頁碼，儘管他們也在奉獻，飽受寂寞和孤獨。

離烽燧最近的一次觀望是在甘肅陽關，關是一種鎖閉和隔膜，西出陽關無故人一筆點出了關的實際意義，那就是一個分隔符號，是裡與外的區別。我從關外到陽關，有了一生第一次對一座烽燧的觸摸，我的滿眼都是在烈日下泛白的黃土，沙土壘起的破損的烽燧在杳無人煙的大漠裡殘喘，這裡怎麼會有女人，女人怎麼能夠在這裡生存下去，我堅定地認為女人是不應該生活在這樣的境遇裡的。戰爭是男人的工作，男人的力量要在征服和保衛中確定，這是男人的事業，是他們的樂趣，與女人無關。

作為遺跡，烽燧沒有被埋沒千年而後復生的驚訝，也沒有重見天日給人們帶來的興奮，烽燧矗立在那裡，被風雨剝蝕、被時間致殘、被記憶忘卻，他的貧民身份使他幾乎沒有更多的內容和故事，無論你去過多少烽燧，都難能演繹出更多的傳奇，除了烽燧的名字之外，他的一切都那麼的平常，他的作用和任何一個你曾經見過的烽燧一樣；一座烽燧要完成的事僅僅複製，無數次地複製，包括點燃的火苗和升起的狼煙。這讓我對烽燧一直有著一種難以言說的情緒，一種欲說不能、欲罷不忍的兩難，我張張嘴巴，什麼都說不出來，烽燧沒有故事，鋒卒的生命是默默的，在關於烽卒的日常生活篇章裡，歷史文人為我們留下的僅僅是一口砂鍋、半捆柴薪和幾隻陶碗的殘片。面對烽燧，我能做到的只是空洞地抒以情懷，發出一聲哀婉的歎息，這樣的時候，我們只能嫉恨歷史這個苛刻的老人，他只青睞權貴、金錢、戰爭、情愛，對街井市巷表現出缺乏責任的默然、冷淡和不屑。

但是，烽燧是有意義的，長城在嘉峪關結束後，烽燧作為長城體系中的一部分擔當了長城的重任，它以線型方式向遠處延伸，這種延伸使他的意義逐漸變的深遠，每向前延伸一米，就意味著他所代表的勢力向前跨越了一步。它在長城的基礎上，使自己由長城式的封閉走向開放，長城有它自身的缺陷，它在防禦外強進來的同時也限制了自己的外出，它妄圖在自己與外界之間劃一條永不越位的溝壑，這是漢人曾經的理想，也是漢人的視野，烽燧打破了蜿蜒逶迤的長城形式，以點的方式，在南疆的大地上書寫出關於線的新概念，這是一次突圍，一種由內聚而向外的突破，他使有著嚴謹自閉風格的中原心理在這裡被淡化，甚至消解。

托克吐木塔爾烽燧在庫車縣境內，歷史上以庫車為中心有三條古道貫穿而過。其中一條古道橫切天山，將龜茲國和烏孫國連接起來。龜茲王絳賓的父親在位時，正是西漢與匈奴爭奪勢力範圍之時，龜茲是西域大國，又佔據著重要的地理位置，漢人和匈奴人都將視線盯在這個西域大國上，爭奪龜茲也成了漢人和匈奴人對決的重要組成部分，龜茲的態度很重要，若傾向西漢，西漢可穩固在南疆的屯田事業，若他投向匈奴，匈奴便有恃無恐，與西域各國聯手抗漢，絳賓的父親站在漢人與匈奴人爭奪的天平上，撲朔迷離的戰事使他舉棋不定，難以左右，待下定棋子後，又常招來禍端；比如當年李廣利進攻大宛時，路經龜茲，龜茲人堅守城池，不為漢人提供糧草，致使李廣利兵敗西域，待李廣利第二次出擊西域時，龜茲遭遇了深重的打擊。老龜茲王去世後，他的兒子絳賓繼承王位，他以敏銳的政治嗅覺感覺到了來自東方的氣息。

這一時期，匈奴人佔據著漢朝與烏孫國之間廣大的土地，漢人與烏孫國的來往只能翻越天山，龜茲國成了漢朝與烏孫溝通的重要驛站。絳賓知道，與龜茲國背靠背的烏孫國原本平凡不奇，但在與長安漢人聯姻結盟後，迅速崛起，短短的時日就達到了鼎盛；他還知道，漢室公主解憂的女兒叫弟史，生的楚楚動人，彈得一手好琵琶，而絳賓生就酷愛音樂，於是，這個年輕的國王從此有了期待，他派使臣出使烏孫，求娶解憂公主的女兒。而恰在此時，姍姍馬蹄聲踩在龜茲通往烏孫的古道上，弟史正帶著一隊人馬從長安學習鼓琴歸來。上天賜予絳賓一次良機，絳賓激情迸發，緊緊抓住了降臨的機緣，他大膽扣留了第史的車馬隊，派出使臣快馬加鞭趕赴烏孫國求見解憂公主。為了打動弟史，他又在宮中設宴，安排了盛大的音樂會，他親自上場，吹奏了龜茲特有的樂器觱篥，後人有「南山截竹為觱篥，此樂本自龜茲出」的說法，音樂會上弟史也彈奏了一曲琵琶，旋律悠揚輕盈，深深地感動著絳賓。

天下沒有不散的宴席，被挽留多日的弟史該啟程回烏孫了，絳賓為她送行，行前弟史從懷中取出一封信交給絳賓，絳賓拆信細讀，不由喜從心來，問弟史，為何將這信件交給他。弟史不解，茫然搖頭，只說這是馮嫽夫人囑咐的，讓她在離開龜茲時將信轉給絳賓。絳賓將信遞到弟史眼前，原來那是馮夫人寫給絳賓共商與弟史婚事的信件。這事由馮夫人做媒，漢室和解憂公主都已同意。

兩人結婚後，得到漢室同意，一同入朝長安一年多，回來後，絳賓儼然已是漢朝一員，教龜茲人身著漢服，以漢人禮儀行事，還教育自己的孩子，以漢室外孫自居，世代與漢人保持友好關係。這場因政治開場的婚姻，因為有了愛情的參與，變得更加穩固，漢朝得了龜茲，也如添翼的猛虎，從此所向無敵。

龜茲通向烏孫古道的最後一站叫劉平國關亭，劉平國關亭是這條古道上的一個亮點，在眾多的找不到實際內容的烽燧中，劉平國三個字在世人眼前是轟然出現的，當年，這三個字浮出水面時，歷史學家們也為之一振，毫不猶豫地以劉平國三個字為這一關亭命名。這是西域古道非常具有價值的以漢人名命名的關亭，它的出現終於使關亭烽燧有了自己的故事。故事來自於一塊摩崖石刻，準確的地點在拜城東北一百公里以外。大約是光緒五年，清人翻越天山查探古道，想找出一條來往於南北疆的捷徑，去的人走到賽里木時，有一名軍士迷了路，卻在無意中發現岩壁間被刀斧鑿過的痕跡，縱橫痕跡很像漢字，軍士將這事說了出去，有清官聽說後騎上馬，帶著乾糧跑到拜城外一百公里的實地，找到了那塊摩崖石刻，摩崖石刻離地面一米八，刻有漢文隸書，共八行一百零五字，上面大約寫著劉平國是龜茲國一名軍官，一五八年七月的一天，帶領孟伯山等六名陝西人和羌人來到一個山口，山口是一條古老的通道，往北翻越白雪皚皚的天山，可以達到北疆，往南能夠進入木紮特河谷，往東可到庫車，往西可達拜城。於是，劉平國指揮士兵們在山口修建了一座亭障，作為出入此路的關口，經過十天的工程，漢文隸書石刻碑在山口西面豎起。由於這一地區偏遠，很快被人遺忘，直到清朝左宗棠的部下隨清軍西征阿古柏的部隊，路過這裡，才得以發現。雖然歷經悠久歲月，風雨剝蝕，可石刻上的字卻歷歷在目，隸書的字體，參差不齊，筆力遒勁，這是劉平國留給後人的驚訝；桑弘羊當年的提議終而實施，並被劉平國實地加以記載，以石碑的形式證明了這條由漢人構築的北通烏孫的大道，也見證了漢武帝結盟烏孫，斷匈奴右臂的軍事大略。

東西走向的烏喀公路幾乎是第二條古道的翻版，它也是絲路一條主幹道，多年裡與我頻頻相遇的托克吐木塔爾烽燧是這條烽燧線上的一點，南來北往，屹立千年的烽燧隨著戰爭的結束完成了使命，但是，烽燧不倒，依然矗立著，像一座永久的航標，為孤獨上路的人指點方向。一條古道走了幾千年能夠至死不喻地走下去，走到今天，是需要耐心和毅力的。

烽燧殘喘在荒野中，沒有戰爭的烽燧破落寂寥，讓人不忍提及。狼煙不在，烽火臺裡的兵卒早已歸田，南疆大地因為他們曾經的存在越發地空曠孤獨起來。托克吐木塔爾烽燧，像是一個被我惦念著的寂寞老人，十幾年裡我頻頻路過，回首張望，卻始終不敢觸及他的肌膚和骨骼，與他保持著三十米的距離。有時候我想，這麼多年裡念著、憶著，不能忽視它、無法忘卻它，或許，我無法釋懷的正是這三十米的距離，不敢觸碰的三十米的寂寞。

金戈鐵馬古戰場

在即將結束這本書稿寫作的時候才發現，東疆是個盲區。正值此時，我有了一次外出的機會，時間是流火的七月，線路是從烏魯木齊出發，沿三一二國道經過吐魯番、善鄯，到哈密，再轉向西北方的巴里坤，沿絲路新北線經木壘、奇台、吉木薩爾，最後返回烏魯木齊。

想像中的巴里坤草原與北疆大草原沒什麼差別，綠的要醉倒人的青草將大地填充的滿滿檔檔，羊群像小蝌蚪一樣點綴在草地上，又像五線譜上的音符，緩緩地在大地深處遊走，這是一個可以打開視野的草原，打開視野，就意味著你的心胸跟著開闊起來、舒展起來，這是一種很抒情的，想要激發詩意的感覺。

這只是巴里坤的一個表像，進入這片草原後才發現，其中的內容要豐富的多也複雜的多，它不是靠抒情就能完成表達的，這片草原除了抒情之外，還有敘事。因為在時間的長河裡這裡來來往往的人太多，關心這裡、虎視這裡、霸佔這裡、蠢蠢欲動這裡的人都在這裡留下了足跡，這些足跡需要慢慢講述，仔細回味。

從中原到西域的人在陽關都要停下腳步，站在夕陽的烽燧下吟詩作賦，無聲地歎息，四面是彌漫的黃沙，看不到內與外有什麼本質的差別，我到陽關是從烏魯木齊出發的，烏魯木齊人常說口裡、口外，這個口就是以陽關為界；陽關以東的中原叫口裡，西北邊風勁吹的西域叫口外。我的陽關之行從西往東，不是離棄而是一種回歸，在這裡我有兩條可行進的路線，東邊有我的故鄉、西邊是我的住所，因此西出陽關無故人的感覺並不十分強烈，對我來說，陽關不是什麼西域與中原的分水嶺，它只是一座普通的烽燧，有點冷，除了西北朔風的冷之外，還有一種無人與之為伍的寂寞，這份寂寞是為詩人們營造的，所以詩人要寫它，吟唱它的荒涼，傾訴自己的離別之愁。

與陽關相比，哈密才稱得上真正的關口，哈密以北的巴里坤才是關口的關鍵點，它不僅在地理位置上具有重要意義，更多的文化現象都在這裡轉折和碰撞，接受和輸出，地勢獨特的巴里坤有著成為要塞所需要的一切條件。

中原人經過上千公里的河西走廊進入新疆，眼界豁然開朗，廣袤的戈壁大地首先讓人想起的是戰場，一塊又一塊開闊的地域就是天然的戰場，但是，閱讀西域歷史，卻很難找出真正規模性的戰役；這跟遊牧人的習性有關，跟綠洲小國委屈求全、安保性命的心理有關，跟眾多民族之間的混血有關，跟各塊地域之間相互牽制有關，跟多元文化中不同的戰爭觀念有關，跟地勢、地界、遙遠的線路有關，這些因素使新疆大地的每一處看起來都是沙場，而事實是哪一處都沒有成為真正意義上的戰場，只有巴里坤除外，巴里坤的地理位置和地形都太特別了，巴里坤來來往往的人也太特別了。

巴里坤古代名叫蒲類，巴里坤湖叫蒲類海，從漢朝起它就是絲綢之路的第三條線路，新北道。沿著巴里坤草原向西走，入木壘，過奇台，經過北庭都護府故址，到裏海、黑海可以進入歐洲。巴里坤草原斜向東北，可以進入蒙古大草原，中原各王朝出使西域，哈密是要塞關口，它的一切都掌控在巴里坤草原的眼皮底下，誰能佔有他、控制他，誰就掌握了西域的主動脈，這裡由此成了一塊天然的比武場所，一個匈奴、鮮卑、柔然、突厥與漢、晉、隋、唐王朝歷代抗衡的古戰場。

巴里坤是漢人進出西域的瓶頸，為打通這個瓶頸，西漢王朝最早採納了張騫的意見，西聯烏孫，給匈奴造成夾擊之勢，大規模的一次戰役是漢朝與烏孫聯手調集十萬大兵夾擊匈奴，巴里坤寬闊的草原為十萬兵馬大軍提供了最上等的戰場，有點可惜的是這場氣吞山河的戰役並沒真正打起來，在漢軍還沒到達之際，烏孫的軍隊已經一掃而過，攻破了匈奴的人馬。

其實，讀匈奴出擊征戰的故事，感受最深的是匈奴人的戰爭原則很靈活，他們熱衷於周旋，進退自如，你來我走，你走我來，在與漢人的長期抗衡中，他們騎著馬匹風馳長嘯，行蹤難辯，像草原上的流雲，進退無所定數，又像那野火燒不盡，春風吹又生的荒原大地，只要有長風，就有他們呼嘯掠過的馬隊，戰爭對這個民族來說好像不是什麼政治事件和軍事事件，僅僅是孩子之間玩耍的遊戲，不嚴肅，有著一玩到底的樂趣。

對於巴里坤，匈奴人來來去去，從來不肯放棄，這給漢人心理造成了極大的壓力，特別是駐軍敦煌的太守們，總是忐忑不安，巴里坤刁鑽的地形和豐美的水草隨時可以壯大一支所向披靡的軍隊，只要輕輕一個動作，敦煌就會成為巴里坤的跨下之軍。不安中的敦煌太守們不斷上書朝廷，希望能夠收復巴里坤，在那裡屯田種地，以解除河西走廊的危險。

漢軍出擊了，第一次是一千人，匈奴人敏感地嗅出風中殺氣，迅速積聚兵力，以比漢人更迅捷的速度，將漢軍扯下戰馬。漢人第二次又出擊了，這次是剛剛繼任敦煌太守的裴岑，帶著三千人，直奔匈奴呼延王的老巢，這一仗勝出了，他們打擊了匈奴的士氣，佔領了巴里坤軍事要地，這是幾十年裡漢人的一次全面性的軍事勝利，為這一地區贏得了十三年的安定局面。可惜的是當時正值後漢末年，兵荒馬亂中漢室早已沒了著述立傳的心情，這段歷史也被遺失在了《後漢書》之外。

巴里坤的戰事歷代持續，東漢時期有班超投筆從戎，班超直到四十多歲才開始仕途生涯，他跟著竇固征戰西域，在巴里坤一戰打敗了匈奴。收復哈密是他遠征西域的第一仗，使他第一次獲得了成功的經驗，這次鋒芒畢露也讓竇固下了一個決定，給了他三十六名士兵，讓他帶著使節出訪西域各國，說服他們擺脫匈奴的控制。班超來到鄯善國，國王對前來拜會的漢人問寒問暖，周到體貼，但幾天後鄯善王突然變得心事重重，班超打聽到，剛來了一支由一百多人組成的匈奴使團，這使鄯善王眉頭緊鎖、舉棋不定，不知該投靠哪方；班超意識到，如果不殺了鄯善王，可能連回去的路都沒有了，當晚趁著夜色，班超夥同他的三十六名士兵火攻了匈奴使團駐地，將匈奴使團首領的頭顱扔到鄯善王腳下，鄯善王被班超的大智大勇折服，歸附了大漢。

完成了善鄯國對漢朝的歸附使命，為了讚譽班超，朝廷為他立了一塊石碑《班超記功碑》，可惜這塊石碑後來沒有了，被唐朝征討高昌的姜行本做了置換。

對西域胸有成竹的人是唐太宗。西漢對西域的征服是試探性的，從漢武帝的欲望開始，與匈奴之間相互彼此揣摩著進攻對方，勝勝負負各有千秋，東漢對西域的態度是模棱兩可的，朝廷想起來了就戰，想不起來就不戰，高興的時候戰，不高興的時候不戰，國運安寧的時候戰，朝政混亂的時候不戰。比起兩漢，唐太宗的政治態度堅定，不容質疑，特別是高麗和北方突厥戰爭的全線告捷，給了這位新任皇帝統霸全局的激情，他征服西域的第一個眼中釘是高昌國，高昌王鞠文泰不合作的態度留下了把柄，於是，十萬大軍西征，浩浩蕩蕩開赴了西域，作為將領，姜行本率先頭部隊開赴到巴里坤，這時的巴里坤已是十萬大軍的後備基地，糧草人馬全都集中於此，姜行本在這裡籌備後需，又製造了攻城用的撞車和拋石機，為大軍的全面進攻做了充分準備。拿下高昌後姜行本立了大功，這位唐朝大將一高興就飄飄然起來，命令他的部下磨掉了前人留下的《班超記功碑》，改成了《姜行本記功碑》，班超記功碑從此只能見於書籍了。

巴里坤草原中央突兀起一座沙山，這是一種奇怪的現象，細密的沙怎麼能在草原安營紮寨，而比安營紮寨更令人驚異的是走進沙山可以聽到山的腹部發出嚓嚓的聲響，地理學家解釋說只要沙丘高大、坡陡，底下有泉水湧出，以細紗為主，礦物成分大部分是石英，表面乾燥，被太陽曬熱，再經過摩擦，就會發出聲響。不過，這種解釋僅僅局限在科學的範疇中，在歷史的講解中，聲響被敘述成戰爭的交響樂。

唐王朝開赴東天山與突厥人擺開戰事的是一老一少，薛仁貴和樊梨花，樊梨花與薛仁貴的兒子薛丁山之間的恩恩怨怨長期以來都是寫作者們追捧的素材，不過，這時的樊梨花只是一名驍戰沙場的女將，關於鳴沙山發出聲響的傳說來自她的女營。

一種傳說是西征女兵有一營在沙山下安營紮寨，夜裡突然起了大風，狂風肆虐，鋪天蓋地，第二天女兵們被埋在了厚厚的沙山之下。另一種說法是樊梨花到巴里坤後先派遣了一支女營去探路，卻與突厥大軍遭遇，兩軍對峙如見仇敵，很快廝殺起來，樊梨花的女兵寡不敵眾全軍覆沒，戰場屍橫遍野，血流成河。樊梨花本身是個山寨首領，自古以來山寨首領的道德觀中義氣是放在首位的，趕到現場的樊梨花看到姐妹們陳屍遍野，悲慟到了極點，紅著眼睛，大喊著殺無赦衝進突厥軍中，打敗突厥後她將跟隨她的女兵們一一掩埋在沙山下。後來的人們在這座山下找到了女兵們用過的兵器，那些冤屈的靈魂，在沙山下不時地發出怪異聲響，戰鼓聲、雷鳴聲、大雨聲、哭喊聲匯集一體，若真若幻，籠罩著整個巴里坤。這是現代流傳在巴里坤鳴沙山的一段傳奇故事，凡是來到鳴沙山的人都要被這個故事驚秫一陣、感動一番。

清朝時期，巴里坤走來了甯遠大將軍岳鐘琪，在我去巴里坤之前才聽說這裡有座岳鐘琪的點將台，到了巴里坤感受到這座點將台非常氣勢，巴里坤縣城坐落在天山腳下，山體略微前傾使整個縣城都處在一種被俯瞰的狀態下，無論站在縣城的哪個角落，只要稍稍仰起頭就可以感到一種壓迫感，或許是因為這座有壓迫感的山體，從巴里坤走出的人或者是到過巴里坤的人才能念念不忘岳鐘琪。岳鐘琪在巴里坤時，在石人子鄉發現過一塊石碑，石碑文字清晰，寫著敦煌太守雲中裴岑將郡兵三千人誅呼衍王的事蹟，當年裴岑為了紀念誅呼衍王的軍事行動，刻了六十個字在石碑上，大將軍岳鐘琪將這塊石碑搬到將軍府，後來又移到了漢城北門外關帝廟下，築了一個亭子保護起來，這塊石碑是裴岑為自己克敵全師，除西域之災而立的；也多虧了這塊石碑，一段遺失在《後漢書》中的戰事終於浮出水面，一段遙遠的西域戰史才得以保存。紀曉嵐曾感慨這塊碑文：其事不見《後漢書》，然文句古奧，字劃渾樸，斷非後人所依託。以僻在西域，無人摹拓，石刻鋒棱猶完整。這一石碑，不但是有重要歷史價值的文物，而且還字體優美，成為書法史中的珍寶。

石碑是一塊鐵證，證明了巴里坤那次決定性的戰役，作為一個戰場，巴里坤接受過眾多的中原將領，接受過匈奴、突厥的馬隊和弓箭，那是一個竟顯英雄本色的場所，眾多的英雄在那塊綠色的草原上登臺亮相，或風沙漫天、或晴空萬里、或殘陽如血、或金戈鐵馬，他們的生命在無數次地策馬揚鞭和盾劍碰撞中迸發出了耀眼的光華。

塞外風悲切

塞外風悲切，交河冰已結。在李世民吟唱出這首《飲馬長城窟行》時，從漢末到魏晉六朝文人墨客積壓了幾個朝代的藝術精神開始迸發。與這位偉大帝王相應而生的壯志豪情成為西域詩歌的主旋律。這種詩歌的觀念一直延續到上世紀八十年代，上世紀八十年代的邊塞詩中，能深入人心、引起人們共鳴的也幾乎都是那些激昂、壯闊和讚美的詩行，記得那時讀過一本新疆人民出版社出版的《當代新疆詩選》，裡面的詩人無論是楊牧、周濤，還是章德益都澎湃著一種激情，高揚著西域特有的剛性和硬度。

從巴里坤到木壘有一段綿延的烽燧，前一天在巴里坤草原的松樹塘時下起大雨，雨水像是積聚了一生的眼淚，沒等烏雲充分醞釀就漂潑而來，傾盆而下；雨水之後，大地還原了本色，天是被洗過的湛藍，地是被洗過的深黃，戈壁灘上的石礫泛出油亮，這樣的時候看烽燧，歷史的風風雨雨更顯現出它的份量。

出巴里坤草原先看到的是巴里坤湖，過去叫蒲類海，沿著湖邊一直向西的這條路是當年的古道，車行進在古道上，一個又一個烽燧向身後閃去，這是我在新疆看到的最綿長的一段烽燧，不知道駱賓王當年寫下的《夕次蒲類海》是否就在這裡，「晚風連朔氣，新月照邊秋。灶火通軍壁，烽煙上戍樓」。雖然不是秋天，不是夜晚，沒有新月，沒有灶火，駱賓王描寫的秋風蕭瑟和夕陽烽燧還是可以感受的到。

唐朝的邊塞詩人很多，但真正到過新疆的只有兩個，一個是初唐四傑之一的駱賓王，另一個是盛唐詩人岑參。雖然真正到過西域，駱賓王卻不在邊塞詩的主體中，儘管他比許多的邊塞詩人都更具詩人氣質，有更貼切的生活閱歷，但他依然入不了西域詩的主流。

讀駱賓王的邊塞詩，總是能讀出一絲與大唐豪氣沖天項背的淒涼和悲觀。或許，駱賓王原本不是一個淒涼的人，儘管他的人生是淒涼的，他骨子裡還是留存著與大唐李白相近的奔放和直白，在著名的討武檄文中，那些漢字寫的叮鐺作響，落地有聲，「神人之所共疾，天地之所不容」，「一抔之土未乾，六尺之孤何托」，「試看今朝之域中，竟是誰家之天下」，誰家之天下！一聲吶喊，不但鼓動了十萬民眾聯合起來征討武則天，就連武則天本人也不住地搖頭，這等的文才，卻被罷官貶職，流落他鄉，實在過錯、過錯。

駱賓王童年能詩，有著逼人的才氣，鵝，鵝，鵝，曲項向天歌，白毛浮綠水，紅掌撥清波，比李白的床前明月光，疑是地上霜更令孩子們喜歡，重要的是駱賓王寫下這首詩的時候僅僅七歲，這足以為他後來成為唐初四傑之一奠定基礎，進仕途後他又寫了《帝京篇》，更是揚名天下。他的人生變故是從遠征西域開始的，他的身上天生著一種文人特有的悽楚氣質，在從軍西域的日子裡，這樣的氣質使他的詩歌在剛性的土地上顯現出了軟弱，軟弱使他和他的人生變的悲涼。

他的詩文依然很美，他寫「忽上天山路，依然想物華。雲疑上苑葉，雪似禦溝花」，這是他的思念，思念成為病痛，影響著他的情緒，其實，作為一種思念，這種詩是極為出色的，但是，他的傷痛和悲觀遭到了輕視，在邊塞詩歌的問題上，長期以來人們表現出了不寬容的態度，那些詩變成了他貪圖享樂追求浮華的證據，因為七歲時透露的天才跡象，因為是初唐的四傑之一，就應該是西域的詩王，就該寫出比岑參更鼓舞人心的激情跌宕的詩句，一個人一旦有了良好的開端，就要一直良好下去，成為別人的榜樣和楷模。在所有人心目中，西域是個竟顯本領，成就功名的地方，駱賓王不應該沉淪，更不能墮落。

因為有了岑參的參照，在後人眼裡他的頹廢情結和虛度行為變得不能饒恕，他處在一個大時代，一個崇尚個人成功，思想高度活躍和蓬勃向上的時代，在那樣熱情四射的時代裡，他無法投入，只能遠離大環境、遠離中心，成為一個邊緣人，在旅思徒漂梗，歸期未及瓜的等待中歎息。其實，西域的情感一直都是多元的，積極和頹廢作為生存態度都源於這裡殘酷的環境，在艱苦中，你可以鼓勵自己，可以將這樣的艱苦視為人生的磨礪，也可以頹廢下去，可以去懷戀和思念，任何一種情緒在這裡都應該是合理的。我是一直喜歡清冷灰色的西域大地上的那種歎息，像月光下的詠歎調，輕輕覆蓋在銀色的地平線上。喜歡在一望無際的長河落日裡，看一個流放千里的人，孤獨地站在無盡的曠野中回首，品嘗自己消磨的意志、未酬的壯志，悄悄滴下一行鹹澀的淚珠，佇立之後，轉過身，輕聲歎息，聲音滑落，敲在荒原的石礫上，淹沒在大地深處。或者什麼都不想，什麼都不做，僅僅是佇立，一片空白地佇立著。這樣的情景不是能寫邊塞詩的人都能體驗到的，只有身臨其境，咀嚼過寂寞和涼寒的人才能有所感悟，才能生出駱賓王「寧知心斷絕，夜夜泣胡笳」的沒落的貴族式的憂鬱。西域是塊太特殊的地域，無論是積極投入的姿態，還是消極躲避的姿態都合乎情理。對於這塊土地，只要你能背著行囊一步一步從中原走出陽關，那就該是一種奉獻。

車到奇台後打聽去吉木薩爾的路，沿著公路指示牌，很快看見一片廢墟，這就是當年的北庭都護府，深藏在夏日的田野中。

廢墟與農家金色麥垛相依相偎，時間被穿透，過去與現在粘和在一起，暴露在烈烈陽光下，刺痛著雙目。古跡沒有隔閡也就沒有保護，隨時會被改造成曬臺、儲藏室和農家男孩捉迷藏的掩護物。

當年的岑參在這裡住過一段時間，那是他第二次到西域，先住在這裡，然後去了輪臺。他是大唐另一個到過西域的詩人，他曾兩次出西域，第一次是三十五歲，在安西大都護府就職，兩年後返回長安，第二次是四十歲，在北庭都護府就職，也就是現在的吉木薩爾。

與駱賓王的一聲歎息不同，在岑參洋溢著十足的浪漫主義氣息的「忽如一夜春風來，千樹萬樹梨花開」躍然紙上之後，他的邊塞詩立刻傳古流名，他的這次飛躍，基礎是仕途的轉機，從西域回到長安後，他接到了安西四鎮節度使封常清邀請重返西域的信涵，這一次他被提升成為伊西、北庭節度判官。被信任提升了詩人報效國家的信心，他最氣魄最豪邁的詩歌也多成於這時。

岑參是湖北江陵人，心被水滋潤過，當他初遇西域廣袤大漠和堅實山體時，跟駱賓王一樣，他的心跟著動盪起來，寫出了「山風吹空林，颯颯如有人」，「長風吹白茅，野火燒枯桑」的詩句。駱賓王與岑參，邊塞詩歌的境界是不可比的，但仔細讀兩人，卻似乎又有可比之處，剛赴西域的岑參對西域沒什麼深刻理解，仕途上無人栽培，他的詩風與駱賓王同出一轍，間或夾帶著懷鄉之愁，在《逢入京使》中他寫道「故園東望路漫漫，雙袖龍鍾淚不乾。馬上相逢無紙筆，憑君傳語報平安」，離別家鄉東望路漫漫，途中碰到回長安的人，立馬問候，拜託回家的人捎個平安的口信，詩中滿是眷念、不捨，和淡淡的憂愁。

但是，在決定命運的十字路口，一個如黑夜穿行，不辯方向，另一個卻絕路逢生，從此改變了命運。駱賓王自始至終沒有知交，孑然一身，岑參兩度西域之行碰到了兩個關鍵人物：高仙芝和封常清。高仙芝是高麗人，父親是安西四鎮十將，高仙芝生的眉目俊朗，擅長騎射，少年時就隨父親到安西，現在的庫車，二十多歲時就拜為將軍，父子並班為伍，不到三十歲就升任安西副大都護，斯坦因在讀了高仙芝的事蹟後，在《西域考古記》中慨歎道：我覺得可惜的是，這位勇敢的中國將軍竟然不在隘口建立紀念碑之類的東西以志此事。

封常清自幼失去雙親，與外祖父相依為命，外祖父因犯罪流放安西守城門，閒暇時常在城門樓上教封常清讀書，封常清常常見看高仙芝官服華貴，微風凜凜出城迎戰，他心生羨慕，慨然投書，求為隨從，高仙芝見他體瘦、斜目、跛腳，很不屑，他憤憤而說，我仰慕將軍威名高義，願隨鞍前馬後，你卻這樣拒絕我，若將軍以德才取人，那將眾望所歸，若以貌取人，恐將失去人才。高仙芝並不為所動，封常清就從早到晚守候在高府門外，數十天後，高仙芝不得已將他納為隨從。封常清第一次隨軍出征，大勝後他躲在幕帳中，暗自寫出了一份捷報，被高仙芝看到，從此對他另眼相看，後來，封常清官至西北廷節度使，又兼任北庭節度使，集權利與榮耀於一身。

岑參第一次到西域，在高仙芝旄下任幕府書記，兩年後回到長安，又過了三年再度出塞，在封常清手下做官，他前後兩次六年駐守邊地，特別是第二次出塞，是受了封常清的邀請，他寫的邊塞詩《走馬川行奉送封大夫出師西征》，描寫了封常清出征的情景，詩中渲染了西北大風，飛沙走石，映襯出漢家大將出師的聲威，既是對封常清的讚美，也是對封常清的感謝。

站在北庭乾裂的滿是塵土的路邊，想起了東漢時期耿恭駐屯這裡的故事，有時候我們感受一個人、一件事情是需要身臨其境，將自己放置到情景中去的，只有這樣，那種認同感才會更強烈、更充分，在炎熱的喘不上氣來的公路邊，想到了水、想到了北疆的雪、想到了當年耿恭們鑽出冰雪的模樣，此刻，在烈日中想嚴寒，不是一陣的涼爽，而是顫慄。

當年耿恭駐守在疏勒城，不是在喀什地區，而是在吉木薩爾的疏勒城，駐守的時候是七月，人數數千，匈奴人圍了疏勒城，又切斷了水源，最困難的時候，耿恭和他的士兵們笮馬糞汁而飲，直到在城中掘出井水。從夏季到冬天，耿恭和他的士兵一直沒等到救援的消息，西域的形勢越來越複雜，朝中皇帝駕崩，西域都護被殺，南疆的漢軍被包圍，車師國背叛朝廷，所有救援的希望都破滅了，半年下來，數千人的一支部隊所剩無幾。

為了那些埋身在積雪中而不忘守城的將士們，正月裡朝廷展開了激烈論戰，論戰的結果達成了，七千人浩浩蕩蕩出師車師，當一支小分隊艱難地趕到耿恭駐守的疏勒城下時，整個城池已被埋入兩三米厚的積雪中。城已死，四處寂靜無聲。在救援隊伍驚異的不知是進還是退的時候，城輕輕動了一下，又動了一下，像似甦醒的季節，抖動著沉重的身體，救援人看到了一面殘破的旗幟從雪中升起，跟著旗幟站起來了一個人、兩個人、三個人、二十六個人，瘦骨嶙峋的二十六個人像一組冰雕，站在大雪覆蓋的疏勒城頭。

如果不讀耿恭，不讀更多的類似於耿恭的事蹟，我們就不會理解岑參，甚至生出作秀的嫌疑。岑參的邊塞詩寫的最好的是戰爭，是無畏將士的忠誠衛國，那些人死去了，為了報效、為了統一、為了安寧，拋家棄子獻出了生命，為他們寫上一筆，是活著的人的責任，岑參承擔起了這個責任。從他自願擔當此任那一刻起，他的境界就顯現了出來，詩也隨之飄逸了起來，俏麗、瑰麗、浪漫、悲壯了起來，他寫胡天八月即飛雪、寫將軍狐裘臥不暖，都護寶刀凍欲斷，他不寫個人的得志和失意，只寫艱苦的環境，讚美西征的將士，這使他在胸懷上超出了個人情緒而提升到了國家高度，他飽滿的熱情與大唐高漲的氣氛和時代氣息同拍共進，顯示出了時代的特點，又有著高遠的意境。

每每為駱賓王惋惜之時，都會想起士為知己者死的名言，一段知遇，可以改變一個人的命運，封常清遇見了高仙芝，才幹在西域得以施展，岑參遇見了封常清，詩情在西域得以迸發，他將知遇之恩轉達到了對西域戰場的描寫，他的《走馬川行奉送出師西征》成為不朽篇章：君不見，走馬川，雪海邊，平沙莽莽黃入天。輪臺九月風夜吼，一川碎石大如斗。隨風滿地石亂走，匈奴草黃馬正肥，金山西見煙塵飛，漢家大將西出師。將軍金甲夜不脫，半夜行軍戈相撥，風頭如面刀如割……。

夜裡風吼，碎石如斗，風刮亂走，這等的自然條件只有西域才有，而在這樣的條件中，封常清率領的隊伍軍紀嚴明，夜不脫甲，隨時準備軍戈相拔，出擊對敵。

若駱賓王有知，會羨慕岑參，在西域，他一身文才抖動著手中大筆等待著一個知遇的出現，那個人卻自始至終沒有出現，在他一步一回首告別西域的時候，沒人挽留，蒼茫茫天地冰冷，發不出一絲聲音。

唐朝以後的歲月裡，因為沒有了大環境、沒有了建功立業的鼓勵和國家保障，邊塞詩隨著中原人對西域的鬆懈而消沉下去。直到清朝，我們才再次地在歷史的迴響裡聽到了邊塞詩行。但是，這時的詩人在氣勢上總是難以超越唐朝，因為，這個時期能夠到西域的詩人，已經沒有報效國家和建功立業的壯志了，被流放的境遇使他們的詩中多了憂患和痛心，少了熱血澎湃的激情。

有時候我想，當一個人走出仕途，走進西域的某一片荒漠、某一塊曠野，某一條河床、某一處綠洲時，全然不顧地仰天一詩「好奇狂客忽至此，大笑一呼忘九死」，那該是怎樣的釋放和坦蕩。

第五輯

一條路的符號

關於沙漠

覆蓋。每一片沙都有覆蓋的能力，沙漠裡的沙聚眾結集，細密地滑動。在人的印象中沙有著結集團夥的喜好。

一粒沙遺漏在荒原，它只是一粒沙，像一枚針尖，孤獨地袒露在荒原的月光下，它沒有自己的故事，也沒有未來，它不依附於誰、支持於誰，也不受誰指使、代誰行使，它是一粒徹底的僅僅夠得上稱為「存在著的」沙粒。但是，一粒沙顯然不滿意自己的生存狀態，它四處尋找，與其它沙聯盟起來，這時情況發生了變化，眾多的沙結合在一起構成了一種叫做沙漠的自然現象，一粒沙的價值在沙漠中得到體現。

沙漠圖案在大地上以成千上百公里的距離依次鋪開，一粒沙經不住一陣風吹，集合成一片沙，一片沙在風中變異出各種形態，像剛蒸出籠的饅頭、水裡的波紋、一彎新月、鳥類的羽毛、水生物的魚鱗盔甲，還有蜂窩、巢穴、農人翻犁的田埂，青面獠牙的怪獸、找不到起點的旋渦，或者一個巨大的令人陷入絕望的空洞。沙以此來穩固對大地的權威，它不給岩石裸露的機會，把堅硬的、暴突的、鋒利的，以及一切有個性的事物覆蓋，覆蓋，用它特有的光滑、圓潤、流線、細膩和柔軟重塑出一個新的山嶽、一片新的凹地。

覆蓋是一種能力，包容的能力；包容是強大的，與水表現出了同等的遇見性，他們都相信積少成多的道理，並順應這個道理完成著自己的組合，組合使它的能量超過了一粒頑石，一塊巨岩，甚至一座大山，儘管，它本身只是破碎、散落、無所依靠。

風是地球手中一枝變幻莫測的大筆，以與沙同樣的韌勁書寫著地球的旨意，沙漠是風的第一個迎合者，它自我舉薦，全面地貫徹風的精神，在風的指引下，在大地上書寫著直線、平行線、三角、曲線、橢圓，為了強調最高旨意的神性和不可替代性，風與沙一拍即合，將簡單的事物抽象化，它們將各類線條壓縮伸張，變型扭曲：直線成為蛇形盤踞在沙丘底部，平行線成為水樣的波紋橫亙在山丘的腰間，三角和橢圓正在放大，以城堡或金字塔或太陽的形狀編造著恍若隔世的各種意象；還有曲線，更加的彎曲，像一個善於蠱惑的女人身體，捲曲是為了下一步的伸展，伸展是為了渲染，但目的只有一個，誘惑。接受誘惑並且解釋誘惑，在這場解釋中數學顯示出了無與倫比的魅力，理性的笛卡爾抽取出各類感性的實物，為沙與風的聯盟創造出了一種表示和分析的全新方法，它就是我們正在運用的座標幾何，笛卡兒的創造在所有的曲線面前顯示出了美妙、和諧和沉靜的美感。

沙漠展示的幾何圖案是世界上最美的圖形之一，這使我們想起了更早些時候，遠在古希臘的歐幾里得。歐幾裡得對幾何的貢獻不僅僅在於那些有用的、美妙的定理，它的迷人之處還在於它超出了作為邏輯實踐和推理模式本身的價值，孕育出了一種理性精神。沒有誰能像歐幾里得的幾百條證明那樣，僅靠推導演繹就顯示出那麼多的知識，在他的世界裡，幾何學正在與哲學、邏輯、藝術一起，呈現出人類的一種思維方式、一種世界觀念；比如，他不對直線的整體進行考慮，而是將直線定義為一條可以向兩個方向延伸至充分的線段，他向我們暗示了無限的可能，作為實體的沙漠將這個暗示描述出來，它無限地向我們的視野之外傳遞，傳遞，傳遞到我們思維無以企及的遠方，在那裡，有空氣、大地和虛無正等待著我們思想的神經對他們進行觸碰和深入。

沙漠裡沒有或者有少量的生命。在駱駝問題上，人類長時間地受到了蒙蔽，這不是駱駝的過錯，與人有關，憑著謙和負重的長相，人為駱駝賦予了吃苦耐勞的品質，這品質一度也是人所追求的，因為人與駱駝的這份相似，人把駱駝看成了自己的縮影，駱駝在人的世界裡的聲譽因此而長年不衰；其實，於茫茫沙漠，駱駝僅僅是個過客、是穿行者，駱駝的起點和終點都在綠洲，他是一隻載重的船，起航和卸載全在岸上進行，這跟生活在沙漠是兩回事。人坐在駝峰之間，或在駝峰之間放上珠寶、絲綢、香料和一切名貴的可以置換黃金的寶物，人在沙漠中艱辛，就斷定駱駝也艱辛，人是情感動物，把與自己生死與共的另一個視為手足知己，駱駝與人趕赴過一次生死場，挑戰過死亡極限，回到人間的駱駝與人一起有了聲望。

真正生活在沙漠的動物，是那些永生都走不出沙漠的生命。比如一條響尾蛇，它的身上有油亮光滑的幾何花紋，妖冶地盤繞著身體，施展著非凡的美麗，響尾蛇的一生多半是等待的一生，沉寂的沙漠基本沒人能夠理會它絢美的身體，無論是伸展還是盤繞都是它自己的動作、是它自己的自說自話、是它的獨語。它孤獨、抑鬱，於是把極大的孤獨一點點的堆積、一層層地壓縮，隨時準備出擊。還有蠍子，通體是黃橙或茶褐的顏色，身體下半部有漂亮的斑節，背上有深色的脊線，他掘沙藏匿，在烈日下休憩沉睡，只有在黑暗的夜間才出來活動，襲擊更小的動物，蠍子與響尾蛇一樣，寂寞的美麗中攜帶著劇烈的毒液，毒液是他們共有的武器，毒液使人疼痛、癱瘓、流血不止，使人皮膚腐爛，變質。這是他們寂寞與避塞的唯一釋放，卻有著致人於死地的狠毒。

沙漠的善變往往借助於其他，太陽、月亮、風和雨。太陽是溫存的，沙漠在陽光底下跟草原、森林、湖泊一樣的生機勃勃，充滿風景，但是，沙漠似乎更加地缺乏定力，無法持久地消受熾熱的陽光，在陽光下，它的體溫可以上升到四十度、五十度、六十度，陽光使它忘乎所以，無法平衡自己，而在太陽離去的時候，它又像個忘恩負義的情人，急劇地降低著自己的溫度，以此來顯示對太陽的滿不在乎，這使得它遠不如森林和草原來得含蓄，也更能獲得人的尊重。

月亮下的沙漠是一張巨大的溫床，有著無限的浪漫，風總是在這個時候不合適宜地出現，揚起塵沙，發出怪異的令人悚然的撕吼聲，破壞情致。風強勁地吹，沙漠迅速地調整自己以迎合風的差遣，按照風的意圖沙漠摧毀自己，在摧毀的基礎上將自己的過去覆蓋，在覆蓋的基礎上對未來進行重建。沙在風的力量下不斷完成著自己命運中的否定之否定。

雨在沙漠中極其少見，因為少見，顯得珍貴。沙漠中的雨是具有犧牲精神的，像義無反顧撲向大火的飛蛾，飛蛾撲火為的是追求光明，雨依然決然地選擇沙，卻僅僅為了犧牲。它衝向沙漠，在剛接近沙的一剎那，沙就躍身將一粒雨滴緊緊地擁抱，水在沙中央，焦渴的沙吸附著一滴飽滿的水，拼命地吸吮，很快，水被吸附走了，剩下的是潮濕的沙，雨使沙與沙之間體驗到了沾粘式的肌膚之親，潮濕的沙在很短的時間裡快速變乾，沙再次分散，還原了獨立的本性，沙漠徹底吞噬了雨水。

善變的沙漠給人們留下了永久的迷惘，它使人恍惚間沒有了基底，丟失了關於根的定義，它動搖了亙古、永恆、一生一世這些對人類來說尤為重要的概念。

冬天來臨，偽裝了一年的沙漠撕下冷酷的面紗，它關閉了通往外界的路口，把來不急離去的所有事物包圍在他的領地，他太大，太廣闊，很輕易地就把自己的冷酷發揮到了極致，他開始逐漸地降低溫度，再降低，它有了涼意、有了冷風、有了冰凍感，冰凍逐漸鋪張開來，使上百公里坦蕩的路途無法藏身，此刻，每一個被寒冷懲罰的事物都像一個被遺棄的女人，流著悽楚的眼淚，絕望又不知所措。

沙漠的溫度無法滋養什麼，那些不選擇沙漠的人、動物和植物，不只因為它沒水、沒土壤，而是因為它變幻多端，在溫柔的陽光背後隱藏著極端地冷漠。沒被人、動物和植物選擇的沙漠成了孤獨的個體，就像一個頹廢的人，從不知道頹廢的原因，只是一味地頹廢下去，偶爾會有些等待的衝動，藉著太陽溫暖一次，對著別人孱弱一笑。頹廢是自己的事情，與別人無關，多數的頹廢並不干擾他人，是自己獨自的活動，沒有願望，不去實現，冷靜到有點沒落和沉淪。

沙漠肯定不會像一座山那樣昂揚著鬥志，也不會像一片湖水，晃動著撩人的波紋，沙漠就沙漠，獨自寂寞著，不招惹其他，頹廢本不是有意的，他不知道，即便他不是有意的，一樣招惹了那些偶然接近他的人和事物，使那些人和事物在遭遇他後做出決定，永遠離開這裡，離開這一片沙漠。

沙漠的頹廢是望不到邊的寂寞和放棄，貫穿整個夜的過程。

塔克拉瑪干，進去出不來的地方。它的漢譯釋義製造了恐怖的氣氛，這個恐怖的氣氛不是嘩眾取寵，而是沙漠本身具有的特性所決定的。人類對沙漠一直懷有恐懼，恐懼來自於陌生，人們只習慣於熟悉的事物，習慣生活在已知當中，在已知中重複過去，過去就意味著熟練和充分的把握，意味著簡單、休閒、輕鬆和享受生活。面對如此浩大無邊的陌生，人們惶恐於沒有邊緣的未來，這是人第一次面臨無限，面對世界的盡頭。自然的無限擴張了人的想像能力，大腦開始極度地膨脹，它包攬了地平線以內、以外的事物，包括了那些現實存在的以及超現實主義的憑空想像。

想像的事物超出了人所熟悉的事物，這樣的事物巨大又陌生，並常常發生在夜間。夜裡，風開始嘶鳴和尖叫，哀嚎和怒吼，沙在黑暗中飛速的奔跑，伴隨著聲響，氣焰囂張，人在沙漠中行走，感覺到一個實實在在的物在身後接近自己、觸摸自己，人的頭、長髮和腿腳被輕輕撫摩，一股涼氣由脊椎下方竄到頸椎，人的意識忽地裂開一道縫隙；與魔鬼會晤、窺視未知一直是人類潛意識中的一大需要，此刻，人的大腦掠過一念渴望，渴望真實地看到魔鬼凶相的臉和奇異的四肢，人回過頭，空蕩蕩的天和地，什麼都沒有，人轉過身繼續前行，魔鬼繼續發出恐怖的叫聲，人再回頭，四處查看，還是沒有，一片虛無，只有人自己，人驚恐了，開始懷疑，這世上是否真的有魔鬼，或者，自己是否正在與魔鬼同流合污，是否自己已經與魔鬼合二為一，是否自己本身就是一個魔鬼，人陷入困惑，這是一個怪圈，一種更大的魔幻陷阱。

走出沙漠的人筋疲力盡，認為世界是有魔鬼的，這魔鬼不僅是別人，也是自己。他不會去對別人說自己是魔鬼，他要裝作自己是人，和過去沒兩樣，但是，他又懷疑，假如自己不是魔鬼，那會是什麼東西。

黃色，隱喻著死亡。沙漠中的死亡，多麼的合情合理，如果它不寫意死亡，地球上還有哪一片土地能更好的表達人類的這一生命主題呢。黃色具有高貴的品性，它的這一品性使死亡本身具有了高貴的氣質，對於死亡，我常常聯想到葬禮，無論穆斯林還是基督徒在葬禮中都表現了這種高貴的不可比擬性，牧師念著禱詞，向世人宣佈，一個生命從起點出發，現在已經完成使命走向了自己的終結，他永遠地選擇了安靜和沉寂，穆斯林用潔白的紗布裹包屍體，放進掘好的洞穴，用磚塊封起洞穴的門，生與死通過一堵牆密封在兩個世界中，死者已死，生者依然。

黃色憑藉著高貴的氣質在人的世界裡演繹著自己對死亡的理解，並得到了人的認同，黃色首先表達的是一種合謀，它與大地同色，與土壤同色，他解決了人的靈魂與物之間天人合一的關係，中國的皇帝選擇黃色為龍袍，意在堅實和穩固。黃色還表達了極度的深和進入，它使黃色再黃，發深發暗，讓它有著深入骨髓的意象，梵谷的《向日葵》是這種進入與深度極好的表達。除此，黃色還反映著一種欲望，愛而極致的衝動。

儘管每一粒的沙以白色為基調，但在他們混同於一體時，顯示的是黃色，清淡的米黃的色澤，這是太陽為它賦予的顏色，太陽以絕對的權威讓沙漠成為黃色，這是太陽一次決定性的恩賜，它讓森林草原成為綠色，讓湖泊河流成為藍色，而讓沙漠成為黃色，它把死亡、高貴、深度和欲望統統交給了沙漠，沙漠的一生正是充分表現著這種被賦予的品性的一生。

沙漠是綠洲的勁敵，千百年來沙漠和綠洲一直對抗著，沙漠暫時贏得勝利，從各種資料顯示結果看，全球沙漠化正在穩步推進。沙漠是在乾地上進行的，乾地覆蓋著全球百分之四十的陸地面積，乾地的沙漠化是植被和可利用的水減少，作物產量下降，土壤侵蝕引起的土地退化，這種退化正在以每年六萬平方千米的速度進行，這是沙漠的勝利，是綠洲的失敗。

綠洲以樹為屏障，屏障擋住了風，風帶動不起沙，沙只有撤退，撤離人的聚集地，但是，人類總是很不小心，疏忽於沙的頑強進取心，沙的退縮往往潛伏著更大的進攻，人卻沒有充分地意識到這一點，人的全部心思都放在了遠離貧困和貪戀享受上，人要背棄房屋和耕地，去追逐煙花柳綠的天堂。沙漠卻有著足夠的時間和耐心以不變應萬變，等待著人的放棄，只要人一拔寨，沙就推進而來，將人的痕跡一掃而光，讓人永遠找不到回家的路。沙漠要抹去的是人的記憶，這使沙漠看上去有點老謀深算。

在最近的幾個世紀裡，人潛進了沙的領地，在那裡人忽然間嗅出了自己的氣息，坍塌的佛塔、斷垣、殘臂，遺棄的文簡、書帛，人提起手中的筆，控訴沙漠，斷言沙漠之下還有更多的人類活動的痕跡。於是，人類開始尋找過去，在沙漠邊緣找尋著過去的家園，為一堆白骨、一件皮毛上衣、一隻盛裝泉水的陶罐興奮不已，人要尋找確鑿的證據，證明給那些正在綠洲上生活著，和今後仍然在綠洲上生活的人們，沙漠曾經是自己的家園。這是人類為自己獻上的一首挽歌吧。

神性與詩性的山

居住在天山腳下，遙望崑崙山脈，兩座不一樣的山，給出兩種不一樣的啟示，詩性的天山和神性的崑崙，塑造出了神性兼詩性的新疆性格，再看那些文學文藝作品中飛揚的元素、靈動的因子，沒有什麼能躲得過天山與崑崙的影子，這便是文化，根植在骨子裡的東西，無法排除無以拋棄。

肝膽塗疆場的疆，是會意字，本意是境界、邊界。《史記》中有：聖法初興，清理疆內。說的是秦始皇剛剛建立法制之事，從邊界引申到無限。《詩經》中有萬壽無疆，無疆是說無限，無極限。疆字用於新疆，拆解出的地理特點很形象，左邊一張弓箭保衛下的土地，右邊上端一横是新疆北部邊界線阿爾泰山脈，横下的田字是北疆準格爾盆地，中間一横是天山山脈，下方的田字是塔里木盆地，最下方一横是著名的崑崙山脈。新疆的地名體現出中原對西域的管理，也體現著一種不可侵犯的強權。話雖如此，在被喚做疆之後還是與俄國人起了爭執，結果割地陪錢，那種傷痛不僅是新疆人的，更是全民族的，也因此有了毛澤東老人家不能釋懷的傷感，他在為《新疆日報》題字時，去掉了左邊的弓和土，僅留下三山夾兩盆。

南疆有名山，崑崙山。評說崑崙，最絕色的是莽崑崙和橫空出世。那氣勢、境界，恢弘到無以比擬。尚未征服海洋之前，山是擺在人類面前的最大障礙，在人類征服大山之前，大山已經征服了人類，人類委屈在大山的陰影下，把每座大山當作神靈崇拜。在沒有高山的地方，人們建造了山，比如，埃及人建了金字塔，塔廟是人們心中的高山之顛。人類一座山接著一座山去探險，去征服，征服了，山便渺小下來，但是，崑崙之莽是神性的，見一斑何以窺全豹，橫空出世的氣勢不是憑攀緣就能抵達的，面對崑崙，無論過去還是現在，人們都望之敬畏。

沒有哪本書能像《山海經》一樣，將人的想像能力放大到無限，孔子整理典籍，看重的是《詩經》、《易經》、《春秋》，都是些正統書籍，他不能接受《山海經》的怪異和詭秘，他也不會想到，那些真假相伴，荒誕陸離的想像，正是《山海經》的魅力和價值所在，在中國浩蕩的古籍中，它是少有的反應出中國人浪漫飄逸思想的典籍。這讓我們對秦始皇刮目相看，他焚書坑儒，燒掉了孔子禮儀、倫理道德，卻保留了《山海經》，他也跟孔子一樣，不會想到他保留下來的，是遠古人瑰麗的想像和靈動的創造。

《山海經》裡記載了四十個方國，五百五十座山，三百條水道，一百多個人物，四百多神怪異獸，在五百五十座山中，崑崙山雄踞為首，是天帝的都城，被天帝統治，天帝就是我們的黃帝，黃帝派陸吾去管理崑崙山，陸吾半人半獸，長著人的面孔虎的身體和虎的爪子，還長著九條尾巴。而在民間，西王母是崑崙山的主角，《漢武內傳》中說西王母容顏絕世，是雍容華貴的群仙領袖。西王母也談了戀愛結了婚，丈夫是東王公，兩人分處兩極，共掌著天上天下，三界十方。據說，西王母早先到過中原，給舜敬獻過白琯，琯是一種玉制的管樂，西王母的白琯，是崑崙山上等的白玉製成的；李白有詩，誰家玉笛暗飛聲，散入春風滿洛城。玉笛就來自崑崙。關於敬獻白琯之事，書中多有記載，大約是說，西王母給舜一共獻了三支玉琯：一支留在舜身邊，由舜自己自保存，舜死後，玉琯埋在自己的祠下，東漢時期，有一個叫奚景的讀書人從他的祠下發掘了出來。第二支玉琯也被作為殉葬品，埋進了魏襄王的墓中，考古學家說，魏襄王的墓地有兩件轟動於世的國寶，其中一件就是玉琯。還有一支玉琯，被埋進秦始皇的庫府中，農民起義後，劉邦在巡視秦寶庫時，看到了玉琯，他不愛百物，獨愛玉琯，後來，這支玉琯傳到漢武帝劉徹手中。

更浪漫的事是《穆天子傳》中英俊的周穆王，穆王也叫繆王，姓姬名滿，是周武王的曾孫，生性好遊，很早就有「欲使車轍馬跡遍於天下」的願望，他繼位時，西周政治鼎盛，國家安寧，四荒皆歸，他將國政朝事委託給大臣，自己選了八匹駿馬從中原出發，騰雲架霧，浩浩蕩蕩趕赴西域崑崙與西王母幽會。

西王母設宴款待穆王，部落人紛紛趕來參加盛會，他們披散頭髮，頸項和耳垂掛著玉塊、石環，面部戴上面具，狂歌歡舞。穆王給王母帶來了中原錦綢美絹，王母也是大方之人，相贈了西域的崑崙珍寶。《史記》說穆王「西巡遊，見西王母，樂之，忘歸。」學者們說這話曖昧，穆王樂不思蜀了，其實，王母看走眼了，穆王即位之時已五十有餘，實在不能以英俊相稱，而王母偏不信這邪，硬是和穆王你來我去，喋喋不休，唱起了《白雲謠》。

王母為穆王唱：「白雲在天，丘陵自出。道裡悠遠，山川間之。將子無死，尚能復來。」白雲悠悠在天空中飄蕩，山嶺自崑崙山脈伸向遠方。這一去，路途遙遠，我們又將千山萬水。舉起酒杯，祝您一路平安，萬壽無疆！願您下次有機會再來做我的客人。

穆王唱和：「予歸東土，和治諸夏。萬民平均，吾顧見妝。比及三年，將復四野。」我要回歸東土了，為的是要平治華夏。待民富國強，萬民安樂，我定將再來看望您。最多三年期限，我們將再會瑤池。

王母又唱：「徂彼西土，愛居其野，虎豹為群，烏鵲與處。嘉命不遷，我惟帝女。彼何世民？又將去子，吹笙鼓簧，中心翱翔，世民之子，惟天子望。」那意思是，自從我來到西方，就住在西域的曠野中，老虎豹子和我同群，烏鴉喜鵲和我共處，我守著一方土地而不遷移，因為我是天帝的女兒，只可憐我那些善良的臣民，他們又將與你分別。樂師奏起動人的笙簧，我的心在樂聲裡翱翔，我崇敬的萬民君王啊，只有你是天地間的希望。

一來二去，王母一曲《白雲謠》餘音尚在，穆王也在這山光水色中完成了中央對西域的分封，確立了中央與地方的關係。

穆王要走了，分手時分，依依不捨。王母勸飲再三，唱道：勸君再來，勸君再來。

穆王沒有再來過崑崙。多年以後，打抱不平的李商隱寫詩：瑤池阿母綺窗開，黃竹歌聲動地哀。八駿日行三萬里，穆王何事不重來？

穆王，你何事不重來？也是，《穆天子傳》說西王母是一個雍容平和、能唱歌謠的婦人。《漢武內傳》說王母是一個年約三十、容貌絕世的女神。王母既有雍容之態，又有絕世之美，神話與童話勾兌出的愛情效果足以讓所有男人喝下這杯忘情水。而穆王，你何事不重來？

但是，《山海經》筆下的王母「其狀如人，豹尾虎齒，善嘯，蓬發戴勝。」長相若人，拖著豹的尾巴，虎的牙齒，吼聲若嘯，蓬頭亂髮，戴著一頂方形帽子。這形象入了穆王的耳朵，難保不魂出七竅。更何況，穆王雖已五十有餘，卻依舊是瀟灑翩翩，風流倜儻，這人鬼之間的事，情了？情未了？誰能知曉。

崑崙神話無數，最浪漫的必是穆王與王母的傳說，但即便是穆王王母的傳說，都難以一一述及，其中緣由之一是，沒有人能夠抵達崑崙巔峰，更沒有人能夠走遍他的山川河谷，人類征服了眾多的山峰，但面對崑崙，從來都束手無策，唯有站在他的山腳下，仰望崑崙，放飛想像的翅膀，為它賦予更為神秘離奇的情節。

與崑崙山脈近距離的接觸，是沿著崑崙北坡，從喀什驅車到和田，山與綠洲的地理界限在眼前清晰延伸，我花費兩天的時間，從一個地點到另一個地點，與崑崙並肩行駛，咫尺距離，但我，始終沒有走進崑崙的衝動，我寧願享受崑崙帶來的無限想像，因為遙遠，想像才能無所羈絆，神話與想像長期以來在我腦海連袂上映，心動神搖。若對崑崙實地考察，為神話尋找依據，為想像筐定界限，塑造一個寫實的具有說服力的崑崙，崑崙的神性便也消失了。很久以前我就認定，崑崙是一個氣場，有人們窮其一生都感悟不出的大「道」在其中，這樣的崑崙，才是我心目中的崑崙，神性的崑崙。

漢班固說，七月七日，太陽當頭，漢武帝忽然看見有青鳥從西方飛來，停在大殿前，問東方朔是怎麼回事，東方朔答，西王母夜幕時會來到此地，皇上該灑掃準備接待了。果然，西王母來了。乘著紫車，清氣如雲，有兩隻青鳥相伴。

南唐李璟寫有「青鳥不傳雲外信，丁香空結雨中愁。」深夜不想去睡，聽許巍唱《青鳥》，天空如此美卻不知向何處飛，再見你我的翅膀已破碎。身在崑崙以北，比起遠在內地的家人朋友，我竟然離西王母很近很近，卻不能飛越遙遠時空，是誰有雙破碎的翅膀。

明月出天山，蒼茫雲海間。明月、天山、蒼茫、雲海間，無論哪個詞，單獨放那兒都有詩意，組合起來一樣有意境。這兩句，喜歡了許多年，後來，閱讀其他時，突然發現歧義，就像你養了一生的孩子，突然有一天親生爹娘找來，告訴你，那是他們的骨肉，不是你的孩子，若不信，去做ＤＮＡ。你心裡清楚他們這樣說一定是證據確鑿，但你還是去了醫院，顫微著雙手，舉起化驗報告，科學驗證了一個生命的事實，也認定了你錯養一生的事實。

此天山，非彼天山。查證後，拿著權威的證據，再讀明月出天山，蒼茫雲海間。有了上當受騙的難堪，那麼好的詞，怎麼就辜負辱沒了天山。明明是明月出祁連，蒼茫雲海間。李白卻要拿天山說事，以天山置換祁連。雖然，李白寫下詩句時，讀詩的人都知道，那山指的是祁連，非天山，惟獨我，一往情深地往天山靠。彷彿正印證了那句話，這世上有關自己的私事，最後一個知道的，往往是自己。

我有一枚篆刻玉印，印壁一邊刻著明月出天山，蒼茫雲海間。另一面刻著我是梅花。顯然，送印章的人也不清楚天山與祁連之間的關係，或許直至現時，仍然以為李白的明月出天山就是位於新疆中部，橫亙新疆大地的那條著名的天山山脈。

李白的詩，飛揚飄逸，高亢拔萃，有別於中原詩人的內斂溫良，雖然，關於詩人的出生地一直有爭議，但僅從詩文中感受李白的西域情結，碎葉出生的說法是值得信任的，這說法證據來自唐文人范傳正，他給李白重新修立墓碑時，撰寫了《唐左拾遺翰林學士李公新墓碑並序》，序文中寫道：公名白，字太白，其先隴西成紀人，約而計之，涼武昭王九代孫也，隋末多難，一房被竄於碎葉，流離散落，隱易姓名。

說李白族上人隋末遇難，逃亡碎葉，隱蔽了家事。至於範傳正的真實性，是他在撰寫碑文時，見到了李白的兒子伯禽的親筆記錄，既是親筆，可信度必也是較高的。

碎葉如今已歸屬中亞五國中的吉爾吉斯坦，那裡曾經是唐朝安西都護府最西邊的小鎮，他的確切位置在吉爾吉斯坦首都附近的托克馬克市，碎葉城遺址猶在，上世紀九十年代，考古學家發掘出一塊唐代石碑，上面有安西都護府侍郎李某的字樣，李某被人指向李白。似乎在印證著李白故鄉碎葉的說法。吉爾吉斯坦有當年從西安流亡去的東干人，那些東干人至今都會吟誦床前明月光，疑似地上霜。

只是，有從吉爾吉斯坦回來的人說，現今托克馬克郊外的深冬，綠意不再，碎葉城的遺址殘垣斷壁，雜草叢生，淒清荒蕪，只有一塊寫有碎葉古城遺址的牌子守候在風中，傳遞出過去某個歲月的一絲氣息。我想，那樣的場景下，舉頭望明月，低頭思故鄉的詩句會是一種混淆的滋味，格外有嚼頭。

有人說李白是個突厥化的中國人，豪俠超逸的思想，奔放飄忽的筆調，都不是純粹中國式的。半夜心，三生夢，萬里別。夜深沉，心惆悵，夢中回到離別萬里的碎葉城，詩人怎能不澎湃。李白五歲回中原，天山是他必經之路，祁連也是必經之路，除去明月出天山，蒼茫雲海間關於天山還是祁連山的說法不一外，他的《塞下曲》寫的確是真正的天山。五月天山雪，無花只有寒。笛中聞折柳，春色未曾看。他說五月的天山依舊退不去冬的寒氣，笛聲中有了折柳的聲音，滿眼裡卻無絲毫的春色。這番寫照，是典型的天山北坡氣象，大唐時代的五月與當下的五月已相去甚遠，如今的五月，天山積雪早已消融，汩汩雪水順著山澗凹地一路奔來綠洲，綠色已濃，春色漸深。在另一首《戰城南》中，李白有放馬天山雪中草的句子。在覆蓋著白雪的綠草上，放馬天山，一個放字，自由不羈的西域精神立刻呈現。讀李白的文字，總是有些盪氣迴腸的東西，有些豪邁、肆意、放達的東西在湧動，像烹飪中的爆炒，辣油，高火，短時，鍋鏟金屬相互碰撞，劈哩啪啦，鏗鏘作響，令人大跌眼鏡。

進新疆的人，都要為天山寫點什麼。比如，天山於駱賓王是塞外異域，對天山，他沒有李白那份舊情，他是落在谷底裡的詩人，在翻越天山途中作過《晚渡天山，與懷京邑》，忽上天山路，依然想物華，雲疑上苑葉，雪似禦溝花。面對天山，他仍是想著長安，那烏雲像是京城上林苑中蔥郁墨綠的樹葉，那堆雪像是皇宮前禦溝中吹落的楊花。異鄉異地多了鄉愁，天山路於他是艱難和困苦。詩情放，劍氣豪，英雄不把窮通較，偏偏駱賓王就是要計較人生遭際的窮困和顯達，他成不了英雄，他心理有解不開的結。

另一個西域邊塞詩人岑參，寫了輪臺東門送君去，去時雪滿天山路。山迴路轉不見君，雪上空留馬行處。我心目中的天山雪，就是這樣的，雪野，天山路，山迴路轉，空留馬行處，像一段塞外風光短片。

還有一個豪邁的詩人洪亮吉，從哈密翻越天山後，寫下地脈至此斷，天山已包天，日月何處棲？總掛青松顛。乘飛機回內地，飛至哈密一帶，從視窗往下看，天山忽地隱沒了，那個「斷」字便湧了上來。一個行走地面的人，有了俯瞰的視角，那氣勢、那氣魄，那一瀉千里的乾淨俐落，甚於李白，寫的那麼地絕頂，那麼地狠。

烏魯木齊下了第一場雪，雪後上天池，空氣中彌漫著雪的清麗味道。開電瓶車的姑娘指著半壁山巒讓我看，那是躺著的西王母，高貴的頭，起伏的胸，順從的胳膊，姑娘說，那是西王母在等周穆王，累了，暫做休憩，看那躺著的姿態既正式，又怒氣，那時，她哪裡知道穆王是終不歸的，只是，這本該是發生在崑崙的故事，轉瞬挪到了天山，到了瑤池，讓天山與崑崙聯在了一起。

驀然一怔，崑崙也好，天山也好，都在西域。

桑蠶之事

蠶伏在一片桑葉上不動聲色，中午以後再去看，桑葉呈現出弧型、月牙行和鋸齒型，蠶吃掉一部分桑葉又睡去了，我從紙盒裡拿出一隻肥胖的蠶，放進另一個紙盒，準備帶回家，這是我童年的遊戲。從那一刻起，我有了一隻蠶，並且在擁有那隻蠶以後的一段時間裡，每天都在等待牠吐絲、做繭、成蛾。細觀蠶的一生就像審視自己的一生，充滿著思辯，蠶短暫的生命就是一出生與死的獨幕劇。

蠶是一種變態的昆蟲，這是我成年以後才知道的。最早說出變態兩個字的人真是用心險惡，它傷害了我純潔的童年記憶。在那些春末夏初漫長等待的日子裡，我拉開門扉秘密窺視裡面的情景，等著一隻肥胖的蠶變成一隻輕盈的蝴蝶，那些日子很難熬，時時刻刻都急切地等待蠶盒中的動靜，等牠變成一隻蝴蝶時歡呼雀躍地向同學吹噓，那些驚險的細節被我重複地記憶著，以便在奔相走告時更準確，更能引起人們的共鳴。成年以後才感悟出，在孩子眼裡，時間是睡不醒的烏龜，懶散地伏在午後的稻田邊，而對一個成年人，時間珍貴地像旱地裡的春雨，有著比油還貴重的價格，中年以後更會發現，時間突然飛奔了起來，一夜之間眼角就能生出滄桑，人生真正的悲劇感或許就是從意識到時間那一刻開始的。蠶的變態概念是成人給出的，因為它太快太迅疾，成人在蠶的一生中強烈地體味到，那是自己人生的寫照，是自己生命的縮影。

蠶的一生要經歷卵、幼蟲、蠶蛹和蛾四種形態，從孵化到吐絲，從吐絲到結繭，從結繭到蠶蛹，從蠶蛹到成蛾，從飛蛾到產卵，這段時間不足兩個月，蠶卻奇跡地完成了一個世代的歷程，又在不斷的變態中代代傳承。

蠶是以卵繁殖的，五公分的軟綿綿的身體有著驚人的能量，他一次能產下四五百個血骨，像成熟的芝麻，密密麻麻地鋪展開來，每個小生命只有一毫米。一毫米的生命是輕薄的，在人的世界裡僅僅是一粒微塵，但在蠶的世界，一毫米是一個生命體，牠輕柔聖潔，令人不敢觸碰，而實際上，這是一種迷惑，淡黃的外衣是堅硬的，在蠶的世界中，牠是一道堅不可摧的銅牆鐵壁，像女人的子宮，承擔著保護和看守的重任。

蠶變色，從淡嫩的黃色開始，逐漸變成赤豆色、灰綠色，變為紫色，因為蠶的壽命短暫，牠的變色就顯得匆忙慌亂，竭盡全力使自己的每一分鐘都有效地運用，牠以急不可耐的熱情施展著自己的魔法，奇異的變換使牠比別的動物更彰顯出了生命的張狂和耐不住寂寞，由純潔稚嫩的淡黃到深刻的紫招搖著與女人相似的成熟和墮落。偶爾，牠也會像死亡前的墓穴裡釋放出的氣焰，夾帶著另一個世界的神秘召喚。

蠶卵的不甘寂寞還體現在牠力量的集合上，一隻雌蠶一次產下幾百隻卵，幾百隻卵就是幾百個生命的總爆發，幾百個浩浩蕩蕩的生命宇宙一天之後就成長了起來，像病毒一樣成倍地複製、膨脹、蔓延，排山倒海式的力量使充分把握世界的人類感到了極度地慚愧。

蠶最可愛的時候是牠從卵殼中悄悄探出頭的那一瞬間，有點怯生，有點愣頭愣腦，有點傻氣，還有點無畏，因為長的像螞蟻被人叫做蟻蠶，雖然牠的長度不足兩毫米，但比起自己的過去卻翻了一番。在牠出生不足三個小時後就可以進食，牠的食量像一個做農活的壯年男子，大的驚人，這使牠看上去屬於那種抓緊時間趕快生活的享樂主義者，這是蠶一生中最美好的時光。

最好的時光預示著顛峰，生命的急轉直下正是從最輝煌時刻開始的，自這以後，蠶開始減退自己的食量，甚至自虐般地禁食。牠開始吐絲，把腹足固定在蠶座上，頭部昂起，好似一個淪落的傀儡皇帝，不再做任何運動，一味地閉目養神，不思朝政，達到一種「眠」的狀態。蠶的「眠」與傀儡之眠又是絕對不同的，傀儡之眠是想盡所有排除內心的恐慌，是不思不想過去和未來，是無奈又是心甘情願，是閉上眼睛一切煩惱都不存在，蠶眠不這樣，蠶的運動才剛剛開始，牠正臥薪藏膽，養精蓄銳，在體內進行著巨大的變革，以一種人們難以觀察到的深度運動，脫去身上的舊皮，像一個女大十八變的少女，使自己進入一種全新的發育階段。蠶有五齡，五齡的蠶是一個成熟的少婦，體色如十九世紀油畫中享盡榮華富貴的歐洲少婦，肌膚滋養的白胖而柔軟。

蠶也衰老，仿若斜入西邊的太陽，沒了年輕時的潔白和富有彈性，食欲也不如過去，面對一片鮮綠的桑葉，牠感到無能為力，像一個年邁的步履蹣跚的父親，培育了一群孝順兒女，兒女們長大了，有了成就，把父親接到城裡，但是，父親老了，沒能力消受城市的燈紅酒綠和爆滿的酒店，這些已經不能激起他的熱情，反而使牠感到疲倦，有了失去自由的尷尬。蠶的前部消化管正在空虛，胸部也像歲暮之年的老人暴顯在手腕上的血管，呈現出透明，蠶老了，老的開始厭棄食物，也體察到了生命的暮色，牠開始加快了釋放的速度，四處尋找營繭的場所，為自己的另一次超越做準備。

借用人的力量，蠶被放進一個容器裡，牠將絲吐在容器的邊緣，形成一個支架，像構建樓房一樣設計著自己的形狀，也像一個寫作者，為即將寫作而成的作品列一個提綱、做一個骨架，以達到綱舉目張，支架的設計不比人類建造一棟樓房更簡單，牠有自己合理的構思，牠使接下來的網得以結實、堅固。然後牠在網上吐絲，走出優美的S型，牠拼命吐絲，吐出的絲變做躺倒的阿拉伯數字8。

蠶的這一時刻是淒美的，牠正在把前半生的索取以奉獻的方式償還，以使自己的一生達到平衡，不沾誰的、不欠誰的，蠶所表現出的強烈的道德感使人類動容，人們開始以牠為素材，將牠的一生寫進教科書，作為高尚行為的案例之一。

因為大量吐絲，蠶的體軀不斷縮小，空間越來越窄，喘氣越來越吃力，牠的頭部和胸部逐漸減慢了擺動，沒了一定的節奏，吐絲也開始淩亂，蠶被自己搞的一塌糊塗。直到最後把自己結結實實地束縛了。

直到這時，牠似乎才突然明瞭了破釜沉舟的道理。當牠徹底把自己推向絕路後，牠的重生之路也便開始了，四天之後，一隻蠶搖身一變，成為蛹，像一個紡錘，有頭、胸、腹三個體段，頭部很小，長著複眼和觸角，胸部長有胸足和翅，鼓鼓的腹部長有九個體節。蠶剛化蛹時，跟產下的卵一樣，帶著蒙蔽狀的淡黃色，慢慢地通過時間的拖延，變成焦灼和燻滿煙霧的褐色。

再去看蠶，空空的無所蹤影了，一隻飛蛾撲騰撲騰地在桌子上掙扎，蠶蛾實現了蠶作為生命的最後一次飛躍。牠的全身披著白色的鱗毛，但是，牠不能飛翔，不能飛翔，是對翅膀的羞辱，也為人類對蠶變態的認識再一次提供了證據。

不具備飛翔能力的蠶煽動著翅膀，撲撲地投向自己的另一半，牠要在奔赴死亡之前急切地深愛一次，這也是蠶一生中最感染我的地方。幾個小時後牠結束了從尋找配偶到生育的全部過程，留下後代的牠終於完成了短暫忙碌的一生，耗盡最後一絲力氣，陷入沉寂。

桑的栽培史緊緊跟隨著中國歷史，《詩經》裡的《大雅》、《豳風》、《秦風》、《衛風》都出現過桑的詩句。由桑引發的詩句是詩的世界中非常惟美的部分，《汾沮洳》中有採桑的女子愛上一個男子，「彼汾一方，言采其桑。彼其之子，美如英。美如英，殊異乎公行」。《桑中》有男女的幽會，「云誰之思？美孟姜矣。期我乎桑中，要我乎上官，送我乎淇上矣」。樂府《陌上桑》有「日出東南隅，照我秦氏樓。秦氏有好女，自名為羅敷。羅敷喜蠶桑，採桑城南隅。」的詩句，這些詩句一律地清淡不膩，樸素恬適，有紗的質感和霧的繚繞。

桑，又叫桑仁、桑實、桑棗、桑果，葉、枝、果、根均可入藥，《本草綱目》說入藥的桑可以止產渴，利五臟，通血氣，令人聰明生精神，宋朝有傳說，嚴州山寺有一個遊僧，形體孱弱，飲食很少，夜裡睡覺常出汗，到第二天早上，周身衣服都濕透了，無藥能治，有一僧人給他開出驗方，三天之後，疾病痊癒，驗方僅用了一味，桑葉，乘露採摘，焙乾為末，每日兩錢，空腹溫水調開服用。其實，桑葉治出汗，秦漢時期就有，《神農本草經》中有桑葉除寒熱、出汗的記錄。

桑葉可以飼蠶，桑皮可以造紙，桑果可以零食。桑果也叫桑葚，有兩種顏色，紅色和白色，早先知道是在魯迅先生的《從百草園到三味書屋》裡，真正見到是在通往南疆的路上，在離開烏什塔拉的路邊，藤條筐中擺放著白色桑葚，新疆人把它們叫桑子，白色桑子肥溜溜的，短且臃腫，像一條被割去的發炎闌尾。紅色桑葚發紫發暗，充滿著懷舊感，桑葚的季節在五月，匆忙短暫，每每見一堆一堆潦倒在地上的桑葚，都會想起曾經紅的發紫，後來又沒落了的明星。

桑的作用很多，只是在淪為蠶的腹中之物後，它最主要的價值就在於養蠶了。這是桑的榮耀，也是桑的悲哀。野生桑葉時代早已成為過眼雲煙，人的貪欲不斷膨脹，蠶的食量也大的驚人，桑的家族無法滿足人的欲望，在這種情況下，桑開始被大量種植。

種植通過兩種方式進行。種子繁殖和無性繁殖。種子繁殖像女人的受孕，受精卵選擇了溫暖、安全、黑洞的宮體，依附在宮壁，汲取養分，在黑色的混沌中，種子漸漸長大，膨脹起來，然後，宮體的黑暗和緊縮使它越來越不滿意，既然它是種子，就要選擇突破，頂開土壤，伸展出去，種子衝出宮體，宣告一個生命的誕生。這是合乎生命運動邏輯的桑的誕生方式。

　　無性繁殖有他插、壓條和嫁接，像人工受精或借腹生子一樣既前衛、引領潮流，又充滿著嘲諷意味，嫁接的最大尷尬莫過於改變一種事物的本性，烏魯木齊街市上的水果每年都會有些新鮮花樣，去年是蘋果梨，今年是桃杏，誰知道明年會不會冒出一種李子杏、草莓杏、葡萄瓜之類的怪物，每每看到這些怪異的品種，總是有點惶恐、有點畏懼，這就是人們對待其他生命的心態，將不同屬性的東西混合，讓他們變異，創造出一種新型的植物和動物，然後向世界發佈一項又一項科學成果；人類將這樣的改造定義為科學進步，面對越來越多的科學成果和科學家一次次的新聞發佈，人們總是有種不好的感覺，改變物種是需要冒險的，它不僅傷及了物種的本性，還觸及了人類世代承襲的倫理道德。在這個時代裡，對一些重大事物的改變，人類還沒有做好心裡準備，還缺乏足夠的自信和承受能力。

　　桑的培育是個精心的過程，人伺候一株桑樹不比拉扯一個孩子容易，《農政全書》介紹嫁接的重點是要皮肉相向，皮、骨、縫對接準確，以人體部位解說桑之嫁接，二者之間相互說明，準確無誤，這是骨科醫生的基本功，也是桑田裡做著農活的農人的慣性做法，世界上的事物有著太多的相似，一個農人與一個醫生之間，一個醫生與一個木匠之間，一個木匠與一個工程設計師之間本身沒有太大的差別。

桑是喜歡乾爽的植物，不喜歡拖泥帶水，人們為它施塘河泥，施過唐河泥的桑地土質又堅又鬆，雨後會很快變乾。為了桑的茂盛，人去除了其他樹木和雜草，遠遠地拒絕了與桑分享土地、養分和水分的各種植物，儘管他們也是植物，有著與桑同等的生存權利，但還是逃不脫人的決定，在一棵樹面前，人就是上帝，操縱著它的命運。桑下的雜草被翻墾到土中，死亡，然後變成桑的肥料，人讓一叢草為一棵桑服務，就像人讓一棵桑為一隻蠶服務，一隻蠶為一個人服務那麼簡單和不費吹灰之力。

通過去除異己的方式，桑樹枝繁葉茂，欣欣向榮，一派亂草中的桑在人的精心料理下，變成一片綠色的桑田，與桑為伴的蠶也從野生一步步落入家養，人是桑蠶進步的實施者和享用者，桑按照人的決定成為樹與野草中的幸運者，人主宰世界的能力在桑的改造中得到有力的證明。

桑也像人一樣會生病，桑樹的生病叫青枯，是細菌滋生的結果，病痛使一棵桑樹的根部露出褐色的條紋。遭遇害蟲是桑樹伴隨一生的病症，它們在人不經意的時候干擾桑樹的寧靜，使桑葉減少，葉質下降，使這棵樹病態怏怏。像人類使用的青黴素、紅黴素、先鋒黴素一樣，桑的抗生素是石硫合劑、甲胺磷、敵敵畏。害蟲們侵害了一棵桑樹，就是侵害了一個人、一群人、一個利益集團，他們註定要被消滅在各類先進的殺蟲劑中。據說，害蟲們也在提高著自身的免疫能力，他們越來越能抵抗各種新類型的殺蟲製品，在人與蟲的抗衡中，桑樹被動地接受著一次次新型武器的試驗，他們遍體鱗傷，體質不斷下降。人並沒到此為止，為了加速桑的生長，加大了氮肥用量，用最先進的催生技術，使一棵桑樹的產桑量超出它本身的載負能力，肥胖的喘著粗氣的桑樹一年為它的主人提供養育兩百公斤蠶的桑葉，超符合地承載使桑過早地飽受人間滄桑，它未老先衰，抵抗力急劇下降，一隻小小的蟲就能穿透肌膚，深入身體，使它患病、疼痛，甚至死亡。

桑樹原來是一棵普通的樹，一棵普通的樹因為它本身具有的特性，使它更適合一種動物的口味，而這種動物恰恰又是人所需要，這棵樹於是就從眾多的樹木之中脫穎而出，變成一條食物鏈中的一環，享受著別的樹木無法享受到的禮遇。同時，受到禮遇的桑樹也因為過分的禮遇而承受了別的樹木沒有承受的苦痛，它就像一隻從狼群中擇選出的上等的公狼，當它被訓練成一條狗的時候，狼性的孤獨警敏也喪失了，一棵桑樹因為受到禮遇而不得不被修理，孤獨的桑樹在人的關注和雕琢下終於像龔自珍筆下被扭曲的病梅，失了天性，失了自由，失了野生的能力。

一棵桑樹以悲劇的形式滿足著人的欲望，人在桑樹的世界裡證明了自身征服自然和改造自然的能力。

秘密。這是一個秘密，一個民族將它死守了幾千年。

別讓它傳播出去，有的東西需要獨享。我很驚訝一個秘密能夠堅守幾千年，那是一群什麼樣的人，能夠一代又一代在自己的族系中悄聲傳遞，不為外人所道，他們需要多麼巨大的耐心和克制力來讓秘密爛死在肚裡。這是一個什麼樣的民族，拒絕也能構成一種理想和美德。

雖然，最後它還是被傳播出去了，屬於人類的東西終將要面對世界、面對未來。最初它越過黃河河套平原，來到那些遷徙的民族中間。遷徙是一種走動，人的遷徙像花粉借助風力的走動一樣，在大地上來往穿梭，這樣的穿梭註定要實現一個叫做傳播的動作。河套以外的匈奴人和月氏人騎著馬馳騁而去風摯而來，馬背上馱著一匹匹產自中原的絲綢，穿行之處，落英滿地。就這樣，在幾千年之後，有人在西元前五世紀的盧森堡墓葬中發現了絲綢的碎片。儘管對於傳播，這只是一次偶然，是零星的資訊，不構成真正意義上的傳播。

關於絲綢的傳播，官方正統的記錄從周穆王開始，幾乎所有關於周穆王的傳說中都誇喻了這位浪漫英俊的帝王騎著八匹駿馬橫空西去，在崑崙山幽會了西王母，送上稀有的絲綢。因為是神話傳說，求證的可能性幾乎不存在。絲綢真正意義上的傳播從張騫開始，與馬有關。

西域伊犁產良馬，名為天馬，體型不大，形態極美，善奔跑、作戰勇猛，漢武帝為伊犁馬作過西極天馬之歌：天馬徠兮從西極，經萬里兮歸有德，承靈威兮降外國，涉流沙兮四夷服。後來，他又聽說在中亞大宛有一種奔跑後脖頸部會滲出血點的馬，叫汗血寶馬，那是世界上最優秀的馬匹，他們威風轔轔，是母馬和龍的產物，待在渭水岸邊的漢武帝突然鍾情起這個帶著神性的尤物，把天馬的美名給了汗血寶馬，伊犁馬改叫西極馬。張騫跋涉西域回到長安後對漢武帝講述了這種馬，馬的父母是來自山裡的種馬，它們野性十足，根本無法捕捉，為獲取它，人們將母馬們栓在樹樁上，讓它們等著野生公馬的到來，它們是天馬的後代。張騫的講述是寫實的，剔除了龍馬相交的神話色彩，傳說中的事物成為可以抵達的目標，與神話接近的真實聽的雄才大略的一代帝王熱血沸騰，又大動心思，溫順與野性的結合正是他所需要，只有這種結合才能讓他對付胡人和匈奴人的挑釁，才能捍衛家園擴張疆土。

需求以最快的速度促成了貿易，貿易需要借助一條路來傳遞，對於這條路，正像在東方沒有一個人能像張騫走的那麼遠一樣，在西方，也沒有一個人能像亞歷山大一樣向東走的那麼遠，那樣的急切，東方與西方之間隔著長長的距離，距離產生好奇、美感，也產生欲望，西方的亞歷山大和東方的漢武大帝相向而行，都在試圖探索走向對方的道路。對於現代的西方人，亞歷山大是拉開絲綢之路的先驅，那時他只有二十一歲時，就已經成為一個國家的主宰，他與漢武大帝不同，有時候，他不像一個帝王，更像一個身體力行的將軍，東進在戰場的最前沿，他對勝利的享受比漢武帝更興奮更熱烈，他的欲望在一次又一次的勝利中被激發燃燒，征服世界的野心使他比漢武大帝守衛家園抵禦匈奴，在適當的時候擴張疆土的雄心看上去來地更酣暢徹底。

漢武帝是東方打通西域的第一人，一匹馬促成了一個帝王的好奇心，一個好奇心打通了一條貫穿東西的大道，絲綢在這個過程中扮演了一個微妙的角色，與亞歷山大拔劍挺進的作風相去甚遠，漢武帝把絲綢含蓄、儒雅的風範發揮到了極致，輕而易舉就完成了西進的目標。坐在中原文化大背景下的漢武帝笑了，絲綢在通往歐洲的路上能夠與刀劍一樣鋒芒，甚至比刀劍更加地銳利，它能戰也能守，能進也能退，它佔有，也溝通，從那時起，絲綢開始超越了一般織物，介入了政治、文化和經濟的領域。

用四千年時間傳播一項技術在人類歷史中罕見。在中國，新石器時代就出現了第一批人工養殖的蠶，以後的歲月裡有成千上萬的漢人從事養殖和製造工作，成千上萬的人都能對這項工作小心謹慎，守口如瓶，封鎖，再封鎖。絲綢的推廣極為緩慢，在西方，拜占廷六世紀才開始生產絲綢，西班牙九世紀，西西里十二世紀，到義大利已經是十三世紀的事情了。

這種慢，像一劑治療慢性病的中草藥，從年少喝到白髮，藥渣堆成小山，藥房夥計換了一茬又一茬，開方的郎中和喝藥的人卻是塵年舊事，從不間斷地放慢著火候，等待奇跡出現的一天，也許正是這種慢，人得到了滋養，心變的綿密了，也更能堪破紅塵隱於無形了，微火慢燉的絲綢在千年的時間裡熬出了無數奇妙的故事，不同民族、不同國度、不同版本的傳說令人眼花繚亂，難以說清孰是孰非。

玄奘的版本是這樣說的，五世紀時，于闐國得到了製造技術，但是，缺少桑樹和蠶卵，為了得到蠶卵，于闐國王想了一個辦法，去東國求親，國王對求來的公主說，于闐沒有絲綢，如若公主想在將來穿漂亮絲綢的話，就需要有一次歷險，將蠶種帶回于闐。對一個閉鎖在深宮中的年輕女子來說，讓她衝動的未必就是絲綢長裙，但有一樣東西一定是她夢寐以求的，那就是歷險，像個間諜一樣參與一場陰謀，一個小小的陰謀就是一場遊戲，是刺激和玩樂。

公主把蠶種悄悄藏在帽子中，坐上了去往于闐國的花轎，蠶蟲按照于闐王的設想，安然抵達目的地，公主一定不會知道，她的遊戲玩大了，一個堅守了幾千年的秘密被她的虛榮和歷險戳穿了，她正在背離她的祖先和她的祖訓，當然，她更不會知道，正是她無意識的頑皮，使絲綢的傳播終於打破了幾千年閉塞，從此于闐國開始遍植桑樹。

藏文版本中的說法是當時的西域開化較晚，于闐人無知粗俗，認為蠶蟲是危險的蛇，能給人們帶來不幸，國王命令把它們全部消滅，情急中王妃救下幾隻蠶，秘密地飼養起來，蠶長大繁殖吐絲了，王妃拿著自己抽出的一縷纖絲小心翼翼呈獻給自己的丈夫，在這個秘密面前，于闐王驚喜難奈，立刻下了一道命令，在于闐國發展養蠶業。

與唐玄奘寫下傳絲姑娘故事又過了上千年。一九〇〇年秋葉金黃時，瑞典人斯坦因來到和田，無意中他聽到有人說在沙漠中有座深藏寶物的「象牙塔」，他回憶起了斯文．赫定發現的丹丹烏里克，他不知道沙漠中那座深藏寶物的「象牙塔」與丹丹烏里克之間有著什麼樣的關係，但他知道，他被那些神秘的傳說深深吸引了，在寒冬來臨的時候，他開始了沙漠中的探險經歷，波浪似的沙丘像海洋一樣望不到邊際，他要揭開這海洋神秘的面紗。

站在一片沙丘上的時候，古老的建築在沙漠中漸漸展露了，殘垣斷壁，木樁房屋，一片廢墟中斯坦因為我們留下了曠世之美的感受：「在那遼闊無垠的平原裡，我彷彿是在注視著地底一個巨大城市的萬家燈火，這難道會是沒有生命又沒有人類存在的可怕的沙漠嗎？我知道，我以後將永遠也不能再看到這壯麗迷人的景色了。」

「荒漠的冬天如今充滿了生命力」，這生命的力量就是接下來闖入他雙眼的木版圖《傳絲姑娘》。拂去木版上厚重的塵土，簡單的線條勾畫出一幅簡單的圖畫，簡單的圖畫講述著一個動聽的故事，一個《大唐西域記》中的故事。畫板中央繪有一位盛裝貴婦，頭戴高冠，有侍女跪在兩旁，畫板一端有藍子，藍中盛滿果實，畫中還有一多邊形的東西。這樣的圖畫寓意著什麼？斯坦因久久冥想，眼光觸及那位左手指著貴婦人高冠的侍女身上的時候，他立刻感到一股血液迅速在體內湧動，突然與歷史見面與歷史握手與歷史對話的現實讓他難以相信眼前的一切，那冠下的不就是公主藏在其中的蠶種嗎？那藍中的果實不就是蠶繭嗎？那一端的多邊行的東西不就是紡車嗎？所有的迷惑迎刃而解。千年前的文字與千年後的版圖在零落了悠久歲月之後終於走到了一起，他們共同為絲綢的傳播作著歷史的見證。

張騫帶往西域的絲綢在與天馬的交易中充當了支付的手段。

手段還是目的，看著一塊纖細柔軟的絲綢，我總是想起這個問題。作為一塊織錦，絲綢與所有的織物一樣，具有遮風避雨的功能，作為延伸，它還具有審美功效。或許正是因為這種美質，絲綢變成一種手段。作為手段，它的最成功的案例是為一條貫通中亞西亞的大動脈命名，即絲綢之路。或許，也正是因為絲綢之路這個名稱，絲綢因此而跳出了簡單的織物行列，成為一個文化概念，擴展成一種文化現象，這是絲綢的榮耀，也是絲綢從手段變目的，終於成為自己的唯一一次突破。

而我，似乎更喜歡那個作為手段的絲綢，像一個光芒四射又懷揣心計的女人，讓人即愛又恨。更多的織物在夜裡呈現出比夜色更黑的輪廓，緻密的紋路加重了夜的顏色，它們努力強調著黑色的凝重和深不可測，給人留下質樸的印象，棉布、粗布、條絨布、麻布，幾乎所有的可以遮風避雨的織物，都以類似的方式強調著自己的厚道。絲綢卻不同，一束纖維，不僅在白天，即便是在夜間，都發出光亮，儘管它的光微弱、隱約，但是，沒什麼能阻擋它在黑色的夜裡抖動著水樣的光澤和粼粼波紋。不僅如此，它還柔軟，還半透明，比任何一件織物都更輕柔薄軟，用它似睡似醒的惺忪狀態，提醒著人性中的脆弱和溫柔。當年，狂妄的羅馬有一群具有極強感受力的男人和女人，他們站出來藐視理性，穿上細薄的絲綢，既不蔽體，也不遮羞，她們進出於貴族的聚會場所，幽會在路燈下、樹影中，他們利用絲綢的軟弱和輕浮，大肆地宣揚他們的欲望。活躍的羅馬人以他們獨特的鑒賞力成為引領世界時尚的一群。

羅馬元老院的老人們坐不住了，縝密嚴謹的老人們有理由坐不住，人類需要堅持理性，代表世界先進文明的羅馬承擔著世界責任，一切引發墮落的意念和行為都要剔除，絲綢是蠱惑人類欲望的陷阱，它隨意地使賢良的女人和凱旋而歸的英雄斷送了貞潔和前程，它使整個羅馬城變的萎靡和頹廢。老人們站了起來，以集體的名義發出倡議，他們要制止任何一種使人類精神淪喪的東西，包括絲綢。

傳統與文明、理智與情感、保守與開放，情欲與道德、高尚與邪惡在絲綢的背景下紛紛登場亮相，羅馬的老人們打出了強硬牌局，制止一切可能產生後果的因素，絲綢遭到了嚴厲的譴責，此刻，從變態的蠶到刻意扭曲的桑，再到精美的織錦，絲綢像個委屈受傷的女人，用它不屑的眼神牢牢盯在人類情欲與道德的死穴上，不肯放鬆。這事有點像背著女人的和尚，風動，幡動，終究還是人心在動，拒絕了絲綢未必就控制了人類欲望，絲綢的悲劇在於它的木秀於林，在於它即使在黑暗中都無法克制地散發出逼人的光芒，或許，正是因為它的這一特性直指傳統的軟肋，直指人性虛偽的一面，才使守舊的人們以集體式的行為站起來捍衛理性。

可是，真正的理性怎麼能夠拒絕美呢，令人類精神淪喪的不應該是任何一種物質產品，而是人類本身。

古舊的、有歲月的、有情節的事物令我迷戀，我對一塊塊躺在博物館透明玻璃櫥櫃中的絲綢情有獨鍾，它們如同陳舊的上了年紀的老嫗，黯淡的花紋，色跡早已斑駁，不再是往日的鮮亮，又像是一枚枚隔置在暖氣附近，休眠了一個冬天的蘋果，滿臉褶皺，內心木然，但是，無論如何它都比其他任何一枚新鮮水果更長壽，挨過了漫長的寒冬，它依然是一枚可以供人食用的水果，儘管它老了，味如嚼臘，不再有人對它報有幻想，它的命運註定要在初春的某個清晨被扔進樓下的垃圾桶裡。但是，如果它不被拋棄，一樣會散發出蘋果的香味，這是它跟別的果子不同的地方，只要不是儲存在擁擠的喘不過氣的紙箱裡，它就不腐爛，只要不腐爛，它就會散發出香氣，蘋果獨有的香氣。一片陳舊的絲綢就是一枚不腐爛的蘋果，褶皺、乾癟、脫色，卻依然有香氣，彌漫在博物館的各個角落裡。

一個有學養的人走了，身穿絲綢，被安置在墓地裡。人從進駐墓地的那一刻起就開始分化，魂靈被風帶走，帶不走的肉體一點一滴地分解、消失，化為烏有，慢慢退出時間平臺。絲綢不老，雖然已絲絲縷縷，卻依然有透明的質感，輕薄如蠶翼，讓人頓生憐憫。這時我看到了自己的手，即便是十分潔淨，在一塊小小的即將破碎的絲綢面前都顯得粗糙和乾澀，我曾經用手撫摩過盛米的陶罐、銅制的馬車、出土的俑人、一口甑、一方鼎、甚至一本文書，一件出土的棉布衣服，但是，在一塊絲綢面前，我的手始終警惕地垂放在身體兩邊、抱在胸前，或者伸進口袋裡，在這樣的絲綢面前我是膽怯的，不敢輕易地觸碰。

人的心有時候會很柔軟，在那些即將消失的事物面前，不僅僅是手，哪怕是喘出的氣體，眨動的眼睛，都擔心它們太粗魯太莽撞，驚嚇了眼前只有在真空中才能維持的遠古的事物，此刻，我能做到的就是不斷地暗示自己輕輕地，再輕輕地，不要驚嚇了薄如蠶翼的歷史片刻，使它突然在自己眼前幻化消失，無影無蹤。

在博物館，在一幅絲綢與骷髏組合的圖片前停下腳步，周圍安靜，沒有一個人，只有我，站在包含著無窮神秘的照片底下揚起虔誠的臉。絲綢底下是一副骨架，一副被抽取靈魂和肉體的骷髏，所有的骷髏都是一樣的，黑洞樣的眼睛和嘴，乾柴一樣的軀體。我沒能看到這副骷髏，能夠打動我的是覆蓋在骷髏上的絲綢被子，棕紅與黑色交織的花紋，在暗淡的色彩下掩飾不住以往的靚麗。這是一塊令人久久感念並思慮良久的絲綢，下面起伏著兩個軀體，根據凸起的身高可以斷定是一男一女，站在這樣的絲綢前，心裡會湧起衝動，想上前偷偷掀開蒙罩著的絲綢，窺視裡面隱藏著的秘密，那是什麼樣的男人和女人，什麼樣的皮膚、眼睛，留著什麼樣的髮髻，操著什麼樣的語言，他們為什麼要一起走進墓地，一起被關注著他們的人們蓋上這塊華麗的織錦，讓他們共用百年安靜，人能如此安詳地在絲綢輕輕的撫摸中達到永恆，真的是一件幸福的事情嗎？絲綢，有著自己的秘密，又為別人保守著秘密，是否，它一直以來都是以這樣的方式表達著自己。

無言的傾訴

進青海歷史博物館以後，我才知道自己錯過了柳灣博物館壯美的一幕。在西寧的最後一天我無事可做，街上漂著雨，雨水時大時小，時斷時續，腳趟在水窪裡，濺起水花，清清的涼意提前預示著又一個秋季的到來。也是在這個時候，我心裡有了淺淺的失落，柳灣，這個我第一次知道的地方就在這樣的雨水中淋濕了我的期待，如果我是在昨天而不是今天才走進青海歷史博物館，如果我在離開新疆之前能夠稍做留心地多讀幾眼關於柳彎的文字，我與柳彎之間將不會出現擦肩一過的遺憾。

對於那些遠古的彩陶，我曾經有過這樣的想像。我的祖先，在很早的時候說要創造一個生命，他拈來黃土，很細膩的黃土，和著天上的雨水，拓出胚，他說那是生命的胚胎，一個生命只有胚胎還太脆弱，還不能夠成長，它應該接受火的洗禮，他在河岸邊壘起土爐，小心地放進這個胚胎，火燒了起來，燒了十個月，燒製成一個陶罐，一個原始的、赤身裸體的陶罐。他對身邊的一個女子說，我們可以再製造另一個孩子，於是，他們又用了十個月的時間製造了我的父親。他們為他繪製了不同的色彩和線條，裝點了不同的服飾和佩件。彩陶與我的父親一起開始了人類最初的生活，我父親把豐收的喜悅盛滿彩陶的內心，把憂傷和思念寫在彩陶的軀體，它靜靜地敲擊它，告訴它心中的秘密，彩陶開始記錄，用他安靜的詩歌一般的語言記錄著與我父親在一起的光陰。

一件陶器在我眼前慢慢放大，泥制的紅陶，器形高大，腹部有兩耳，身體繪有男女同體的浮雕裸體人像，還有黑彩圓圈和蛙形文飾，那是柳彎著名的裸體人像壺，對於這尊陶器，有人說它的半男半女象徵著當時的生殖崇拜，也有人將它認定成遠古時期保佑農業豐收的神，還有人將它看做製作陶罐的人自己。熟是熟非，人們猜測、推敲出了無數的原因，這些猜測和推敲也許正是古人的本意，也許靠近了古人的本意，也許與古人的本意遠隔千里，無論哪種，當人們為它賦予了各種極美的想像和假設時，其中一定帶有人自己的溫度和呼吸。我喜歡這樣的猜測和揣摩，解讀一件器物的過去，就是解讀我們自身，每一尊陶罐都是一面歷史的銅鏡，我們在這面銅鏡裡尋找過去，尋找自己，尋找我們與它們的異同差別，也尋找我們之間相似的血脈和氣質，我們審視一面銅鏡的過程就是審視自己的過程。

四千多年前的柳灣人在陶罐中盛著水、穀物和燒煮好的食物，放進死去的同族和親人的墓葬中，他們以這樣的方式讓死者享有豐衣足食，出土的陶罐層層疊疊堆積在墓穴中，暗示著史前人們的富有和榮華。「我們正在挖掘的不是物，而是人」。這是莫蒂默·惠勒的一句話，他告訴我們考古挖掘者想從一座座墓穴中取出的絕不僅僅是一個個物器，而應該是一個個的人，是一具具豐滿的靈魂。一個彩陶，它是物，又不是物，當它作為物件使用的時候它是物，當它帶著我們祖先的體溫和觸摸過的痕跡來到我們面前的時候，他就改變了，變的人性化了，具有了人的特徵。或許，每一個對彩陶抱有好奇的人在第一眼看到那圓圓的陶罐時，都會將它想像成一個受孕女人的腹部，想像著那裡面裝載著生命的種子，在遠古時期，這種象徵是合乎情理的，剛剛走出混沌的先民有著強烈的繁殖意識，青海詩人昌耀寫過這樣的詩句：在善惡的角力中，愛的繁衍與生殖，比死亡的戕殘更古老、更勇武百倍。每讀昌耀我都異常感動，他強烈的生命意識不是每個現代詩人都能體悟出，又能充分表達給我們這些讀者的。昌耀在愛的繁衍與生殖中把女性抬舉出來，尊重女性就是尊重繁衍與生殖，尊重生命的延續和繼承，在幾乎所有的陶罐都採用圓形，一種世界上最美的圖形的時候，我們有理由相信，我們的先民刻意張揚著的是一種叫做孕育的東西。

這樣想來，忽然覺得解讀陶罐幾乎是所有考古研究中最迷人的一項活動，它的迷人之處在於他的不確定性，在柳灣出土的三萬多件彩陶中，僅有一百四十多種彩繪符號，即便是這僅有的不多的符號，人類都無法破譯，它們代表什麼，想要表達什麼，正在記錄什麼。是家族的符號，最初的文字，工匠的名字，製作的時間、地點，還是什麼別的。所有的資訊之間都無法搭建起確切的聯繫，人們只能去推測和預想，閉上雙眼，極力穿越一條漆黑幽深的隧道，逆行而去，回到遠古的蠻荒，那些符號正是在那樣的境況中產生，並以一種秘密的方式在極少人中流傳、延續。

這是一團無法用理性化解的迷霧。錯綜複雜的線條、圖案、造型在透明玻璃櫃後靜靜地與我們對視。你將用什麼方式與它溝通，用你的分析與判斷，還是邏輯與思辯。當我們在這種不確定性面前舉棋不定的時候，我們是否想過，這也正是我們絕路逢生的時刻，在歷史的求證面前碰壁，轉而向著審美的方向，向著人類的心靈靠近，這樣的挖掘難道不是一項比求證歷史更靈動更富有挑戰的事業嗎？

詩意的表達是陶灌為後人解讀給出的寬容界限，一個陶罐，超脫了幾乎所有的文物研究範圍，獨自闖進詩的王國，不事聲張地告訴像我這樣沒有經過基本考古訓練的人，你可以沒有任何考古理論和考古經驗，只要你有想像，有詩人的狂妄，柳灣的任何一件彩陶都會成為你隨口吟誦的詩篇，比如一個圓型圖案，可以是初升的太陽、是一輪滿月，是一個起點和一個終點的結合，是一個輪迴、一個生命的句號、一種生活的承載，它可以是一個女人的宮體、一個幼小的胚胎，它包容著我們難以想像的任何一種事物、一個器物、甚至一種信念。

週末。清晨。大雪。這個時間烏魯木齊人幾乎都在暖熱的被窩裡，這個時候怎麼能夠外出奔忙呢，這個時候最好是朦懶地睜開眼，望一眼窗外正在飄零的雪花，披上毛衫小跑到音箱旁，輕輕放響班德瑞，繼續返回被窩，重新閉上眼睛。

中午時分，大雪依舊。起床。穿戴整齊後走上街頭，街面很清冷，無論天氣還是人都很清冷很寂寞。我似乎更習慣於這樣的氣候這樣的行人，還有這樣的街景。走進一家店鋪，拍拍身上的雪花，頭髮和睫毛上掛著白霜，店主熱情地接待，從寂寞的行路人一腳跨進熱情的歡迎中，覺得很溫暖。

櫃檯上，一件近五十釐米身高的陶罐出現在我眼前，那是一件彩陶，長像有點奇異，好比一枚倒置的，有著模特身材的庫爾勒香梨。令人擔憂的是，它的細脖腳佔據著極小的底盤，像要無法支撐起肥碩的身體。我先是側著臉看他，好讓自己不感到失重，結果出現了漂浮的感覺，攀升，起飛，像比重小於一的輕軟物體，我有點困惑，明明是一件陶器，以火燒製的物件，何以出現輕飛的錯覺。

事實上，它是厚實的，塗繪的顏料是濃重的咖啡、絳、棕、暗紅和黑色，這些色彩都是凝重家族的成員，它們以整體的穩健組合在一起，應該是有根基和厚重的。

我伸出手，本意是觸摸，但卻成了不由自主地扶，這是一個下意識的動作，僅僅幾秒鐘，它的失重感就在我心中成為一個定勢，令我萬分地擔心起來，我是在害怕，眼前的美麗突然破碎，就像我小時侯的夢境，經常在最美妙時刻，風向忽轉，拼命地呼喊奔跑，最後在呼喊中猛力掙開眼睛，所有的都破滅了，整個人也洩氣了，這世界變的令人沮喪起來。這種擔憂很多年了，總也揮散不去，它使我在面對幸福的時候常感到一陣地恐慌。

手扶著罐體，不是起初想像的漂浮的那種輕和軟，有幾分冰涼和堅實。於是，將陶罐從貨架上取下來，雙手捧起端詳，確實是土與火的重量，我開始懷疑眼睛的判斷能力，怎麼會出現失重的感覺，它明明是一件厚重的陶器，是什麼在做偽證。

無意間，我的手指觸摸到一道棱，一道細長的、弧形的、被修復的溝壑。是裂痕，深刻是裂痕，破碎之後彌補過的裂痕。漸漸地，我的雙手開始有了溫熱，這是一件有歲月的陶罐，光陰帶給過他幸福和創傷。它果真失重了，然後嚴重地失衡，從它小巧的腳可以判斷出它跌倒時的樣子，沒有絲毫準備地撲倒下去，緊跟著是一聲破碎，像瞬息打破的月光，驀然一片漆黑，碎片滑出很遠。有一個人，鬍子拉碴，卻心地精細的男人，在沒有月光的夜晚拾起碎片，他真行，將碎片揀了回來，重新沾合，繪畫上新的顏色，因為他是個精細的人，他的彌合像過去一樣完整。

更令我驚訝的是，店主給我報了一個超低的天價。十五元。我沒問為什麼，領著它回了家，放在最顯眼的位置。

不該掉價的陶罐讓我想起一段話，我有一個朋友，曾經跟我說起他的愛情，他說：「她讓我懂得了一個道理，生命之美就在於它的不完美。我慢慢地學會去欣賞我生命中不完美的事情，要知道，對於一個完美主義者來說這並不容易。我們兩個人就是塵世中的兩隻螞蟻，和其他芸芸眾蟻一樣，芸芸眾蟻對我而言有兩類，她是一類，其餘的是另外一類，至於她有多好、多美、多有才華、多有德行，都不重要，重要的是她對我的意義和別人對我的意義不一樣。至於這個事實意味著什麼也不重要，重要的是這是事實，而且我將盡力讓它一直是事實。這個事實並不完美，但是，它比所有的完美都重要。我生命中最重要的事實之一並不完美（其他重要的事實也不完美），這讓我領悟到生命之美在於其不完美。我一直是一個愛幻想的人，生活教會我賦予事實足夠的價值。」

意義應該是被賦予的。認識和接受缺憾，使一種並非完美的事物達到完美境界，在不完美中發現完美，為缺憾賦予意義。這使我明白了美是被發現和被接受的道理。

面對這尊普通的陶罐，我怔怔地想著，欣賞一件藝術品像欣賞一個人，首先要解決的是自己的審美態度，要能夠接受缺憾，不迴避缺憾，甚至在許多時候暗暗地崇尚帶有缺憾的美，某些時候，正是那些缺憾使人對一件事物在欣賞的過程中產生了疑惑和猶豫；人在兩難中取捨，取捨的過程是痛苦的，痛苦好像是專門為接踵而來的幸福做鋪墊，當一段痛苦的決定被認定後，內心洋溢出的是快樂和滿足，更何況，許多缺憾是有情節和經歷的，而我一直以來所迷戀的正是那些纏綿的情節，跌宕的經歷，以及為那樣的情節、經歷賦予價值和意義的過程。

有段時間，我常去一些市場閒逛，最愛去的是大巴扎的舊貨市場，看那些命運不同的陶器，多數情況下，彩陶和黑陶佔據著顯耀的位置，彩陶的舊跡像歷史的顏色，在滴滴斑斑述說些什麼，黑陶霸佔著歷史和未來的兩頭，它神秘、至尊，極力去張揚過去某一過程或未來的某一時段，黑陶有著一種與生俱來的高貴。它不屬於當下。

比較中，土陶多被遺放在角落或著低矮的貨架下面，或堆積、或零散隨意地扔在一邊，像個賺了大錢的農人，扔下手中的鋤頭依然難以走進正堂。一件土陶絕對沒有彩陶和黑陶那麼乾淨和細膩，幾乎在所有的時候它都是沾滿污垢和灰塵。它的意義也幾乎都體現在它的實用價值上，在維吾爾人家裡，它裝米、盛水，放著各種雜物，在任何一個巴扎日裡它隨地斜靠在角落，等著需要的人來選用，偶爾不小心，會被人碰碎，碎就碎了，碎片被一腳踢到地溝裡、樹木邊、河道旁。

與農貿市場不同，舊貨市場貨架上擺放的陶罐是從私人手裡索取的，這種介乎於藝術與實用之間的陶罐在不同人心目中有著不同的價值，為了迎合審美的眼光，商人們把它們從鄉下收來，其實，多數時間裡，擺在那裡是沒什麼人去詢問的，陳舊的物件無論擺在多麼新鮮的地方，它都是陳舊的，落滿灰塵和泥土。被主人遺棄的東西，已經沒有什麼使用價值了，一隻土陶罐的一生就像一個人的一生一樣，出生、被使用、殘損、陳舊、被遺棄。

對於一件土陶，它的製作過程一點都不比它本身更缺少魅力。在我的印象中，土窯裡的一切就是一幅上了年歲的油畫，上面堆積著厚厚的顏料，以渾濁的紅為主色調，畫面強調了屋頂天窗裡投射下的熾白色的陽光，爐膛裡竄出的動感的火光，還有牆壁上的陰影。土陶匠人的一生都是在土窯裡度過的，也許正是因為這個，土窯的色彩才尤為地凝重，維吾爾老人滄桑的滿是皺紋的面部說明著時間的無情，一頂巴四楞花帽、一雙暴著青筋糊滿陶泥的雙臂、一個飛旋的軸盤，就能成為一個維吾爾男人一生的寫照，他在土窯裡一待就是一輩子，不僅僅是他，他的父親、祖父、祖父的祖父，五代六代七代，代代相傳，光陰在他家族的手中一代一代流走，他們做出的陶罐進了鄉里人家，造型好點的進了城裡人家，擺在博物架上。

喀什有條老巷叫闊孜其亞貝希巷，也叫土陶巷，知道點土陶的人都知道這個著名小巷，這裡居住著喀什噶爾的土陶世家，據說，他們製作的土陶要用流經喀什的吐曼河畔的河泥為原料，拌上河岸邊的蘆葦花絮，與水糅合，像一團麵，經過反覆揉搓後把陶泥放在軸盤上，軸盤上轉出的是世上最美麗的藝術。對於軸盤，喀什人堅持用腳踩板而不用電動，製作的毛胚也沒有圖紙和範本，一塊陶泥在一個匠人手中是自由的，任由靈性發揮的。

二〇〇七年我去喀什，專程拜訪了闊孜其亞貝希巷，回烏魯木齊後我跑到一個陶屋裡嘗試，隨意拿一塊陶泥，放在轉盤上，開動電筏，城市的陶屋裡沒有喀什匠人用腳睬動的踏板，叛離了傳統的先進技術，省略了我們的雙腿和需要協調的大腦運動，一團陶泥在很短的時間裡經過人的手顯現出了形象，這是科學技術的進步，但是，我並沒有因為省去了某種運動而變的輕鬆，道有了幾分空虛，那種失去雙腿力量的虛弱。

對於一件被製作出的陶罐，雖然僅僅是電動和手工的區別，但出來了東西卻是不一樣的，電動的均勻和規律會使一件器物更加的光滑精緻，有規則，但是，光滑和精緻中卻缺少些什麼，當幾乎所有的電動物品都表現出孿生兄弟姐妹般的同一性時，個性的光芒就消失了。只有在不完美和不統一的物品中，我們才能看到差異，像兩片永不一致的樹葉，能夠使我們感覺到它生命的脈絡。一件真正的出自闊孜其亞貝希巷的土陶是粗糙的，只有在粗糙中我們才能看到一種叫做追求的東西，那種彌足珍貴的人間品質。

製作陶罐是浪漫的，它是手的藝術，是手與泥合作的藝術，也是心靈的釋放過程。土陶是原生的，與彩陶相比，沒有強烈的藝術性。但是，或許是它有意的迴避著藝術創造，反倒使它更加具備了藝術中質樸和原生的氣質。轉盤運轉，飛速或者緩慢，雙手撫摸在陶泥上，經過不同的力量，陶泥開始變形，渾圓的、挺拔的、扁平的、或者是任何一種姿態，光滑柔軟卻有著韌勁的陶泥按照人的意志變成一個器物。

我在想，彩陶是一種語言，通過文飾圖案表達著人類史前的文明，彩陶陪葬，好像一本天書，讓後人有所知，又有所不知，在知與不知之間徘徊。黑陶適合做祭奠和象徵物用，它集權利與榮耀於一體，彰顯著我們祖先的某種精神和毅力，莊嚴的黑陶象徵著力量，那種人與天一爭高低的能力。只有土陶是走進民間的，它自始至終參與人的活動，只有一隻土陶才能深刻的體察到人世間的幸福和蒼涼，它的身上有著人的體味和心跳，它既屬於過去，又屬於現在，而無論是過去還是現在，他都屬於民間。

許多年前，我從一個博物館出來，聽到不遠處傳來低啞的聲音，幽怨、滄桑、哀婉，天空正飄灑著秋雨，天色暗淡，像是黑白時代的默片，有著述說不完的傷感，尋聲而去，在一間古籍商店門口，隨意堆放著一些的陶塤，那聲音正是從塤中發出的，一個女孩，雙手握著一隻塤輕輕放在嘴角，沉浸在塤的荒野中，那時我才知道，那是最早的樂器，是燒製而成的。我買了一隻帶回烏魯木齊，先是包好放在一個紙盒裡，以後又藏進大衣櫃中，又放在書架上，每當看到它，眼前總會浮現出急促的細雨、陰霾的天空，古城的飛簷和濕漉漉的石階。我的感動是從那時開始的，為一隻來自遠古的樂器，能發出顫動人心的聲音，為一種叫做陶的器物。

陶是土與火的語言，裡面流淌著水的精神。我喜歡這個比喻。一堆散亂的，無所定居的土，一掬流淌在時間汪洋中的清水，和一把遊走跳動的火焰在空曠中相遇、糅合，被塑成堅硬的形狀，具有了實用和審美兩種功效，這是一種多麼奇特而美妙的結合。

黑白手稿

一個沙啞低沉的男中音響起：這本書包含著許多鬼怪精靈。推開一扇舊式老門，像中世紀的某個仲夏之夜，又彷彿一千零一夜的戲劇舞臺。一個高個子瑞典男人踏進那道門檻，對自己暗暗鼓勵一句：喀什噶爾，我來了。

上世紀初，喀什噶爾是整個西亞最大的城市之一。和許多中原城市一樣，周圍環繞著高高的城牆，在每個黎明到來時開放，夕陽西沉時關閉。喀什噶爾的城牆有十米多高，結實厚重，城牆頂部很寬，可以行駛兩輪馬車。在一些與喀什噶爾有關的資料裡瑞典男人看到過關於城牆的介紹，他感到困惑，一座城市，為什麼要將自己禁閉起來，後來，他似乎明白了，修建這些高牆不是為了封閉自己，而是為了保護自己，抵禦外來強盜。雖然瑞典男人明白了修築城牆的目的，但他依然不能理解類似於漢人修築長城的文化心理，他為自己的不理解做出解釋，換了我，我不需要，因為我不需要通過一道牆壁來保護自己。

闖進喀什噶爾的這個男人懷揣著一份心事，作為一名瑞典隆德大學的學生，來到喀什噶爾除了自己的學術考察外，他還承擔了另外一項工作，那就是搜集一些珍貴的手稿回去充實隆德大學圖書館的藏書，儘管隆德大學圖書館對他搜集行動並不抱有什麼期望，但他還是要盡力做好自己的事情，他是個恪守信用的瑞典人。

或許，到喀什噶爾的第一個夜裡，這個瑞典男人就沒睡好覺，肩負的任務會一直干擾他的睡眠，他要精心計畫明天的事情，明天，他應該去這個城市最熱鬧的巴扎尋找一些線索。

喀什噶爾，無論過去還是現在，都像一部磨出毛邊的老式電影。城市陽光強烈，掩映在房屋和樹木下的街道狹窄擁擠，半明半暗，匠人們各自做著手中的活計，靴匠在制靴，陶匠在製陶，商人在自己的貨攤前等待著貨物出手，運水人背著用羊皮做成的水囊穿梭在巴扎，有錢人騎著氣度不凡的馬，馬鞍上蒙著繡有精美阿拉伯圖案的毯子，不太富裕的人騎在毛驢上，懷裡抱著一個或兩個孩子，纏著纏頭的維吾爾人，穿著寬大的上衣，在巴扎里來來往往，蒙著面紗的婦女偶爾經過街面，看不清她們的模樣。

瑞典人四下窺視，他希望看到他想要的東西，雖然他知道，他想要的東西不會隨便擺在巴扎的任何一個角落，但是，出乎他的意料，他竟然在巴扎的一個角落裡發現了一群人，那群人盤腿坐在地上，正用整潔的阿拉伯字母為人們抄寫手稿，那裡出售各種典籍，多半是石印版的中亞書籍，也有一些伊斯蘭神學著作和論理學術書，瑞典人上前去試探性地詢問。但他碰壁了，那些德高望重的喀什老者對他疑視良久，然後搖頭，他們，安拉堅實的信徒絕對不會將一本自己親手抄寫的手稿賣給一位基督教徒。

踩著月光回到住所，這是一間過街樓頂層的房間，那時的喀什民房都是這樣，整個城市的人都擁擠在狹窄的街巷裡，直到現在，喀什老街依舊延續了幾個世紀前的格局和風情。

夜裡，瑞典人躺下，心裡嘀咕著接下來的日子裡該怎樣去找尋手稿，他作夢也不會相信喀什暢達的資訊會降臨到他頭上。他的心思早就被人盤算了。

在另一個早晨來臨的時候，瑞典男人的門被敲響。一個留著大鬍子，頭上纏著頭巾，穿著袷袢的典型的維吾爾男人一步跨進了他的小屋，迅速從背上的袋子裡掏出一個和闐花紋的銅壺，又遞過一副產於喀什的銀器耳環，還拿出了茶杯、漆器、繡品。瑞典人露出驚異，這些來自中亞與東方的古董，對一個遙遠的西方人來說是非同尋常的精緻和珍貴。

纏著頭巾、留著大鬍子的維吾爾人滿臉討好，持續微笑，他希望貨物快點出手，掙個天價。這個典型的維吾爾男人叫肉孜・阿洪，渾身上下透露著阿拉伯商人式的精明，其實，他並不僅僅是個游走的商人，他的真實身份是一位毛拉，毛拉在新疆穆斯林世界中是倍受尊敬的職位，代表著最高宗教學識和經學水準，只是，這個大鬍子的毛拉絕對算不上稱職的毛拉，他的精明和猥瑣都顯現出他不是一個高檔次的毛拉，僅僅是多讀了幾本經學書籍，通曉幾本經典，熟悉幾部伊斯蘭文學作品而已，除此之外，他和上世紀初許多的喀什噶爾男人一樣，看準了一條生財之道，那就是與外國人交易。

比起更多的喀什噶爾人，肉孜・阿洪因為自己的毛拉身份和對古典維吾爾文化的瞭解使他在與那些外國人交易時顯得輕車熟路，他的學識使他更容易發現什麼是別人需要的，什麼是不需要的，他更懂得如何利用自己的學識，進行民間的收集。

出門前，維吾爾男人臉上掛著滿足的笑意，卻不理直氣壯，微略地彎著占了便宜而不敢伸張的腰，用期待的眼神望著瑞典男子，想知道他有什麼喜愛，以便來日可以投其所好。瑞典男人對這種姿態立刻心領神會，放慢聲音說出兩個字：手稿。

幾天後。肉孜・阿洪再次穿過喀什老城古巷，雖然這是一座人口高度密集的大城市，但是肉孜・阿洪的來去仍然像風一樣，靜悄悄地，每次他都在瑞典男人的樓下，左右窺視一會兒，才輕輕地敲響木門。

站在瑞典男人面前，肉孜・阿洪慎重地遞上手抄本的《古蘭經》，這是一種偽裝，他一邊暗示著自己虔誠的信仰，一邊試探著遠道而來的人，他小心窺視、辨別自己拋下的誘餌，看看這個男人是否咬食上鉤，是否還有別的目的，是否能意識到他手中除了《古蘭經》之外，還有其他的更令人振奮的手抄本。

他沒有失望，憑藉他的觀察，立刻斷定這個瑞典買主具有著非凡的鑒賞力，瑞典男人正小心翼翼又分外激動地翻閱著他呈上的《古蘭經》，很快，他又遞上了第二本手抄本《預言者史》，因為是殘本，他的嗓子裡發出了神秘的語氣，以他對伊斯蘭特別的學識強調了這本殘本的真正價值，他說，殘本中剩下的部分是全書最精華的地方，比如其中有關先知以賽亞，也就是耶穌的內容等等等等。在他確信這個瑞典男人為這些手稿激動的不買不行的時候，他第三次掏出了一本手抄本，此刻，這位有著毛拉身份的大鬍子男人簡直就像一個古典的詩人，以他沙啞磁性的，娓娓有節奏的聲音在瑞典男人面前朗誦起詩文。這是一本維吾爾詩集，他以一種遙遠的優美的語言使眼前的人徹底屈服在一個民族極美的文化世界裡。

肉孜‧阿洪肯定感到了一種前所未有的成就，他相信眼前這個高個子瑞典男人已經被他征服，確切的說是被他的民族征服，他的民族是那樣的豐富，有著取之不完用之不竭的文化內容，只要願意，他可以提供出更多的東西，古董、手稿和一切流失在民間的，散落在鄉野的和收藏在私人手中的，他開始對這條發財之路充滿了期待。臨走時，他借問瑞典男人有什麼特別愛好，瑞典男人猶豫了一下說：祈雨術。

肉孜‧阿洪先是一楞，瞪大他驚奇的雙眼，一字一字地吐出，這——不——可——能。憑藉他的經驗，祈雨法師們都嚴格保守著自己的秘密，他們不會輕易洩密，更不會將一本祈雨的書籍流失到民間。況且祈雨，一項莊嚴而神秘的宗教行動，怎麼可能被一個異族偷掠了去呢。我想，肉孜‧阿洪的拒絕一定還有另一個原因，在他看來，有的事情是不能隨便打聽的，尤其是老天的事情，人最好別去參與，這與古董、手稿、錢幣有著本質的不同，在一個信奉宗教的人眼裡，誰若與天過不去，定會遭受報應的。

但是，利益才是驅動人的行為最本質的力量，肉孜‧阿洪不可能不考慮到這一點，既然他從事的事情是出賣文稿，現在也就顧不了那些多的清規戒律了。或許他內心是存有僥倖的，也許真主這會兒正在打盹，看不到他所做的一切。他於是悄悄地潛到鄉下人家，膽戰心驚地敲響那些神秘的木門。

肉孜‧阿洪在不可能搞到鬼符神咒手稿的前提下，找到了一些，他將不可能的事情變成可能。當他再次走進瑞典人的過街小屋時，他從袷袢裡掏出了一本用皮革裝訂的書籍，書的封面骯髒，充滿油膩的羊脂味，他雙手將書呈遞給瑞典男人，以示書的珍貴和他對書的敬畏，然後生怕驚動了上天，用更沙啞的聲音說：這本書包含著許多鬼怪精靈。

這是一些薩滿寫的書，書中的內容是伊斯蘭薩滿在舉行祭祀時使用的儀式和套語。它無所不包，從如何詛咒，到解除魔法的指令，還包含了祈雨法師祈雨時呼喚的咒語，也有讓雨停下來的魔法，裡面寫明瞭如何使用放進水中的祈雨石，在放石頭時念的祁雨、祈雪的套語。

祈雨術在古老的中亞有很悠久的歷史，當年在成吉思汗和帖木爾的大營中隨時都帶著祈雨法師，法師的任務是在戰鬥前呼風喚雨，用大自然的偉力威懾敵人，振奮自己的軍隊，它是蒙古人運用的一種戰術。肉孜・阿洪對蒙古軍隊沒什麼興趣，在他看來，這些巫術是冥冥之存在於世間的現象，是上天的既定安排，它操縱著每一個生命，和世界的一草一木。

對於巫術裡的神秘主義傾向，不僅僅使瑞典人好奇，即使是今天的我們依然對那種超出於人類行為的現象產生著困惑，它常常讓我聯想起一個叫癲狂的詞彙，處於變態意識的人從平靜開始，漸漸進入恍惚狀態，像一隻放在火上的茶壺，慢慢地升溫、滋響、開鍋、沸騰，然後狂叫呼嘯，跳來跳去，雙眼茫然凝視，嘴角堆滿唾液泡沫。那些將巫術發展到極致的薩滿以精神和藝術上雙重的如癡如醉使人們相信，他們是智者的象徵，是能夠通曉世間秘密並與那些隱秘之物有私通的人。我一直不明白，人為什麼要選擇癲狂和神志不清的狀態來表現一種意志，神的意志、死者的意志，是因為，他們更容易與神溝通，與死者交流，還是他們神魂顛倒的狀態更容易使現存的人進入晃若隔世的另一個世界。

窗外很靜，一根針落在地上都能清楚聽到，忽然，來了一陣風，風吹響了樹葉，淹沒了肉孜・阿洪和瑞典男人的竊竊私語。

在即將離開喀什噶爾的時候，肉孜・阿洪已經掏空了瑞典男人身上幾乎所有的錢，但是，他好像並不知足，還在源源不斷地送上那些民間的典籍和珍貴之物，在最後一比生意裡，他卷走了瑞典男人書櫃中一公斤多的瑞典報紙，他把報紙轉手賣給喀什噶爾的裁縫，裁縫將報紙攤開，縫製到給袢背後的罩里間，為那些窮困的喀什噶爾男人在冬天防禦寒冷。

瑞典男人帶著豐厚的手稿和空蕩蕩的錢夾最後看了一眼城牆，輕輕地說了聲再見。離開了喀什噶爾。

瑞典男人叫貢納爾・雅林，著名的東方學學者。上世紀七十年代他第二次來到喀什噶爾，向許多人打聽肉孜・阿洪的消息，但沒找到。回首往事，他寫下了《重返喀什噶爾》，其中記錄了他收集手稿的過程。

萬方樂奏

漢以前，周樂佔據著中原音樂的主導地位，這一傳統在隋唐時被打破了。隋文帝堅持「禮樂不興，國家將亡」的道理，剛建朝，就著手整理國家樂隊，在全國範圍內挑選音樂高手，當時，無論是貴族階層還是民間大眾都崇尚周樂，招來的音樂高手自然都是周樂的行家。但是，經過幾年的辛苦努力，新的音樂沒誕生，舊的音樂被改的亂七八糟。隋文帝大怒，實在想不通自己都坐了好幾年皇帝了，那些音樂高手們為什麼還是要用陳舊過時的東西來對付自己，他要變、要新、要突破、要超越，卻苦於無計。

中原著名的音樂家鄭譯曾經讀過一些音樂典籍，裡面有七聲的說法，後來，他遇到一個跟隨突厥皇后到中原來的龜茲人，那人彈奏的琵琶七聲俱全，問其緣由，原來他的父親是西域樂師，龜茲人世代相傳的都是七個音調，這七個音調與典籍中記載的七聲正相吻合。於是，鄭譯向隋文帝獻計，改用七聲譜寫新曲，只有打破舊規，才能創造新樂。

這個觀點符合隋文帝的心意，按照他的旨意，漢人開始大量汲取外來音樂，建立了新的音樂體系，叫九部樂。九部樂中有兩部在新疆，一部是龜茲樂，另一部是疏勒樂。到唐時，繼承隋制，依舊推崇西域音樂，唐太宗還在龜茲樂和疏勒樂的基礎上增設了高昌樂，合稱十部樂。這樣，十部樂中有三部來自西域。

漫步南疆古國洞窟，描述天宮舞伎樂伎的壁畫很吸引人，天宮伎樂是天國的樂隊，天神們懷抱琵琶、擊拍羯鼓，信手彈撥，演奏管樂，吹吹打打，沉浸於半醉半醒中，一派盛世景象，所以玄奘在《大唐西域記》中才要說龜茲「管弦伎樂，特善諸國」，還有哪個國家的樂舞能與龜茲媲美呢。

龜茲石窟壁畫中出現的樂器有二十多種，許多是我從未見過，甚至從未聽說過的，包括琵琶、彈箏、五弦、箜篌、阮鹹、篳篥、豎笛、排簫、嗩吶、笙、銅鈸、貝、羯鼓、毛圓鼓、都曇鼓、答臘鼓、腰鼓、雞婁鼓、碰鈴、沙鑼、堂鼓、手鼓，這些樂器既有弦樂、管樂、又有打擊樂、彈撥樂、吹奏樂，放在一起演奏，好比一個盛大的交響樂團。走在洞窟壁畫前，有三種樂器惹人注目，也曾深深打動過我，在心中留下過深刻記憶，它們是琵琶、箜篌和觱篥。

關於琵琶的起源，有多種說法，一種說法是秦人築長城時，役夫不堪苦力，將鞀鼓加上弦彈奏，因此有了琵琶，那大約是西元前二一四年前後的事情。第二種說法是晉人傅玄在《琵琶賦序》中說，漢時朝廷選了公主嫁給烏孫王，擔心公主西去路上思慕故土，便派工匠做了一個可以坐在馬上彈奏的樂器，起名叫琵琶，此事發生在西漢武帝時代。還有一種說法出現在東漢的《風俗通義》中，在談到琵琶時說，琵琶為近世樂家所作，近世是指東漢，也就是東漢人所創。以此讀來，琵琶似乎始於秦，成於西漢，普及於東漢，因此，漢人的琵琶也被稱為秦琵琶。秦琵琶在魏晉時代經歷過一次重大改革，改革人是竹林七賢之一的阮鹹，他將原來很小的圓形音響改大，較短的把柄加長，鳴箱加大，琴弦加長，到了武則天時代，為紀念阮鹹的改革，又將秦琵琶改名為阮鹹，而將琵琶兩字讓位給了西域琵琶。

西域琵琶也叫胡琵琶、曲頸琵琶，形若橫剖的半邊梨。書上說，胡琵琶發源於波斯，距今已有二八〇〇多年，比秦琵琶的年代要古老，並且在很早的時候就向東西方傳播了，先是傳到阿拉伯，十字軍東征時，又被傳到歐洲，傳到西域。傳來的琵琶繪在克孜爾千佛洞、柏孜克里克千佛洞和新疆的其他洞窟壁畫上，克孜爾千佛洞第三十八號石窟壁畫上有二十個樂師，每人演奏一件樂器，其中圓腹的是秦琵琶，曲頸四弦的是胡琵琶。

龜茲有龐大的樂隊，樂隊佔據首位的樂器是琵琶，前秦大將呂光西征時，滅了龜茲國，帶回了龜茲樂，龜茲樂在中原大規模傳播，後來，北周武帝聘突厥公主阿史那氏為皇后，公主到中原時帶了大批樂工，一時間，龜茲、疏勒、安國、康國之樂雲集長安，龜茲琵琶家蘇祇婆也跟著來到了中原，這個蘇祇婆就是當年鄭譯偶遇的西域樂師，他以獨特的演技征服了鄭譯，征服了長安人，琵琶也從雅樂漸漸走近民間，龜茲樂中的主樂器琵琶也因水漲船高，得寵於中原。

舞伎樂伎是壁畫中最靈動的部分，他們在天國裡飛翔起舞，奏出完美樂章，傳到人間，人間將這種美妙的音樂視為天籟，天籟這個造字最初的想像是否就來自於他們。但是，無論是龜茲樂、疏勒樂，還是高昌樂都沒能留下聲音的痕跡，我們能做的是在多姿的維吾爾和其他民族的歌唱裡撲捉一絲氣息，去體會遙遠時光裡人們的所歌所唱；或者，拍去至今保留下的樂器身上的灰塵，彈撥一指琴弦，去感受古老歲月的聲響；抑或者，如我這般地，站在山壁前的洞窟裡，仰起頭，在破損的畫面裡辨尋樂師手中把持的樂器，從正在吹奏、弦拉、打擊的樂器中去猜測古人製造出的旋律和節奏，而這些，都遠不如文字對琵琶音色最為完美的詮釋，這個完美的詮釋者，就是唐朝詩人白居易，白居易以他獨有的才情，為我們留下了一首曠世絕美的《琵琶行》，他使沉睡的音律重新復活，消逝的聲響再回人間。

白居易為琵琶演奏營造了一個秋天、一片江面、一輪月夜、一條小船和一個女子。夜晚，詩人在潯陽江頭送行客人，茫茫的江面映襯著一輪明月，秋風吹著楓葉和荻花，傳來瑟瑟之聲，詩人下馬，走進客人船中，舉起酒杯為客人踐行。忽然，江面傳來琵琶的彈奏聲，聲音悠揚，主人忘了回去，客人也不肯開船啟程。依著聲音將船慢慢移過去，撥亮蠟炬，重新設宴，邀請彈琴人出來相見，是一位青春女子，雙手抱著琵琶半遮面容。白居易妙筆生花，一句猶抱琵琶半遮面成了傳世佳言，經過一系列的鋪墊，琵琶聲色才躍然紙上。

青春女子撥動琴弦，試彈了兩三聲，曲調沒出，人已陷入曲樂之中。每一弦，都低沉壓抑，每一聲，都充滿愁思，似乎在傾訴一生的不得意。她低眉，彈奏，彷彿要一吐為快，說盡心中無限悵然。她的手指一會兒輕輕扣動，一會兒慢慢揉動，一會兒順手下撥，一會兒反手回撥，先是《霓裳羽衣舞》，又是《六么》，大弦彈出的聲音深沉悠長，像陣陣疾雨，小弦彈出的聲音輕細柔慢，如有人在竊竊私語，大弦嘈嘈，小弦切切，交錯雜彈，像大珠小珠墜落玉盤，有時，弦聲輕快悠揚，似婉轉悅耳的黃鶯在花下啼鳴，有時，弦聲艱澀低沉，似嗚咽的泉水在冰下流轉，冰下的流泉，漸漸地凍結了，琴弦也像被凍住，快要斷絕。此時，靜默無聲，卻勝過有聲之境。

低沉、徘徊、近似停頓之後，猛然爆發一陣強音，如銀瓶突然迸裂，清水漿噴濺而出，又如鐵騎衝出，刀槍撞擊，雄壯鏗鏘，激越昂揚，最後，一曲終了，女子收取撥子，在幾根弦的中心奮力一劃，若撕裂布帛，脆厲的一聲，全曲戛然而止。此時，四周的船隻靜悄悄的，沒有一絲聲響，惟有江心倒影著一輪皎潔的秋月。

一種樂器，被白居易出神入化的描繪出，在他的詩文面前，任何解釋都蒼白無力。這便是文字的能力，是白居易的功力所在。

真正親臨現場聆聽琵琶聲，是在二〇〇七年夏天，坐在國家大劇院音樂廳的第一排，近距離欣賞中央民族樂團首席琵琶演奏家吳玉霞彈奏的《十面埋伏》，微閉雙眼，從中感受白居易的輕叩、揉動、下彈、回撥，體會嘈嘈大弦，切切小弦，跟隨十面埋伏情節的起伏逐步推進，楚漢相遇，金戈碰撞，矛盾相擊，鐵馬嘶鳴，戰鼓擂動，直至烏江自刎，低沉淒切，一場驚心動魄，迴腸盪氣的戰役結束了，琵琶聲嘎然。掌聲起，吳玉霞行禮退回幕後。空曠的舞臺上，琵琶餘音繞樑，久久難息。

還是那個空曠的舞臺，一台箜篌像半邊張開翅翼的蝴蝶，形體舒展，停駐在舞臺中央，熾白的光亮塗抹在它的身體上，這是一件很大氣的樂器，站在空蕩蕩的舞臺間，一點都不孤獨，到有幾分唯我獨尊，幾分玉樹臨風。一個宛若盛唐時的女子，穿著暖洋洋的紅色拖地紗裙走上舞臺，將琴搭在肩頭，稍等片刻，開始隨手劃撥琴弦，琴聲迴旋悠揚，一股股清雅之氣從舞臺中央散佈到台下。時光在她身邊傾瀉，曲調在整個音樂廳緩緩流淌，使人深陷其中。但是，在某種程度上，這場景只是現代人懷舊式的夢幻，耳邊迴響著的琴曲僅僅是一種可能性，是接近和靠近箜篌的一種嘗試，是彈琴女子帶領觀眾向遠古時代做的一次探問，真實的隋唐宋元的箜篌是什麼樣的，發出的聲音是怎樣的，誰也不知道，箜篌早已化作煙雲，振臂飛去，堙沒在歷史的風雲之中。

不管是在中原還是在西域，箜篌是件沒有保留下來的樂器，雖然它是唐十部中的重要樂器，在宋、元時期廣泛流傳，但它沒有躲過失傳的命運，自明末至清時，箜篌如過氣的明星，日漸隱退，終而銷聲匿跡，成為絕響。使箜篌復活是近些年的事情，新製的箜篌，裝有兩排同樣的琴弦，音域寬廣，音色柔美，它在努力喚醒歷史的記憶，使歷史重現，無論是真是偽，她在竭盡全力，為人們開啟想像的大門。

真實的箜篌，來自書本和壁畫。書本和壁畫上說，箜篌有三種，臥箜篌、鳳首箜篌、豎箜篌。臥箜篌與琴瑟相似，春秋戰國時的楚國就有，漢樂府《古詩為焦仲卿妻作》中有十三能織素，十四學裁衣，十五彈箜篌，十六誦詩書。十五彈的箜篌指的就是臥箜篌。臥箜篌在宋代以後失傳，但它在隋唐時在高麗樂中應用過，也因此傳到了朝鮮，在朝鮮得以傳承，臥箜篌失傳卻未死，也多虧了朝鮮。鳳首箜篌於東晉之初由印度隨天竺樂傳入中原，鳳首箜篌的琴身似一葉小舟，琴頸向上彎曲，像一張多弦的獵弓，在敦煌千佛洞中，有天女抱琴坐彈的壁畫。

我想說的是豎箜篌，豎箜篌才是真正意義上的西域箜篌。豎箜篌原產於波斯，東漢時隨絲綢之路往來的商賈來到中原。在隋唐宮廷九部樂、十部樂中，用於西涼、龜茲、疏勒、高昌樂中，除此，唐俗樂理也用它，唐代杜佑的《通典》中寫著：「豎箜篌，胡樂也，漢靈帝好之。體曲而長，二十有二弦，豎抱於懷中，用兩手齊奏，俗謂之劈箜篌。」宋人範曄也說過，靈帝好胡服、胡箜篌、胡笛、胡舞，京都貴戚皆競為之。杜佑和範曄都說豎箜篌是西域樂器，風靡中原，上至皇帝下至百姓無不喜歡，範曄還說，除了箜篌，胡笛、胡舞也是京都富貴權臣競相追逐的。在海洋文明到來之前，中原與世界唯一的通途是絲綢之路，新疆是中原通往世界的前沿，前沿的地理位置決定了這塊土地必定是各種文化的碰撞之處，是世界時尚和先鋒的創始之地，因此，以胡領先的各種文化元素成為中原追逐的對象，胡樂、胡服、胡妝、胡床、胡餅、胡笛，凡西域事物，冠以胡名的，都被中原拿來，欣賞並消費。

曾經的箜篌，在皇室樂中是不可或缺的主要樂器，又因為它不僅能演奏旋律，也能奏出和絃，不僅能獨奏，也能伴奏的特點，成為使用率很高的樂器，也成為上自皇族下至民間都喜歡的樂器。歷史上彈奏箜篌最有名的人叫李憑，也叫李供奉，他是梨園弟子，也是宮廷樂師，他容貌俊美，指若剝蔥，腕如削玉，彈出的箜篌是「除卻天上化下來，若向人間實難得。」

關於箜篌之聲，我們能仰仗的唯有文字，借助文字的翅膀，在文字的想像中感悟箜篌的曼妙音色。在文字中，有四首以《箜篌引》為題的作品被傳頌，而與實物箜篌密切相關，又直指箜篌本身的詩作是李賀的《李憑箜篌引》。

李賀是中唐獨樹一幟的詩人，他是唐宗室後裔，因被誹謗諱父名而使人生充滿坎坷，他只活了二十七年，卻是個充滿激情的詩人，寫下《李憑箜篌引》時，正在京城長安，任奉李郎。

李賀寫李憑，開頭四句是「吳絲蜀桐張高秋，空山凝雲頹不流。江娥啼竹素女愁，李憑中國彈箜篌。」李憑在天高氣爽的秋日，彈奏了一曲了箜篌，天空流雲停止了步履，靜心聆聽。是什麼樣美妙的曲聲能使流雲停步，側耳聆聽，李賀放出想像，寫下「昆山玉碎鳳凰叫，芙蓉泣露香蘭笑」，那箜篌的聲音，若崑崙美玉破碎，若鳳凰展喉高歌，若芙蓉哭泣落淚。接著是「女媧煉石補天處，石破驚天逗秋雨」，將人拉進了遼闊深廣的境界裡，樂聲自地上傳到天空，竟是石破驚天，秋雨傾盆。想像大膽，出乎意料，製造出的聲響具體又傳神。

美玉破碎，芙蓉泣露，天地動容，山河氣象，寥寥數語，卻筆態橫生，文讀至此，彷彿真的有樂曲在耳邊迴響，高低、強弱、鬆緊、快慢、抑揚、頓挫，聲音交錯，而我，不由自主地將這一想像與穿著紅色紗裙的演奏箜篌的女子聯繫在一起，她們彷彿早已渾然一體，正在通過演奏大廳的迴響，將積澱在人們心底深處對箜篌的渴望和想像煥發出來，抒發出來。

李賀是皇家子弟，並非音樂傳人，他筆下的箜篌之聲，絕非精雕細刻的音樂形象，他寫箜篌，是在寫自己的感受，內心的震撼，他的感受和震撼是個性化的，是他的個體經驗，當現代人苦心鑽研，致力於恢復箜篌的時候，必然遇到了李賀的描摹，定會發現恢復中的箜篌之聲與詩人筆下的箜篌之響是有差距的；寫詩的人，有奇特的幻想，極度的誇張，寫的發狠、決絕。文字中的穿雲裂石、蕙蘭香氣哪裡是現代演奏者們可以模仿、能夠攀越的山巔。

漫步龜茲石窟，以音樂為主題的壁畫中多有箜篌出現，在有箜篌出現的壁畫中，又常有乾達婆出現，乾達婆在佛經中被視為樂神，樂神手中標誌性的樂器就是箜篌，箜篌是樂神的專屬樂器，凡有樂神的壁畫，幾乎都有箜篌出現，要麼是樂神親自演奏箜篌，要麼是別人演奏箜篌，樂神端立旁邊。那麼，通過樂神，箜篌與佛之間是否存在著某種深刻的關聯，至少，箜篌在佛家有著不一般的地位。

有篇文章這樣說，佛教起源於印度，鳳首箜篌也起源於古印度，佛教與箜篌是在一個母體中孕育成長、很早以前就交織在一起的。如是，在來到龜茲後的箜篌，也必定會很自然地與佛教走到一起，成為佛教壁畫中頻繁閃現的內容。只是，龜茲人撫弄的是豎箜篌而非鳳首箜篌，在佛教傳入龜茲之前，龜茲人觀念中就已經接受了豎箜篌，於是，龜茲的畫工們大膽為之，將心目中的豎箜篌植入佛教故事，千百年後，當我們看到西域豎箜篌與佛教故事同生一體，成為佛教文化中的一種元素時，內心會不由自主湧出一絲微笑，可愛的龜茲人，以他們點點滴滴的變化傳遞出他們性格中的某些特點，比如不拘泥，不刻板，不墨守成規，比如包容、開放、吸收、創新，比如拿來主義，為我所用。

我對篳篥情有獨鍾，尤其被篳篥的起聲感染，只要是篳篥演奏，只要是篳篥的第一個音符發出，我都會莫名地感動，無論輕柔的、短暫的，還是急促的、擲地有聲的都攜帶著一股淡淡的悲愁，彷彿傷痛、彷彿哀鳴，卻又不是十足的傷痛和哀鳴，僅僅是那麼一撇、一瞬、一剎那、一個輕微的示意，便直指人心，使人柔軟。這便是華篥，並非中原土生土長，它來自是龜茲，為龜茲人創造。在新疆許多石窟壁畫裡，篳篥上細下粗，形似牛角樣略微彎曲。

篳篥兩個字生僻，一旦看到，便印象深刻，特別是與實物對照，再聽一段與它關聯的故事，像似斟滿杯的烈酒，一飲而盡，燒得人心裡發燙。那種記憶，長久不衰。而那段故事便成了一個人成長中的積澱。

我在一座古城長大，直到成人我才意識到，我的父親母親給了我人生中多麼重要的兩個過程，古城和郊區，他們給我的時候是不自覺的，他們沒有意識到歷史與鄉土對一個人的成長有著多麼深厚的價值，它使我有機會與歷史和鄉土近距離的接觸，我呼吸著黃土、馬糞和燒麥秸的氣味，走上北原，在一座座墓塚旁撿拾瓦楞、銅錢和陶罐，薰陶了我童年和少年時代的氣味與玩物，使我對過去發生的所有故事都地格外敏感，比如《雨霖鈴》。

中學課本收入了北宋柳永的《雨霖鈴》，白髮清瘦的老教師站在講臺上，嘴裡一字一字蹦出「寒蟬淒切，對長亭晚。驟雨初歇，都門暢飲無緒，留戀處，蘭舟催發。」這首送別詞填的委婉淒清，老教師娓娓吟來，忽然就拉近了人心與歷史的距離，在這種語境裡，老教師講述起了篳篥曲《雨霖鈴》的來歷。

篳篥在漢魏時期傳到中原，雖是個不起眼的小樂器，卻在民間很流行，到唐代更是盛行，它遍於朝野上下，無論是中原漢族，還是西域藝人，都會吹奏，連皇帝都會吹，而且還是吹奏高手。特別是到了玄宗皇帝，精通音律，尤其喜歡西域音樂舞蹈，每三年都要舉行一次西域音樂會，有個叫李龜年的人，入宮時玄宗皇帝正在興慶宮開龜茲音樂會，楊玉環正在隨著優美的音樂翩翩起舞，跳著胡旋舞，李龜年唱了一曲《渭城曲》，玄宗皇帝大聲讚歎，當即賜他龜年，意思是龜茲音樂會之年，又為他賜了李姓，李姓是皇帝之姓。其實，李龜年真正拿手的並非歌唱，而是吹奏篳篥，他是篳篥高手，入宮以後，玄宗皇帝常常約人歌舞，一次有個擅長舞蹈的女伶被送進宮中，玄宗皇帝親自敲羯鼓、甯王吹玉笛，貴妃彈琵琶，張徽彈箜篌，從早一直跳到晚，李龜年也在其中，他是吹篳篥的。

西元七五六年，歷史上發生了一大事件，安祿山、史思明帶著叛軍攻陷長安，玄宗皇帝帶著宰相楊國忠和貴妃楊玉環，棄宮而去，匆匆往西南方向奔走，走出長安一百多里，饑餓疲憊的隨軍將玄宗皇帝的敗走歸罪到楊玉環身上，要求懲治楊國忠，殺了楊玉環。無奈中玄宗皇帝賜楊玉環自縊，五尺白綾掛在屋樑，楊玉環無以選擇，這一歷史事件發生在馬嵬坡。

老師手指著西邊的窗口外，生長在關中的人沒有不識馬嵬坡的，它距離我們聽課的教室僅僅幾十公里，如此強烈的現場感，讓老教師渾身上下煥發出一種從未有過的激越情緒，他以教室外的黃土、柳樹、豔陽、飛雁為參照，對應出馬嵬坡事件發生時的景致，以關中夜晚當頭月光為襯托，分析楊玉環自縊那個夜晚的悲泣心情，以秦嶺山下八月纏綿淅瀝的秋雨為背景，帶著同學們想像《雨霖鈴》中的雨字。歷史與現實的距離，被他一點點拉近，拉到能夠感知，觸摸，身臨其境。

別去楊玉環後，玄宗皇帝與隨軍繼續南行，進入秦蜀棧道，遇雨水綿綿，道路艱難，在棧道最險要處，只有攀扶著鐵索才能前行，鐵索上繫掛著鈴鐺，人走時手扶鎖鏈，鈴聲前後相應，玄宗皇帝在淅淅瀝瀝的雨夜裡，聽到斷斷續續的鈴聲，念起逝去的愛人，欲哭無淚，肝腸寸斷，一首《雨霖鈴》由此而生。

當時，樂工張徽跟在玄宗皇帝身邊，他不但箜篌彈的好，也是著名的蓽篥演奏家，玄宗將《雨霖鈴》曲給他試吹，樂聲一起，幽咽悲鳴，纏綿悱惻，玄宗皇帝忍不住淚如雨下。後來，回到長安，玄宗皇帝常叫張徽為他吹奏《雨霖鈴》，《雨霖鈴》流傳到民間，離別的人，失意的人，爭相填詞傳唱，使雨霖鈴終而成了詞牌，也才有了後人柳永的寒蟬淒切，對長亭晚。

安史之亂後，李龜年離開皇宮，流落到湖南，在街頭酒肆為人歌唱，每每一曲唱罷，在坐的人無不掩泣罷酒，這個時期，他遇見了詩人杜甫，杜甫十四歲時曾在洛陽聽到過年輕的李龜年歌唱，時過四十多年，兩位老人相遇長沙，此時此景，不堪回首。杜甫晚年寫過《江南逢李龜年》，岐王宅裡尋常見，崔九堂前幾度聞，正是江南好風景，落花時節又逢君。杜甫詩句中流露出了篳篥一般的淡淡憂愁。

篳篥聲色低沉、空蒙、淒涼，具有南方氣質，它不洪亮，卻很有內勁，有著送出去，再反轉回來的能力，除此，他的聲音還纏繞，彷彿在一個清晨，第一縷光線爬上地平線，人躺在寬大的床上，光線穿過窗簾，灑在乾爽的被子上，這時，耳邊似有似無地飄來曲聲，輕輕地，在植物間纏繞，在床邊、枕邊、伴著這溫柔清風的音樂，人漸漸甦醒。

詩人白居易在《小童薛陽陶吹篳篥歌》中，誇讚名叫薛陽陶的小童吹的篳篥曲子是「有時婉軟無筋骨，有時頓挫生棱節。」白居易在描寫音樂製造出的聲音時，文字像點睛後的蛟龍，顯得尤為老道。婉軟到無筋骨，頓挫到生棱節，只一句，就將話說到了絕路。詩人李頎在《聽安萬善篳篥歌》中，對篳篥的聲音也有過生動描寫：龍吟虎嘯一時發，萬籟百泉相與秋，忽然更作漁陽摻，黃雲蕭條白日暗。變調如聞楊柳春，上林繁華照眼新，歲夜高堂列明燭，美酒一杯聲一曲。安萬善演奏的篳篥一會兒像龍吟虎嘯，一會兒如黃雲失色，十分悲壯，後來樂音再變，又到春意盎然，好像百花盛開，閃亮耀眼。

當篳篥加入現代元素後，有一股超凡的氣息。特別是經過日本「雅樂紅星」東儀秀樹演奏後，更使人迷戀。東儀秀樹出生在雅樂世家，家族世代為日本皇室宮廷演奏雅樂，篳篥是他熱愛的樂器。他為篳篥創造了一個全新的視角，一種全新的感受，似乎，古老的異域樂器被他輕吟述說後，具有了新的含義。舞臺上，他手持細小的篳篥，略低著頭，不示聲張，全身心都集中在手中的篳篥上，它吹《異鄉的風》，從胸口抒發，溫婉、恬靜，充滿著離別的憂鬱，整支曲子絲竹與金屬交錯著，此起彼伏，空靈靈的，又不失風骨，抒情之後是乾脆俐落，彷彿相愛的人握手別去，狠心地轉過身，背著行囊果斷離去，再不回頭，行走在高高的山崗，風吹著頭髮和衣襟，漸行漸遠、漸行漸遠……

後序　烏魯木齊意義

烏魯木齊不是我的根，它是一隻停泊在我前行航向中的小船，因為要前行，周圍再也找不到別的可搭乘的船隻，我別無選擇，只能登上這只小船，駛向西部。

我一直想著回家的事情，但是，許多年之後，我發現，家的概念在時間的磨礪中已經被置換，像冬季的雪，每十天一個週期，新雪覆蓋舊雪，整個冬天都做著這樣簡單的重複工作，一層層地飄落，一層一層地堆積，過去的跡象已經越來越遙遠了。

克服不掉不吃羊肉的毛病成了我融入這座城市最大的隱痛，因為這個原因，我總是懷疑自己是否正在虛情假意地熱愛著這座城市。你熱愛一件事物，必定與這個事物是相融的，熱愛是個虛幻的概念，你實際愛著的是構成這一事物的一些元素：是沾滿孜然的烤羊肉串、是羊雜碎湯、是拌麵拉條子，是烤爐裡滋滋的聲響，就像思念，你思念一個地方或者一個人，你想起的是它的氣味和彌漫在空氣中的濕度；是街邊的涼皮小店，店裡圍著不太乾淨圍裙的光頭師傅；是學校對面絹花店裡的賣花女子，她總是低著眉頭，想著心事。還有一個人，站在石階梯上等你回來，拉著你的手，和你一起回家。或者，在風中，他向你揮一揮手，跳上最後一班公共汽車，你於是開始思念，那揮動的衣袖和漸行漸遠的公共汽車。

公共汽車是件懷舊的事物，比這更有懷舊氣息的是有軌電車。十七歲以前，我喜歡站在西安街頭看穿過梧桐樹枝的電纜線，看有軌電車伸出一隻單薄的胳膊攀附在電纜線上，看車開動時那個輕柔的滑動的手勢。下雨天，我會在夜裡擔心穿過濃密樹枝的電線被一陣狂風吹斷，擔心雨水中一朵朵靚麗的藍色小花倏然地開放，又熄滅，那個時候雨中一定會出現一些故事，一輛自行車壞在路上的女孩、一個失戀的青年、一個正在哭泣的少婦。風緊雨驟，在吹不走的記憶裡那些以老式有軌電車為背景的故事，就是思念。

身上沒有羊的膻氣是否就不夠純粹，我不相信這就是一種拒絕，事實是在我乘上西去的船隻後，就再也沒有回過頭。

我躺在列車的中鋪，夜裡遲遲無法入睡，曾經在電影和書籍上看到過的場景，正出現在我的眼前。鐵軌發出的金屬轟隆聲和滿車廂的鼾聲阻擋不住夜的安靜，窗外星星點點的燈火閃爍著，藉著夜光，我第一次看到了戈壁，漆黑油亮的卵石在視野中延伸，空蕩蕩地展示著無邊。在茂密的南方，荒涼是偶爾裸露的土地，是涼意瑟瑟的灰冷天氣、是冬季蕭條的風和失戀的心情。北方的荒涼卻是如此簡單，沒有季節歲月，沒有山崗清流，沒有房屋炊煙，沒有隱約的山巒、波光粼粼的河流，沒有樹影風動，沒有行人走獸，什麼都沒有什麼都不存在，只有一樣空寂，我想這就是我在寫作時喜歡用的那個叫空曠的詞彙吧。

我不知道空曠這個詞在別人心目中是什麼樣的，那一刻，在我，是一種實實在在的內心空洞，是無望的下沉，一片漆黑，伸手不見五指，沒有盡頭也沒有迴旋的可能，它令人窒息使人絕望，而我就是一粒沉渣，掉進西部蒼茫的荒原裡，我將再也無法被風吹動，移走，他們將打造我，磨去粗糙的表面，磨出光滑，它將使我在暗黑的夜色裡掙扎著放射出光亮，以使自己能夠倔強地活下去。

我的新座標，烏魯木齊。

通過一個決定，我將自己擱置在一個新的宇宙中心。烏魯木齊的第一個夜晚，乾爽的夜風吹的肌膚發不出汗，緊繃的空氣穿過鼻腔，進入身體，人像換了水的魚，快速地游來遊去卻不知道是因為快活還是恐慌，差不多在這個時候，鼻孔裡有了溫熱的感覺，那種南方式的溫熱，溫熱慢慢下移，用手輕輕觸摸，有點黏，看一看，是殷紅的血，跑到衛生間的水池邊低下頭，血開始滴答滴答掉進水池裡，紅色血滴綻開一朵朵小花，又慢慢融化開來，沿著低糟流淌，像一條歲月的河流，緩慢且有著深刻的濃度。

為什麼那麼遙遠，長長的蘭新線像一支墊起腳尖的人舉起了右臂，烏魯木齊就是中指努力伸展出去的位置，那個端點很耀眼卻無法承載重物，它游離於主體之外，像一所美麗的監獄。我想起了大洋州的一個孤島澳大利亞，被處以極刑的人們在經歷了漫長海上顛簸後來到澳洲，那是他們的終點，也是起點，那片被海域包圍的大陸是他們新的監獄，他們的自由在這裡得到終身界定。這種古怪的想法使我萬分地擔憂蘭新線，窄窄的鐵軌是通向外界的唯一命脈，但是，那條線路上擁擠著太多的人，整整一個城市的重量，它怎麼可以承負得起。在烏魯木齊的許多年裡我都找不到內心的安全，我想，它是源於這種複雜的地理原因。

變成一個烏魯木齊人是需要時間的，時間是一把精細的刻刀，不厭其煩地雕琢你、刻畫你，為你賦予一種新的性格，把你變成這座城市真正的主人。我開始漸漸熟悉這座城市的每一個特點每一處細節，夏日午後四點依然高高掛在空中的太陽，夏至日夜裡十一點都不願退場的光亮，無論走在城市的哪個角落，只要仰頭就能看到穹廬建築以及穹廬上的星月、通透的空氣、乾爽的清風、黃昏路燈下飛旋打轉的雪花、熾烈太陽烤痛的胳膊、冬季裡凍的生疼的額頭和麻木的腳趾。烏魯木齊人，起初是別人這樣叫我，那些內地人以烏魯木齊人稱呼我，他們給了我這樣的角色，使我不得不去演出這場人生的戲劇。我帶著渾身的烏魯木齊氣味把他們帶到二道橋，他們好像比我更知道不來二道橋就不算到過烏魯木齊，在他們想像中烏魯木齊是個不解風情的城市，其實，這是一種假像，二道橋的新疆風情像一幕肥皂劇，一天二十四小時周而復始運轉播放，二道橋所展現的是舞臺效果，它給出一種情景，放入一群即定的人，那些人發出戲劇一般美妙的對白。所有經過這裡的人，包括土生土長的烏魯木齊人在無數次的假戲真做裡終於信以為真，以為那就是他們的生活，是他們生活的本來面目。

我所以說這是一種假像，是因為在這裡缺少了一樣東西，那個民族骨子裡的孤獨，凡是有維吾爾人居住的地方都有巴扎，喀什巴扎、庫車巴扎，莎車巴扎，那裡熙熙攘攘的人群並不比這裡少，但是，那裡的人遠不如二道橋的人內心能洋溢出如此的愉悅感，鄉下人笑，淳樸的很，為賣掉一頭毛驢而笑，但是你在他們的笑聲裡可以聽到傷感，他們每賣出一樣東西臉上都會流露出複雜的情緒，喜悅和悲傷，他們獲得了，也失去了，買家也一樣，牽著別人家的羊，托著嶄新的坎土曼，捂一下身上的錢袋，空空蕩蕩的。

不叫好二道橋戲劇式的表演，但我終於還是慢慢地不可救藥地被它傾倒，我想，它的魅力也許不在於它的真與假，而在於它能夠表達出一類人理想的生活追求，它的美妙在於你可以身臨其境地感受到一種你一生都沒有感受過的東西，就像莎士比亞，每一齣戲都是編造的，但你就是無法拒絕。

二道橋就是二道橋，它不是誰的代言人，它只說自己的事，說自己的想法，以這樣的心態去二道橋，二道橋就是迷人的。二道橋有些固定不變的令人感懷的人與事。比如我每次去那裡都會碰到一個賣藥的老人，頭上帶著一頂小花帽，在他出售的一車藥中我只認識兩樣東西：葫蘆和蜥蜴，一種可愛，一種懼怕。他坐在自己的藥車旁，彎著腰看著巴扎的一角，好像觀看別人比看管自己生意更重要，或許，對他來說成為二道橋一個角色比變成一個賺錢人更有意義。即便是一個道具，在這裡都能變成一道風景，他觀賞著別人也被別人觀賞。

有時候我一個人去二道橋，什麼都不為，只是想去走走，讓那裡的微風薰一薰，在那裡，當你站在舞臺當中的時候，就會生出角色感，一種作為烏魯木齊人的角色感，一種主人的感覺。

走在烏魯木齊燈光街影裡，除了二道橋，很難找出幾處有別於其他城市的地方，許多年裡，我都覺得這是個缺乏凝重感而有點輕浮的城市，直到後來，我才發現，那是因為它缺失了一條滋養生命的大河，這也是烏魯木齊人最失敗的一筆，在不長的歲月裡，他們以改天換地的決心將一條河變成了一條路。

河流是具有象徵意義的事物，她的母性、孕育、生長早就在人類心靈中達成共識，一條河流就是一個地區的文明史，孔雀河是我每次去南疆必經的一條河流，站在河邊最感慨的就是烏魯木齊沒有一條這樣的河流，孔雀河從天山流下，最後消失在沙漠；從生到死，庫爾勒是它彰顯激情的地方，他從天山奔流而下，把最旺盛的生命力量傾注到這個城市，因為孔雀河，庫爾勒有了被滋養過的潤澤。還有庫車河，枯水期幾乎佔據了全年所有的季節，偶爾山洪渲泄而下，夾帶著土黃色的泥漿沙石，只有這時河流才豐盈起來，其他時間裡，它都被扔棄在戈壁曠野中，每次經過乾枯的河床，我都會想，放任就是一種對自由的尊重。庫車人放任一條河流，任由它洶湧、停滯、改道、沉默，周而復始重複著單調的過程，對這樣一條自由之河他們無所求，也無所望，庫車河任著自己的性情，自由地穿梭在一個縣境的土地上，千百年過去了，河流和它經過的地方一起變得蒼老，像個有了歲月的老人，周身寫滿了經歷。

烏魯木齊河，我見它第一面的時候他就是一條路了，叫河灘公路，經過多年的修整，現在已經變成一條標準化的封閉式等級公路，原本的烏魯木齊河像一個退居到老屋裡的紅顏藝人，當所有浮華不再的時候，他能做的唯一事情是拿出當年的玉簪、戲裝，獨自回首。

很難說清楚是否因為這條缺失的河流，我開始想那些與死亡有關的話題。在我看來，當人開始接觸死亡的那一刻才開始了真正的人生，未必是一個人的死亡，一個人的死亡是最痛切的死亡，給人心靈打擊最大的死亡，但是，我想說的是另一種死亡。

在來到烏魯木齊之前，死亡在我的詞典裡只有一個對象，人。死亡是人的死亡、生命的死亡。但是，西部不這樣說，他在你面前擺出無數的除了人之外的死亡事實。一條湧動的河流乾枯了，你順著河床走了幾天幾夜，怎麼也找不到它的脈搏、它的心跳，流動的河水以沙的形式固化了歷史，你只能從它的凝固中判斷，它曾經流淌過，帶著溫熱的血氣，但是，此刻它疲憊不堪，再也流不動了，枯竭了。在一片春季的胡楊林中，一棵老枯樹再也發不出新芽了，在它班駁的樹幹上寫滿了歲月的痕跡，胡楊的一生有三千年，一千年生長，一千年死亡，一千年腐朽，於是，你知道了，在你面前站立著的死亡正是一棵樹的第二個千年。還有一條黃土與石礫組成的路，混同於戈壁之中，仔細地才能辨別出路的模樣，沒有了承載之物的路為自己留下了墓誌名，上面寫著絲綢古道，一條運送生命的古道停止了他的腳步，像一個頹廢的人，再也不願為無望的未來做任何努力。還有一座城，好端端的一座城池，一夜之間就斷了炊煙，被沙土覆蓋，房屋坍塌、院落廢棄，依稀可辨的煙道、爐灶、樹樁、穀粒，還有偶爾散落的幾個文字向後人宣告，城已經死了，城裡的人與城一起死去了。一場驚心動魄的死亡，人之外的死亡，長久浩大的死亡，除了永恆，我再也找不出更恰當的詞彙來解釋他們。

據說過去烏魯木齊的雅瑪裡克山上曾經覆蓋著茂密的松林，建國初期，蘇聯人幫著中國搞建設，砍伐了山林的松樹，抬到城市，他們蓋住房，建工廠，整個城市熱火朝天地建設著。以後烏魯木齊周圍的山光禿了。十年前，我第一次上雅瑪里克山，在石礫和黃土中挖坑種樹，十年後我再次登上這座山，綠茵茵的山巒已顯出勃勃生機，烏魯木齊周圍的山一個一個地變綠了，但是，那條曾經被樹木滋養著的烏魯木齊河永遠地不再重現了。

發生在烏魯木齊身邊的死亡一個比一個更強烈地提醒著我，人的死亡是微不足道的，一個人並不比一條河、一棵樹、一條路、一座城、一片土地更特別，所有的事物都跟人一樣是有生命的，他們生，然後死，生生死死，重複做著物質形式的轉換與輪迴。有時候我也想，假如我不曾來過烏魯木齊，不圍繞烏魯木齊這個中心做無數次地遊歷，我是否會相信死亡竟然是這樣一種過程。

從辦公室回家，經過一所大學、一個公園，一家大型超市和一段林陰路，夏天，在濃密茂盛的道路一旁，蹲著許多占卜的人，這些為別人預知未來的人自己顯得窮困潦倒，他們有男人，有女人，有老人，也有年輕人，並排坐在路邊的石階上，面前地上攤放著一張手繪的周易八卦圖。

一張輕薄的紙就可以決定一個人的過去和未來，對我來說是一件荒唐的事情。許多年以前我家來過一名占卜者，長著紅堂堂的臉龐，一張疑似與未知溝通的臉，他是陝西人，烏魯木齊是他的驛站，他和幾乎所有來到這座城市的人一樣，在漂泊中被海水拍打著沖上烏魯木齊岸邊，他於是開始在這座城市的街頭路邊擺起自己的生意，他沒什麼產品，但他收錢，因為他代替命運說話，預知未來的幸與不幸，那些人從他那裡得到了想得到的，人們相信他的忠告，以他的忠告為誡，迴避將要面臨的災難。

他到我家，手裡提著一套盒新疆果脯，在新疆送新疆特產，就像往山裡背一塊石頭一樣吃力不討好，他並不熟悉送禮之道，顯得笨拙，但我可以感受到他在試圖接近另一種生活，這使他顯出幾分的可愛。他為我看手相，說我的命運不是很好。他的臉上顯露出莊嚴和嚴肅，我開始慢慢相信他是一名具有職業感的占卜人。

占卜中的神秘主義色彩和幻象具有史前人類與大自然之間相互問候的特點，那是人與自然的相互走進和試探，人顯然是意識到了自己的軟弱，才如此地傾心於自然，歸附於神靈，來我家的占卜人只看手相而沒為我推算八卦。他離開我家時，帶走了天機。我想那裡面一定有我一生一世的幸福和不幸，有我的前生和後世，那是一個怎樣的世界，天堂還是苦海。

涉及到命運的時候，人的內心就會有救贖的渴望，雖然人們並不知道自己生前的罪孽，但還是期望得到拯救，人是不能跟生活討價還價的，心存一份感恩，或許會出現另一種結局。

還是在上班的路上，從路北到路南要經過一座天橋，天橋的兩端常年坐著兩個乞討者，我上天橋前，一個老婦人在那裡，我看不見她的面目，她匍匐在地上，身子壓的幾乎與地面平行，那是一種需要幫助的姿態，我遠遠的看著她，慢慢地走近她，來到她身邊，她始終保持著這樣的姿態，偶爾會有一些點頭，全部身體跟著顫動，那意思是極度的乞求和深深的感激。

走過天橋，站在高高的階梯上我看見了另一個乞討者，一個維吾爾老人，挺直著腰板像一具古老又凝重的座鐘，這幾乎是這個民族所有乞討者都選用的姿勢，其實，尊嚴的乞討是一種很珍貴的品質。老人在坐著的地上鋪了一塊格呢毯子，他看上去並不齷齪，長長的白色鬍鬚有些飄逸。錯過了第一個老婦人，我將錢放到這個老人面前，老人沒看我，雙手合十劃過胸前，然後攤開，仰面閉上雙目，嘴裡念念有詞，陽光照射著他棱角分明的面孔，我聽不懂他的話語，但我知道他在說兩句話，一句是感激，另一句是祈禱，他感激安拉賜於貧困者糧食，賜予所有正在飽受饑餓的人生的機會，他還祈禱，請安拉賜予施捨人健康和幸福。在我看來這是乞討者與施捨者之間平等的兌換，他們之間隔著安拉，施捨者的善行在老人面前已經超越了行善本身，它在施捨的同時也在為自己做著另一種乞求，這種乞求通過授施人傳達給了安拉，在這一刻，施捨者與受施人同時站在陽光下，他們是一樣的人，一樣的有著卑微和需要救贖的人。

等待施捨的人，為別人達成著救贖的願望。在我輕輕放下一元錢的時候，我感到，我的願望在那一時刻得到了回應。

對於寫作，我一直在想，如果不來烏魯木齊，不以這裡為起點，沒有那些內心的激蕩，切膚地感同身受，我是否會提筆、會傾訴、會用寫字這種方式來表達。十七歲之前，我不需要提筆，一切都與生俱來，那條世世代代流淌著的渭水，像巍然不動的真理，不需要去求證什麼探詢什麼，枕著河水安然入睡是一件多麼合情合理的事情，它存在著，不以任何人的意願為轉移，我習慣於這種規律，它暗示著平衡，是你與自然之間達成的相互信任與和諧，我在這樣的信任與和諧中吃飯、睡覺，盡享天倫。

但是，烏魯木齊打破了既定模式，他將你十七年來在書籍上看到的東西一一兌現，它逐漸地成為你的一個留守，無論南疆還是北疆，奔波還是閱讀，你都會在某一個落雪的夜晚或者凝露的淩晨回到烏魯木齊的時間裡，坐在烏魯木齊的燈光下搭理那些淩亂的線索，烏魯木齊，就是你命運中的一隻巨手，他牽扯著你的翅膀，任由你飛到哪裡，都會在它的手掌降落，這種感覺很微妙，好像你並不十分熱愛他，卻要無數次不可救藥地投入他的懷抱，這是妥協，也是另一種形式的融入。

我不知道自己這麼多年來不停歇地遊思是不是想找尋一個能夠突破的山口，烏魯木齊無論對於南疆還是北疆，都是一個座標的中心，一個王國的心臟，我從這裡起程，趕赴一個又一個的未知，我兩手空空的去，攜帶著一大堆零散的東西，我把帶回的東西分類、珍藏，偶爾會將一兩樣贈送給人，但是這種時候並不多，我想我是一個內心藏著隱秘的人，那些在我看來很珍貴的事物常常在別人面前碰壁，並不是所有的人都有著與你一樣的衝動。

如果說新疆是一部巨大的圖書，天山山脈是書脊，塔里木盆地和準格爾盆地是書籍翻開的頁面，那麼烏魯木齊就是序言，烏魯木齊幾乎沒有歷史，只能以序言的形式出現，儘管古書記載過曾經的唐輪臺和岑參的詩句，即便如此，真正的地址也不在烏魯木齊，而在烏魯木齊周邊，沒有歷史感的城市是輕薄的，就像沒有信仰的民族，它的精神的散亂的，烏魯木齊人一定是意識到了這種缺陷，考古學家竭盡全力尋找證據，他們想為這座城市的厚重找出些砝碼，也確實找到了許多，最近幾年就有烏拉泊古城浮出水面的消息。其實，在我看來是否找到並不重要，它的移民性格使她身上有著太多的活躍因素，這些活躍的因子對未來的追問遠比懷舊更熱切，與歷史本身相比，它更合適成為一個使者，在文明與渴望瞭解文明之間傳遞資訊，而對我來說，這樣的烏魯木齊就足夠了，除此之外，它還給了我一間小屋、一眼滴流、一方安靜的平臺。

我一直想感謝位於烏魯木齊阿勒泰路上的新疆歷史博物館。在走進新疆歷史之前有一段長廊，地板下是厚重的玻璃，玻璃下面是細沙、黃土、殘斷腐朽的胡楊枝，他們將時間分割成碎片，擦出紛亂散在的痕跡。抬頭仰望，天花板上是浩淼的星空，閃爍的星辰在講述著無限的空間。這麼多年來，無論走到哪個城市，博物館是必不可少去的地方，但是，至今還沒有哪個博物館在進入它的歷史前能有這種宏觀的概念，長廊是一個出色的解說員，他一言不發，上前來輕輕拉起你的手，你就跟著他走進了西部概念，所有的故事都發生在其中，所有的傳說都在講述這道天宇下的運動和變化，此刻，它的無限性構成了一種界定，它正在告訴你，這片大地上過去、現在和將來所發生的一切，都源於那幽遠而神秘的時空。

二〇〇六年十二月完稿於烏魯木齊
二〇〇七年七月第一次修改
二〇一一年十一月第二次修改

釀文學155　PG1106

我的新座標・西域

作　　者　徐興梅
主　　編　蔡登山
責任編輯　王奕文
圖文排版　姚宜婷
封面設計　秦禎翊

出版策劃　釀出版
製作發行　秀威資訊科技股份有限公司
114 台北市內湖區瑞光路76巷65號1樓
電話：+886-2-2796-3638　傳真：+886-2-2796-1377
服務信箱：service@showwe.com.tw
http://www.showwe.com.tw
郵政劃撥　19563868　戶名：秀威資訊科技股份有限公司
展售門市　國家書店【松江門市】
104 台北市中山區松江路209號1樓
電話：+886-2-2518-0207　傳真：+886-2-2518-0778
網路訂購　秀威網路書店：http://www.bodbooks.com.tw
國家網路書店：http://www.govbooks.com.tw
法律顧問　毛國樑　律師
總 經 銷　聯合發行股份有限公司
231新北市新店區寶橋路235巷6弄6號4F
電話：+886-2-2917-8022　傳真：+886-2-2915-6275

出版日期　2014年2月　BOD一版
定　　價　440元

Printed in Taiwan

國家圖書館出版品預行編目

我的新座標.西域 / 徐興梅作. -- 一版. -- 臺北市 : 醸出版, 2014.02
面 ; 公分. -- (醸出版)
BOD版
ISBN 978-986-5871-83-3 (平裝)

855 102026456

讀者回函卡

感謝您購買本書，為提升服務品質，請填妥以下資料，將讀者回函卡直接寄回或傳真本公司，收到您的寶貴意見後，我們會收藏記錄及檢討，謝謝！如您需要了解本公司最新出版書目、購書優惠或企劃活動，歡迎您上網查詢或下載相關資料：http:// www.showwe.com.tw

您購買的書名：________________________________

出生日期：________年________月________日

學歷：□高中（含）以下　□大專　□研究所（含）以上

職業：□製造業　□金融業　□資訊業　□軍警　□傳播業　□自由業
　　　□服務業　□公務員　□教職　□學生　□家管　□其它______

購書地點：□網路書店　□實體書店　□書展　□郵購　□贈閱　□其他

您從何得知本書的消息？

□網路書店　□實體書店　□網路搜尋　□電子報　□書訊　□雜誌
□傳播媒體　□親友推薦　□網站推薦　□部落格　□其他__________

您對本書的評價：（請填代號　1.非常滿意　2.滿意　3.尚可　4.再改進）

封面設計____　版面編排____　內容____　文／譯筆____　價格____

讀完書後您覺得：

□很有收穫　□有收穫　□收穫不多　□沒收穫

對我們的建議：________________________________

____

____

____

請貼
郵票

11466
台北市內湖區瑞光路 76 巷 65 號 1 樓
秀威資訊科技股份有限公司 收
BOD 數位出版事業部

(請沿線對折寄回，謝謝！)

姓　名：＿＿＿＿＿＿＿＿　年齡：＿＿＿＿　性別：□女　□男

郵遞區號：□□□□□

地　址：＿＿＿＿＿＿＿＿＿＿＿＿＿＿＿＿＿＿

聯絡電話：(日)＿＿＿＿＿＿＿＿＿＿(夜)＿＿＿＿＿＿＿＿＿＿

E-mail：＿＿＿＿＿＿＿＿＿＿＿＿＿＿＿＿＿＿